A. 2270

A

à conserver

CONJECTURES

SUR

LA GENESE.

Par Mr. Astruc.

(par J. Astruc)

CONJECTURES

SUR

LA GENÈSE

CONJECTURES

SUR LES

MEMOIRES ORIGINAUX

Dont il paroit que Moyſe s'eſt ſervi
pour compoſer le Livre de
la GENESE.

*Avec des Remarques, qui appuient ou qui
éclairciſſent ces Conjectures.*

Avia Pieridum peragro loca, nullius antè
Trita ſolo.

A BRUXELLES,

Chez FRICX, Imprimeur de Sa Majeſté,
vis-à-vis l'Egliſe de la Madelaine.

M. DCC. LIII.
Avec Privilege & Approbation.

AVERTISSEMENT.

CEt Ouvrage eſtoit compoſé depuis quelque tems , mais j'héſitois à le publier , dans la crainte que les pretendus Eſprits-forts , qui cherchent à s'étaier de tout, ne puſſent en abuſer pour diminuer l'autorité du Pentateuque. Un homme inſtruit , & trez zelé pour la Religion , à qui je l'ai communiqué , a diſſipé mes ſcrupules. Il m'a aſſuré , que ce que je ſuppoſois ſur les Mémoires, dont Moyſe s'eſtoit ſervi pour compoſer la Geneſe , avoit eſté deja avancé , quant au fond, par pluſieurs [a] Auteurs dans des Ouvrages trez aprouvez ; que l'application particuliere que je faiſois de cette ſuppoſition , en diſtribuant la Geneſe en pluſieurs colomnes , qui repreſentoient ces Memoires , n'alteroit en rien le Texte du Livre de la Geneſe , ou ne l'alteroit pas plus que la diviſion , qu'on en avoit faite en Chapitres & en Verſets ; & qu'ainſi,

[a] Les Abbez Fleury & le François.

* A

AVERTISSEMENT.

loin de pouvoir jamais préjudicier à la Religion, elle ne pouvoit au contraire que lui eſtre trez avantageuſe, en ce qu'elle ſervoit à écarter, ou à éclaircir pluſieurs difficultez, qui ſe preſentoient en liſant ce Livre, & ſous le poids deſquelles les Commentateurs ont eſté juſqu'ici preſque accablez. Sur ſon avis, j'ai donc pris le parti de donner cet Ouvrage, & de le ſoumettre au jugement des Perſonnes éclairées, dont j'écouterai les obſervations avec plaiſir. Je proteſte d'avance trez ſincerement, que ſi ceux qui ont droit d'en décider, & dont je dois reſpecter les déciſions, trouvent mes conjectures ou fauſſes, ou dangereuſes, je ſuis prêt à les abandonner, ou pour mieux dire, je les abandonne dés à preſent. Jamais la prévention pour mes idées ne prévaudra chez moi à l'amour de la Verité & de la Religion.

TABLE

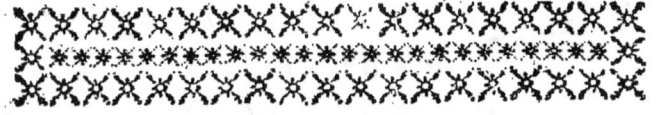

TABLE
DES CHAPITRES.

a

LE LIVRE DE LA GENESE.

a ij

a iij

LE LIVRE DE L'EXODE.

R E M A R Q U E S   S U R   L A distribution de la G E N E S E en differents Mémoires.

Fin de la Table des Chapitres.

CONJECTURES

AVERTISSEMENT.

CET Ouvrage étoit composé depuis quelque tems, mais j'hé-
sitois à le publier, dans la crainte que
les prétendus Esprits forts, qui cherchent à s'étaier de tout, ne pussent en
abuser pour diminuer l'autorité du
Pentateuque. Un homme instruit, &
trez zélé pour la Religion, à qui je
l'ai communiqué, a dissipé mes scru-
pules. Il m'a assuré, que ce que je sup-
posois sur les Mémoires, dont Moyse
s'étoit servi pour composer la Genese, avoit été déja avancé, quant au
fond, par plusieurs[a] Auteurs dans des
Ouvrages trez aprouvez; que l'application particuliere que je faisois de
cette supposition, en distribuant la
Genese en plusieurs colonnes, qui
représentoient ces Memoires, n'alteroit en rien le Texte du Livre de la
Genese, ou ne l'alteroit pas plus que
la division, qu'on en avoit faite en
Chapitres & en Versets; & qu'ainsi,

[a] Les Abbés Fleury & le François.

A

loin de pouvoir jamais préjudicier à la Religion, elle ne pouvoit au contraire que lui eftre trez avantageufe, en ce qu'elle fervoit à écarter, ou à éclaircir plufieurs difficultez, qui fe préfentoient en lifant ce Livre, & fous le poids defquelles les Commentateurs ont efté jufqu'ici prefque accablez. Sur fon avis, j'ai donc pris le parti de donner cet Ouvrage, & de le foumettre au jugement des Perfonnes éclairées, dont j'écouterai les obfervations avec plaifir. Je protefte d'avance trez fincerement, que fi ceux qui ont droit d'en décider, & dont je dois refpecter les décifions, trouvent mes conjectures ou fauffes, ou dangereufes, je fuis prêt à les abandonner, ou pour mieux dire, je les abandonne dès à préfent. Jamais la prévention pour mes idées ne prévaudra chez moi à l'amour de la Vérité & de la Religion.

CONJECTURES

SUR LES

MEMOIRES ORIGINAUX

Dont il paroît que Moyſe s'eſt ſervi pour
compoſer le Livre de la Geneſe.

*Avec des Remarques, qui appuient ou qui
éclairciſſent ces Conjectures.*

REFLEXIONS PRELIMINAIRES.

MOYSE raconte dans la Geneſe
des évenemens arrivez 2433. ans
avant qu'il naquit. Tel eſt en effet, ſelon la Chronologie d'Uſſerius, priſe ᵃ ſur
l'original Hebreu, l'intervalle entre la
Création du Monde, par où commence
la Geneſe, & la naiſſance de Moyſe, &
cet intervalle eſt preſque auſſi grand,
que celui qu'il y a depuis la Fondation
de Rome juſqu'à nous. Il eſt vrai,

*Dans la Ge-
neſe Moyſe
raconte des
évenemens
arrivez prez
de deux mille
cinq cent ans
avant lui.*

ᵃ A ſuivre le Calcul des Septante cet intervalle iroit à prez de 4000. ans.

A ij

qu'à mesure que le fil de l'histoire avance , les faits se raprochent du tems de
Moyse : mais il n'en est aucun, le dernier
mesme, qui est la mort du Patriarche Joseph, qui n'ait precedé de plusieurs années le tems, où Moyse naquit, & à plus
forte raison le tems , où il écrivoit, puisqu'il ne commença d'écrire, qu'aprez qu'il
eut tiré d'Egypte le Peuple de Dieu , à
l'âge de 80. ans , & peut-estre mesme
plus tard.

Il n'est donc pas possible , que Moyse
ait pu savoir par lui mesme ce qu'il rapporte dans la Genese , & par consequent
il faut , où qu'il en ait esté instruit par
révelation , ou qu'il l'ait appris par le
rapport de ceux , qui en avoient esté eux
mesmes les témoins.

La connois-
sance de ces
évenemens
n'a point esté
révelée à
Moyse.

Je ne connois personne , qui ait avancé la premiere opinion , & je croi que
personne ne s'avisera jamais de l'avancer. Moyse parle toujours , dans la Genese , comme un simple historien, il ne
dit nulle part que ce qu'il raconte, lui
ait esté inspiré. On ne doit donc point
supposer cette révelation sans aucun fondement. Quand les Prophetes ont parlé
de choses , qui leur avoient esté révelées,
ils n'ont point manqué d'avertir qu'ils
parloient au nom de Dieu , & de sa part;

& c'eft ainfi que Moyfe en a ufé lui mefme, dans les autres Livres du Pentateuque, quand il a eu quelque révelation à communiquer au peuple Hebreu, ou quelque ordre de Dieu à lui intimer. Auroit-il negligé la mefme précaution, en compofant le Livre de la Genefe, s'il s'etoit trouvé dans les mefmes circonftances ?

Il faut donc avouer, que Moyfe n'a pu faire l'hiftoire des évenements racontez dans la Genefe, & qui renferment un efpace de 2369. ans, felon Ufferius, que fur la connoiffance qu'il en avoit euë de fes anceftres, lefquels en avoient efté fucceffivement les témoins. Mais il faut en mefme tems convenir auffi, que Moyfe a efté éclairé d'une maniere particuliere & par infpiration, dans le choix des faits qu'il tenoit de fes anceftres, & des circonftances de ces faits : & c'eft-là le fondement de la Foi Divine, que nous devons à l'Hiftoire qu'il nous a laiffée.

Mais Moyfe l'a reçuë de fes anceftres, qui en avoient efté les temoins.

Ce premier point une fois établi, le refte fouffre peu de difficulté. Il n'y a que deux moiens, par où la connoiffance des faits anterieurs ait pu eftre tranfmife à Moyfe, ou par une tradition purement orale, c'eft-à-dire, de bouche en bou-

Non pas par une tradition purement orale, c'eft-à-dire, tranfmife de bouche en bouche.

A iij

che ; ou par une tradition écrite, c'est-
à-dire, par des relations ou mémoires
laissez par écrit.

Ceux qui suivent la premiere opinion,
& j'avouë que c'est le plus grand nombre, ne manquent pas de profiter de la
longue vie des Patriarches, pour faire
remarquer que cette tradition orale a pu
se transmettre d'Adam jusqu'à Moyse
par un trez petit nombre de personnes,
parce que [a] *Sem, qui a vu Lamech, qui
a vu Adam, a vu au moins Abraham,
& qu'Abraham a vu Jacob, qui a vu
ceux qui ont vu Moyse.* Cette réflexion,
qui est juste, a esté proposée depuis
longtems, & elle a esté adoptée par tous
ceux, qui ont écrit sur ce sujet. Ils pre-
tendent par là rendre la tradition plus
facile & plus sure, en évitant de la faire
passer par un trop grand nombre de
mains, où elle auroit pu s'obscurcir,
s'affoiblir, s'alterer.

Mais par une
tradition écri-
re, c'est-à-di-
re, par des re-
lations ou
mémoires
laissez par é-
crit.

Mais le nombre de ceux, par qui les
faits ont pu parvenir de main en main
jusqu'à Moyse, fut-il plus petit, il est
difficile de se persuader, que dans une
tradition plusieurs fois repetée, on ait
pu se souvenir exactement de la description topographique du Paradis terre-

[a] Pensées de Pascal. *Art. XI.*

ftre ; du nom des quatre fleuves, qui l'arrofoient ; du nom & des fingularitez naturelles des pais, par où ils paffoient ; de l'âge de chaque Patriarche ; du tems précis, où ils ont commencé d'avoir des enfants, & de celui où ils font morts ; de l'ordre de leurs généalogies, & des noms de leurs defcendants ; du nom des Rois qui firent la guerre à ceux de la Pentapole, & qui furent vaincus par Abraham, .& de plufieurs autres faits pareils, rapportez dans la Genefe d'une maniere circonftanciée, & dans un détail de nombres ou de noms, peu propre à fe conferver, s'il n'eut efté confié qu'à la memoire de ceux, qui les racontoient.

M. [a] le Clerc, & M. [b] Simon, qui ont fenti ces difficultez, ont avoué, l'un & l'autre, qu'il eftoit trez apparent que Moyfe, en écrivant la Genefe, avoit eu le fecours de quelques mémoires anciens, qui l'avoient guidé fur les circonftances, les dates & l'ordre chronologique des évenements, qu'il raconte, de mefme que fur le détail des généalogies.

Tel a efté le fentiment de MM. Simon & le Clerc.

[a] In Differtat. III. *De Scriptore Pentateuchi*, præmiſsâ Commentario in Genefim. §. 11.
[b] Hiftoire Critique du Vieux Teftament. *Liv. I. Chap.* 7.

A iiij

A ces deux autoritez , que je ne fais qu'indiquer , j'en puis joindre deux autres plus concluantes encore , & que je crois devoir rapporter dans les propres termes des Auteurs.

Tel celui de M. l'Abbé Fleury.

La premiere eſt priſe de M. l'Abbé Fleury , qui aprez avoir remarqué , dans ſon Traité des *Mœurs des Iſraélites & des Chrétiens* , que dans ces premiers tems, » la mémoire des choſes paſ- » ſées ſe pouvoit aiſément conſerver par » la ſeule tradition des vieillards , qui ai- » ment naturellement à raconter , & qui » en avoient tant le loiſir » , continuë ainſi , *page 6.* » Toutesfois il ſemble dif- » ficile , que tant de nombres , que Moyſe » nous rapporte , ſe fuſſent conſervez » dans la mémoire des hommes ; l'âge de » tous les Patriarches depuis Adam , les » dates préciſes du commencement & de » la fin du Déluge , & les méſures de » l'Arche. Je ne vois point ici , *ajoute-* » *t-il* , la néceſſité de recourir au mira- » cle & à la révelation ; il eſt plus vrai- » ſemblable que l'écriture eſtoit trouvée » dès devant le Deluge , auſſi bien que » les inſtruments de Muſique , qui n'eſ- » toient pas ſi néceſſaires. »

Genef. V.
Genef. VII.
11.
Genef. VIII.
13.
Genef. VI.
15.

Genef. IV. 23.

Et de M. l'Abbé le François.

M. le François nous fournit la ſeconde autorité dans ſon excellent Livre *des*

*Preuves de la Religion Chrétienne, Tom.
I. Part. II. chap. 3. art.* 1. Il y examine
les *Sources,* où *Moyſe* a pu puiſer ſon
Hiſtoire, & aprez en avoir rapporté
quelques-unes, où *Moyſe* auroit bien pu
puiſer quelque connoiſſance de ſes Ancetres, mais où certainement il n'a pas
pu prendre l'hiſtoire de la Geneſe, telle
que nous l'avons, il en vient enfin à la
ſeule, d'où *Moyſe* a pu tirer des con-
noiſſances ſuffiſantes. » Il eſt plus que
» vraiſemblable, *dit-il à la page* 461.
» que dans la lignée, où s'eſt conſervée
» la connoiſſance de Dieu, on conſervoit
» auſſi par écrit des mémoires des an-
» ciens tems ; car les hommes, *ajoute-t-*
» *il,* n'ont jamais eſté ſans ce ſoin ».

Dans le fond, je penſe comme ces
Auteurs, mais je porte mes conjectures
plus loin, & je ſuis plus décidé. Je prétends donc que *Moyſe* avoit entre les
mains des mémoires anciens, contenant
l'hiſtoire de ſes Ancetres, depuis la création du monde ; que pour ne rien per-
dre de ces mémoires, il les a partagez
par morceaux, ſuivant les faits qui y eſtoient racontez ; qu'il a inferé ces morceaux en entier, les uns à la ſuite des autres, & que c'eſt de cet aſſemblage, que
le Livre de la Geneſe a eſté formé. Voici ſur quoi je me fonde.   A v

Je penſe dans
le fond com-
me eux, mais
je crois que
Moyſe, au
lieu de fon-
dre ces mé-
moires pour
compoſer le
Livre de la
Geneſe, lès y
a inferez par
morceaux.

I. Il y a dans la Genefe des répeti-tions fréquentes des mefmes faits, qui fautent aux yeux. La création du mon-de, & en particulier celle du premier homme, y eft racontée deux fois ; l'hi-ftoire du Deluge jufqu'à deux fois de mefme, & jufqu'à trois fois à l'égard de quelques circonftances. On trouve plu-fieurs autres exemples pareils dans le refte du Livre. Que doit-on penfer de femblab-les répetitions ? Peut-on croire que Moyfe les eût laiffé paffer dans un ou-vrage auffi court & auffi ferré, s'il l'a-voit compofé lui mefme ; & n'eft-il pas plus apparent que ces répetitions vien-nent de ce que la Genefe n'eft qu'une fimple compilation de deux ou trois mé-moires plus anciens, qui rapportoient les mefmes faits, & que Moyfe a cru devoir réunir enfemble par morceaux, en les inférant en entier, pour conferver tout ce qu'il tenoit de fes Peres fur l'hiftoire des premiers tems du monde, & en par-ticulier fur l'hiftoire & l'origine de fa Nation.

II. Dans le texte Hebreu de la Ge-nefe, Dieu eft principalement defigné par deux noms differents. Le premier, qui s'y préfente, eft celui d'*Elohim*, אלהים. Quoique ce mot ait plufieurs fignifications en Hebreu, ou qu'on s'en foit du moins fervi pour fignifier plufieurs chofes, il eft certain qu'il y eft particulierement emploié à defigner l'Etre Supreme, & dans ce fens toutes les Verfions l'ont rendu de mefme, celle des Septante par Θεός, la Vulgate par *Deus*, & toutes les Verfions Françoifes, faites fur la Vulgate, par le mot de *Dieu*, ce que la Verfion de Geneve a fuivi.

rents. Tantoft celui d'*Elohim*.

L'autre nom de Dieu eft celui de *Jehovah*, יהוה, & c'eft, de l'aveu de tous les Commentateurs, le grand nom de Dieu, le nom qui en exprime l'effence. Les Juifs ne prononçoient pas ce nom par refpect, & ils lifoient à la place celui d'*Adonai*, אדני, & pour cette raifon les Mafforethes ont mis, fous les confonantes de ce nom, les points voielles d'*Adonai*. C'eft ce nom d'*Adonai*, qui fignifie en Hebreu *Dominus*, *Seigneur*, que les Septante, & l'Auteur de la Vulgate ont lu à l'exemple des Juifs, & c'eft pour cela qu'ils ont conftamment traduit *Jehovah*, les Septante par Κύριος, la Vulgate par *Dominus*, & toutes les Verfions Françoifes, qui fuivent la Vulgate, par *le Seigneur*. Mais la Traduction de Geneve, faite fur l'Hebreu, a lu *Jehovah*, & a traduit ce nom par celui

Et tantoft celui de *Jehovah*.

A vj

de *l'Eternel*, qui en exprime affez exactement la valeur.

Quelquefois le nom de *Jehovah* fe trouve joint avec celui d'*Adonai*, & alors les Juifs, pour éviter la répetition du mefme mot, ne prononçoient pas *Adonai* au lieu de *Jehovah*, mais *Elohim*, & pour en avertir, ils mettoient alors les points voielles d'*Elohim* fous les lettres de *Jehovah*, & lifoient *Elohim Adonai*. De là vient, que les Septante traduifent ces mots par ceux de Θεὸς Κύ-ειⱷ, la Vulgate par ceux de *Dominus Deus*, & les Verfions Françoifes, faites fur la Vulgate, par ceux de *Seigneur Dieu*: au lieu que la Verfion de Geneve les a traduits, fuivant le texte Hebreu, par ceux de *l'Eternel Dieu*, en lifant comme il eft écrit *Jehovih Adonai*.

On pourroit croire fur ce détail, que ces deux noms *Elohim* & *Jehovah* font emploiez indiftinctement dans les mefmes endroits de la Genefe, comme des termes fynonymes, & propres à varier le ftyle, mais ce feroit fe tromper. Ces mots ne font jamais confondus enfemble : il y a des chapitres entiers, ou des grandes parties de chapitres, où Dieu eft toujours nommé *Elohim*, & jamais *Jehovah* : il y en a d'autres, pour le moins

De forte que l'on voit dans la Genefe des chapitres, ou des portions de chapitres, où l'on ne donne à Dieu que le nom d'*Elohim*, & d'autres, où il n'eft jamais appellé que *Jehovah*.

celui d'*Elohim* ; mais quand ces deux
noms font emploiez, ils le font enfemble, dans la mefme narration, dans le
mefme verfet, fouvent dans la mefme
ligne, & c'eft à quoi il eft aifé de reconnoitre, dans ces quatre Livres, un Auteur qui compofe, & qui dans la compofition cherche, en variant les termes qui
reviennent fouvent, à donner à fon ftyle
la variété qui en fait l'agrément, & que
tous ceux, qui fe font meflez d'écrire,
ont toujours eu grand foin de recher-
cher.

Je n'excepte de cette regle, que les
deux premiers Chapitres de l'Exode, qui
contiennent le récit de l'oppreffion des
Hébreux en Egypte, de la naiffance &
de l'enfance de Moyfe. On ne donne
point d'autre nom à Dieu dans ces deux
chapitres, que celui d'*Elohim*, & c'eft
auffi ce qui me fait foupçonner que ces
chapitres pourroient bien avoir efté pris
du mefme mémoire original, par où la
Genefe finit, & où l'on n'emploie de mefme, en parlant de Dieu, que le feul nom
d'*Elohim*, ce qui doit paroitre d'autant
plus vraifemblable que les faits, rapportez dans ces chapitres, ont précédé la
naiffance de Moyfe, ou du moins le tems,
où il fut chargé de conduire le peuple

A l'exception
des deux pre-
miers Chapi-
tres de l'Exo-
de, que je
crois pris d'un
mémoire plus
ancien, de
mefme que la
Genefe.

Hébreu; qu'il n'a pas pu par conséquent les favoir par lui mefme ; & qu'il eft vifible qu'il a du les tranfcrire de quelque mémoire, qu'il n'aura fait que copier.

Quatrieme preuve, prife des antichronifmes ou renverfemens de l'ordre chronologique, qu'on trouve dans la Genefe.

IV. Enfin, tous les Commentateurs conviennent, qu'il y a dans la Genefe des faits racontez avant d'autres faits, quoiqu'ils foient arrivez aprez, c'eft-à-dire qu'il y a des récits vifiblement déplacez, & qui par conféquent renverfent l'ordre chronologique. Je n'entrerai pas ici dans la difcuffion de ces faits, mais dans la fuite j'en alléguerai plus d'un exemple inconteftable. Or voudrat-on attribuer ces fautes à Moyfe, & penfer qu'en compofant la Genefe il l'ait compofée avec affez peu de réflexion, pour y laiffer gliffer de pareilles méprifes. J'avoüe que je ne faurois me le perfuader, & que j'aime beaucoup mieux croire, comme je l'ai déja dit plus d'une fois, que Moyfe a compofé la Genefe de plufieurs différents mémoires coupez par morceaux, qui ont efté inférez en entier les uns à la fuite des autres ; que l'ordre chronologique eftoit obfervé dans chacun de ces mémoires en particulier, mais qu'en les inférant par morceaux, cet ordre s'eft trouvé dérangé dans quelques endroits, ce qui a donné lieu à ces prétendus *anti-chronifmes.*

Sur ces réflexions il eſtoit naturel de tenter de décompoſer la Geneſe, de ſéparer tous les différents morceaux qui y ſont confondus, de réunir ceux qui ſont d'une meſme eſpece, & qui paroiſſent avoir appartenu aux meſmes mémoires, & par ce moien de rétablir ces mémoires originaux, que je crois que Moyſe a eus. L'entrepriſe n'eſtoit pas auſſi difficile, qu'on auroit pu le croire. Je n'ai eu qu'à joindre enſemble tous les endroits, où Dieu eſt conſtamment appellé *Elohim* : je les ai placez ſur une colomne, que j'ai nommée A , & je les ai regardez comme autant de morceaux, ou ſi l'on veut, de fragmens d'un premier mémoire original, que je déſigne par la lettre A. J'ai placé à coſté ſur une autre colomne, que j'appelle B , tous les autres endroits, où l'on ne donne point à Dieu d'autre nom , que celui de *Jehováh* , & j'ai raſſemblé par là tous les morceaux , ou du moins, tous les fragmens d'un ſecond mémoire B. En faiſant cette diſtribution, je n'ai point eu d'égard ni à la diviſion de la Geneſe en chapitres , ni à celle des chapitres en verſets, parce qu'il eſt certain que ces diviſions ſont nouvelles & arbitraires.

A meſure que j'ai avancé, j'ai recon-

Suivant cette idée, j'ai tenté de décompoſer la Geneſe, & j'ai réuſſi à la diſtribuer en quatre principaux mémoires.

Un *premier*, que je nomme A , où Dieu n'a point d'autre nom, que celui d'*Elohim*.

Un *ſecond* B , où Dieu eſt toujours appellé *Jehovah*.

Un *troiſieme* C, où j'ai rapporté quelques faits répetez une troisieme fois, & où l'on n'a pas eu occasion de parler de Dieu.

nu qu'il falloit admettre d'autres mémoires encore. Il y a dans la Genese quelques endroits, par exemple, dans la description du Déluge, où les mesmes choses sont répetées jusqu'à trois fois. Comme le nom de Dieu n'est pas emploié dans ces endroits, & qu'on n'a par conséquent aucune raison de les rapporter à aucun des deux premiers mémoires, j'ai cru devoir placer ces troisiemes répetitions sous une troisieme colomne C, comme appartenant à un troisieme mémoire C.

Et un quatrieme D, où j'ai placé tous les faits qui sont étrangers à l'histoire du peuple Hébreu, & dans le récit desquels aucun nom de Dieu n'est emploié.

Il y a d'autres endroits encore, où de mesme Dieu n'est point nommé, & qui par conséquent n'appartiennent de droit ni à la colomne A, ni à la colomne B. Quand les faits, qu'on y raconte, m'ont paru étrangers à l'histoire du peuple Hébreu, j'ai pris le parti de les ranger sous une quatrieme colomne D, & de les rapporter à un quatrieme mémoire. Je doute mesme si tous ces endroits appartiennent à un mesme mémoire, & j'aurois peut-estre dû les distribuer entre plusieurs, mais cette discussion n'est pas assez importante, pour mériter de s'y arrester. Je l'examinerai autre part.

Je n'ai pas cru devoir faire cet essai

Je n'ai point esté tenté de faire cet essai sur le texte hébreu de la Genese.

Ce n'est pas que ce n'eût esté l'épreuve la plus sure & la plus décisive : mais trop peu de gens auroient esté en état de juger du succez. sur le texte hébreu de la Genese.

Cette consideration ne m'eust pas empêché de travailler sur la Vulgate, mais j'ai craint que l'opposition entre les mots *Deus* & *Dominus*, qu'on y emploie pour signifier Dieu, ne fut pas assez grande, ni assez marquée ; qu'en conséquence l'usage alternatif, qu'on y fait de ces deux mots, sans jamais les confondre ensemble, ne parut quelque chose d'assez indifférent; & qu'on ne prit occasion de là de regarder comme frivoles, les conséquences, que je crois pouvoir en tirer. Ni sur la Vulgate.

Le mesme inconvénient se rencontre dans toutes les Traductions Françoises, faites sur la Vulgate. D'ailleurs, on s'est trop occupé d'y mettre du style, ce qui masque l'original, & l'on n'y a rien négligé pour tâcher d'adoucir les transitions trop éloignées, & de sauver les répetitions trop choquantes. Ni sur aucune des Versions Françoises, faites sur la Vulgate.

Ce n'est donc que dans la Traduction de Geneve, que j'ai trouvé toutes les conditions que je desirois. Elle suit l'Hébreu, & le suit si littéralement, qu'elle représente exactement l'original. Les Mais sur la traduction de Geneve, faite sur l'Hébreu. Raisons de ce choix.

noms qu'on donne à Dieu, y font auffi
oppofez que dans l'Hébreu mefme. *Elohim* eft toujours *Dieu*; *Jehovah* toujours
l'Eternel; *Jehovah Elohim* toujours *l'E-
ternel Dieu*; de forte qu'il n'eft pas poffible qu'une oppofition fi frappante ne
faffe impreffion. Enfin, on n'y a pris
nulle peine d'adoucir les tranfitions bruf-
ques, qui font dans l'original à chaque
coupure, c'eft-à-dire, comme je le
crois, toutes les fois qu'on paffe d'un
mémoire à l'autre. Or ces tranfitions fi
mal amenées font la marque la plus fure
de la maniere, dont a efté fait le Livre
de la Genefe.

Succez de
l'effai que j'ai
fait fur la dif-
tribution de
la Genefe.

C'eft donc fur la Verfion de Geneve, imprimée *in-fol.* en 1610. que j'ai
effaié de décompofer le Livre de la Genefe : le fuccez en a efté plus heureux,
que je n'avois mefme ofé l'efpérer. Par
là, la Genefe s'eft partagée, comme d'el-
le-mefme, en deux principaux mémoires, A & B, qui vont chacun depuis le
commencement de ce Livre jufqu'à la
fin : Par là, toutes les répetitions ont dif-
paru, du moins, les répetitions choquantes : Par là, Dieu a toujous le mefme nom dans chaque mémoire, dans l'un
celui d'*Elohim, Dieu*, & dans l'autre
celui de *Jehovah, l'Eternel* : Enfin, par

là il n'y a plus de dérangement dans l'ordre chronologique, & l'on voit à l'œil que ces prétendus dérangemens de chronologie ne venoient, comme on l'avoit soupçonné, que du mélange des différents morceaux de ces mémoires. Ainsi, ou l'on doit renoncer à prétendre rien prouver jamais dans aucune question de critique, ou l'on doit convenir avec moi, que la preuve, qui résulte de la réunion de ces faits, forme une démonstration complette de ce que j'ai avancé sur la composition de la Genese.

Il est vrai, & pourquoi le dissimuler, qu'il y a des vuides ou lacunes dans ces mémoires, aprez qu'on les a réunis, ou si l'on veut, recousus chacun en particulier, & qu'il faut emprunter quelque chose, tantost de l'un & tantost de l'autre, pour rendre dans chacun la narration complette & suivie : mais on n'en doit pas estre surpris, dez qu'on sait les deux causes, d'où ces lacunes peuvent venir.

Il faut pourtant observer, qu'en réunissant ainsi les morceaux des mesmes mémoires, il reste souvent des vuides, ou lacunes entre deux.

I. Elles ont pu estre originairement dans les mémoires mesme, & ce qu'on prend aujourd'hui pour des lacunes dans les mémoires récomposez, pouvoit n'estre que des transitions trop éloignées & trop brusques, dont les exemples ne sont

Dont quelques unes peuvent venir des mémoires mesme, & n'avoir esté originairement que des transitions trop éloignées.

pas rares dans les ouvrages de la premiere antiquité. C'eſt le jugement, que je
crois qu'on doit porter de toutes ces eſ-
peces de lacunes, qui ſans interrompre
le fil de la narration, ne font qu'oſter la
liaiſon, qu'elle devroit avoir avec ce qui
ſuit.

Mais dont la
pluſpart pa-
roiſſent venir
de ce que
Moyſe a re-
tranché dans
l'un ou dans
l'autre mé-
moire,&quel-
quefois dans
tous les deux,
quelques en-
droits qui eſ-
toient abſo-
lument les
meſmes.

II. Il y a d'autres lacunes en plus
grand nombre, qui tronquent la ſuite de
la narration, & qui la rendent défec-
tueuſe dans l'un des deux mémoires.Cel-
les-là ſont plus réelles, & elles me paroiſſent venir de la maniere, dont je
conjecture que Moyſe a mis en œuvre
les mémoires qu'il avoit.Comme ces mémoires contenoient la meſme hiſtoire,&
racontoient les meſmes faits, il y avoit
ſans doute beaucoup de récits, qui eſtoient, pour le fond, abſolument les
meſmes dans les deux mémoires, & qui
peut-eſtre meſme eſtoient exprimez dans
les meſmes termes, ce qui ne doit pas
ſurprendre dans des mémoires, écrits de
la maniere la plus ſimple,ſans aucun tour
dans le ſtyle, & avec peu de variation
dans les termes. Or il y a toute apparence que Moyſe, pour ne pas tranſcri-
re deux fois la meſme choſe, retrancha
ces endroits dans l'un ou l'autre des mémoires, & ſe contenta de conſerver ſoi-

gneufement tous les autres endroits, où
fe trouvoit quelque fait, quelque circonftance, quelque difcours tant foit
peu different. Ainfi en décompofant la
Genfe, comme j'ai fait, il doit fe trouver des lacunes frequentes dans l'un ou
l'autre des Mémoires, mais comme dans
ces endroits on peut eftre prefque fur
que le Mémoire défectueux difoit ce qui
fe trouve dans l'autre, qui eft plus entier, on n'a qu'à fe fervir de ce que l'autre Mémoire fournit pour remplir les lacunes : & c'eft un moien que j'ai emploié quelquefois, en mettant certains
endroits fous les deux colomnes A & B,
pour marquer qu'ils appartenoient, ou
pouvoient appartenir à toutes les deux :
ou bien, ce qui revient à peu prez au
mefme, on peut laiffer fubfifter les lacunes, qui ne doivent point embarraffer,
dez que la caufe en eft connuë, & c'eft
ainfi que j'en ai ordinairement ufé.

Aprez toutes ces obfervations, qui
ont paru neceffaires, il eft tems de laiffer
la liberté d'examiner l'effai que je propofe. Mais je prie ceux qui voudront
bien fe donner cette peine, de fufpen-
dre leur jugement, jufqu'aprez la lecture
des Remarques, qui font à la fin de l'Ouvrage, & où j'ai tâché de prévenir les

Situation
d'efprit, où il
eft neceffaire
qu'on foit,
pour juger de
l'effai qu'on
propofe.

*

principales difficultez. Je fouhaiterois mefme qu'on voulût bien ne pas porter un jugement définitif fur une premiere lecture. Quand il faut fe defaire d'un prejugé, dans lequel on a efté nourri, il faut s'accoutumer peu-à-peu avec l'opinion contraire, & donner le tems d'agir aux raifons, qu'on a de l'embraffer, parce que la prevention ne cede jamais qu'avec peine, & contrebalance longtems les plus fortes preuves.

GENESE.

A

CHAPITRE I.

1. DIEU crea au commencement les cieux & la terre.

2. Et la terre estoit sans forme & vuide, & tenebres *estoyent* sur le dessus de l'abysme: & l'Esprit de Dieu se mouvoit sur le dessus des eaux.

3. Et Dieu dit, Que la lumiere soit: & la lumiere fut.

4. Et Dieu vid que la lumiere *estoit* bonne : & Dieu separa la lumiere d'avec les tenebres.

5. Et Dieu nomma la lumiere, Jour : & les tenebres, Nuict. Si fut le soir, si fut le matin, *qui fut* le premier jour.

6. Puis Dieu dit, Qu'une estenduë soit entre les eaux : & qu'elle separe les eaux d'avec les eaux.

7. Dieu donc fit l'es-

B

tenduë : & separa les eaux
qui *font* au deſſous de l'eſtenduë, d'avec celles *qui*
font au deſſus de l'eſtenduë : & ainſi fut.

8. Et Dieu nomma l'eſ-
tenduë, Cieux. Si fut le
foir, ſi fut le matin, *qui*
fut le ſecond jour.

9. Puis Dieu dit, Que
les eaux, *qui font* au deſ-
fous des cieux, foyent aſ-
femblées en un lieu, &
que le fec apparoiſſe : &
ainſi fut.

10. Et Dieu nomma le
fec, Terre : il nomma auſſi
l'aſſemblée des eaux,
Mers : & Dieu vid que *ce-*
la eſtoit bon.

11. Puis Dieu dit, Que
la terre pouſſe *fon* ject,
aſſavoir herbe portant femence, & arbres fruictiers,
portans fruict felon leur
eſpece, qui ayent leur femence en eux meſmes fur
la terre ; & ainſi fut.

12. La terre donc pro-
duiſit *fon* ject, *aſſavoir* herbe portant femence felon
fon eſpece, & arbres por-
tans fruict, ayant leur femence en eux meſmes,
felon leur eſpece : & Dieu
vid que *cela eſtoit* bon.

13. Si fut le foir , ſi fut

le matin , *qui fut* le troifieme jour.

14. Puis Dieu dit, Qu'il
y ait luminaires en l'ef-
tenduë des cieux , pour
feparer la nuict d'avec le
jour : & *qui* foyent pour
fignes & pour les faifons ,
& pour les jours & an-
nées.

15. Et *qui* foient pour
luminaires en l'eftenduë
des cieux : afin d'efclairer
fur la terre , & ainfi fut.

16. Dieu donc fit deux
grands luminaires (le plus
grand luminaire pour a-
voir feigneurie fur le jour,
& le moindre pour avoir
feigneurie fur la nuict) &
les eftoiles.

17. Et Dieu les mit en
l'eftenduë des cieux, pour
efclairer fur la terre.

18. Et pour avoir fei-
gneurie fur le jour & fur
la nuict , & pour feparer
la lumiere d'avec les te-
nebres : & Dieu vid que
cela eftoit bon.

19. Si fut le foir , fi fut
le matin , *qui fut* le quatrieme jour.

20. Puis Dieu dit, Que
les eaux produifent en
toute abondance reptiles
ayans vie : & *que* les oi-

ſeaux volent ſur la terre
vers l'eſtenduë des cieux.

21. Dieu donc crea les
grandes baleines, & tous
animaux ſe mouvans, que
les eaux avoyent pro-
duits en toute abondan-
ce, ſelon leur eſpece, &
tout oiſeau ayant aile, ſelon ſon eſpece : & Dieu
vid que *cela eſtoit* bon.

22. Et Dieu les benit
diſant, Foiſonnez & mul-
tipliez, & rempliſſez les
eaux par les mers : & que
les oiſeaux multiplient en
la terre.

23. Si fut le ſoir, ſi fut
le matin, *qui fut* le cinquieme jour.

24. Puis Dieu dit, Que
la terre produiſe animaux
ſelon leur eſpece, le beſtail, les reptiles, & les
beſtes de la terre ſelon
leur eſpece : & ainſi fut.

25. Dieu donc fit les
beſtes de la terre ſelon
leur eſpece, & le beſtail
ſelon ſon eſpece, & les
reptiles de la terre ſelon
leur eſpece : & Dieu vid
que *cela eſtoit* bon.

26. Puis Dieu dit, Fai-
ſons l'homme à notre
image, ſelon notre ſem-
blance, & qu'ils ayent

feigneurie fur les poiſſons de la mer , & fur les oiſeaux des cieux, & fur le beſtail,& fur toute la terre , & fur tout reptile ſe mouvant ſur la terre.

27. Dieu donc crea l'homme à ſon image, il le crea à l'image de Dieu : il les crea maſle & femelle.

28. Et Dieu les benit , & leur dit, Foiſonnez , & multipliez , & rempliſſez la terre , & l'aſſujettiſſez : & ayez feigneurie ſur les poiſſons de la mer , & ſur les oiſeaux des cieux , & ſur toute beſte ſe mouvant ſur la terre.

29. Et Dieu dit, Voici, je vous ai donné toute herbe portant femence eſtant ſur toute la terre , & tout arbre ayant en foi fruict d'arbre portant femence , *ce qui* vous fera pour viande.

30. Mais *j'ai donné* à toutes les beſtes de la terre , & à tous les oiſeaux des cieux, & à toute choſe ſe mouvant ſur la terre , qui a vie en foi , toute verdure d'herbe pour manger : & ainſi fut.

31. Et Dieu vid tout ce qu'il avoit fait : & voilà

il estoit trés bon. Si fut le
soir , si fut le matin , *qui
fut* le sixieme jour.

CHAP. II.

1. **L**Es cieux donc & la
terre furent ache-
vés , & toute l'armée d'i-
ceux.

2. Et Dieu eut achevé
au septieme jour son œu-
vre qu'il avoit faite, &
se reposa au septieme jour
de toute son œuvre qu'il
avoit faite.

3. Et Dieu benit le sep-
tieme jour, & le sancti-
fia : pource qu'en icelui
il s'estoit reposé de toute
son œuvre qu'il avoit
creée pour estre faite.

B

4. Telles *sont* les origi-
nes des cieux & de la terre, quand ils furent creés,
quand l'Eternel Dieu fit
la terre & les cieux.

5. Et tous les jettons
des champs devant qu'il
en fut dans la terre, &
tout l'herbage des champs
devant qu'il germast. Car
l'Eternel Dieu n'avoit
point fait pleuvoir sur la
terre, & *n'y avoit* point
d'homme pour labourer
la terre.

NOTE.

Tous les Preterits plus que parfaits des versets 7. 8. 9. sont en hebreu des Aoristes ou Preterits indeterminez, & au lieu de l'Eternel Dieu avoit formé, avoit souflé, avoit fait germer, il faloit traduire l'Eternel Dieu forma, soufla, fit germer, comme il paroit par les versets suivants 15. 16. & 17. où l'on a esté forcé par le sens à emploier les Aoristes.

6. Ni aucune vapeur *ne* montoit de la terre, qui arrousast tout le dessus de la terre.

7. Or l'Eternel Dieu avoit formé l'homme de la poudre de la terre, & avoit soufflé és narines d'icelui respiration de vie: dont l'homme fut fait en ame vivante.

8. Aussi l'Eternel avoit planté un jardin en Heden, du costé d'Orient, & y avoit mis l'homme qu'il avoit formé.

9. Et l'Eternel Dieu avoit fait germer de la terre tout arbre desirable à voir, & bon à manger: & l'arbre de vie au milieu du jardin, & l'arbre de science de bien & de mal.

10. Et un fleuve sortoit d'Heden pour arrouser le jardin: & de là se divisoit en quatre chefs.

11. Le nom du premier *est* Pisçon: c'est celui qui coule tournoyant par tout le païs de Havila, là où il croist de l'or.

12. Et l'or de ce païs là *est* bon: là aussi se trouve le Bdellion & la pierre d'Onix.

B iij

13. Le nom du fecond fleuve *eft* Guihon ; c'eft celui qui coule tournoyant par tout le païs de Cus.

14. Et le nom du troi-fieme fleuve *eft* Hidde-kel : ceftui-là va à la ren-contre d'Affyrie. Et le quatrieme fleuve eft Eu-phrates.

15. L'Eternel Dieu donc print l'homme, & le col-loqua au jardin d'Heden pour le cultiver, & pour le garder.

16. Puis l'Eternel Dieu commanda à l'homme, difant, Tu mangeras li-brement de tout arbre du jardin.

17. Toutesfois quant à l'arbre de fcience de bien & de mal, tu n'en man-geras point : car dés le jour que tu mangeras d'i-celui, tu mourras de mort.

18. Or l'Eternel Dieu avoit dit, il n'*eft* pas bon que l'homme foit feul : je lui ferai une aide pour lui affifter.

19. Car l'Eternel Dieu avoit formé de la terre toutes beftes des champs, & tous oifeaux des cieux: puis *les* avoit fait venir

Note.

De mefme les Préterits plus que parfaits des verfets 18. 19. 20. & 21. *font en hebreu des Aoriftes, & au lieu de traduire* l'Eternel Dieu avoit dit, avoit for-mé, avoit fait tomber un profond dormir, *il faloit traduire* l'Eternel Dieu dit, forma, fît tomber un profond dormir, *comme on en peut juger par les versets suivants 22. & 23. où le sens a obligé d'emploier des Aoristes. Il paroit qu'on n'a changé les Aoristes en Préterits plus que parfaits, que pour tâcher de sauver la répetition de la creation d'Adam & d'Eve. Voiez ci-dessous l'Eclaircissement VII.*

vers Adam, afin qu'il vist comment il les nommeroit : & qu'à toute chose ayant vie, ainsi qu'Adam la nommeroit, ce fut le nom d'icelle.

20. Dont Adam avoit mis les noms à tout bestail, & aux oiseaux des cieux, & à toutes les bestes des champs : mais à Adam il ne se trouvoit point d'aide pour lui assister.

21. Et l'Eternel Dieu avoit fait tomber un profond dormir sur Adam, dont il s'estoit endormi : & *Dieu* avoit prins une des costes d'icelui, & resserré la chair au lieu d'icelle.

22. Et l'Eternel Dieu bastit une femme de la coste qu'il avoit prinse d'Adam, & la fit venir vers Adam.

23. Lors Adam dit, A cette fois ceste-ci *est* os de mes os, & chair de ma chair. On la nommera Hommesse : car elle a esté prinse de l'homme.

24. Et pourtant l'homme delaissera son pere & sa mere, & adherera à sa femme, & seront une chair.

B v

34

25. Et eſtoyent eux deux nuds , *aſſavoir* Adam & ſa femme, & ne *le* prenoient point à honte.

CHAP. III.

1. OR le ſerpent eſtoit adviſé pardeſſus toute beſte des champs que l'Eternel Dieu avoit faite. Icelui dit à la femme , Voire, que Dieu ait dit , vous ne mangerez point de tout arbre du jardin.

2. Et la femme *reſpondit* au ſerpent, Nous mangeons du fruict des arbres du jardin.

3. Mais quant au fruict de l'arbre qui eſt au milieu du jardin, Dieu a dit, Vous n'en mangerez point & ne le toucherez point , de peur que vous ne mouriez.

4. Adonc le ſerpent dit à la femme, Vous ne mourrez nullement.

5. Mais Dieu ſait qu'au jour que vous en mangerez, vos yeux ſeront ouverts & ſerez comme dieux , ſachans le bien & le mal.

6. La femme donc

voyant que l'arbre eftoit bon à manger, & qu'il eftoit fouhaitable à voir, & arbre defirable pour donner fcience, en print du fruict, & en mangea, & en donna auffi à fon mari *qui eftoit* avec elle, lequel *en* mangea.

7. Et les yeux d'eux deux furent ouverts : & ils cognurent qu'ils eftoyent nuds : fi coufurent enfemble des fueilles de figuier, & fe firent des ceintures.

8. Lors ils ouïrent au vent du jour la voix de l'Eternel Dieu, fe pourmenant par le jardin : & Adam & fa femme fe cacherent de devant l'Eternel Dieu parmi les arbres du jardin.

9. Mais l'Eternel Dieu appela Adam & luy dit, Où *es*-tu?

10. Lequel *refpondit*, J'ai ouï ta voix au jardin, & ai craint pour ce que j'eftois nud : & me fuis caché.

11. Et *Dieu* dit, Qui t'a monftré que tu *eftois* nud? n'as-tu pas mangé de l'arbre duquel je t'avoye defendu de manger?

B vj

12. Et Adam *respondit*, La femme que tu m'as donnée *pour estre* avec moy, m'a baillé de l'arbre : & j'*en* ai mangé.

13. Et l'Eternel Dieu dit à la femme, Pourquoi as-tu fait cela ? Et la femme *respondit*, le serpent m'a seduite, & j'*en* ai mangé.

14. Alors l'Eternel Dieu dit au serpent, D'autant que tu as fait cela, tu *seras* maudit sur tout bestail, & sur toute beste des champs : tu chemineras sur ton ventre,& mangeras la poussiere tous les jours de ta vie.

15. Et je mettrai inimitié entre toi & la femme, entre ta semence & la semence de la femme : icelle *semence* te brisera la teste, & tu lui briseras le talon.

16. *Et* il dit à la femme, J'augmenterai grandement ton travail & ta grossesse : tu enfanteras en travail les enfans : & tes desirs *se raporteront* à ton mari, & iceluy aura seigneurie sur toi.

17. Puis il dit à Adam, D'autant que tu as obeï à la parole de ta femme, &

as mangé de l'arbre, duquel je t'avoye commandé, difant, Tu n'en mangeras point : la terre *fera* maudite à l'occafion de toi : tu mangeras d'icelle en travail, tous les jours de ta vie.

18. Et elle reproduira efpines & chardons : & tu mangeras l'herbe des champs.

19. En la fueur de ton vifage tu mangeras le pain, jufqu'à ce que tu retournes en terre : car tu en as efté prins : pour ce que tu *es* poudre, auffi retourneras-*tu* en poudre.

20. Et Adam apela le nom de fa femme, Eve : pour ce qu'elle a efté la mere de tous vivans.

21. Et l'Eternel Dieu fit à Adam & à fa femme des robbes de peaux & les *en* veftit.

22. Et l'Eternel Dieu dit, Voici l'homme eft devenu comme un de nous, fachant le bien & le mal. Mais maintenant *il faut pourvoir* que d'aventure il n'avance fa main & ne prene auffi de l'arbre de vie, & *en* mange & vive à toujours,

23. Et l'Eternel Dieu le mit hors du jardin d'Heden , pour labourer la terre de laquelle il avoit esté prins.

24. Et dechaſſa l'homme : & logea des Cherubins vers l'orient du jardin d'Heden , avec une lame d'eſpée ſe tournant çà & là , pour garder le chemin de l'arbre de vie.

CHAP. IV.

1. OR Adam cognut Eve ſa femme, laquelle conçeut,& enfanta Caïn : & dit , J'ai acquis un homme de par l'Eternel.

2. Et derechef elle enfanta Abel ſon frere : & Abel fut berger , & Caïn laboureur.

3. Or advint au bout de quelque tems que Caïn offrit à l'Eternel oblation des fruicts de la terre.

4. Et qu'Abel auſſi offrit des premiers nez de ſa bergerie,& de la graiſſe d'iceux. Et l'Eternel eut eſgard à Abel , & à ſon oblation.

5. Mais il n'eut point d'eſgard à Caïn , ni à ſon

oblation : & Caïn fut fort
defpité, & fut fon vifage
abbatu.

6. Et l'Eternel dit à
Caïn, Pourquoi es-tu def-
pité ? & pourquoy eft ton
vifage abbatu ?

7. Si tu fais bien ne *fera-il* pas reçu ? mais fi tu
ne fais bien, le peché gift
à la porte. Or fes defirs *fe
raportent* à toi, & tu as feigneurie fur lui.

8. Et Caïn parla avec
Abel fon frere : Et comme
ils eftoyent aux champs,
Cain s'efleva contre Abel
fon frere, & le tua.

9. Et l'Eternel dit à Caïn,
Où *eft* Abel ton frere ? lequel *refpondit*, je ne fai :
fuis-je la garde de mon
frere ? moi ?

10. Et *Dieu* dit, Qu'as-
tu fait ? la voix du fang
de ton frere crie de la terre à moi.

11. Maintenant donc tu
feras maudit *mefine* de la
part de la terre, laquelle
a ouvert fa bouche pour
recevoir de ta main le
fang de ton frere.

12. Quand tu labou-
reras la terre, elle ne te
rendra plus fa vertu : tu
feras auffi vagabond &

fugitif fur la terre.

13. Et Caïn dit à l'E-
ternel, Ma punition *eſt*
plus grande que je ne puis
porter.

14. Voici, tu m'as de-
chaſſé aujourd'huy de deſſus ceſte terre, & je ſerai
caché de devant ta face :
& ſerai vagabond & fu-
gitif ſur la terre, & ad-
viendra que quiconque
me trouvera me tuera.

15. Et l'Eternel luy dit,
Pourtant quiconque tue-
ra Caïn, ſera vengé ſept
fois au double. Ainſi l'E-
ternel mit une marque à
Caïn, afin que quiconque
le trouveroit, ne le tuaſt
point.

16. Adonc Caïn ſortit
hors de devant l'Eternel,
& habita au païs de Nod,
vers l'orient d'Heden.

17. Puis Caïn cognut
ſa femme qui conçeut &
enfanta Henoc, & baſtit
une ville : & appela le
nom de la ville du nom
de ſon fils Henoc.

18. Puis Hirad naſquit
à Henoc, & Hirad en-
gendra Mehujael, & Me-
hujael engendra Methu-
ſçael, & Methuſçael en-
gendra Lemec.

19. Et Lemec print deux femmes : le nom de l'une *estoit* Hada , & le nom de l'autre Tsilla.

20. Et Hada enfanta Jabal, qui fut pere des habitans és tabernacles , & des pasteurs.

21. Et le nom de son frere fut Jubal : qui fut pere de tous ceux qui touchent le violon & les orgues.

22. Et Tsilla aussi enfanta Tubalcain , *qui fut* forgeur de tous engins d'airain & de fer , & la sœur de Tubalcain fut Nahama.

23. Et Lemec dit à Hada & Tsilla ses femmes , Femmes de Lemec , oyez ma voix, escoutez ma parole : je tuerai un homme moy estant navré , voire un jeune homme , moy, estant meurtri.

24. Car *si* Caïn est vengé sept fois au double : Lemec *le sera* septante sept fois.

25. Et Adam cognut encore sa femme, qui enfanta un fils , & appela son nom Seth : (car Dieu m'a , *dit-elle* , donné une autre lignée au lieu d'A-

bel que Caïn a tué.)

26. Et à Seth aussi naſquit un fils, & il appela le nom d'iceluy Enos, alors on commença d'appeler du nom de l'Eternel.

A

CHAP. V.

1. C'Eſt ici le rolle des lignées d'Adam, depuis le jour que Dieu crea l'homme, & le fit à ſa ſemblance.

2. Il les crea *donc* maſle & femelle, & les benit, & appela leur nom Homme, au jour qu'ils furent creés.

3. Ainſi Adam veſcut cent trente ans : & engendra *un fils* à ſa ſemblance, ſelon ſon image, & appela ſon nom Seth.

4. Et les jours d'Adam, après qu'il eut engendré Seth, furent huit cens ans : & engendra fils & filles.

5. Tout le tems donc qu'Adam veſcut, fut neuf cens trente ans, puis mourut.

6. Item Seth veſcut cent cinq ans, & engendra Enos.

7. Et Seth vefcut, après qu'il eut engendré Enos, huit cens fept ans : & engendra fils & filles.

8. Tout le tems donc que Seth vefcut, fut neuf cens douze ans, puis mourut.

9. Item Enos vefcut nonante ans, & engendra Kenan.

10. Et Enos après qu'il eut engendré Kenan, vefcut huit cens quinze ans : & engendra fils & filles.

11. Tout le tems donc qu'Enos vefcut, fut neuf cens cinq ans, puis mourut.

12. Item Kenan vefcut feptante ans, & engendra Mahalaleel.

13. Et Kenan, après qu'il eut engendré Mahalaleel, vefcut huit cens quarante ans, & engendra fils & filles.

14. Tout le tems donc que Kenan vefcut, fut neuf cens dix ans, puis mourut.

15. Item Mahalaleel vefcut foixante cinq ans, & engendra Jered.

16. Et Mahalaleel, après qu'il eut engendré Jered, vefcut huit cens

trente ans : & engendra fils & filles.

17. Tout le tems donc que Mahalaleel vefcut, fut huit cens nonante cinq ans, puis mourut.

18. Item Jered vefcut cent foixante deux ans,& engendra Henoc.

19. Et Jered après qu'il eut engendré Henoc, vefcut huit cens ans : & engendra fils & filles.

20. Tout le tems donc que Jered vefcut, fut neuf cens foixante deux ans, puis mourut.

21. Item Henoc vefcut foixante cinq ans , & engendra Methufçela.

22. Et Henoc aprés qu'il eut engendré Methufçela, chemina avec Dieu trois cens ans : & engendra fils & filles.

23. Tout le tems donc qu'Henoc vefcut, fut trois cens foixante cinq ans.

24. Ainfi Henoc chemina avec Dieu , & n'apparut plus , car Dieu le print.

25. Item Methufçela vefcut cent octante fept ans, & engendra Lemec.

26. Et Methufçela, après qu'il eut engendré Lemec , vefcut fept cens &

octante deux ans : & en-
gendra fils & filles.

27. Tout le tems donc
que Methuſçela veſcut,
fut neuf cens ſoixante
neuf ans , puis mourut.

28. Item Lemec veſcut
cent octante deux ans , &
engendra un fils.

29. Et appela ſon nom
Noé(diſant,Ceſtui-ci nous
ſoulagera de notre œuvre,
&du travail de nos mains,
à cauſe de la terre que l'E-
ternel a maudite.)

30. Et Lemec aprez qu'il
eut engendré Noé, veſcut
cinq cens nonante cinq
ans, & engendra fils &
filles.

31. Tout le tems donc
que Lemec veſcut , fut
ſept cens ſeptante ſept
ans, puis mourut.

32. Et Noé aagé de
cinq cens ans engendra
Sem, Cam , & Japheth.

B

CHAP. VI.

1. OR advint que
quand les hom-
mes eurent commencé de
multiplier ſur la terre, &
qu'ils eurent engendré des
filles :

2. Les fils de Dieu
voyans que les filles des

hommes eſtoyent belles, en prindrent à femmes pour eux, de toutes celles qu'ils choiſirent.

3. Dont l'Eternel dit, Mon eſprit ne plaidera point à touſiours avec les hommes, car auſſi bien ſont ils chair : leurs jours donc feront cent & vingt ans.

4. En ce tems eſtoient les geans ſur la terre, & meſme après que les fils de Dieu s'acointerent avec les filles des hommes, & qu'elles leur eurent enfanté *lignée* : iceux ſont les puiſſans, qui de tout tems ont eſté gens de renom.

5. Et l'Eternel voyant la malice des hommes eſtre trés grande ſur la terre, & toute l'imagination des penſées de leur cœur n'*eſtre* autre choſe que mal en tout tems.

6. Il ſe repentit d'avoir fait l'homme en la terre, & fut deplaiſant en ſon cœur.

7. Dont l'Eternel dit, Je raclerai de deſſus la terre les hommes que j'ai creés, depuis les hommes juſqu'au beſtail, juſqu'aux reptiles, voire juſqu'aux oiſeaux des cieux, car je

A

9. Ce *font* ici les generations de Noé. Noé fut homme jufte & entier en fon tems, cheminant avec Dieu.

10. Et Noé engendra trois fils , Sem , Cam & Japheth.

11. Et la terre eftoit corrompuë devant Dieu, & remplie d'extorfion.

12. Dieu regarda la terre , & voici elle eftoit corrompuë : car toute chair avoit corrompu fa voye deffus la terre.

13. Et Dieu dit à Noé, La fin de toute chair eft venuë devant moi : car la terre eft remplie d'extorfion par eux : & voici , je les desferai avec la terre.

14. Fai toi une arche de bois de Gopher : tu feras l'arche par loges , & la calfeutreras de godran par dedans & par dehors.

15 Et la feras telle : La longueur de l'arche fera de trois cens coudées , fa largeur de cinquante cou-

me repen de les avoir faits.

8. Mais Noé trouva grace devant l'Eternel,

dées , & sa hauteur de
trente coudées.

16. Tu bailleras clair
jour à l'arche , & la pa-
racheveras d'une coudée
par le haut, & mettras la
porte de l'arche à costé
d'icelle : si la feras avec
un bas , un second , &
troisieme *estage*.

17. Et voici , je ferai
venir un deluge d'eaux
sur la terre, pour desfaire
toute chair, en laquelle *il
y a* esprit de vie sous les
cieux : & tout ce qui *est*
en la terre expirera.

18. Mais j'establirai
mon alliance avec toi :
si entreras en l'arche, toi
& tes fils , & ta femme ,
& les femmes de tes fils
avec toi.

19. Et de tout ce qui a
vie d'entre toute chair,
tu en feras entrer par paires en l'arche pour les garder en vie avec toi, assavoir le masle & la fe-
melle.

20. Des oiseaux selon leur
espece , des bestes selon
leur espece , & de tous reptiles selon leur espece : il
y en entrera de tout par
paires avec toi , afin que
tu les conserves en vie.

21. Pren

21. Pren aussi avec toi de toute viande qu'on mange, & la retire à toi : afin qu'elle soit pour manger tant à toi, qu'à iceux.

22. Ce que Noé fit selon toutes les choses que Dieu lui avoit commandées, ainsi fit-il.

B

CHAP. VII.

1. ET l'Eternel dit à Noé, Entre, toi & toute ta maison en l'arche : car je t'ai vu juste devant moi en ce tems ici.

2. Tu prendras de toutes bestes nettes sept de chaque espece, le masle & sa femelle : mais des bestes qui ne sont point nettes, une couple, le masle & sa femelle.

3. Aussi des oiseaux des cieux, sept de chaque espece, le masle & sa femelle, afin que l'engeance *en* soit conservée sur toute la terre.

4. Car dedans sept jours je ferai pleuvoir sur la terre par quarante jours & quarante nuits : & raclerai de dessus la terre toute chose qui subsiste, laquelle j'ai faite.

C

A

6. Et Noé *estoit* aagé de six cens ans, quand le deluge des eaux advint sur la terre.

7. Noé donc entra & ses fils, sa femme, & les femmes de ses fils avec lui, en l'arche, à cause des eaux du deluge.

8. Des bestes nettes, & des bestes qui ne sont point nettes, & des oiseaux, & de tout ce qui se meut sur la terre.

9. Elles entrerent deux à deux à Noé en l'arche, *assavoir* masle & femelle, comme Dieu lui avoit commandé.

10. Et advint qu'au septieme jour les eaux du deluge furent sur la terre.

5. Et Noé fit selon toutes les choses que l'Eternel lui avoit commandées.

B

11. En l'an six cens de la vie de Noé, au second mois, au dixseptieme jour du mois, en ce jour-là toutes les fontaines du grand abysme furent rompuës, & les bondes des cieux furent ouvertes.

12. Et la pluie tomba sur la terre par quarante jours & quarante nuits.

13. En ce mesme jour-
là Noé, & Sem, Cam &
Japheth, fils de Noé, en-
trerent en l'arche, ensemble la femme de Noé, &
les trois femmes des fils
d'icelui avec eux.

14. Eux, & toutes bes-
tes selon leur espece, &
tout bestail selon son espece, & tous reptiles qui
se meuvent sur la terre
selon leur espece, & tous
oiseaux selon leur espece,
& tout oiselet ayant aile,
de quelque sorte que ce
soit.

15. Il vint donc de tou-
te chair, qui a en soi l'esprit de vie, par couples
à Noé, en l'arche.

16. Voire le masle & la
femelle de toute chair y
vindrent, ainsi que Dieu
lui avoit commandé : puis
l'Eternel ferma l'huis sur
lui.

17. Et advint le delu-
ge par quarante jours sur
la terre : & les eaux cru-
rent & enleverent l'ar-
che, & elle fut eslevée de
dessus la terre.

18. Et les eaux se renforcerent, & accrurent fort
sur la terre : & l'arche flot-
toit au dessus des eaux.

A

19. Et les eaux se ren-
forcerent trez fort sur la
terre, & furent couver-
tes toutes les plus hautes
montagnes estans sous les
cieux.

C

20. Les eaux se ren-
forcerent de quinze cou-
dées par dessus : dont les
montagnes furent cou-
vertes.

B

21. Et toute chair qui
se mouvoit sur la terre,
expira, tant des oiseaux
que du bestail, des bes-
tes & de tous reptiles qui
se trainent sur la terre :
& tous hommes.

A

22. Toutes choses qui
estoyent sur le sec, ayant
respiration de vie en leurs
narines, moururent.

C

23. Tout ce donc qui
subsistoit sur la terre fut
raclé, depuis les hommes
jusqu'aux bestes, jus-
qu'aux reptiles, & jus-
qu'aux oiseaux des cieux.
Ainsi furent-ils raclés de

la terre : mais Noé seu-
lement demeura de reste,
& ce qui *estoit* avec lui
en l'arche.

A

24. Et les eaux se main-
tindrent sur la terre par
cent cinquante jours.

B

24. Et les eaux se main-
tindrent sur la terre par
cent cinquante jours.

C

24. Et les eaux se main-
tindrent sur la terre par
cent cinquante jours.

A

CHAP. VIII.

1. OR Dieu eut souve-
nance de Noé &
de toutes les bestes, &
de tout le bestail qui *estoit* avec lui en l'arche : &
Dieu fit passer un vent sur
la terre, & les eaux s'ar-
resterent.

2. Car les fontaines de
l'abysme avoient esté re-
fermées, & les bondes des
cieux : & la pluie avoit
esté retenuë des cieux.

3. Et les eaux se reti-
roient de plus en plus de
dessus la terre : & au bout

de cent cinquante jours
s'appetisserent.

4. Et au dixseptieme
jour du septieme mois
l'arche s'arresta sur les
montagnes d'Ararat.

5. Et les eaux alloyent
en appetissant de plus en
plus jusqu'au dixieme
mois, & au premier *jour*
du dixieme mois les som-
mets des montagnes se
montrerent.

6. Puis advint qu'au
bout de quarante jours
Noé ouvrit la fenestre de
l'arche, qu'il avoit faite.

7. Si lascha le corbeau,
qui sortit allant & reve-
nant, jusqu'à ce que les
eaux sechassent sur la
terre.

8. Il lascha aussi d'avec
soi un pigeon, pour voir
si les eaux estoient allegées de dessus la terre.

9. Mais le pigeon ne
trouvant point surquoy
poser la plante de son
pied, retourna à luy en
l'arche : car les eaux *es-*
toient sur toute la terre : &
luy avancant sa main le
reprint & le retira à soi
en l'arche.

10. Et quand il eut at-
tendu encore sept autres

jours , derechef il lafcha le pigeon hors de l'arche.

11. Et fur le foir le pigeon revint à luy : & voici en fon bec une feuille d'olive qu'il avoit arrachée : & Noé cognut que les eaux eftoyent allegées de deffus la terre.

12. Si attendit encore fept autres jours , puis lafcha le pigeon , qui ne retourna plus à lui.

13. Et advint qu'en l'an fix cens & un *de l'aage de Noé* , au premier *jour* du premier mois , les eaux fecherent de deffus la terre : & Noé oftant la couverture de l'arche , regarda : & voici , le deffus de la terre fe fechoit.

14. Et au vingtfeptieme jour du fecond mois la terre fut feche.

15. Puis Dieu parla à Noé , en difant ,

16. Sors de l'arche , toi & ta femme , tes fils & les femmes de tes fils avec toi.

17. Fai fortir avec toi toutes les beftes qui *font* avec toi , de toute chair tant des oifeaux que des beftes , & tous reptiles fe mouvans fur la terre :

qu'ils peuplent en abon-
dance la terre, & foifon-
nent & multiplient fur la
terre.

18. Noé donc fortit, fes
fils, fa femme, & les femmes de fes fils avec lui.

19. Toutes beftes, tous
reptiles, tous oifeaux, tout
ce qui fe meut fur la terre, felon leurs genres, fortirent de l'arche.

B

20. Et Noé baftit un au-
tel à l'Eternel, & print
de toute befte nette & de
tout oifeau net, & offrit
holocauftes fur l'autel.

21. Et l'Eternel flaira
un odeur d'appaifement:
& dit en fon cœur, Je ne
maudirai plus la terre, à
l'occafion des hommes:
car l'imagination du cœur
des hommes *eft* mauvaife
dés leur jeuneffe : & fi ne
fraperai plus toute chofe
vivante, comme j'ai fait.

22. Mais tant que la
terre fera, les femailles
& les moiffons, le froid
& le chaud, l'efté & l'hi-
ver, le jour & la nuit ne
cefferont point.

A

CHAP. IX.

1. ET Dieu benit Noé
& fes fils, & leur

dit, Foisonnez, & multi-
pliez, & remplissez la
terre.

2. Et la crainte & frayeur
de vous soit sur toute befte de la terre, & sur tous
oiseaux des cieux, avec
tout ce qui se meut sur
la terre, & tous poissons
de la mer : ils *vous* sont
baillez entre vos mains.

3. Tout ce qui se meut
ayant vie vous sera pour
viande : je vous ai donné
le tout comme herbe ver-
de.

4. Toutesfois vous ne
mangerez point de chair
avec son ame, *qui est* le
sang d'icelle.

5. Et de fait je rede-
manderai votre sang, af-
savoir *le sang* de vos ames:
je le redemanderai de la
main de toutes bestes, &
de la main de l'homme,
voire de la main d'un chacun sien frere, je rede-
manderai l'ame de l'hom-
me.

6. Qui aura espandu le
sang de l'homme en
l'homme, son sang sera
espandu : car Dieu a fait
l'homme à *son* image.

7. Vous donc foison-
nez, multipliez, croissez

C v

en toute abondance fur la terre, & multipliez en icelle.

8. Semblablement Dieu parla à Noé & à fes fils avec lui, difant .

9. Et quant à moi, voici, j'eftablis mon alliance avec vous, & avec votre race après vous,

10. Et avec tout animal vivant qui *eft* avec vous, tant des oifeaux, que du beftail, & de toutes beftes de la terre *qui font* avec vous, de toutes celles qui font forties de l'arche, jufqu'à toutes beftes de la terre.

B

11. J'eftablis donc mon alliance avec vous, & nulle chair ne fera plus exterminée par les eaux du deluge, & n'y aura plus de deluge pour deftruire la terre.

A

12. Puis Dieu dit, *c'eft ici* le figne que je donne de l'alliance entre moi & vous, & entre toute creature vivante qui *eft* avec vous, pour durer à toujours.

B

13. Je mettrai mon arc en la nuée, lequel fera pour figne de l'alliance entte moi & la terre.

14. Et quand il adviendra que j'aurai couvert de nuées la terre, l'arc paroitra en la nuée.

15. Et j'aurai souvenance de mon alliance, qui est entre moi & vous, & entre tout animal qui vit en toute chair : & les eaux ne seront plus en deluge pour destruire toute chair.

A

16. L'arc donc sera en la nuée, & je le regarderai, afin qu'il me souvienne de l'alliance perpetuelle entre Dieu & tout animal vivant, en quelque chair qu'il soit sur la terre.

17. Dieu donc dit à Noé, C'est-là le signe de l'alliance, que j'ai establie entre moi & toute chair qui est sur la terre.

B

18. Et les fils de Noé qui sortirent de l'arche furent Sem, Cam & Japheth : & Cam fut pere de Canaan.

19. Ces trois sont fils de Noé, desquels toute la terre fut peuplée.

20. Et Noé laboureur de la terre commença de planter la vigne.

21. Si beut du vin & s'enyvra, & se decouvrit

C vj

au milieu de ſon taber-
nacle.

22. Et Cam le pere de
Canaan, ayant vu la ver-
gongne de ſon pere, *le declara* dehors à ſes freres.

23. Adonc Sem & Ja-
pheth prindrent un man-
teau, qu'ils mirent ſur
leurs deux eſpaules, &
cheminans en arriere,
couvrirent la vergongne
de leur pere : & leurs faces *eſtoyent tournées* en arriere, ſi qu'ils ne virent
point la vergongne de leur
pere.

24. Et Noé eveillé de
ſon vin, ſeut *ce* que ſon
fils le plus petit lui avoit
fait.

25. Pourtant il dit, Mau-
dit *ſoit* Canaan, il ſera
ſerviteur des ſerviteurs de
ſes freres.

26. Il dit auſſi, benit
ſoit l'Eternel Dieu de
Sem : & Canaan leur ſoit
fait ſerviteur.

27. Que Dieu attire
en douceur Japheth, &
qu'icelui loge és tabernacles de Sem, & Canaan
leur ſoit fait ſerviteur.

A B

28. Et Noé vefcut après le deluge trois cens cinquante ans.

29. Tout le tems donc que Noé vefcut fut neuf
cens cinquante ans, puis mourut.

B

CHAP. X.

1. OR ce *font* ici les lignées des enfans
de Noé, Sem, Cam &
Japheth, aufquels naf-
quirent des enfans après
le deluge.

2. Les enfans de Ja-
pheth *font* Gomer, Ma-
gog, Madai, Javan, Tu-
bal, Mefçech, & Tiras.

3. Et les enfans de Go-
mer, Afçkenas, Riphath,
& Togarma.

4. Et les enfans de Ja-
van, Elifça, Tarfçis, Kit-
tim, & Dodanim.

5. D'iceux furent divi-
fées les ifles des nations,
par leurs terres, un cha-
cun felon fa langue, felon
leurs familles, entre leurs
nations.

6. Item, les enfans de
Cam *font* Cus, Mitfraim,
Put, & Canaan.

7. Et les enfans de Cus,

Seba, Havila, Sabtah, Rahma, & Sabteca : Et les enfans de Rahma, Sçeba, & Dedan.

8. Et Cus engendra Nimrod, qui commença d'estre puissant en la terre.

9. Icelui fut puissant chasseur devant l'Eternel : à raison de quoy on dit, comme Nimrod le puissant chasseur devant l'Eternel.

10. Et le commencement de son regne fut Babel, Erec, Accad, & Calne au païs de Sçinhar.

11. De ce païs-là sortit Assur, & bastit Ninive, & les rues de la ville, & Calah.

12. Et Resen entre Ninive & Calah, *qui est une* grande ville.

13. Et Mitsraim engendra Ludim, Hananim, Lehabim, Naphtuhim,

14. Pathrusim, Chasluhim (desquels sont issus les Philistins) & Caphtorim.

15. Et Canaan engendra Sidon son *fils* ainé, & Heth,

16. Les Jebusiens, les Amorrhéens, les Guirgasciens,

17. Les Heviens, les Harkiens & les Siniens.

18. Les Arvadiens, les Tſemariens & les Hamathiens : & après ſe ſont eſparſes les familles des Cananéens.

19. Et furent les confins des Cananéens depuis Sidon, quand tu viens vers Guerar, juſques en Gaza, en tirant à Sodome & Gomorre, Adma, & Tſeboim juſqu'à Leſça.

20. Ce ſont-là les enfans de Cam, ſelon leurs familles & langues en leurs terres & nations.

21. Item, à Sem pere de tous les enfans d'Heber, & frere de Japheth, qui eſtoit le plus grand, naſquirent des enfans.

22. Les enfans donc de Sem ſont Helam, Aſſur, Arpacſçad, Lud, & Aram.

23. Et les enfans d'Aram, Hus, Hul, Guether, & Mas.

24. Et Arpacſçad engendra Sçelah, & Sçelah engendra Heber.

25. Et à Heber naſquirent deux fils, le nom de l'un, Peleg : car en ſon tems la terre fut depar-

tie : & le nom de son frere, Joktan.

26. Et Joktan engen-
dra Almodad , Sçeleph ,
Hatsarmaveth , & Jerah.

27. Hadoram , Uzal,
Dikla.

28. Hobal , Abimael ,
Sçeba.

29. Ophir , Havila &
Jobab. Tous ceux-là *font*
les enfans de Joktan.

30. Et leur demeure es-
toit depuis Mesça , quand
tu viens en Sephar mon-
tagne d'Orient.

31.Ce *font*-là les enfans
de Sem , selon leurs fa-
milles *&* langues, en leurs
terres & nations.

32. Telles font donc les
familles des enfans de
Noé , selon leurs lignées
& leurs nations : & d'i-
ceux ont esté divisées les
nations en la terre après
le deluge.

CHAP. XI.

1. A Lors toute la ter-
re estoit d'un lan-
gage , & de mesme pa-
role.

2.Mais advint comme ils
partirent d'Orient, qu'ils
trouverent une campagne

au païs de Sçinhar, où ils habiterent.

3. Et dirent l'un à l'autre, Or ça, faisons des briques, & les cuisons trés bien au feu. Si eurent des briques en lieu de pierre, & le bitume leur fut en lieu de mortier.

4. Puis dirent, Or ça bastissons nous une ville, & une tour de laquelle le sommet *soit* jusqu'aux cieux : & nous acquerons renommée, de peur que ne soyons espars sur toute la terre.

5. Adonc l'Eternel descendit pour voir la ville & la tour, que bastissoyent les fils des hommes.

6. L'Eternel dit, Voici ce peuple *est* un, & tous ont un mesme langage, & c'*est* ici, comme ils commencent à besongner : & maintenant ne seront empeschez en rien qu'ils auront cuidé faire.

7. Or ça, descendons & confondons là leur langage, afin qu'ils n'entendent le langage l'un de l'autre.

8. Ainsi l'Eternel les dispersa de là parmi toute la terre, & ils cesse-

rent de baſtir la ville.

9. Pourtant ſon nom fut appelé Babel : car l'Eternel y confondit le langage de toute la terre , & delà les diſperſa ſur toute la terre.

A

10. Ce ſont ici les lignées de Sem. Sem aagé de cent ans engendra Arpacſçad , deux ans aprés le deluge.

11. Et Sem aprés qu'il eut engendré Arpacſçad , veſcut cinq cens ans : & engendra fils & filles.

12. Item , Arpacſçad veſcut trente cinq ans, & engendra Sçelah.

13. Et Arpacſçad aprés qu'il eut engendré Sçelah , veſcut quatre cens trois ans : & engendra fils & filles.

14. Item , Sçelah veſcut trente ans , & engendra Heber.

15. Et Sçelah aprés qu'il eut engendré Heber, veſcut quatre cens trois ans : & engendra fils & filles.

16. Item , Heber veſcut trente quatre ans, & engendra Peleg.

17. Et Heber aprés qu'il eut engendré Peleg , veſcut quatre cens trente ans:

& engendra fils & filles.

18. Item, Peleg vefcut trente ans, & engendra Rehu.

19. Et Peleg aprés qu'il eut engendré Rehu, vefcut deux cens & neuf ans: & engendra fils & filles.

20. Item, Rehu vefcut trente deux ans, & engendra Serug.

21. Et Rehu aprés qu'il eut engendré Serug, vefcut deux cens fept ans : & engendra fils & filles.

22. Item, Serug vefcut trente ans, & engendra Nacor.

23. Et Serug aprés qu'il eut engendré Nacor, vefcut deux cens ans : & engendra fils & filles.

24. Item, Nacor vefcut vingt neuf ans, & engendra Taré.

25. Et Nacor aprés qu'il eut engendré Taré, vefcut cent dixneuf ans : & engendra fils & filles.

26. Item, Taré vefcut feptante ans, & engendra Abram, Nacor & Haran.

B

27. Et ce font ici les lignées de Taré : Taré engendra Abram, Nacor & Haran : & Haran engendra Lot.

28. Et Haran mourut en la prefence de fon pere, au païs de fa naiffance, en Ur des Caldéens.

29. Et Abram & Nacor prindrent femmes. Le nom de la femme d'A-bram *fut* Saraï : & le nom de la femme de Nacor *fut* Milca, fille de Haran, pere de Milca & de Jifca.

30. Et Saraï eftoit fte-rile, *&* n'avoit point d'en-fans.

31. Et Taré print fon fils Abram , & Lot fils de fon fils , *lequel eftoit* fils d'Haran, & Saraï fa belle fille, femme d'Abram fon fils : & fortirent enfem-ble d'Ur des Caldéens, pour aller au pais de Ca-naan. Si vindrent jufques en Caran , & demeure-rent là.

32. Et les jours de Ta-ré furent deux cens cinq ans, puis mourut en Ca-ran.

CHAP. XII.

1. ET l'Eternel avoit dit à Abram , Va-t-en hors de ton païs, & d'avec ton parentage , & de la maifon de ton pere,

au païs que je te monf-
trerai.

2. Et je te ferai devenir
une grande nation, & te
benirai, & rendrai grand
ton nom, & tu feras be-
nediction.

3. Je benirai ceux qui te
beniront, & maudirai ceux
qui te maudiront, & fe-
ront benites en toi toutes
les familles de la terre.

4. Abram donc s'en alla
ainfi que l'Eternel l'avoit
dit, & Lot alla avec lui.
Et Abram *eftoit* aagé de
feptante cinq ans, quand
il fortit hors de Caran.

5. Abram prînt auffi Sa-
raï fa femme, & Lot fils
de fon frere, & toute leur
chevance qu'ils avoyent
acquife, & les perfonnes
qu'ils avoient euës en Caran : fi fortirent pour venir au païs de Canaan,
auquel ils entrerent.

6. Et Abram paffa par-
mi le païs, jufques au lieu
de Sichem, & jufques en
la plaine de Moré, & lors
eftoient les Cananéens au
païs.

7. Et l'Eternel apparut
à Abram, & dit, Je don-
nerai ce païs à ta pofte-
rité. Et Abram baftit là un

autel à l'Eternel, qui lui eſtoit apparu.

8. Et delà ſe remua vers la montagne, du coſté de l'Orient de Beth-el, & tendit ſes tabernacles ayant Beth-el pour l'Occident, & Haï pour l'Orient : & baſtit là un autel à l'Eternel, & invoqua le nom de l'Eternel.

9. Puis Abram partit *de là*, cheminant & s'avançant vers le Midi.

10. Or une famine ſurvint au païs, & Abram deſcendit en Egypte pour y voyager, car il y avoit forte famine au païs.

11. Et advint comme il aprochoit pour entrer en Egypte, qu'il dit à Saraï ſa femme, Voici, je cognoi que tu *es* une femme belle à voir.

12. Pourtant il adviendra que quand les Egyptiens t'auront vuë, ils diront, Ceſte-ci *eſt* ſa femme : & me tueront, mais ils te laiſſeront vivre.

13. Di *donc*, je te prie, *que* tu *es* ma ſœur, afin qu'à l'occaſion de toi il me ſoit bien fait, & que par ton moyen ma vie ſoit preſervée.

14. Il advint donc ſitoſt qu'Abram fut venu en Egypte, que les Egyptiens virent que ceſte femme eſtoit fort belle.

15. Les principaux de la cour de Pharao la virent auſſi, & la louerent envers lui : ſi fut enlevée *pour eſtre menée* en la maiſon de Pharao.

16. Lequel fit du bien à Abram, pour l'amour d'elle : dont il eut brebis, bœufs, aſnes, ſerviteurs, ſervantes, aſneſſes, & chameaux.

17. Mais l'Eternel frapa Pharao de grandes playes, enſemble ſa maiſon, à cauſe de Saraï femme d'Abram.

18. Adonc Pharao appela Abram, & lui dit, Qu'*eſt*-ce que tu m'as fait? Que ne m'as-tu declaré que c'*eſtoit* ta femme ?

19. Pourquoi as-tu dit, C'eſt ma ſœur ? & je l'avoye prinſe pour moi à femme : mais maintenant, voici ta femme, pren-*la*, & t'*en* va.

20. Et il baillá charge de lui à *certains* perſonnages, qui l'emmenerent, lui, ſa femme,

& tout ce qui *eſtoit* à lui.

CHAP. XIII.

1. **A**Bram donc monta d'Egypte, vers Midi, lui & ſa femme, & toutes les choſes qui *eſtoyent* à lui, & Lot avec lui.

2. Et Abram devint trés puiſſant en beſtail, en argent, & en or.

3. Et s'en retourna par ſes traittes de Midi en Beth-el, juſques au lieu où avoient eſté *dreſſés* ſes tabernacles au commencement, entre Beth-el & Haï.

4. Au lieu où eſtoit l'autel, que premierement il y avoit fait : & là Abram invoqua le nom de l'Eternel.

5. Lot auſſi qui cheminoit avec Abram, avoit brebis, bœufs, & tabernacles.

6. Et la terre ne les pouvoit porter pour demeurer enſemble : car leur chevance eſtoit grande, tellement, qu'ils ne pouvoyent demeurer enſemble.

7. Dont il s'eſmeut debat entre

entre les pasteurs du bestail d'Abram, & entre les pasteurs du bestail de Lot. Et lors demeuroyent les Cananéens & les Phereziens au païs.

8. Et Abram dit à Lot, Je te prie qu'il n'y ait point de debat entre moi & toi, ni entre mes pasteurs & les tiens. Car nous sommes freres.

9. Tout le païs n'*est-il* pas à ton commandement ? Separe-toi, je te prie, d'avec moi : si la gauche *te plaist*, j'irai à la droite : & si la droite *te plaist*, je m'en irai à la gauche.

10. Adonc Lot ayant eslevé ses yeux vid toute le plaine du Jourdain, qui estoit (avant que l'Eternel eut destruit Sodome & Gomorre) arrousée par tout jusqu'à ce que tu vienes en Tsohar, comme le jardin de l'Eternel, & comme le païs d'Egypte.

11. Et Lot choisit pour soi toute la plaine du Jourdain, & alla du costé d'Orient : ainsi furent separés l'un d'avec l'autre.

12. Abram *donc* demeura dans le païs de Canaan,

D

& Lot demeura aux villes de la plaine, & y dreſſa ſes tabernacles juſques en Sodome.

13. Or *eſtoyent* les gens de Sodome meſchans & peſcheurs grandement contre l'Eternel.

14. Et l'Eternel dit à Abram (aprés que Lot fut ſeparé d'avec lui) Leve maintenant tes yeux, & regarde du lieu où tu es, vers le Septentrion, Midi, Orient, & Occident.

15. Car je te donnerai & à ta poſterité à jamais, tout le païs que tu vois.

16. Si ferai que ta poſterité ſera comme la poudre de la terre. Que *ſi* aucun peut nombrer la poudre de la terre, auſſi ſera nombrée ta poſterité.

17. Leve-toi donc, & te pourmeine parmi le païs, en ſa longueur & en ſa largeur : car je te le donnerai.

18. Abram ayant remué ſes tabernacles, vint demeurer és plaines de Mamré, qui *eſt* en Hebron, & baſtit là un autel à l'Eternel.

D

CHAP. XIV.

1. DEpuis il advint au temps d'Amraphel Roy de Scinhar, d'Arjoc Roy d'Ellasar, de Kedor-lahomer Roy d'Helam, & de Tidhal Roy des Nations.

2. Qu'iceux firent guerre contre Berah Roy de Sodome, & contre Birsah Roy de Gomorre, & contre Scinab Roi d'Adma, & contre Scemeber Roy de Tseboim, & contre le Roy de Belah, *qui* est Tsohar.

3. Tous ceus-ci se liguerent au val de Siddim, *qui* est la mer salée.

4. Ils avoyent servi douze ans à Kedor-lahomer, mais au trezieme ils s'estoyent revoltés.

5. Au quatorzieme an donc Kedor-lahomer vint & les Roys qui *estoyent* avec lui : & battirent les Rephains en Hasçteroth de Carnaim, & les Zuzins en Ham, & les Emins en la plaine de Kirjathaim.

D ij

6. Et les Horiens en leur montagne de Sehir, jufqu'à la campagne de Paran, au deſſus du deſert.

7. Puis retournerent, & vindrent à Hen de Miſçpat, *qui* eſt Kadés, & batirent tout le territoire des Hamalekites, & auſſi les Amorrhéens habitans en Hatſatſon-tamar.

8. Lors ſortirent le Roy de Sodome, le Roy de Gomorre, le Roy d'Adma, le Roy de Tſeboim, & le Roy de Belah, *qui* eſt Tſohar : & rengerent leur bataille au val de Siddim contre eux.

9. *Aſſavoir* contre Kedor-lahomer Roy de Helam, & contre Tidhal Roy des Nations, & contre Amraphel Roy de Sçinhar, & contre Arjoc Roy d'Ellaſar, quatre Rois contre cinq.

10. Or la vallée de Siddim *eſtoit* pleine de puits de bitume : & les Rois de Sodome & Gomorre s'enfuirent, & y tomberent : & ceux qui eſtoyent demeurés de reſte, s'enfuirent en la montagne.

11. Ils prindrent donc toute la chevance de So-

dome & Gomorre , & tous les vivres : puis s'en allerent.

12. Ils prindrent auſſi Lot fils du frere d'Abram, & toute ſa chevance, & s'en allerent : car il habitoit en Sodome.

13. Quelqu'un qui *en* eſtoit eſchapé , en vint advertir Abram Hebrieu, qui habitoit és plaines de Mamré Amorrhéen, frere d'Eſçcol, & frere de Haner , qui eſtoyent alliés avec Abram.

14. Quand donc Abram eut entendu que ſon frere avoit eſté emmené priſonnier , il equipa trois cens & dixhuit de ſes ſerviteurs nés en ſa maiſon : ſi *les* pourſuivit juſqu'en Dan.

15. Et la nuit il ſe jetta par bandes ſur eux, lui & ſes ſerviteurs : & les battit , & les pourſuivit juſqu'en Hobar, qui *eſt* à la gauche de Damas.

16. Et ramena toute la chevance , & meſme il ramena Lot ſon frere, & ſa chevance : & auſſi les femmes & le peuple.

17. Et le Roy de Sodome s'en alla au devant de

lui, comme il s'en retournoit de la desfaite de
Kedor-lahomer, & des
Rois qui *eſtoyent* avec lui,
au val de la plaine *qui eſt*
la vallée Royale.

18. Melchifedech auſſi
Roy de Salem apporta
pain & vin, (& icelui *eſtoit* ſacrificateur du *Dieu*
Fort, Souverain.)

19. Et le benit, diſant,
Benit *ſoit* Abram de par
le *Dieu* Fort, Souverain,
poſſeſſeur des cieux & de
la terre.

20. Et loué ſoit le *Dieu*
Fort, Souverain, qui a livré tes ennemis entre tes
mains. Et *Abram* lui donna le diſme de tout.

21. Et le Roy de Sodo-
me dit à Abram, Donne-
moi les perſonnes, & pren
la chevance pour toi.

22. Et Abram dit au
Roy de Sodome, J'ai lévé
ma main à l'Eternel, le
Dieu Fort, Souverain, poſſeſſeur des cieux & de la
terre, *diſant,*

23. Si je pren rien de
toutes les choſes qui *ſont*
à toi, voire depuis un fil
juſqu'à la courroye du
ſoulier : afin que tu ne
dies, J'ai enrichi Abram,

24. Fors feulement ce
que les jeunes gens ont
mangé, & la part des
hommes qui ont marché
avec moi, *affavoir* Ha-
ner, Efçcol, & Mamré,
qui prendront leur part.

B

CHAP. XV.

1. APrès ces chofes la
parole de l'Eter-
nel fut adreffée à Abram,
en vifion, difant, Abram,
ne crains point, je *fuis* ton
pavois & ton très grand
loyer.

2. Abram *refpon*dit, Seigneur Eternel, que me
donneras-tu ? je chemine
fans hoirs : & celui qui a
le maniement de ma mai-
fon *eft* ce Dammefec Eli-
hezer.

3. Abram dit auffi, Voi-
ci, tu ne m'as point don-
né de lignée, & voilà le
ferviteur né en ma mai-
fon fera mon heritier.

4. Et voici la parole de
l'Eternel lui *fut adreffée*,
difant, Ceftui-ci ne fera
point ton heritier : mais
celui qui fortira de tes entrailles fera ton heritier:

D iiij

5. Puis le mena hors, & lui dit, Regarde maintenant vers les cieux , & conte les estoiles , si tu les peux conter : & il lui dit, Ainsi sera ta posterité.

6. Et *Abram* creut à l'Eternel, & il lui alloua cela pour justice.

7. Puis il lui dit, Je *suis* l'Eternel qui t'ai fait sortir d'Ur des Caldéens, afin de te donner ce païs ici pour le posseder.

8. Et il lui dit, Seigneur Eternel , à quoi cognoistrai-je que je le possederai ?

9. Et il lui *respondit*, Pren-moi une genice de trois ans , & une chevre de trois ans , & un mouton de trois ans , & une tourterelle & un pigeon.

10. Il print donc toutes ces choses , & les partit par le milieu, & mit chacune moitié l'une à l'opposite de l'autre : mais il ne mipartit point les oiseaux.

11. Lors descendit une volée d'oiseaux sur ces corps , & Abram les effaroucha.

12. Et advint comme le soleil se couchoit, qu'un profond dormir tomba

sur Abram, & voici une frayeur de grande obscurité tomba sur lui.

13. Et *l'Eternel* dit à Abram, Sache pour certain que ta posterité habitera comme estrangere en païs non sien : & servira aux gens *du lieu*, & sera affligée d'eux par quatre cens ans.

14. Mais aussi jugerai-je la nation, à laquelle ils serviront : & puis après ils sortiront avec grande chevance.

15. Et toi, tu t'en iras vers tes peres en paix, & feras en terre en bonne vieillesse.

16. Et *en* la quatrieme race, ils retourneront ici. Car l'iniquité des Amorrhéens n'est pas encore accomplie.

17. Advint aussi que le soleil estant couché, il y eut une obscurité toute noire : & voici un four fumant, & un brandon de feu, qui passa entre ces choses, qui avoyent esté *mi*-parties.

18. En ce jour-là l'Eternel traita alliance avec Abram, disant, J'ai donné ce païs à ta posterité,

D v

depuis le fleuve d'Egypte, jusqu'au grand fleuve, *assavoir* le fleuve d'Euphrates.

19. Les Keniens, les Keniziens, les Kadmoniens.

20. Les Hethiens, les Phereziens, les Rephaïns.

21. Les Amorrhéens, les Cananéens, les Guirgasciens, & les Jebusiens.

CHAP. XVI.

1. OR Saraï, femme d'Abram, ne lui avoit enfanté nul enfant: mais elle avoit une servante Egyptienne nommée Agar.

2. Si dit à Abram, Voici maintenant l'Eternel m'a empeschée d'enfanter: Vien, je te prie, vers ma servante, peut-estre serai-je edifiée de par elle. Et Abram obéit à la parole de Saraï.

3. Adonc Saraï femme d'Abram print Agar sa servante Egyptienne, & la donna à femme à Abram son mari, après qu'il eut habité dix ans au païs de Canaan.

4. Il vint donc vers

Agar , laquelle conceut.
Or voyant qu'elle avoit
conceu , sa maitresse lui
fut en mespris.

5. Alors Saraï dit à A-
bram,L'outrage qu'on me
fait *revient* sur toi. Je t'ai
donné ma servante en ton
sein:mais elle a veu qu'elle avoit conceu , dont je
lui suis en mespris.L'Eternel en juge entre moi &
toi.

6. Lors Abram *respon-*
dit à Saraï , Voici ta servante *est* en ta puissance ,
fai lui comme bon te sem-
blera. Saraï donc l'affli-
gea , & icelle s'enfuit de
devant elle.

7. Mais l'Ange de l'E-
ternel la trouva auprès
d'une fontaine d'eau au
desert , près la fontaine
qui est au chemin de Sçur.

8. Si lui dit , Agar, servante de Saraï,d'où viens-
tu ? & où vas-tu ? Et elle
respondit , Je m'enfui de
devant Saraï ma mai-
tresse.

9. Et l'Ange de l'Eter-
nel lui dit , Retourne à ta
maitresse , & t'humilie
sous elle.

10. D'avantage l'Ange
de l'Eternel lui dit , Je

multiplierai bien fort ta
posterité : tellement qu'elle ne se pourra nombrer
tant grande sera-elle.

11. L'Ange de l'Eternel
lui dit aussi, Voici tu as
conceu, & enfanteras un
fils, le nom duquel tu appeleras Ismaël : car l'E-
ternel a ouï ton affliction.

12. Et il sera homme af-
ne sauvage : la main d'i-
celui *sera* contre un chacun, & les mains d'un
chacun contre lui : si habitera à l'endroit de tous
ses freres.

13. Adonc elle appela
le nom de l'Eternel qui
parloit à elle, Tu *es* le
Dieu Fort de vision. Car
elle dit, N'ai-je pas aussi
veu ici après celui qui me
voyoit ?

14. Dont on a appelé ce
puits, Le puits du Vivant
qui me voit, qui est entre
Kadés & Bered.

15. Agar donc enfanta
un fils à Abram : & Abram
appella le nom de son fils,
que lui avoit enfanté A-
gar, Ismaël.

16. Or Abram *estoit* aagé
d'octante six ans, quand
Agar lui enfanta Ismaël.

CHAP. XVII.

1. PUis Abram estant aagé de nonante neuf ans, l'Eternel s'apparut à lui : & lui dit, Je *suis* le *Dieu* Fort, tout-puissant. Chemine devant ma face , & sois entier.

2. Et je mettrai mon alliance entre moi & toi, & te multiplierai trés-amplement.

A

3. Lors Abram tomba sur sa face, & Dieu parla à lui, disant,

4. *Quant à* moi , voici , mon alliance *est* avec toi, & tu deviendras pere d'une multitude de nations.

5. Et ton nom ne sera plus appelé Abram , mais ton nom sera Abraham : car je t'ai constitué pere d'une multitude de nations.

6. Et te ferai foisonner trés-amplement, & te ferai devenir nations : mesme des Rois sortiront de toi.

7. J'establirai donc mon alliance entre moi & toi , & entre ta posterité aprés toi en leurs aages, pour *estre*

une alliance perpetuelle :
afin que je te soye Dieu ,
& à ta posterité aprés toi.

8. Et je te donnerai &
à ta posterité aprés toi , le
païs où tu habites comme
estranger , assavoir tout le
païs de Canaan , en pos-
session perpetuelle: & leur
serai Dieu.

9. Dieu dit aussi à Abra-
ham , Mais toi , tu garde-
ras mon alliance , toi & ta
posterité aprés toi en leurs
aages.

10. C'*est* ici mon alliance que vous garderez en-
tre moi & vous , & entre
la posterité aprés toi : *assavoir* que tout masle d'entre vous sera circoncis.

11. Si circoncirez la
chair de votre prepuce ,
& *cela* sera pour signe de
l'alliance entre moi &
vous.

12. Tout enfant masle
de huit jours sera circoncis entre vous en vos ge-
nerations , tant celui qui
est né en la maison , que
le *serf* acheté par argent
de tout estranger, qui n'est
point de ta race.

13. On ne faudra donc
point de circoncir celui
qui est né en ta maison, &

celui qui eſt acheté de ton argent, & ſera mon alliance en votre chair, pour *eſtre* une alliance perpetuelle.

14. Et le maſle incirconcis, duquel la chair du prepuce n'aura point eſté circoncife, cette perſonne-là ſera retranchée d'entre les peuples, *d'autant qu'*il aura enfraint mon alliance.

15. Dieu dit auſſi à Abraham, *Quant à* Saraï ta femme, tu n'appeleras plus le nom d'icelle Saraï, mais ſon nom *ſera* Sara.

16. Et je la benirai : & meſme te donnerai un fils d'elle. Je la benirai, & elle deviendra nations : & Rois de peuples ſortiront d'elle.

17. Adonc Abraham tomba ſur ſa face, & ſe ſouſrit, diſant en ſon cœur, Aſſavoir-mon, ſi à un homme aagé de cent ans peut naiſtre lignée ? & que Sara aagée de nonante ans enfante ?

18. Et Abraham dit à Dieu, A la miene volonté qu'Iſmaël vive devant toi.

19. Et Dieu dit, Vraymment Sara ta femme t'enfantera un fils, & appeleras son nom Isaac, & j'establirai mon alliance avec lui, pour *estre* une alliance perpetuelle pour sa posterité aprés lui.

20. Je t'ai aussi exaucé quant à Ismaël. Voici, je l'ai benit, & le ferai foisonner & multiplier trésamplement : il engendrera douze Princes : & je le ferai devenir une grande nation.

21 Mais j'establirai mon alliance avec Isaac, lequel Sara enfantera l'an qui vient en ceste mesme saison.

22. Et il acheva de parler à lui, & Dieu remonta de devant Abraham.

23. Et Abraham print son fils Ismaël, & tous ceux qui estoyent nés en sa maison, & tous ceux qu'il avoit achetés de son argent, *assavoir* tous les masles qui estoyent des gens de sa maison : & circoncit la chair de leur prepuce en ce mesme jour-là, comme Dieu lui avoit dit.

24. Et Abraham *estoit*

aagé de nonante neuf ans, quand il se circoncit en la chair de son prepuce.

25. Et Ismaël son fils estoit en l'aage de treze ans, lorsqu'il fut circoncis en la chair de son prepuce.

26. En ce jour-là mesme Abraham fut circoncis, & Ismaël son fils.

27. Et toutes les gens de sa maison, tant ceux qui estoyent nés en la maison, que ceux qui avoyent esté achetés des estrangers par argent, furent circoncis avec lui.

B

CHAP. XVIII.

1. Puis l'Eternel s'apparut à lui és plaines de Mamré, comme il estoit assis à l'huis du tabernacle sur la chaleur du jour.

2. Car levant ses yeux, il regarda : & voici trois personnages venoient vers lui : & les ayant apperceus, courut au devant d'eux dés l'huis du tabernacle, & se prosterna en terre.

3. Et dit, Mon Seigneur, je te prie, si j'ai trouvé grace envers toi, ne passe

point, je te prie, outre
ton serviteur.

4. Qu'on prenè, je vous
prie, un peu d'eau, &
lavez vos pieds : puis vous
reposez sous un arbre.

5. Et j'apporterai une
bouchée de pain, afin
que vous sustentiez votre
cœur : puis aprés vous
passerez *outre* : car pour
ce estes-vous passés vers
votre serviteur : & ils dirent, Fai comme tu as dit.

6. Abraham donc s'en
alla hastivement au ta-
bernacle vers Sara, & dit,
Depesche, *pren* trois me-
sures de fleur de farine,
pestri-les, & fai des gas-
teaux.

7. Puis Abraham cou-
rut au troupeau, & print
un veau tendre & bon, &
le bailla à un serviteur,
qui se hasta de l'apprester.

8. Puis il print du beur-
re & du laict, & le veau
qu'on avoit appresté, &
le mit devant eux : lui
aussi se tenoit auprés d'eux
sous l'arbre, & ils man-
gerent.

9. Et lui dirent, Où *est*
Sara ta femme ? Et il
*respond*it, *La* voilà au tabernacle.

10. Et *un d'entre eux* dit, Je ne faudrai point de retourner à toi en ce mesme tems, où nous sommes : & voici Sara ta femme aura un fils. Et Sara l'escoutoit à l'huis du tabernacle, lequel estoit derriere lui.

11. Or Abraham & Sara *estoyent* vieux, & avancés en aage : tellement que Sara n'avoit plus ce qu'ont accoutumé d'avoir les femmes.

12. Et Sara rit en soi-mesme, disant, Estant vieille, aurai-je delectation ? Davantage mon Seigneur *est* vieil.

13. Et l'Eternel dit à Abraham, Pourquoi a ri Sara, disant, Mais voirement enfanterai-je, veu que je suis devenuë vieille ?

14. Y a-t-il quelque chose cachée à l'Eternel? Je retournerai à toi en ceste saison, en ce mesme tems où nous sommes, & Sara aura un fils.

15. Et Sara le nia, disant, Je n'ai point ri : car elle eut peur. Et il dit, Il *n'est pas ainsi* : car tu as ri.

16. Puis ces personna-

ges se leverent delà , &
regarderent vers Sodo-
me : & Abraham chemi-
noit avec eux , les con-
voyant.

17. Et l'Eternel dit ,
Celerai-je à Abraham ce
que je m'en vai faire ?

18. Veu qu'Abraham
doit pour certain devenir
une nation grande & for-
te, & qu'en lui seront benites toutes les nations de
la terre.

19. Car je le cognois
qu'il commandera à ses
enfans , & à sa maison
aprés soi , qu'ils gardent
la voye de l'Eternel , pour
faire ce qui est juste &
droit : afin que l'Eternel
face venir sur Abraham
tout ce qu'il lui a dit.

20. Et l'Eternel dit ,
Pour vrai le cri de Sodo-
me & de Gomorre est au-
gmenté , & leur peché est
fort aggravé.

21. Je descendrai main-
tenant & verrai , assavoir
s'ils ont entierement fait
selon le cri qui en est venu
à moi , & s'il n'*est ainsi*, je
le saurai.

22. Ces personnages
donc se tournant delà
alloyent vers Sodome :

mais Abraham se tint encore devant l'Eternel.

23. Et Abraham s'approcha & dit, Desferas-tu mesme le juste avec le mechant?

24. Peut-estre y-a-il cinquante justes dedans la ville, les desferas-tu aussi? Ne pardonneras-tu point à la ville pour les cinquante justes qui y *seront*?

25. Ja, ne t'advienne que tu faces une telle chose, que tu faces mourir le juste avec le meschant, & que le juste soit ni plus, ni moins que le meschant: Ja, *dis-je*, ne t'advienne. Celui qui juge toute la terre, ne fera-il point justice?

26. Et l'Eternel dit, Si je trouve en Sodome cinquante justes dedans la ville, je pardonnerai à tout le lieu pour l'amour d'eux.

27. Et Abraham *respondit*, disant, Voici maintenant j'ai prins la hardiesse de parler au Seigneur, combien que je soye poudre & cendre.

28. Peut-estre en defaudra-il cinq des cinquante justes, destruira-tu toute la ville pour cinq? Et il

lui *respon*dit , Je ne la detruirai point , si j'en trouve là quarante cinq.

29. Et Abraham poursuivit de parlér à lui, disant, Peut-estre s'en trouvera-il là quarante ? Et il dit , Je ne *le* ferai point pour l'amour des quarante.

30. Et Abraham dit, Je prie que le Seigneur ne se courrouce point,& je parlerai : Peut-estre s'en trouvera-il trente ? Et il dit, Je ne *le* ferai point , si j'y en trouve trente.

31. Et Abraham dit, Voici maintenant , j'ai prins la hardiesse de parler au Seigneur : Peut-estre s'en trouvera-il vingt? Et il dit, Je ne la destruirai point pour l'amour des vingt.

32. Et Abraham dit, Je prie que le Seigneur ne se courrouce point,& je parlerai seulement ceste fois: Peut-estre s'y en trouvera-il dix ? Et il dit , Je ne la destruirai point pour l'amour des dix.

33. Et l'Eternel s'en alla, quand il eut achevé de parler à Abraham , & Abraham s'en retourna en son lieu.

Chap. XIX.

1. OR fur le foir , les deux Anges vindrent à Sodome , & Lot eſtoit aſſis à la porte de Sodome : & *les* ayant veus , il ſe leva pour aller au devant d'eux , & ſe proſterna le viſage contre terre.

2. Et dit, Voici, je vous prie , Meſſieurs , retirez-vous maintenant en la maiſon de votre ſerviteur, & *y* logez ceſte nuict : lavez auſſi vos pieds : & vous vous leverez de matin, & vous en irez votre chemin. Leſquels *reſpondi*rent , Non : mais nous paſſerons ceſte nuict en la ruë.

3. Mais il les preſſa tant, qu'ils ſe retirerent chés lui. Et quand ils furent entrés en ſa maiſon , il leur fit un banquet, & fit cuire des pains ſans levain, ſi mangerent.

4. Mais avant qu'ils s'en allaſſent coucher, les hommes de la ville , les hommes , *dis-je* , de Sodome environnerent la maiſon, depuis le jeune juſqu'au

vieil, tout le peuple depuis un bout *jusqu'à l'autre.*

5. Et appelans Lot, lui dirent, Où *font* les perfonnages qui font venus cefte nuict chés toi ? Amene les nous dehors, afin que nous les cognoiffions.

6. Adonc Lot fortit dehors vers eux à l'huis, & ayant fermé l'huis aprés foi,

7. Dit, Je vous prie, mes freres, ne leur faites point de mal.

8. Voici, j'ai deux filles qui n'ont point encore cognu d'homme, que je les vous amene, & vous ferez d'elles comme bon vous femblera : feulement que vous ne faciez rien à ces perfonnages : car pour cela font-ils venus à l'ombre de mon toict.

9. Et ils lui dirent, Retire-toi en là. Puis dirent, Ceftui-ci feul eft venu pour habiter *ici* comme eftranger, & il fera le grand Gouverneur? Maintenant nous te ferons pis qu'à eux : fi faifoyent grand effort à Lot, & s'approcherent pour rompre l'huis.

10. Mais les perfonnages avançans

avançans leurs mains, re-
tirerent Lot à eux en la
maison : & fermerent
l'huis.

11. Et fraperent d'ef-
blouïffement les hommes
qui eftoient à l'huis de la
maison , depuis le petit
jufqu'au grand : dont ils
fe lafferent à chercher
l'huis.

12. Alors les perfonna-
ges dirent à Lot, Qui *eft*
encore ici qui t'apartiene,
foit gendre , ou fils , ou filles , ou quelque autre qui
t'apartiene en la ville? Re-
tire-*les* de ce lieu.

13. Car nous nous en
allons deftruire ce lieu ci,
à caufe que leur cri eft devenu grand devant l'Eter-
nel : & il nous a envoyés
pour le deftruire.

14. Lot donc fortit , &
parla à fes gendres , qui
devoyent prendre fes fil-
les,& dit,Levez vous, for-
tez de ce lieu , car l'Eternel s'en va deftruire la
ville : mais il fembloit à
fes gendres qu'il fe rioit.

15. Puis fitoft que l'au-
be du jour fut levée , les
Anges prefferent Lot, di-
fans , Leve-toi , pren ta
femme & tes deux filles

E

qui se trouvent *ici*:de peur
que tu ne perisses en la
punition de la ville.

16.Et comme il tardoit,
les personnages lui em-
poignerent la main, & la
main de sa femme & de
ses deux filles : pour ce
que l'Eternel l'espargnoit:
si l'emmenerent & le mi-
rent hors de la ville.

17. Or sitost qu'ils les
eurent mis dehors, *l'un*
dit, Sauve ta vie, ne re-
garde point derriere toi,
& ne t'arreste en aucun
endroit de la plaine. Sauve toi en la montagne,de
peur que tu ne perisses.

18. Et Lót leur *respon-*
dit, Non, Seigneur, je te
prie.

19. Voici, ton serviteur
a maintenant trouvé gra-
ce devant toi, & la gra-
tuité que tu m'as faite, est
merveilleusement gran-
de, de preserver ma vie.
Mais je ne me pourrai sauver en la montagne, que
mal ne m'atteigne, & que
je ne meure.

20. Voici, je te prie,
ceste ville-là *est* prochai-
ne pour m'y enfuir, &
elle *est* petite : je te prie,
que je m'y sauve. N'est-

elle pas petite, & mon ame vivra ?

21. Et il lui dit, Voici, je t'ai aussi exaucé en ce fait ici : que je ne subvertirai point la ville de laquelle tu as parlé.

22. Haste-toi, sauve-toi là : car je ne pourrai rien faire, jusqu'à ce que tu y sois entré. Pourtant fut appelé le nom de cette ville-là Tsohar.

23. Comme le soleil se levoit sur la terre, Lot entra en Tsoar.

24. Adonc l'Eternel fit pleuvoir des cieux sur Sodome & Gomorre, soulfre & feu de par l'Eternel.

25. Et subvertit ces villes-là, & toute la plaine, & tous les habitans des villes, & le germe de la terre.

26. Mais la femme de Lot regarda derriere lui, dont elle devint statuë de sel.

27. Et Abraham se levant de bon matin, vint au lieu où il s'estoit tenu devant l'Eternel.

28. Et regarda vers Sodome & Gomorre, & vers toute la terre de ceste plaine-là, & vid une fu-

E ij

mée monter de la terre comme la fumée d'une fournaise.

D

29. Mais il advint quand Dieu deftruifoit les villes de la plaine, qu'il eut fouvenance d'Abraham : & envoya Lot hors de la fubverfion, quand il fubvertit les villes efquelles Lot habitoit.

30. Et Lot monta de Tfohar, & habita en la montagne, & fes deux filles avec lui : car il craignoit de demeurer en Tfohar, dont il habita en une caverne, lui & fes deux filles.

31. Et l'aifnée dit à la plus jeune, Noftre pere *eft* vieil, & fi il n'y a nul en la terre pour venir vers nous, felon la coutume de toute la terre.

32. Vien, baillons du vin à boire à noftre pere, & couchons avec lui : fi conferverons quelque race de noftre pere.

33. Elles donnerent donc du vin à boire à leur pere cefte nuict-là : & l'aifnée vint & coucha

avec son pere : mais il
ne s'apperceut point ne
quand elle se coucha, ne
quand elle se leva.

34. Et le lendemain ve-
nu, l'aisnée dit à la plus
jeune, Voici, j'ai couché
la nuict passée avec mon
pere, baillons-lui encore
ceste nuict du vin à boi-
re : puis va & couche
avec lui, si conserverons
quelque race de nostre
pere.

35. En ceste nuict là
donc elles donnerent en-
core du vin à boire à leur
pere, & la plus jeune se
leva & coucha avec lui :
mais il ne s'apperceut
point ne quand elle se
coucha, ne quand elle se
leva.

36. Ainsi les deux filles
de Lot conceurent de leur
pere.

37. Desquelles l'aisnée
enfanta un fils, & appela
son nom Moab. Icelui *est*
le pere des Moabites jus-
ques à ce jour.

38. Et la plus jeune aussi
enfanta un fils, & appela
le nom d'icelui Ben-
Hammi. Icelui *est* le pere
des enfans de Hammon
jusques à ce jour.

E iij

A

CHAP. XX.

1. ET Abraham s'en al-
la delà au païs de
Midi : & demeura entre
Kadés & Sçur , & habita
comme estranger en Gue-
rar.

2. Et Abraham dit de
Sara sa femme, C'*est* ma
sœur. Abimelec donc Roy
de Guerar envoya , &
print Sara.

3. Mais Dieu vint à
Abimelec par songe de
nuict : & lui dit, Voici,
tu es mort, à cause de la
femme que tu as prinse :
car elle *est* mariée à un
mari.

4. Or Abimelec ne s'es-,
toit point approché d'el-
le. Il *respond*it donc, Seigneur, tueras-tu aussi la
nation juste ?

5. Ne m'a-il pas dit ,
C'*est* ma sœur ? & elle
mesme a dit aussi, C'*est*
mon frere. J'ai fait ceci
en integrité de mon cœur
& en pureté de mes
mains.

6. Et Dieu lui dit par
songe, Je sai aussi que tu
as fait ceci en integrité

de ton cœur, dont auſſi je t'ai engardé que tu ne pechaſſes contre moi. Pourtant je ne t'ai pas permis de la toucher.

7. Maintenant donc ren la femme à ceſt homme : car il *eſt* Prophete, & il fera requeſte pour toi, afin que tu vives. Mais ſi tu ne la rens, ſache que tu mourras de mort & tout ce qui *eſt* à toi.

8. Et Abimelec ſe leva de bon matin, & appela tous ſes ſerviteurs, & dit toutes ces choſes, eux eſcoutans, dont ils craignirent fort.

9. Puis Abimelec appela Abraham, & lui dit, Que nous as-tu fait ? Et en quoi t'ai-je offenſé, que tu ayes fait venir ſur moi & ſur mon royaume un grand peché ? Tu m'as fait choſes qui ne ſont point de faire.

10. Abimelec dit auſſi à Abraham, Qu'as-tu veu, pourquoi tu ayes fait ceſte choſe-ci ?

11. Et Abraham *reſpon-dit*, Pour ce que je diſoye, Tant y a qu'il n'*y a* point de crainte de Dieu en ce lieu-ci, & ils me

E iiij

tueront à caufe de ma
femme.

12. Mais auffi à la veri-
té elle *eft* ma fœur, fille
de mon pere : combien
qu'elle ne *foit* point fille
de ma mere : & fi m'a efté
baillée à femme.

13. Or il eft advenu que
quand Dieu m'a mené çà
& là , hors de la maifon
de mon pere , je lui ai dit,
C'eft ici la gratuité que tu
me feras : en tout lieu où
nous viendrons, di de moi,
C'eft mon frere.

14. Alors Abimelec print
brebis , bœufs, ferviteurs
& fervantes : & les don-
na à Abraham , & lui ren-
dit Sara fa femme.

15. Et dit, Voici mon païs
à ton commandement :
habite là où il te plaira.

16. Et il dit à Sara,
Voici, j'ai donné à ton
frere mille *pieces* d'argent:
voici, il t'*eft* une couverture d'yeux envers tous
ceux qui *font* avec toi, &
envers tous *autres* : ainfi
fut-elle reprife.

17. Et Abraham fit re-
quefte à Dieu : & Dieu
guerit Abimelec , fa fem-
me , & fes fervantes : puis
enfanterent.

B

18. Car l'Eternel avoit entierement refferré toute matrice de la maifon d'Abimelec, à caufe de Sara femme d'Abraham.

CHAP. XXI.

1. ET l'Eternel vifita Sara, comme il avoit dit : & lui fit ainfi qu'il *en* avoit parlé.

A

2. Sara donc conceut, & enfanta un fils à Abraham en fa vieilleffe, en la faifon que Dieu lui avoit dit.

3. Et Abraham appela le nom de fon fils, (qui lui eftoit né, *&* que Sara lui avoit enfanté) Ifaac.

4. Puis Abraham circoncit fon fils Ifaac aagé de huit jours, comme Dieu lui avoit commandé.

5. Or Abraham *eftoit* aagé de cent ans, quand Ifaac fon fils lui nafquit.

6. Et Sara dit, Dieu m'a fait rire : tous ceux qui l'entendront, riront avec moi.

7. Elle dit auffi, Qui euft dit à Abraham, que

Sara allaiteroit enfans ?
Car je lui ai enfanté un
fils en fa vieilleffe.

8. Et l'enfant creut, &
fut fevré : & Abraham fit
un grand banquet au jour
qu'Ifaac fut fevré.

9. Et Sara vid le fils
d'Agar Egyptienne(qu'el-
le avoit enfanté à Abra-
ham) fe mocquer.

10. Et dit à Abraham ,
Chaffe cefte fervante-ci
& fon fils : car le fils de
cefte fervante-ci n'heri-
tera point avec mon fils ,
avec Ifaac.

11. Et cela depleut fort
à Abraham , à l'occafion
de fon fils.

12. Mais Dieu dit à A-
braham , Que *cela* ne te
deplaife point touchant
l'enfant & ta fervante.
En toûtes chofes que te
dira Sara , obei à fa pa-
role : car en Ifaac te fera
appelée femence.

13. Et toutes fois je fe-
rai auffi devenir le fils de
la fervante une nation ,
pour ce qu'il *eft* ta femence.

14. Adonc Abraham fe
leva de bon matin , &
print du pain & une bou-
teille d'eau , & *les* bailla

à Agar , les mettant fur l'efpaule d'icelle : *il lui bailla* auſſi l'enfant , & l'envoya. Puis elle ſe mit en chemin , & fut errante au deſert de Beer-ſcebah.

15. Or quand la bouteille d'eau fut faillie, elle jetta l'enfant ſous un arbriſſeau.

16. Si s'en alla,& s'aſſit vis-à-vis , loin d'un trait d'arc. Car elle dit , Que je ne voye point mourir l'enfant. Et eſtant aſſiſe vis-à-vis , elle eleva ſa voix & pleura.

17. Et Dieu ouit la voix de l'enfant, & l'Ange de Dieu appela des cieux Agar : & lui dit, Qu'as-tu, Agar ? Ne crain point, car Dieu a oui la voix de l'enfant *du lieu* où il eſt.

18. Leve-toi, leve l'enfant, & l'empoigne avec ta main : car je le ferai devenir une grande nation.

19. Et Dieu ouvrit les yeux d'icelle , & elle vid un puits d'eau, & s'en alla & emplit la bouteille d'eau , & donna à boire à l'enfant.

20. Et Dieu fut avec l'enfant, lequel devint grand , & habita au de-

fert , & fut tireur d'arc.

21. Et demeura au de-
fert de Paran , & fa mere
lui print une femme du
païs d'Egypte.

22. Et advint en ce
tems-là , qu'Abimelec &
Picol chef de fon armée ,
parla à Abraham, difant,
Dieu *eft* avec toi en toutes les chofes que tu fais.

23. Maintenant donc
jure moi ici par Dieu,que
tu ne me mentiras point,
ni à mes enfans , ni aux
enfans de mes enfans.Se-
lon la gratuité que je t'ai
faite , tu me feras , & au
païs auquel tu as habité
comme eftranger.

24. Et Abraham *refpon-*
dit , Je jurerai.

25. Mais Abraham re-
print Abimelec à l'occa-
fion d'un puits d'eau, que
les ferviteurs d'Abimelec
avoyent occupé par force.

26. Et Abimelec dit, Je
n'ai point feu qui a fait
cefte chofe-là : & auffi ne
m'en as tu point adverti ,
& n'en ai point encore
ouï *parler* qu'aujourd'hui.

27. Adonc Abraham
print des brebis & des
bœüfs , & les donna à
Abimelec , & traitterent

alliance entre eux deux.

28. Et Abraham mit à part sept agneaux femelles de la bergerie.

29. Et Abimelec dit à Abraham, Que veulent dire ces sept agneaux-là que tu a mis à part?

30. Et il *respond*it, C'est que tu prendras *ces* sept agneaux de ma main: afin qu'ils me soyent en tesmoignage que j'ai creusé ce puits-ici.

31. Et pour ce appela-on ce lieu-là Beer-scebah : car tous deux y jurerent.

32. Ils traiterent donc alliance en Beer-scebah. Puis se leva Abimelec & Picol chef de son armée, & retournererent au païs des Philistins.

A

CHAP. XXII.

1. A Dvint aprés ces choses, que Dieu

B

33. Et Abraham planta une chesnaye en Beer-scebah, & là invoqua le nom de l'Eternel, le *Dieu* Fort d'éternité.

34. Et Abraham habita comme estranger au païs des Philistins longtems.

esprouva Abraham, & lui dit, Abraham : & il *respondit*, Me voici.

2. Puis lui dit, Pren maintenant ton fils, ton unique, lequel tu aimes, assavoir Isaac, & t'en va en la contrée de Morija, & l'offre - là en holocauste sur une montagne que je te dirai,

3. Abraham donc s'estant levé de bon matin embasta son asne, & print deux de ses serviteurs quand & soi, & Isaac son fils : & ayant fendu le bois pour l'holocauste, se mit en chemin, & s'en alla au lieu que Dieu lui avoit dit.

4. Au troisieme jour Abraham levant ses yeux, vid le lieu de loin.

5. Et dit à ses serviteurs, Demeurez ici avec l'asne : moi & l'enfant cheminerons jusques - là, & adorerons : puis retournerons à vous.

6. Et Abraham print le bois de l'holocauste, & le mit sur Isaac son fils : & print le feu en sa main & un cousteau, & s'en allerent eux deux ensemble.

7. Adonc Isaac parla à

Abraham ſon pere , &
dit, Mon pere. Abraham
reſpondit , Me voici, mon
fils. Et il dit , Voici le feu
& le bois : mais où eſt la
beſte pour l'holocauſte?

8. Et Abraham reſpon-
dit , Mon fils, Dieu ſe
pourvoira de beſte pour
l'holocauſte. Et chemi-
noyent eux deux enſem-
ble.

9. Et eux eſtans venus
au lieu que Dieu lui avoit
dit , Abraham baſtit là un
autel , & rengea le bois,
ſi garotta Iſaac ſon fils, &
le mit ſur l'autel deſſus le
bois.

10. Puis Abraham avan-
çant ſa main empoigna le
couſtèau pour eſgorger
ſon fils.

B

11. Mais l'Ange de l'Eternel lui cria des cieux, diſant, Abraham, Abraham:
lequel reſpondit, Me voici.

12. Et il lui dit, Ne mets
point ta main ſur l'en-
fant , & ne lui fai rien.
Car maintenant ai-je co-
gnu que tu crains Dieu,
veu que tu n'as point
eſpargné ton fils, ton unique pour moi.

13. Et Abraham levant
ſes yeux regarda , & voici

derriere *lui* un mouton
qui estoit retenu à un buis-
son par ses cornes. Adonc
Abraham alla, & print le
mouton, & l'offrit en ho-
locauste au lieu de son
fils.

14. Et Abraham appela
le nom de ce lieu-là, l'E-
ternel *y* pourvoira. Dont
on dit aujourd'hui, En la
montagne de l'Eternel il
y sera pourveu.

15. Et l'Ange de l'E-
ternel cria des cieux à
Abraham pour la seconde
fois,

16. Disant, J'ai juré
par moi mesme, dit l'E-
ternel : Pour autant que
tu as fait ceste chose, &
tu n'as point espargné ton
fils, ton unique,

17. Pour certain je te
benirai, & multiplierai
trés abondamment ta po-
sterité comme les estoiles
des cieux, & comme le
sablon qui *est* sur les bords
de la mer : & ta posterité
possedera la porte de ses
ennemis.

18. Et toutes nations
de la terre seront benites
en ta semence, pource
que tu as obeï à ma voix.

19. Ainsi Abraham re-

tourna à ſes ſerviteurs : &
ſe levans s'en allerent enſemble en Beer-ſcebah :
car Abraham habitoit en
Beer-ſcebah.

D

20. Or advint aprés ces
choſes-là , que *quelcun* fit
un rapport à Abraham ,
diſant , Voici , Milca a
auſſi enfanté des enfans à
Nacor ton frere.

21. Aſſavoir Huts ſon
premier né , & Buz ſon
frere , & Kemuel pere
d'Aram ,

22. Et Keſed , & Ha-
zo , & Pildas , & Jidlaph,
& Bethuel.

23. Et Bethuel a en-
gendré Rebecca. Milca
enfanta ces huit à Nacor
frere d'Abraham.

24. Et la concubine
d'icelui nommée Reüma,
enfanta auſſi Tebah, Ga-
ham , Tahas, & Mahaca.

A

CHAP. XXIII.

1. OR Sara veſcut cent
vingt ſept ans, *qui*
ſont les ans de ſa vie.

2. Et mourut en Kir-jath-Arbah *qui* eſt He-bron, au païs de Canaan. Si vint Abraham pour la plaindre & pleurer.

3. Et s'eſtant levé de de-vant ſon mort, il parla aux Hethiens, diſant,

4. Je *ſuis* eſtranger & forain entre vous : don-nez-moi une poſſeſſion de ſepulchre parmi vous, afin que j'enterre mon mort, *l'oſtant* de devant moi.

5. Et les Hethiens *reſ-pondirent* à Abraham, lui diſans,

6. Mon Seigneur, eſ-coute-nous, Tu es entre nous un Prince excellent, enterre ton mort en l'un de nos plus exquis ſepul-chres. Nul de nous ne te refuſera ſon ſepulchre, que tu n'*y* enterres ton mort.

7. Adonc Abraham ſe leva, & ſe proſterna de-vant le peuple du païs, *aſſavoir* devant les He-thiens.

8. Et parla avec eux di-ſant, S'il vous plaiſt que j'enterre mon mort, *l'oſ-tant* de devant moi, eſ-coutez moi, & ſoyez in-

terceſſeurs pour moi en-
vers Hephron fils de Tſo-
har.

9. Afin qu'il me baille
ſa caverne de Macpela,
qui *eſt* au bout de ſon
champ. Qu'il la me baille
entre vous pour le prix
qu'elle vaut, en poſſeſſion
de ſepulchre.

10. Or Hephron eſtoit
aſſis parmi les Hethiens.
Hephron donc Hethien
reſpondit à Abraham,
(oyans les Hethiens, aſſavoir tous ceux qui en-
troyent par la porte de ſa
ville) diſant,

11. Non, mon Seigneur,
eſcoute-moi : Je te donne
le champ, je te donne
auſſi la caverne qui *eſt* en
icelui : je te la donne en
la preſence des enfans de
mon peuple : enterres-*y*
ton mort.

12. Et Abraham ſe
proſterna devant le peu-
ple du païs :

13. Et parla à Hephron,
oyant tout le peuple du
païs, & dit, Mais s'il te
plaiſt, je te prie, eſcoute-
moi : Je baillerai l'argent
du champ, recois-le de
moi, puis j'y enterrerai
mon mort,

14. Et Hephron *respon-*
dit à Abraham , lui di-
sant,

15. Mon Seigneur, ef-
coute-moi. La terre *vaut*
quatre cens ficles d'ar-
gent entre moi & toi.
Mais qu'*est* ce que cela ?
Enterres donc ton mort.

16. Et Abraham ayant
entendu Hephron , lui
paya l'argent dont il avoit
parlé, oyant les Hethiens,
c'est affavoir quatre cens ficles d'argent, ayant cours
entre les marchans.

17. Et le champ d'He-
phron qui *estoit* en Macpela au devant de Mam-
ré, tant le champ que la
caverne y eftant, & tous
les arbres qui *estoyent* au
champ , & en tous fes
confins à l'environ , fut
arrefté

18. En poffeffion à A-
braham en la prefence des
Hethiens, affavoir de tous
ceux qui entroyent par la
porte de la ville.

19. Et puis aprés Abra-
ham enterra Sara fa fem-
me en la caverne du
champ de Macpela, au
devant de Mamré , qui
est Hebron au païs de Canaan.

20. Le champ donc &
la caverne estant en ice-
lui, fut arresté par les Hethiens à Abraham en pos-
session de sepulchre.

B.

CHAP. XXIV.

1. ET Abraham devint
vieil & avancé en
aage : & l'Eternel avoit
benit Abraham en toutes
choses.

2. Abraham donc dit à
son serviteur le plus an-
cien de sa maison , qui
avoit le gouvernement de
tout ce qui lui apparte-
noit , Mets , je te prie, ta
main sous ma cuisse.

3. Et je te ferai jurer
par l'Eternel, le Dieu des
cieux , & le Dieu de la
terre , que tu ne prendras
point femme pour mon
fils des filles des Cana-
néens, parmi lesquels j'habite.

4. Mais tu t'en iras en
mon païs & à mon pa-
rentage, & prendras fem-
me à mon fils Isaac.

5. Et ce serviteur lui
respondit, Peut-estre que
la femme n'aura point à
gré de me suivre en ce
païs ici. Me faudra-il necessairement remener ton

fils au païs dont tu es forti ?

6. Abraham lui dit, Garde-toi bien de remener-là mon fils.

7. L'Eternel, le Dieu des cieux, qui m'a prins de la maison de mon pere, & du païs de mon parentage, & qui a parlé à moi, & qui m'a juré, disant, Je donnerai à ta posterité ce païs ici : icelui envoyera son Ange devant toi, & delà tu prendras femme à mon fils.

8. Que si la femme n'a point à gré de te suivre, tu seras quitte de ce serment que je te fai faire : quoi qu'il y ait, ne remene point là mon fils.

9. Adonc le serviteur mit la main sous la cuisse d'Abraham son seigneur : & lui jura suivant ces choses-là.

10. Et le serviteur prenant dix chameaux d'entre les chameaux de son maitre, s'en alla : car il avoit tout le bien de son maitre en sa puissance. Il partit donc, & s'en alla en Mesopotamie, en la ville de Nacor.

11. Et fit reposer sur

les genoux les chameaux hors de la ville, auprés d'un puits d'eau, fur le foir, au tems que fortent celles qui vont puifer de l'eau.

12. Et dit, O Eternel, Dieu de mon feigneur A-braham, donne-moi rencontre aujourd'hui, & fai gratuité à mon feigneur Abraham.

13. Voici, je me tiendrai prés de la fontaine d'eau, & les filles des gens de la ville fortiront pour puifer de l'eau.

14. Qu'il advienne donc que la jeune fille à laquelle je dirai, Baiffe, je te prie, ta cruche, afin que je boive : & qui refpondra, Boi, & mefme je donnerai à boire à tes chameaux : foit celle que tu as affignée à ton ferviteur Ifaac, & par cela cognoitrai-je que tu auras fait gratuité à mon feigneur.

15. Et advint qu'avant qu'il euft achevé de parler, voici Rebecca fille de Bethuel, fils de Milca femme de Nacor, frere d'Abraham, fortoit ayant fa cruche fur fon efpaule.

16. Et la jeune fille *estoit* trés belle à voir, & pucelle, si qu'homme ne l'avoit cognuë:& descendit à la fontaine, & emplit sa cruche, & remontoit.

17. Adonc le serviteur courut au devant d'elle, & dit, Donne-moi, je te prie, un peu d'eau de ta cruche à boire.

18. Et elle dit, Mon seigneur, boi. Et incontinent avalla sa cruche sur sa main, & lui donna à boire.

19. Et ayant achevé de lui donner à boire, elle dit, Mesme j'en puiserai pour tes chameaux, jusqu'à ce qu'ils ayent achevé de boire.

20. Et vuida vistement sa cruche en l'auge, & courut encore au puits pour puiser, & puisa pour tous ses chameaux.

21. Et cest homme s'estonnoit d'elle, considerant sans sonner mot, pour savoir si l'Eternel auroit fait prosperer son voyage, ou non.

22. Et quand les chameaux eurent achevé de boire, cest homme print une bague d'or pesante un demi

demi *ficle*, & deux bra-
celets *pour mettre* fur les
mains d'icelle, pefans dix
ficles d'or.

23. Puis lui dit, De qui
es-tu fille ? Je te prie, fai
le moi favoir. Y a-il point
lieu en la maifon de ton
pere pour y loger?

24. Elle *refpondit*, Je
fuis fille de Bethuel, fils
de Milca, qu'elle a enfanté à Nacor.

25. Et elle lui dit auffi,
Il y a chés nous beaucoup
de paille & de fourrage,
& auffi lieu pour *y* loger.

26. Et ceft homme s'en-
clina, & fe profterna de-
vant l'Eternel :

27. Et dit ; Benit *foit*
l'Eternel, le Dieu de mon
feigneur Abraham, qui
n'a point defifté d'exercer
fa gratuité & verité en-
vers mon feigneur. Moi
eftant en chemin, l'Eter-
nel m'a conduit en la maifon des freres de mon feigneur.

28. Et la jeune fille courut, & en fit raport en la
maifon de fa mere felon
ces propos-là.

29. Or Rebecca avoit
un frere nommé Laban,
lequel courut dehors à

F

cest homme vers la fontaine.

30. Car si tost qu'il eust veu la bague & les bracelets sur les mains de sa sœur, & entendu les paroles de Rebecca sa sœur, disant, Cest homme a ainsi parlé à moi, il vint à l'homme, & voici, il estoit auprés de ses chameaux vers la fontaine.

31. Et dit, Benit de l'Eternel, entre ; pourquoi te tiens-tu dehors ? J'ai appresté la maison, & le lieu pour tes chameaux.

32. L'homme donc vint en la maison, & on desharnacha les chameaux, & on leur donna de la paille & du fourrage, & de l'eau tant pour laver les pieds d'icelui, que les pieds des personnages qui *estoyent* avec lui.

33. Et on lui presenta à manger. Mais il dit, Je ne mangerai point, que je n'aye dit ce que j'ai à dire. Et *Laban* dit, Parle.

34. Il dit donc, Je *suis* serviteur d'Abraham.

35. Et l'Eternel a benit grandement mon seigneur, dont il est devenu grand : car il lui a don-

né brebis, bœufs, argent, or, serviteurs, servantes, chameaux & asnes.

36. Et Sara femme de mon seigneur a enfanté un fils à mon seigneur, estant ja devenuë vieille, auquel il a donné tout ce qu'il a.

37. Et mon seigneur m'a fait jurer, disant, Tu ne prendras point femme à mon fils des filles des Cananéens, au païs desquels j'habite.

38. Mais tu iras en la maison de mon pere, & vers ma parenté, & *de là* prendras femme pour mon fils.

39. Et je di à mon seigneur, Peut-estre que la femme ne me suivra pas.

40. Et il me *respondit*, L'Eternel devant la face duquel j'ai cheminé, envoyera son Ange avec toi, & fera prosperer ton voyage, & prendras femme à mon fils de ma parenté, & de la maison de mon pere.

41. Si tu vas à ma parenté, tu seras alors quitte de l'execration du serment que je te fai faire : & si on ne te la donne,

tu feras quitte de l'exe-
cration du ferment que je
te fai faire.

42. Je fuis donc venu
aujourd'hui à la fontaine,
& ai dit , O Eternel, Dieu
de mon feigneur Abra-
ham , fi maintenant tu
fais profperer mon che-
min , par lequel je che-
mine :

43. Voici, je me tien-
drai prés de la fontaine
d'eau : qu'il adviene donc
que la fille qui fortira
pour y puifer, & à laquelle je dirai, Donne-moi,
je te prie , à boire un peu
d'eau de ta cruche.

44. Et qu'elle me die,
Boi, toi : & mefme j'*en*
puiferai pour tes cha-
meaux : icelle foit la femme que l'Eternel a affi-
gnée au fils de mon fei-
gneur.

45. Avant que j'euffe
achevé de parler en mon
cœur, voici, Rebecca eft
fortie , ayant fa cruche
fur fon efpaule,& eft def-
cenduë à la fontaine , &
a puifé. Puis je lui ai dit,
Donne-moi, je te prie , à
boire.

46. Et incontinent elle
a avallé fa cruche de def-

sus soi, & a dit, Boi : & mesme je donnerai à boire à tes chameaux. J'ai donc beu, & elle a aussi donné à boire aux chameaux.

47. Puis je l'ai interroguée, disant, De qui *es-tu* fille ? Elle a respondu, *Je suis* fille de Bethuel, fils de Nacor, que Milca lui a enfanté. Lors je lui ai mis une bague sur le front, & des bracelets sur les mains.

48. Puis me suis encliné & prosterné devant l'Eternel, & ai benit l'Eternel, le Dieu de mon seigneur Abraham, lequel m'a conduit par le vrai chemin, afin que je prinsse la fille du frere de mon seigneur pour son fils.

49. Maintenant donc, si vous voulez user de gratuité & verité envers mon seigneur, declarez-le moi : si non, declarez-le moi aussi, & je me tournerai à droite ou à gauche.

50. Et Laban & Bethuel respondirent, disans, Cest affaire est procedé de l'Eternel : nous ne pourrions dire contre toi ne bien ne mal.

F iij

51. Voici Rebecca à ton commandement, pren-*la* & *t'en* va, & qu'elle foit femme du fils de ton feigneur, comme l'Eternel *en* a parlé.

52. Et advint qu'auffi toft que le ferviteur d'Abraham eut ouï leurs paroles, il fe profterna en terre devant l'Eternel.

53. Puis le ferviteur tira des bagues d'argent & d'or, & des habits, & les donna à Rebecca: & donna auffi des prefens exquis à fon frere & à fa mere.

54. Puis ils mangerent & beurent, lui & les gens qui *eftoyent* avec lui, & *y* logerent. Et quand ils furent levés du matin, il dit, Renvoyez-moi à mon feigneur.

55. Et le frere & la mere lui dirent, Que la fille demeure avec nous *quelques* jours, à tout le moins dix: puis aprés *elle s'en* ira.

56. Et il leur dit, Ne me retardez point, puifque l'Eternel a fait profperer mon chemin. Renvoyez-moi, que je *m'en* aille à mon feigneur.

57. Lors ils dirent, Ap-

pelons la fille, & lui de-
mandons response de sa
bouche.

58. Ils appelerent donc
Rebecca, & lui dirent,
Veux-tu aller avec cest
homme ? Laquelle *respon-
dit*, J'irai.

59. Ainsi envoyerent-
ils Rebecca leur sœur, &
sa nourrice, ensemble le
serviteur d'Abraham &
ses gens.

60. Et ils benirent Re-
becca, & lui dirent, Tu
es notre sœur, sois fertile
par mille millions, & que
ta posterité possede la porte de ceux qui la haïront.

61. Adonc se leva Re-
becca, & ses chambrie-
res, & monterent sur les
chameaux, & suivirent
cest homme-là : ce ser-
viteur donc print Rebec-
ca, & s'en alla.

62. Or Isaac retournoit
du puits du Vivant qui me
voit : car il se tenoit au
païs vers Midi.

63. Et Isaac estoit sorti
pour prier aux champs sur
le soir : & levant ses yeux
il regarda, & voici des
chameaux qui venoyent.

64. Rebecca aussi levant
ses yeux vid Isaac, & se

F iiij

jetta bas de deſſus le chameau :

65. (Car elle avoit dit
au ſerviteur, Qui *eſt* ceſt
homme-là qui chemine
par le champ au devant
de nous ? Et le ſerviteur
avoit reſpondu , C'eſt
mon ſeigneur) & print
un voile , & s'*en* couvrit.

66. Et le ſerviteur ra-
conta à Iſaac toutes les
choſes qu'il avoit faites.

67. Puis aprés Iſaac
amena Rebecca au taber-
nacle de Sara ſa mere : ſi
la print , & lui fut à femme, & l'aima. Ainſi Iſaac
ſe conſola aprés *le treſpas*
de ſa mere.

A

CHAP. XXV.

1. OR Abraham print
une autre femme
nommée Ketura.

2. Laquelle lui enfanta
Zimran, Jokſçan, Me-
dan, Madian ; Jiſçbak &
Sçuah.

3. Et Jokſçan engendra
Sçeba & Dedan. Et les
enfans de Dedan furent,
Aſçurim & Letuſçim, &
Leummin.

4. Et les enfans de Ma-
dian *furent* Hepha, He-
pher, Hanoc, Abidah,

Eldaha. Tous ceux-là *sont* enfans de Ketura.

5. Et Abraham donna tout ce qui lui *apartenoit* à Isaac.

6. Mais il bailla dons aux fils de ses concubines, & les envoya arriere de son fils Isaac vers l'Orient, en la région d'Orient, lui encore vivant.

7. Et les ans que vescut Abraham furent cent septante cinq ans.

8. Abraham donc defaillant mourut en bonne vieillesse, *ja* ancien & rassasié *de jours*, & fut retiré vers ses peuples.

9. Et Isaac & Ismael ses fils l'enterrerent en la caverne de Macpela, au champ d'Hephron fils de Tsohar Hethien, qui *est* vis-à-vis de Mamré.

10. *Qui est* le champ qu'Abraham avoit acheté des Hethiens. Là *donc* fut enterré Abraham avec Sara sa femme.

11. Or advint aprés la mort d'Abraham, que Dieu benit Isaac son fils. Et Isaac habitoit prés du puits du Vivant qui me voit.

F v

D

12. Ce *font* ici les gene-
nerations d'Ifmael fils
d'Abraham, qu'Agar E-
gyptienne, fervante de
Sara avoit enfanté à
Abraham.

13. Et ce *font* ici les
noms des enfans d'If-
mael, defquels ils ont
efté nommés en leurs ge-
nerations. Le premier né
d'Ifmael, Nebajoth, puis
Kedar, Adbeel, Mibfam,

14. Mifçmah, Duma,
Maffa,

15. Hadar, Tema, Je-
tur, Naphis, & Kedma.

16. Ce font-là les en-
fans d'Ifmael, & ce *font-*
là leurs noms, felon leurs
villages, & felon leurs
chafteaux : *affavoir* douze
Princes de leurs peuples.

17. Et ce *font* ici les
années de la vie d'If-
mael, *affavoir* cent trente
fept ans. Ainfi defaillant
mourut, & fut retiré vers
fes peuples.

18. Et *ils* habiterent depuis Havila jufqu'à Sçur
qui *eft* vis-à-vis d'Egypte, quand tu viens en
Affur. *Et Ifmael* eut fon

estenduë à l'endroit de tous ses freres.

B

19. Or ce sont ici les generations d'Isaac fils d'Abraham. Abraham engendra Isaac.

20. Et Isaac estoit aagé de quarante ans, quand il print à femme Rebecca fille de Bethuel Aramien de Paddan-Aram, sœur de Laban Aramien.

21. Et Isaac pria instamment l'Eternel pour le regard de sa femme, d'autant qu'elle *estoit* sterile : & l'Eternel fut flechi par ses prieres : dont Rebecca sa femme conceut.

22. Mais les enfans s'entrepoussoyent en son ventre : & elle dit, Si ainsi *est*, pourquoi suis-je ? Et s'*en* alla pour s'enquerir vers l'Eternel.

23. Et l'Eternel lui dit, Deux nations *sont* en ton ventre, & deux peuples departiront de tes entrailles. Et un peuple sera plus fort que l'autre peuple : & le plus grand servira au moindre.

24. Et quand son temps d'enfanter fut accompli,

F vj

voici, *il y avoit* deux gemeaux en son ventre.

25. Et le premier sor-
tit roux, tout *velu* comme
une manteline de poil :
& appelerent son nom
Esaü.

26. Et aprés sortit son
frere, tenant de sa main
le talon d'Esaü : dont son
nom fut appelé Jacob. Et
Isaac *estoit* aagé de soi-
xante ans quand ils nas-
quirent.

27. Depuis les enfans
devindrent grands , &
Esaü *estoit* homme entendu à la chasse, homme des
champs, mais Jacob *estoit*
homme simple , se tenant
és tabernacles.

28. Et Isaac aimoit E-
saü : car la venaison *estoit*
sa viande : mais Rebecca
aimoit Jacob.

26. Or commè Jacob
cuisoit du potage , Esaü
revint des champs, & es-
toit las.

30.Et Esaü dit à Jacob,
Donne-moi à manger,je te
prie,de ce roux,ce roux-là:
car je *suis* las. Pourtant on
appela son nom Edom.

31. Mais Jacob lui dit,
Ven-moi aujourd'hui le
droict de ton ainesse.

32. Et Efaü *refpondit*, Voici, je m'en vai mourir : à quoi me fervira le droict d'aineffe ?

33. Et Jacob dit, Jure-moi aujourd'hui. Et il lui jura : ainfi il vendit fon droict d'aineffe à Jacob.

34. Et Jacob donna à Efaü du pain & le potage de lentilles : & il mangea & beut, & fe leva & s'*en* alla. Ainfi Efaü mefprifa fon droict d'aineffe.

CHAP. XXVI.

1. OR advint qu'il y eut famine au païs, outre la premiere famine qui avoit efté du temps d'Abraham. Et Ifaac s'en alla vers Abimelec Roy des Philiftins en Guerar.

2. Car l'Eternel lui apparut, & dit, Ne defcen point en Egypte : demeure au païs que je te dirai :

3. Voyage par ce païsci, & je ferai avec toi, & te benirai. Car je te donnerai, & à ta pofterité, toutes ces regions ici, & ratifierai le ferment que j'ai fait à ton pere Abraham.

4. Et je multiplierai ta posterité comme les estoiles des cieux, & donnerai à ta posterité ces regions: & toutes nations de la terre seront benites en ta semence.

5. Pour autant qu'Abraham a obeï à ma voix, & a gardé mon ordonnance, mes commandemens, mes statuts & mes loix.

6. Isaac donc demeura en Guerar.

7. Et quand les gens du lieu s'enquirent touchant sa femme, il *respondit*, C'*est* ma sœur. Car il craignoit de dire, C'*est* ma femme : de peur (*se pensoit-il*) que par aventure les gens du lieu ne me tuent à cause de Rebecca: car elle *est* belle à voir.

8. Or advint aprés qu'il y eut passé quelques jours, qu'Abimelec Roy des Philistins regardoit par la fenestre, & voici il vid Isaac se jouant avec Rebecca sa femme.

9. Adonc Abimelec appela Isaac, & lui dit, Quoi que ce soit, voici, c'*est* ta femme : & comment as-tu dit, C'*est* ma sœur ? Et Isaac lui *respon-*

dit, Pource que j'ai pen-
fé, *il me faut regarder que*
d'aventure je ne meure à
caufe d'elle.

10. Et Abimelec dit,
Qu'*eft*-ce que tu nous as
fait ici ? Peu s'en eft falu
que quelqu'un du peuple
n'ait couché avec ta fem-
me, & que tu ne nous
ayes fait eftre coupables.

11. Abimelec donc fit
une ordonnance à tout le
peuple, difant, Celui qui
touchera ceft homme ou
fa femme, ne faudra point
d'eftre mis à mort.

12. Et Ifaac fema en
cette terre-là, & trouva
cefte année-là le centie-
me : car l'Eternel le benit.

13. Ceft homme donc
accreut, & alla toujours en
augmentant, jufqu'à ce
qu'il fut merveilleufe-
ment accreu :

14. Et qu'il euft acqueft
de menu & gros beftail, &
force ferfs. Dont les Philiftins lui porterent envie:

15. Tellement qu'ils ef-
toupperent tous les puits
qu'avoyent creufés les
ferviteurs de fon pere, du
tems de fon pere Abra-
ham, & les remplirent de
terre.

16. Abimelec aussi dit à Isaac, Depars-toi arriere de nous : car tu es devenu beaucoup plus puissant que nous.

17. Isaac donc partit de là, & se planta au val de Guerar, & habita là.

18. Et Isaac derechef creusa les puits d'eau, qu'on avoit creusés du tems d'Abraham son pere, lesquels les Philistins avoyent estoupés aprés la mort d'Abraham : & les appela des mesmes noms desquels son pere les avoit appelés.

19. Les serviteurs d'Isaac donc creuserent en ce val, & y trouverent un puits d'eau vive.

20. Mais les pasteurs de Guerar debattirent avec les pasteurs d'Isaac, disans, L'eau *est* à nous: dont il appela le nom du puits, Hesek, parce qu'ils s'en estoyent debattus avec lui.

21. Après ils creuserent un autre puits, pour lequel aussi ils debattirent : dont il appela son nom, Sitnah.

22. Lors il se remua de là, & creusa un autre

puits , pour lequel ils ne debattirent point : dont il appela son nom , Rehoboth , disant , Depuis que maintenant l'Eternel nous a eslargis , nous foisonnerons en ce païs.

23. Et delà il monta en Beer-Sçebah.

24. Et l'Eternel lui apparut en la mesme nuit , & dit, Je *suis* le Dieu d'Abraham ton pere, ne crain point : car je suis avec toi, & te benirai , & multiplierai ta posterité à cause d'Abraham mon serviteur.

25. Adonc il bastit là un autel , & invoqua le nom de l'Eternel, & tendit là ses tabernacles : & les serviteurs d'Isaac y creuserent un puits.

26. Et Abimelec vint à lui de Guerar , & Ahuzat son ami , & Picol chef de son armée.

27. Mais Isaac leur dit , Pour quelle raison venezvous vers moi , veu que vous me haïssez , & que vous m'avez envoyé arriere de vous?

28. Et ils *respondirent* , Nous avons evidemment apperceu que l'Eternel

estoit avec toi : & avons dit, qu'il y ait maintenant serment avec execration entre nous, *assavoir* entre nous & toi : & traitons alliance avec toi.

29. Si tu nous fais mal, ainsi comme nous ne t'avons point touché, & comme nous ne t'avons fait que *tout* bien, & t'avons envoyé en paix : toi maintenant benit de l'Eternel.

30. Adonc il leur fit un banquet, & mangerent & beurent.

31. Et se leverent de bon matin, & jurerent l'un à l'autre. Puis Isaac les renvoya, & s'en allerent d'avec lui en paix.

32. Advint en ce mesme jour, que les serviteurs d'Isaac vindrent, & lui dirent des nouvelles touchant ce puits qu'ils avoyent creusé, lui disans, Nous avons trouvé de l'eau.

33. Et il l'appela Sçibha. Pour ce le nom de la ville *a esté* Beer-Sçebah jusqu'à ce jourd'hui.

D

34. Or Efaü aagé de quarante ans print à femme Judith fille de Beeri Hethien, & Bafmath fille d'Elon Hethien.

35. Lefquelles furent *en* amertume d'efprit à Ifaac & à Rebecca.

B

CHAP. XXVII.

1. ET advint quand Ifaac fut devenú vieil, & fes yeux furent ternis, tellement qu'il ne voyoit goutte, qu'il appela Efaü fon fils aifné, & il lui dit, Mon fils. Et il lui *refpondit*, Me voici.

2. Si dit, Voici maintenant, je fuis devenu vieil, je ne fçai point le jour de ma mort.

3. Maintenant donc, je te prie, pren tes inftrumens, ton carquois, & ton arc, & t'en va aux champs, & me pren de la venaifon.

4. Et m'apprefte des viandes d'appetit comme je *les* aime : & me les apporte, & que je mange,

afin que mon ame te benie avant que je meure.

5. Or Rebecca escoutoit cependant qu'Isaac parloit à Esaü son fils. Esaü donc s'en alla aux champs pour prendre de la venaison, & l'apporter.

6. Adonc Rebecca parla à Jacob son fils, disant, Voici, j'ai oui parler ton pere à Esaü ton frere, disant,

7. Apporte-moi de la venaison, & m'appreste des viandes d'appetit, & j'en mangerai : puis te benirai devant l'Eternel avant que mourir.

8. Maintenant donc, mon fils, obei à ma parole en ce que je te commande.

9. Va maintenant à la bergerie, & me pren là deux bons chevreaux d'entre les chevres, & j'en appresterai des viandes d'appetit pour ton pere, ainsi qu'il *les* aime.

10. Et tu les apporteras à ton pere, & il mangera, afin qu'il te benie devant sa mort.

11. Et Jacob *respondit* à Rebecca sa mere, Voici, Esaü mon frere *est* hom-

me velu , mais moi je *suis* homme fans poil.

12. Et peut-eftre que mon pere me taftera, & me tiendra pour un abu-feur , & je ferai venir fur moi malediction, & non pas benediction.

13. Et fa mere lui dit, Mon fils , ta malediction *foit* fur moi : feulement obei à ma parole, & me va prendre *ce que je t'ai dit.*

14. Il s'en alla donc, & *en* print, & *en* apporta à fa mere : & fa mere ap-prefta des viandes d'ap-petit , ainfi que le pere d'icelui *les* aimoit.

15. Puis Rebecca print les plus precieux habits d'Efaü fon fils aifné, qu'el-le avoit chés foi en la maifon, & *en* veftit Jacob fon fils puifné.

16. Et envelopa des peaux de chevreaux d'en-tre les chevres les mains & la partie du col d'ice-lui qui eftoit fans poil.

17. Et bailla en la main de fon fils Jacob ces vian-des d'appetit, & le pain qu'elle avoit apprefté.

18. Il vint donc vers fon pere, & lui dit, Mon

pere : lequel *respondit*, Me
voici : qui *es*-tu, mon fils?

19. Et Jacob dit à son
pere, Je *suis* Esaü ton fils
aisné : j'ai fait ainsi que
tu m'avois dit. Leve-toi,
je te prie, & te sieds, &
mange de ma venaison,
afin que ton ame me be-
nie.

20. Et Isaac dit à son
fils, Qu'*est* ceci, que tu
en ayes si tost trouvé, mon
fils ? Et il dit, L'Eternel,
ton Dieu a fait qu'elle
s'est rencontrée devant
moi.

21. Et Isaac dit à Ja-
cob, Mon fils, approche-
toi, je te prie, & je te
tasterai, assavoir si tu *es*
mon fils Esaü mesme, ou
non.

22. Jacob donc s'ap-
procha de son pere Isaac,
lequel le tasta, puis il dit,
Ceste voix *est* la voix de
Jacob : mais ces mains
sont les mains d'Esaü.

23. Et il le mescognut :
car ses mains estoyent ve-
lues comme les mains de
son frere Esaü : tellement
qu'il le benit.

24. Il dit donc, *Es*-tu mon
fils Esaü mesme ? Il *respon*dit, Je le *suis*.

25. Il lui dit aussi, Approche-moi *donc la viande*, & que je mange de la venaison de mon fils, afin que mon ame te benie : & il l'approcha, & il *en* mangea. Il lui apporta aussi du vin, & il beut.

26. Puis Isaac son pere lui dit, Approche - toi, je te prie, & me baise, mon fils.

27. Et il s'approcha, & le baisa. Et *Isaac* sentit l'odeur de ses habits, & le benit, disant, Voici l'odeur de mon fils, comme l'odeur d'un champ que l'Eternel a benit.

28. Dieu donc te doint de la rosée des cieux, & de la graisse de la terre, & abondance de froment, & du meilleur vin.

29. Que les peuples te servent, & que les nations se prosternent devant toi. Quiconque te maudira, *soit* maudit, & quiconque te benira, *soit* benit.

30. Et advint si tost qu'Isaac eut achevé de benir Jacob, & comme tant seulement Jacob sortoit de devant son pere Isaac, que son frere Esaü revint de la chasse.

31. Lequel auſſi appreſta des viandes d'appetit, & les apporta à ſon pere, & lui dit, Que mon pere ſe leve, & mange de la venaiſon de ſon fils, afin que ton ame me benie.

32. Et Iſaac ſon pere lui dit, Qui *es-tu* ? Et il lui dit, Je *ſuis* ton fils, ton *fils* aiſné Eſaü.

33. Et Iſaac fut ſaiſi d'un eſmoi merveilleuſement grand : & dit, Qui *eſt*, & où *eſt donc* celui qui a prins de la venaiſon, & m'en a apporté, & ai mangé de tout avant que tu vinſſes : & l'ai benit, dont *auſſi* il ſera benit.

34. Et ſi toſt qu'Eſaü eut entendu les paroles de ſon pere, il s'eſcria d'un cri merveilleuſement grand & amer. Puis dit à ſon pere, Beni-moi, auſſi bien moi, mon pere.

35. Mais il dit, Ton frere eſt venu par tromperie, & a emporté ta benediction.

36. Et *Eſaü* dit, N'eſt-ce pas à bon droict qu'on a appelé ſon nom Jacob ? car m'a deſia ſupplanté par deux fois. Il a emporté mon droict d'aiſneſſe,

&

& voici maintenant il a emporté ma benediction. Puis il dit , Ne m'as-tu point reservé de benediction ?

37. Et Isaac *respondit* à Esaü, disant , Voici , je l'ai establi maistre sur toi, & je lui ai donné tous ses freres pour serviteurs : & l'ai garni de froment & du meilleur vin. Et que te ferai-je donc , mon fils ?

38. Et Esaü dit à son pere , N'as-tu qu'une benediction, mon pere ? Beni-moi , aussi bien moi, mon pere. Et Esaü eslevant sa voix pleura.

39. Et Isaac son pere *respondit* , lui disant, Voici , ton habitation sera en la graisse de la terre & en la rosée des cieux d'en-haut.

40. Et tu vivras par ton espée, & serviras ton frere: mais il adviendra qu'estant devenu maistre tu froisseras son joug de dessus ton col.

41. Et Esaü eut en haine Jacob à cause de la benediction dont son pere l'avoit benit, & dit en son cœur, Les jours du

G

deuil de mon pere s'approchent : alors je tuerai Jacob mon frere.

42. Et on rapporta à Rebecca les propos d'Esaü son fils aisné : & elle envoya appeler Jacob son fils puisné, & lui dit, Voici, ton frere se console de toi qu'il te tuera.

43. Maintenant donc, mon fils, obei à ma parole. Leve-toi, & t'enfui en Caran vers Laban mon frere.

44. Et demeure avec lui quelque tems, jusqu'à ce que la fureur de ton frere soit passée,

45. Et que sa colere soit destournée de toi, & qu'il ait oublié les choses que tu lui as faites. Puis je t'envoyerai retirer de là. Pourquoi seroy-je privée de vous deux en un jour?

46. Et Rebecca dit à Isaac, Je suis ennuyée de vivre à cause de ces Hethienes. Si Jacob prend femme de ces Hethienes, comme sont ces filles ici de ce païs, de quoi me sert la vie?

CHAP. XXVIII.

1. ISaac donc appela Jacob, & le benit, & lui commanda, difant, Tu ne prendras point femme d'entre les filles de Canaan.

2. Leve-toi, va en Paddan-Aram, en la maifon de Bethuel pere de ta mere, & de là pren pour toi femme des filles de Laban frere de ta mere.

3. Et le *Dieu* Fort, Tout-puiffant, te benie & te face foifonner, & te multiplie, afin que tu devienes affemblée de peuples.

4. Et te doint la benediction d'Abraham, à toi & à ta pofterité avec toi, afin que tu obtienes en heritage le païs où tu as efté eftranger, que Dieu a donné à Abraham.

5. Ifaac donc envoya Jacob, lequel s'en alla en Paddan-Aram, vers Laban fils de Bethuel Aramien, frere de Rebecca mere de Jacob & d'Efaü.

G ij

D

6. Et Efaü vid qu'Ifaac avoit benit Jacob, & qu'il l'avoit envoyé en Paddan-Aram, afin que delà il print femme pour foi : & qu'il lui avoit commandé, quand il le beniffoit, difant, Ne pren point femme d'entre les filles de Canaan.

7. Et que Jacob avoit obei à fon pere & à fa mere, & s'en eftoit en allé en Paddan-Aram.

8. Voyant donc Efaü que les filles de Canaan defplaifoyent à Ifaac fon pere,

9. Il s'en alla vers Ifmaël, & print à femme, (outre fes autres femmes) Mahalath, fille d'Ifmaël, fils d'Abraham, fœur de Nebajoth.

B

10. Jacob donc partit de Beer-Sçebath, & s'en alla en Caran.

11. Et fe rencontra en un lieu, auquel il paffa la nuict, pource que le foleil eftoit couché. Il print donc des pierres du lieu, & en fit fon che-

vet, & dormit en ce lieu-là.

12. Lors il songea, & voici, une eschelle estoit posée sur la terre, & le bout d'icelle touchoit jusqu'aux cieux, & voici, les Anges de Dieu montoyent & descendoyent par icelle.

13. Et voici, l'Eternel se tenoit sur icelle, & dit, Je *suis* l'Eternel, le Dieu d'Abraham ton pere, & le Dieu d'Isaac : je donnerai la terre sur laquelle tu dors, à toi & à ta posterité.

14. Et ta posterité sera comme la poudre de la terre, & tu t'espandras en Occident, & Orient, & Septentrion, & Midi, & toutes les lignées de la terre seront benites en toi & en ta semence.

15. Et voici, je *suis* avec toi, & te garderai par tout où tu iras : & te ferai retourner en ce païs. Car je ne t'abandonnerai point, que je ne t'aye fait ce que je t'ai dit.

16. Et quand Jacob fut esveillé de son dormir, il dit, Pour vrai l'Eternel est en ce lieu-ci, & je n'*en* savoye *rien*.

17. Et eut peur, & dit,

G iij

Que ce lieu-ci *est* espouvantable ! Ce n'*est* ici que la maison de Dieu, & c'*est* ici la porte des cieux.

18. Et Jacob se leva de bon matin , & print la pierre de laquelle il avoit fait son chevet, & la dressa pour enseigne, & versa de l'huile sur le sommet d'icelle.

19. Et appela le nom de ce lieu Beth-el : comme ainsi fust que la ville eut nom auparavant Luz.

20. Et Jacob voüa un vœu, disant, Si Dieu est avec moi, & me preserve au voyage que je fai, & me donne du pain à manger , & des vestemens pour vestir,

21. Et que je retourne en paix en la maison de mon pere : pour vrai l'Eternel me sera Dieu.

22. Et ceste pierre ci que j'ai dressée pour enseigne, sera la maison de Dieu : & de toutes choses que tu m'auras données, je t'*en* baillerai entierement le disme.

Chap. XXIX.

1. Jacob donc se mit en chemin, & s'en alla

au païs des Orientaux :

2. Et regarda, & voici un puits en un champ, & là mefme trois troupeaux de brebis gifantes prés du puits : car de ce puits-là on abruvoit les troupeaux, & *y avoit* une groffe pierre fur la gueule du puits.

3. Et tous les troupeaux eftans là affemblés, on rouloit la pierre de deffus la gueule du puits, & abbreuvoit - on les troupeaux ; puis on remettoit la pierre en fon lieu fur la gueule du puits.

4. Et Jacob leur dit, Mes freres, d'où *eftesvous* ? Et ils *refpondirent*, Nous *fommes* de Caran.

5. Et il leur dit, Ne cognoiffez vous point Laban fils de Nacor ? Et ils *refpondirent*, Nous le cognoiffons.

6. Il leur dit, Se porte-il bien ? Ils lui *refpondirent*, Il fe porte bien : & voici Rachel fa fille, qui vient avec le troupeau.

7. Et il dit, Voilà, il *eft* encore grand jour, il n'*eft* pas temps qu'on retire le

G iiij

bestail : abbruvez les troupeaux , & *les* remenez paiftre.

8. Ils *refpondirent*, Nous ne pourrions, jufques à ce que tous les troupeaux foyent affemblés,& qu'on ofte la pierre de deffus la gueule du puits , & que nous abbruvions les troupeaux.

9. Et comme encore il parloit avec eux , Rachel arriva avec le troupeau qui *appartenoit* à fon pere: car elle *eftoit* bergere.

10. Et advint que fi toft que Jacob eut veu Rachel fille de Laban frere de fa mere , & le troupeau d'*icelui* Laban frere de fa mere , il s'approcha & roula la pierre de deffus la gueule du puits , & abbruva le troupeau de Laban frere de fa mere.

11. Et Jacob baifa Rachel , & eflevant fa voix pleura.

12. Et Jacob declara à Rachel qu'il eftoit frere de fon pere , & qu'il eftoit fils de Rebecca : & elle s'en courut, & le rapporta à fon pere.

13. Et advint que fi toft

que Laban eut entendu les nouvelles de Jacob fils de sa sœur, il courut au devant de lui, & l'embrassa & le baisa, & le fit venir en sa maison : & il raconta à Laban toutes ces choses.

14. Et Laban lui dit, Pour vrai tu *es* mon os & ma chair : & il demeura avec lui un mois entier.

15. Laban dit aussi à Jacob, Me serviras-tu pour neant, pource que tu *es* mon frere : declare-moi quel *sera* ton loyer.

16. Or Laban avoit deux filles : le nom de la plus aagée *estoit* Lea : & le nom de la plus jeune, Rachel.

17. Mais Lea avoit les yeux tendres, & Rachel estoit belle de taille, & belle à voir.

18. Et Jacob aimoit Rachel, dont il dit, Je te servirai sept ans pour Rachel, ta plus jeune fille.

19. Et Laban *respondit*, Il vaut mieux que je te la donne, que si je la donnois à un autre homme : demeure avec moi.

20. Jacob donc servit sept ans pour Rachel, qui

G v

lui semblerent comme péu de jours, pource qu'il l'aimoit.

21. Et Jacob dit à Laban, Donne-moi ma femme, car mon temps est accompli, afin que je viene vers elle.

22. Laban donc assembla toutes les gens du lieu, & fit un banquet.

23. Mais quand ce vint au soir, il print Lea, & l'amena à Jacob, lequel vint vers elle.

24. Et Laban donna Zilpa sa servante à Lea sa fille *pour* servante.

25. Mais quand ce vint au matin, voici c'*estoit* Lea: & *Jacob* dit á Laban, Qu'*est-ce que* tu m'as fait? N'ai-je pas servi chés toi pour Rachel? Et pourquoi m'as-tu trompé?

26. Laban *respondit*, On ne fait pas ainsi en ce lieu-ci de donner la plus jeune devant l'aisnée.

27. Accompli la semaine de ceste-ci, & nous te donnerons aussi ceste-là pour le service que tu feras encore chés moi sept autres années.

28. Jacob donc fit ainsi,

& accomplit la femaine de Lea , puis Laban lui donna auſſi à femme Rachel ſa fille.

29. Et Laban donna Bilha ſa ſervante à Rachel ſa fille pour ſervante.

30. Il vint donc auſſi vers Rachel, & aima plus Rachel que Lea : & ſervit chés icelui encore ſept autres ans.

31. Et l'Eternel voyant que Lea *eſtoit* haïe , ouvrit la matrice d'icelle , mais Rachel *eſtoit* ſterile.

32. Et Lea conceut & enfanta un fils , & appela ſon nom Ruben. Car elle dit , Pource que l'Eternel a regardé mon affliction, pourtant *auſſi* maintenant mon mari m'aimera.

33. Derechef elle conceut , & enfanta un fils , & dit , Pour ce que l'Eternel a entendu que j'*eſtoye* haïe , il m'a auſſi donné ceſtui- ci : & appela ſon nom Simeon.

34. Et elle conceut encore , & enfanta un fils , & dit, Or à ceſte fois mon mari ſe tiendra joint à moi : car je lui ai enfanté trois fils : pourtant appela-on ſon nom Levi.

G vj

35. Outre plus elle conceut, & enfanta un fils, & dit, A ceste fois louerai-je l'Eternel. Parquoi elle appela son nom Juda : puis cessa d'enfanter.

A

CHAP. XXX.

1. LOrs Rachel voyant qu'elle n'enfantoit point à Jacob, fut jalouse de Lea sa sœur : & dit à Jacob, Donne-moi des enfans, autrement je suis morte.

2. Dont la colere de Jacob s'embrasa contre Rachel, & dit, *Suis*-je au lieu de Dieu, qui t'a empesché le fruict du ventre?

3. Et elle dit, Voici ma servante Bilha, vien vers elle, & elle enfantera sur mes genoux, & je serai aussi edifiée de par elle.

4. Elle lui donna donc Bilha sa servante à femme, & Jacob vint vers elle.

5. Laquelle conceut & enfanta un fils à Jacob.

6. Et Rachel dit, Dieu a jugé pour moi, & a aussi exaucé ma voix, & m'a donné un fils : pourtant elle appela son nom Dan.

7. Puis Bilha servante de Rachel conceut encore, & enfanta un second fils à Jacob.

8. Et Rachel dit, J'ai excellement bien luicté contre ma sœur, aussi ai-je eu victoire : & appela son nom Nephthali.

9. Adonc Lea voyant qu'elle avoit cessé d'enfanter, print Zilpa sa servante, & la donna à Jacob à femme.

10. Et Zilpa servante de Lea, enfanta un fils à Jacob.

11. Et Lea dit, Troupe est arrivée, & appela son nom Gad.

12. Derechef Zilpa servante de Lea, enfanta un second fils à Jacob.

13. Et Lea dit, C'est pour me faire bien heureuse. Car les filles me diront bien heureuse, & appela son nom Ascer.

14. Et Ruben s'en alla au temps de la moisson des bleds, & trouva des mandragores aux champs & les apporta à Lea sa mere. Et Rachel dit à Lea, Donne-moi, je te prie, des mandragores de ton fils.

15. Et elle lui respondit,

Eſt-ce peu de choſe que tu *m'*ayes oſté mon mari, ſi auſſi tu ne *m'*oſtes les mandragores de mon fils ? Et Rachel dit, Qu'il dorme donc ceſte nuict avec toi pour les mandragores de ton fils.

16. Et quand Jacob revint des champs au ſoir, Lea ſortit au devant de lui, & lui dit, Tu viendras vers moi : car je t'ai loé de marché fait pour les mandragores de mon fils : & il dormit avec elle ceſte nuict-là.

17. Et Dieu exauça Lea, & elle conceut, & enfanta à Jacob un cinquieme fils.

18. Et elle dit, Dieu m'a donné mon loyer, pource que j'ai donné ma ſervante à mon mari : & appela ſon nom Iſſachar.

19. Et Lea conceut encore, & enfanta un ſixieme fils à Jacob.

20. Et Lea dit, Dieu m'a douée d'un bon douaire : à ceſte fois mon mari me hantera : car jelui ai enfanté ſix enfans. Et appela ſon nom Zabulon.

21. Puis aprés elle enfanta une fille, & ap-

pela son nom Dina.

22. Et Dieu eut souve-
nance de Rachel, & l'a-
yant exaucée, ouvrit la
matrice d'icelle.

23. Alors elle conceut,
& enfanta un fils, & dit,
Dieu a retiré mon oppro-
bre.

B

24. Et appela son nom
Joseph, disant, L'Eter-
nel m'adjoute un autre
fils.

25. Et advint que com-
me Rachel eut enfanté
Joseph, Jacob dit à La-
ban, Renvoye-moi, & je
m'en retournerai en mon
lieu & en mon païs.

26. Baille-moi mes fem-
mes & mes enfans, pour
lesquelles je t'ai servi, &
je m'en irai : car tu sais
de quel service je t'ai
servi.

27. Et Laban lui *respon-*
dit, *Escoute*, je te prie,
si j'ai trouvé grace devant
toi. J'ai aperceu que l'E-
ternel m'a benit à cause
de toi.

28. Il lui dit aussi, De-
clare le salaire dont je te
ferai tenu, & je te le baillerai.

29. Et il lui *respondit*,
Tu sais comme je t'ai

servi, & quel est devenu ton bestail avec moi.

30. Car *ce* que tu avois avant que je vinsse *estoit* peu, mais il a foisonné tant & plus, & l'Eternel t'a benit à mon arrivée : & maintenant quand ferai-je aussi *quelque chose* pour ma maison ?

31. Et *Laban* lui dit, Que te donnerai-je ? Et Jacob *respon*dit, Tu ne me donneras rien : si tu me veux faire ceci, encore paistrai-je tes troupeaux, & *les* garderai.

32. Que je passe aujourd'hui parmi tes troupeaux, & qu'on mette à part toutes les brebis piccotées & tachetées : & tous les roux d'entre les agneaux : pareillement les tachetées & piccotées entre les chevres : & *tel* sera mon salaire.

33. Et d'ici en là ma justice testifiera pour moi: car elle viendra en avant sur mon loyer en ta presence : tout ce qui ne sera point piccoté ou tacheté entre les chevres, & roux entre les agneaux, sera tenu pour larrecin, s'il est trouvé chés moi.

34. Lors Laban dit, Et bien, je le souhaite : qu'il soit ainsi que tu as dit.

35. Et en ce jour-là il separa les boucs marquetés & piccotés & toutes les chevres piccotées & tachetées, tout ce où *il y avoit* du blanc, & tout ce qui estoit roux entre les agneaux : puis les mit entre les mains de ses fils.

36. Et mit le chemin de trois jours entre soi & Jacob. Et Jacob paissoit le reste des troupeaux de Laban.

37. Mais Jacob print des verges fraîches de peuplier, de coudrier, & de chastagnier, & y pela les escorses blanches, descouvrant le blanc qui *estoit* aux verges.

38. Et mit les verges qu'il avoit pelées, au devant des troupeaux, dedans les auges des abbruvoirs des eaux, auxquels les brebis venoyent boire, & elles entroyent en chaleur quand elles venoyent à boire.

39. Les brebis donc s'eschaufoyent voyant les verges, dont elles agneloyent des brebis mar-

quetées , piccotées & ta-
chetées.

40. Et Jacob partit les
agneaux , & fit que les
brebis du troupeau de La-
ban avoyent en vuë les
brebis marquetées, & tout
ce qui eftoit de roux : &
mit fes troupeaux à part,
& ne les mit point auprés
des troupeaux de Laban.

41. Et advenoit que toutes
& quantes fois que les brebis haftives venoyent en
chaleur, Jacob mettoit les
verges dedans les auges
devant les yeux du trou-
peau, afin qu'elles entraf-
fent en chaleur en regar-
dant les verges.

42. Mais quand les bre-
bis eftoyent tardives , il
ne les mettoit point : &
les tardives *apartenoyent* à
Laban , & les haftives à
Jacob.

43. Ainfi ce perfonna-
ge foifonna *en biens* tant
& plus , & eut force troupeaux , fervantes & fer-
viteurs , chameaux , &
afnes.

CHAP. XXXI.

1. OR il ouit les pro-
pos des enfans de

Laban, difans, Jacob a prins tout ce qui *appartenoit* à notre pere : & de ce qui *appartenoit* à notre pere il *en* a acquis toute cefte gloire.

2. Et Jacob regarda le vifage de Laban, & voici, il n'*eſtoit* point envers lui comme auparavant.

3. Et l'Eternel dit à Jacob, Retourne au païs de tes peres, & à ton parentage, & je ferai avec toi.

A

4. Jacob donc envoya appeler Rachel & Lea *pour venir* aux champs vers fes troupeaux.

5. Et il leur dit, Je cognoi au vifage de votre pere, qu'il n'*eſt* point envers moi comme par ci devant: toutes fois le Dieu de mon pere a efté avec moi.

6. Et vous favés que de toute ma puiffance j'ai fervi à votre pere.

7. Mais votre pere s'eft mocqué de moi, & a changé mon loyer par dix fois : neantmoins Dieu ne lui a point permis qu'il m'ait fait *aucun* mal.

8. Quand il difoit ainfi, Les piccotées feront ton loyer, lors toutes les bre-

bis *en* agneloyent de piccotées. Et quand il difoit,
Les marquetées feront
ton loyer, alors toutes les
brebis *en* agneloyent de
marquetées.

9. Et Dieu a ofté le bef-
tail de votre pere, & me
l'a donné.

10. Car il advint au
tems que les brebis en-
troyent en chaleur, que
je levai mes yeux, & vi
en fonge, & voici, les
boucs qui failloyent les
chevres *eftoyent* marquetés, piccotés & tachetés.

11. Et l'Ange de Dieu
me dit en fonge, Jacob.
Et je *refpondi*, Me voici.

12. Et il dit, Leve
maintenant, tes yeux, &
regarde : tous les boucs
qui faillent les chevres,
font marquetés, piccotés
& tachetés. Car j'ai veu
tout ce que te fait Laban.

13. Je *fuis* le *Dieu* Fort
de Beth-el, où tu oignis la
pierre dreffée pour enfeigne, quand tu me vouas
là un vœu. Maintenant
donc leve-toi, fors de ce
païs, & t'*en* retourne au
païs de ton parentage.

14. Adonc Rachel &
Lea *refpondirent* & lui di-

rent, Avons-nous encore noftre portion & heritage en la maifon de noftre pere ?

15. N'avons-nous pas efté reputées de lui *comme* eftrangeres ? Car il nous a vendues : & mefme a du tout mangé noftre argent.

16. Car toutes les richeffes que Dieu a oftées à noftre pere, appartenoyent à nous & à nos enfans. Maintenant donc fai tout ce que Dieu t'a dit.

17. Ainfi Jacob fe leva & monta fes enfans & fes femmes fur des chameaux.

18. Et mena *devant foi* tout fon beftail, & fa chevance qu'il avoit acquife, & tout ce qu'il poffedoit, & avoit acquis en Paddan-Aram , pour venir vers Ifaac fon pere au païs de Canaan.

19. Or comme Laban eftoit allé tondre fes brebis , Rachel deroba les marmoufets qui *eftoyent* à fon pere.

20. Et Jacob fe deroba de Laban Aramien, pource qu'il ne lui en dit mot,

d'autant qu'il s'enfuyoit.

21. Il s'enfuit donc avec tout ce qui lui *appartenoit* : & partit , & paſſa le fleuve , & tira *vers* la montagne de Galaad.

22. Et au troiſieme jour on rapporta à Laban que Jacob s'en eſtoit fui.

23. Lors il print ſes freres avec ſoi, & le pourſuivit le chemin de ſept journées, & l'atteignit en la montagne de Galaad.

24. Or Dieu vint à Laban Aramien en ſonge , la nuiƈt, lui diſant, Donne-toi garde que d'aventure tu ne vienes à parler avec Jacob de bien en mal.

25. Laban donc atteignit Jacob. Et Jacob avoit planté ſes tabernacles en la montagne. Et Laban planta *le ſien* avec ſes freres en la montagne de Galaad.

26. Or Laban dit à Jacob , Qu'as-tu fait ? Tu t'es deſrobé de moi : tu as emmené mes filles comme priſonnieres de guerre.

27. Pourquoi t'es-tu caché pour t'en fuir, & t'es-tu deſrobé de moi , & ne me l'as declaré ? Et je

t'eusse convoyé avec joye, chansons, tabour & violon.

28. Et tu ne m'as point laissé baiser mes fils & mes filles : tu as maintenant fait follement en faisant cela.

29. J'ay en main le pouvoir de vous mesfaire : mais le Dieu de votre pere parla la nuict passée à moi, disant, Garde-toi de parler avec Jacob de bien en mal.

30. Or bien, que tu t'en sois allé ainsi en haste d'autant que tu souhaitois si fort la maison de ton pere : *mais* pourquoi as-tu desrobé mes Dieux ?

31. Et Jacob respondant dit à Laban, Pource que je craignoy, car je disoy *qu'il falloit adviser* que d'aventure tu ne ravisses tes filles d'avec moi.

32. Que celui auquel tu auras trouvé tes Dieux, ne vive point. Recognoi devant nos freres s'il y a quelque chose du tien chés moi, & *le* pren. Car Jacob ignoroit que Rachel les eust desrobés.

33. Adonc Laban vint au tabernacle de Jacob,

& au tabernacle de Lea, & au tabernacle des deux fervantes, & ne *les* trouva point. Or eftant forti du tabernacle de Lea, il eftoit venu au tabernacle de Rachel.

34. Mais Rachel print les marmoufets, & les mit au baft d'un chameau, puis s'affit deffus iceux, & Laban fouilla tout le tabernacle, & ne *les* trouva point.

35. Et elle dit à fon pere, Qu'il ne defplaife point à mon feigneur, de ce que je ne me puis lever devant lui : car j'ai ce qui a accouftumé de venir aux femmes. Et il fouilla, mais il ne trouva point les marmoufets.

36. Et Jacob fe colera, & eut debat avec Laban, & refpondant lui dit, Quel *eft* mon forfait ? Quel *eft* mon peché, que tu m'as ardemment pourfuivi ?

37. Tu as manié tout mon mefnage, quelle chofe as-tu trouvée de tout le mefnage de ta maifon ? Mets-*le* ici devant mes freres & tes freres, & qu'ils jugent du tort entre nous deux.

38. J'ai

38. J'ai esté avec toi ces vingt ans passés : tes brebis & tes chevres n'ont point avorté. Je n'ai point mangé les moutons de tes troupeaux.

39. Que s'il y en a eu de dechirées *par les bestes sauvages*, je ne te les ay point raportées : moi mesme en ai porté le dommage : & tu le redemandois de ma main : *mesme* ce qui estoit desrobé de jour, ce qui estoit desrobé de nuict.

40. De jour le hasle me consumoit . & de nuict la gelée : & mon sommeil fuyoit de devant mes yeux.

41. Je t'ai servi ces vingt ans passés en ta maison, *assavoir* quatorze ans pour tes deux filles, & six ans pour tes troupeaux : & tu m'as changé par dix fois mon loyer.

42. Si le Dieu de mon père, le Dieu d'Abraham, & la frayeur d'Isaac n'eut esté pour moi, pour certain tu m'eusses maintenant renvoyé vuide. *Mais* Dieu a regardé mon affliction, & le labeur de mes mains : & *t*'a repris la nuict passée.

H

43. Et Laban *respondit* à Jacob, & dit, Ces filles ici *sont* mes filles, & ces enfans ici *sont* mes enfans, & ces troupeaux ici *sont* mes troupeaux, & tout ce que tu vois est à moi. Et quelle chose feroy-je aujourd'hui à ces miennes filles, ou à leurs enfans qu'elles ont enfantés?

44. Maintenant donc, sus, traitons alliance moi & toi, laquelle sera en tesmoignage entre toi & moi.

45. Et Jacob print une pierre, & la dressa pour enseigne.

46. Et dit à ses freres, Amassez des pierres : lesquels ayant apporté des pierres, firent une monjoye, & mangerent là sur ceste monjoye.

47. Et Laban l'appela Jegarsahadutha : & Jacob l'appela Galhed.

B

48. Aprés Laban dit, Ceste monjoye *soit* aujourd'hui tesmoin entre moi & toi, pource son nom fut appelé Galhed.

49. Et Mitspa aussi, d'autant qu'il dit, Que l'Eternel prene garde sur moi & sur toi, quand nous se-

rons retirés l'un d'avec l'autre.

50. Si tu affliges mes filles, & si tu prens femmes outre mes filles, il n'y aura personne *qui en soit tesmoin* entre nous : regarde, Dieu sera tesmoin entre moi & toi.

A

51. Davantage Laban dit à Jacob, Voici, ceste monjoye, & voici l'enseigne que j'ai dressée entre moi & toi.

52. Ceste monjoye *sera* tesmoin, & ceste enseigne *sera* tesmoin, que moi *venant* vers toi, je ne passerai point ceste monjoye : aussi que toi venant vers moi, ne passeras point ceste monjoye & enseigne pour mal *faire*.

53. Les Dieux d'Abraham & les Dieux de Nacor jugent entre nous : c'est *assavoir* les Dieux de leur pere. Mais Jacob jura par la frayeur d'Isaac son pere.

54. Et Jacob offrit un sacrifice en la montagne ; & appela ses freres pour manger du pain. Ils mangerent donc du pain, & passerent la nuict en la montagne.

55. Et Laban se levant de bon matin, baisa ses filles & ses fils ; & les benit, & s'en alla. Ainsi Laban s'en retourna en son lieu.

CHAP. XXXII.

1. ET Jacob s'en alla son chemin, & les Anges de Dieu lui vindrent au devant.

2. Si tost que Jacob les eut veus, il dit, C'*est* ici le camp de Dieu, & appela le nom de ce lieu-là Mahanajim.

B

3. Et Jacob envoya des messagers devant soi vers Esaü son frere, au païs de Sehir au territoire d'Edom :

4. Et leur commanda, disant, Ainsi direz-vous à mon seigneur Esaü, Ainsi a dit ton serviteur Jacob, j'ai habité comme estranger chés Laban, & y ai demeuré jusques à present.

5. Si ai bœufs, asnes, brebis, serviteurs & servantes : ce que j'envoye annoncer à mon seigneur, afin de trouver grace devant lui.

6. Et les messagers retournerent à Jacob, disans, Nous sommes venus vers ton frere Esaü, & mesme il vient au devant de toi, ayant quatre cens hommes avec soi.

7. Lors Jacob craignit fort, & fut en destresse, & mipartit le peuple qui *estoit* avec lui, & les brebis, & les bœufs, & les chameaux, en deux bandes, & dit,

8. Si Esaü vient à une bande, & la frape, la bande qui demeurera de reste sera sauvée.

9. Jacob dit aussi, ô Dieu de mon pere Abraham, Dieu de mon pere Isaac, ô Eternel qui m'as dit, Retourne en ton païs & à ton parentage, & je te ferai du bien.

10. Je suis trop petit au prix de toutes les gratuités, & de toute la verité dont tu as usé envers ton serviteur : car j'ai passé avec mon baston ce Jourdain ici : mais maintenant je suis devenu deux bandes.

11. Je te prie, delivremoi de la main de mon frere Esaü : car je le crain,

H iij

que d'aventure il ne vie-
ne, & me frape, & la
mere fur les enfans.

12. Or tu as dit , Pour
certain je te ferai du bien,
& ferai devenir ta pofte-
rité comme le fablon de
la mer , qu'on ne fauroit
compter à caufe de la
quantité.

13. Et il paffa la nuict
en ce lieu-là , & print de
ce qui lui vint en main
un prefent pour Efaü fon
frere.

14. *Affavoir* deux cens
chevres , vingt boucs,
deux cens brebis , vingt
moutons.

15. Trente chameaux
allaitans & leurs pou-
lains, quarante jeunes vaches,dix jeunes taureaux,
vingt afneffes & dix af-
nons.

16. Et les bailla entre
les mains de fes ferviteurs,
chaque troupeau à part:
& leur dit , Paffez devant
moi , & faites qu'il y ait
diftance entre un trou-
peau & l'autre.

17. Et commanda au
premier, difant, Quand
Efaü mon frere te ren-
contrera , & te deman-
dera , difant, A qui es-tu?

& où vas-tu ? & à qui
sont ces choses *qui sont de-*
vant toi ?

18. Lors tu diras, *Je*
suis à ton serviteur Jacob:
c'est un present envoyé à
mon seigneur Esaü : & le
voici aprés nous.

19. Et comanda le mes-
me au second , & le mes-
me au troisieme , & le
mesme à tous ceux qui al-
loyent aprés les trou-
peaux, disant, Vous par-
lerez selon ceste parole à
Esaü , quand vous l'aurez
trouvé :

20. Et direz, Mesme
voici ton serviteur Jacob
derriere nous. Car il di-
soit, J'appaiserai sa face
par ce present qui ira devant moi, & aprés cela je
verrai sa face : peut estre
qu'il me verra volontiers.

21. Le present donc
passa devant lui : mais lui
demeura ceste nuict-là
avec *sa* bande ,

22. Et se leva cette
nuict-là, & print ses deux
femmes, & ses deux ser-
vantes , & ses onze en-
fans , & passa le guay de
Jabbok.

23. Il les print donc, &
les fit passer le torrent,

H iiij

A

enfemble il fit paffer tout ce qu'il avoit.

24. Or Jacob eftant refté feul, un homme luicta avec lui jufqu'à ce que l'aube du jour fut levée.

25. Et quand *ceft homme-là* vid qu'il ne le pouvoit vaincre, il toucha l'endroit de l'emboiftement de la hanche d'icelui : ainfi l'emboiftement de l'os de la hanche de Jacob fut entors quand l'homme luictoit avec lui.

26. Et *ceft homme* lui dit, Laiffe-moi, car l'aube du jour eft levée. Mais il dit, Je ne te laifferai point que tu ne m'ayes benit.

27. Et il lui dit, Quel *eft* ton nom? Et il *refpon-dit*, Jacob.

28. Alors il dit, Ton nom ne fera plus dit Jacob, mais Ifraël : car tu as efté le maiftre *luictant* avec Dieu & avec les hommes, & as efté le plus fort.

29. Et Jacob demanda, difant, Je te prie, decla-re-moi ton nom. Et il *ref-pondit*, Pourquoi *eft*-ce *que* tu demandes mon nom? Et il le benit là.

30. Et Jacob appela le nom du lieu Peniel : car

J'ai veu, *dit-il*, Dieu face à face, & mon ame a esté delivrée.

31. Et le soleil lui leva si tost qu'il eust passé Penuel, & il clochoit sur sa hanche.

32. Pourtant jusques au jour present, les enfans d'Israel ne mangent point du muscle se retirant, qui est à l'endroit de l'emboistement de la hanche : d'autant que *cest homme-là* toucha l'endroit de l'emboistement de la hanche de Jacob au muscle se retirant.

CHAP. XXXIII.

1. ET Jacob levant ses yeux regarda. Et voici, Esaü venoit, & quatre cens hommes avec lui. Adonc il distribua les enfans à Lea, & à Rachel, & aux deux servantes.

2. Et mit les servantes & leurs enfans au devant, Lea & ses enfans aprés, & Rachel & Joseph les derniers.

3. Et lui passa devant eux, & se prosterna en terre par sept fois, jus-

H v

qu'à ce qu'il fut approché de son frere.

4. Mais Esaü courut au devant de lui, & l'embrassa, & cheut sur son col, & le baisa : & ils pleurerent.

5. Puis levant ses yeux, il vid les femmes & les enfans, & dit, Que te *sont* ceux-ci ? Et il *respon*dit, Ce *sont* les enfans que Dieu de sa grace a donnés à ton serviteur.

6. Et les servantes s'approcherent, elles & leurs enfans, & se prosternerent.

7. Puis Lea aussi s'approcha, & ses enfans, & se prosternerent. Et puis s'approcha Joseph & Rachel, qui se prosternerent aussi.

8. Et il dit, Que veux-tu faire avec tout ce camp que j'ai rencontré ? Et il *respondit*, C'*est* pour trouver grace devant mon seigneur.

9. Et Esaü dit, J'en ai à force, mon frere : ce qui *est* tien, soit tien.

10. Et Jacob *respondit*, Non, je te prie, si maintenant j'ai trouvé grace devant toi, que tu prenes

mon prefent de ma main:
pour autant que j'ai veu ta
face, comme fi j'euffe veu
la face de Dieu : & tu as
efté appaifé envers moi.

11. Reçoi, je te prie,
mon prefent qui t'a efté
amené : car Dieu m'*en* a
donné de fa grace, & j'ai
de tout. Il le preffa donc
tant qu'il le print.

12. Et *Efaü* dit, Par-
tons & marchons , & je
marcherai devant toi.

13. Et *Jacob* lui dit,
Mon feigneur fait que
ces enfans font tendres ,
& fi fuis chargé de bre-
bis & de vaches qui al-
laitent : que fi on les pref-
fe d'un feul jour , tout le
troupeau mourra.

14. Je prie que mon
feigneur paffe devant fon
ferviteur, & je me con-
duirai à mon petit pas ,
felon le train du bagage
qui *eft* devant moi , & felon le train de ces enfans,
jufqu'à ce que j'arrive
chez mon feigneur en Se-
hir.

15. Et Efaü dit , Je te
prie que je faffe demeurer
avec toi ce peuple qui *eft*
avec moi. Et il *refpondit*,
Pourquoi cela ? Que je

trouve grace envers mon
seigneur.

16. Ainsi Esaü s'en re-
tourna ce jour-là par son
chemin tirant vers Sehir.

B

17. Et Jacob s'en alla
en Succoth, & bastit une
maison pour soi, & fit
des cabanes pour son bes-
tail : pourtant appela le
nom du lieu, Succoth.

18. Et Jacob parvint
sain & sauf à la ville de
Sichem, au païs de Ca-
naan, venant de Paddan-
Aram, & se campa de-
vant la ville.

19. Et acheta une por-
tion du champ, (auquel
il avoit tendu son taber-
nacle) de la main des enfans d'Hemor pere de Si-
chem, cent pieces d'ar-
gent.

20. Et dressa-là un au-
tel, qu'il appela le *Dieu*
Fort, le Dieu d'Israël.

D

CHAP. XXXIV.

1. OR Dina, la fille que
Lea avoit enfan-
tée à Jacob, sortit pour
voir les filles du païs.

2. Lors Sichem fils

d'Hemor Hevien, Prince
du païs, la vid, & la ravit,
& coucha avec elle, & la
força.

3. Et son cœur fut adon-
né à Dina fille de Jacob,
& aima la jeune fille, &
parla à elle selon le cœur
d'icelle.

4. Sichem auffi parla à
Hemor son pere, difant,
Pren cefte fille pour m'ef-
tre femme.

5. Or Jacob entendit
qu'il avoit violé Dina fa
fille, & fes fils eftoyent
avec son beftail aux
champs. Ainfi Jacob fe
teut, tant qu'ils fuffent
revenus.

6. Adonc Hemor pere
de Sichem vint à Jacob,
pour parler avec lui.

7. Or fi toft que les en-
fans de Jacob eurent en-
tendu *l'affaire*, ils revin-
drent des champs, & fu-
rent defplaifans & fort
defpités à caufe de la vi-
lenie qu'il avoit com-
mife contre Ifraël, en
couchant avec la fille de
Jacob : ce qui ne fe dé-
voit faire.

8. Et Hemor parla à
eux, difant, Sichem mon
fils a mis son affection

en voſtre fille : donnez-
la lui, je vous prie, à
femme :

9. Et vous alliez avec
nous ; donnez-nous vos
filles, & prenez nos filles
pour vous.

10. Et habitez avec
nous : & le païs ſera à
votre commandement :
demeurez-*y*, & y traffi-
quez, & le poſſedez.

11. Sichem auſſi dit au
pere & aux freres d'elle,
Que je trouve grace de-
vant vous, & ce que
vous me direz, je le don-
nerai.

12. Augmentez grande-
ment ſur moi la dote &
le don, & je *les* baillerai
ainſi comme vous me di-
rez : & me donnez la
jeune fille à femme.

13. Adonc les enfans
de Jacob reſpondans à
Sichem & à Hemor ſon
pere, & parlans en dol,
(pour autant qu'il avoit
violé Dina leur ſœur),

14. Leur dirent, Nous
ne pourrions faire ceſte
choſe-ci, de bailler noſ-
tre ſœur à un homme
ayant le prepuce : car ce
nous *eſt* diffame.

15. Toutes fois nous

nous accommoderons à vous en ceci ; fi vous devenez comme nous, en circoncifant tous les mafles d'entre vous.

16. Lors nous vous baillerons nos filles, & prendrons vos filles pour nous : & habiterons avec vous, & deviendrons un peuple.

17. Mais fi vous ne nous obtemperez pour eftre circoncis, nous prendrons noftre fille, & nous *en* irons.

18. Et leurs propos pleurent à Hemor & à Sichem fils d'Hemor.

19. Et le jeune homme ne differa point à ce faire : car la fille de Jacob lui venoit fort à gré : & il eftoit le plus honorable de tous ceux de la maifon de fon pere.

20. Hemor donc & Sichem fon fils vindrent à la porte de leur ville, & parlerent aux gens de leur ville, difans,

21. Ces gens ici *font* paifibles, ils font avec nous : qu'ils habitent au païs & y traffiquent : & voici, le païs eft ample d'eftenduë devant eux :

nous prendrons à femmes leurs filles pour nous, auſſi nous leur baillerons nos filles.

22. Toutes fois ces gens s'accommoderont à nous en ceci, pour habiter avec nous, pour devenir un peuple ; moyennant que tout maſle d'entre nous ſoit circoncis, comme eux ſont circoncis.

23. Leur beſtail, & leur ſubſtance, & toutes leurs beſtes, ne *feront-* ils point à nous ? Seulement accommodons - nous à eux, & qu'ils demeurent avec nous.

24. Et tous ceux qui ſortoyent par la porte de leur ville, obtempererent à Hemor & à Sichem ſon fils, & tout maſle fut circoncis d'entre tous ceux qui ſortoient par la porte de la ville.

25. Et advint au troiſieme jour, quand ils eſtoyent en douleur, que deux des enfans de Jacob, Simeon & Levi, freres de Dina, prindrent chacun ſon eſpée, & entrerent aſſeurement en la ville, & tuerent tous les maſles.

26. Ils tuerent auſſi au trenchant de l'eſpée Hemor & Sichem ſon fils, & prindrent Dina de la maiſon de Sichem, & ſortirent.

27. *Et* les enfans de Jacob ſurvindrent, ceux-là eſtans tués, & pillerent la ville, pource qu'ils avoyent violé leur ſœur.

28. Et prindrent leurs troupeaux, leurs bœufs, leurs aſnes, & ce qui *eſtoit* en la ville & aux champs.

29. Et toute leur ſubſtance, & toute leur meſgnie, & emmenerent priſonnieres leurs femmes, & les pillerent avec tout ce qui *eſtoit* és maiſon.

30. Adonc Jacob dit à Simeon & à Levi, Vous m'avez troublé, en me faiſant puïr aux habitans du païs, tant Cananéens que Phereſiens : & je *ſuis* en petit nombre : ils s'aſſembleront donc à l'encontre de moi, & me fraperont, & ſerai desfait moi & ma maiſon.

31. Et ils *reſpondirent*, Qu'on fiſt de notre ſœur comme d'une paillarde?

A

CHAP. XXXV.

1. OR Dieu dit à Jacob, Leve-toi, monte en Beth-el, & demeure là, & y fai un autel au *Dieu* Fort, qui t'apparut quand tu fuyois de devant Efaü ton frere.

2. Jacob dit à sa famille, & à tous ceux qui *eftoyent* avec lui, Oftez les Dieux des eftrangers qui *font* entre vous, & vous purifiez, & changez vos veftemens.

3. Et nous levons & montons en Beth-el, & je ferai là un autel au *Dieu* Fort, qui m'a refpoudu au jour de ma detreffe, & a efté avec moi au chemin par lequel j'ai marché.

4. Alors ils baillerent à Jacob tous les Dieux des eftrangers, qui *eftoyent* en leurs mains, & les bagues qui *eftoyent penduës* à leurs oreilles, lequel les cacha fous un chefne qui *eftoit* auprés de Sichem.

5. Puis fe partirent, & une frayeur de Dieu vint fur les villes qui *eftoyent* à l'entour d'eux, telle-

ment qu'ils ne poursuivi-
rent point les enfans de
Jacob.

6. Ainsi Jacob, lui &
tout le peuple qui *estoit*
avec lui, vint en Luz, qui
est au païs de Canaan, laquelle *est* Beth-el.

7. Et y bastit un autel,
& appela ce lieu-là, le
Dieu Fort de Beth-el : car
Dieu lui estoit apparu là,
quand il s'enfuyoit de devant son frere.

8. Alors mourrut De-
bora la nourrice de Re-
becca, & fut enterrée au
dessous de Beth-el sous
un chesne : le nom duquel
fut appelé Allon-Bacuth.

9. Derechef Dieu appa-
rut à Jacob, quand il ve-
noit de Paddan-Aram, &
le benit.

10. Et lui dit, Ton nom
est Jacob : ton nom ne
sera plus appelé Jacob,
ains ton nom *sera* Israël :
& appela son nom Israël.

11. Dieu lui dit aussi,
Je *suis* le *Dieu* Fort, Tout-
puissant : foisonne & multiplie : une nation, voire
un amas de nations vien-
dront de toi, mesme des
Rois sortiront de tes reins.

12. Et le païs que j'ai

donné à Abraham , & à Iſaac , je te le donnerai , & le donnerai à ta poſte-rité aprés toi

13. Ainſi Dieu remonta d'avec lui au lieu meſme auquel il avoit parlé à lui.

14. Et Jacob dreſſa une enſeigne au lieu auquel *Dieu* avoit parlé avec lui, *aſſavoir* une pierre pour enſeigne, & eſpandit deſ-ſus une aſperſion, & verſa de l'huile ſur icelle.

15. Jacob donc appela le nom du lieu, auquel Dieu avoit parlé à lui, Beth-el.

16. Puis ils partirent de Beth-el , & y avoit en-core environ quelque pe-tite eſpace de païs pour venir en Ephrat : lors Ra-chel enfanta, & eut peine d'enfanter.

17. Et comme elle eſ-toit en peine d'enfanter, la ſage-femme lui dit, Ne crain point : car ce t'*eſt* encore ici un fils.

18. Et ſur le departe-ment de ſon ame , (car elle mourut) elle appela ſon nom Beno-ni : mais ſon pere l'appela Benja-min.

19. Ainſi mourut Ra-

chel, & fut enterrrée au chemin d'Ephrat, laquelle est Beth-lehem.

20. Et Jacob dreſſa une enſeigne ſur ſa ſepulture. C'est l'enſeigne de la ſepulture de Rachel juſques à ce jourd'hui.

21. Puis Iſraël ſe partit, & tendit ſes tabernacles outre Migdal-heder.

22. Et advint quand Iſraël demeuroit en ce païs-là, que Ruben vint, & coucha avec Bilha concubine de ſon pere : ce qu'Iſraël entendit. Or les enfants de Jacob eſtoyent douze.

23. Les fils de Lea, Ruben premier né de Jacob, Simeon, Levi, Juda, Iſſacar & Zabulon.

24. Les fils de Rachel, Joſeph & Benjamin.

25. Les fils de Bilha ſervante de Rachel, Dan & Nephthali.

26. Les fils de Zilpa ſervante de Lea, Gad & Aſçer. Ce ſont-là les enfants de Jacob, qui lui naſquirent en Paddan-Aram.

27. Et Jacob vint à Iſaac ſon pere en Mam-

ré *en* Kirjath-arbah , *qui*
eſt Hebron , où avoyent
habité comme eſtrangers
Abraham & Iſaac.

D

28. Et le tems que veſ-
cut Iſaac fut cent oc-
tante ans.

29. Ainſi Iſaac defail-
lant mourut , & fut re-
cueilli à ſes peuples , ancien & raſſaſié de jours :
& Eſaü & Jacob ſes fils
l'enterrerent.

CHAP. XXXVI.

1. OR ce *ſont* ici les
generations d'E-
ſaü , qui *eſt* Edom.

2. Eſaü print ſes fem-
mes des filles de Ca-
naan : aſſavoir Hada fille
d'Elon Hethien , & Aho-
libama fille de Hana , &
petite-fille de Tſibhon Hevien.

3. *Il print* auſſi Baſmath
fille d'Iſmaël , ſœur de
Nebajoth.

4. Et Hada enfanta à
Eſaü , , Eliphaz : & Baſ-
math enfanta Rehüel.

5. Et Aholibama en-

fanta Jehus, & Jahlam, & Korah. Ce *font*-là les enfans d'Efaü, qui lui nafquirent au païs de Canaan.

6. Et Efaü print fes femmes, & fes fils, & fes filles, & toutes les perfonnes de fa maifon, & tous fes troupeaux, & fes beftes, & tout fon acqueft qu'il avoit acquis au païs de Canaan, & s'en alla en *un autre* païs, arriere de Jacob fon frere.

7. Car leur chevance eftoit fi grande, qu'ils n'euffent peu habiter enfemble : & le païs auquel ils habitoyent comme eftrangers, ne les euft peu fouftenir à caufe de leurs troupeaux.

8. Ainfi Efaü habita en la montagne de Sehir. Efaü eft Edom.

9. Et ce *font* ici les generations d'Efaü pere d'Edom en la montagne de Sehir.

10. Ce *font* ici les noms des enfans d'Efaü, Eliphaz fils de Hada femme d'Efaü : Rehuel fils de Bafmath femme d'Efaü.

11. Et les enfans d'E-

liphaz, furent Theman, Omar, Tsepho, Gahtam & Kenaz.

12. Et Timnah fut concubine d'Eliphaz fils d'Esaü, & enfanta Hamalek à Eliphaz. Ce *sont*-là les enfans de Hada femme d'Esaü.

13. Et ce *sont* ici les enfans de Rehuel, Nahath, Zerah, Scamma & Miza. Ceux-ci furent enfans de Basmath femme d'Esaü.

14. Et ceux-ci furent les enfans d'Aholibama fille de Hana, *petite* fille de Tsibhon, & femme d'Esaü, qui enfanta à Esaü Jehus, Jahlam & Korah.

15. Ce *sont* ici les Ducs des enfans d'Esaü. Des enfans d'Eliphaz premier né d'Esaü, le Duc Teman, le Duc Omar, le Duc Tsepho, le Duc Kenaz,

16. Le Duc Korah, le Duc Gahtam, le Duc Hamalec : ce *sont*-là les Ducs d'Eliphaz au païs d'Edom : qui *furent* enfans de Hada.

17. Et ce *sont* ici ceux des enfans de Rehuel fils d'Esaü : le Duc Nahath,

le Duc

le Duc Zerah , le Duc
Sçamma, & le Duc Mi-
za : ce *font-là* les Ducs
fortis de Rehuel au païs
d'Edom : qui *furent* en-
fans de Baſmath femme
d'Eſaü.

18. Et ce *font* ici ceux
des enfans d'Aholibama
femme d'Eſaü : le Duc
Jehus, le Duc Jahlam, le
Duc Korab : qui *font* les
Ducs *fortis* d'Aholibama
fille de Hana , femme
d'Eſaü.

19. Ce *font-*là les en-
fans d'Eſaü qui *eſt* Edom,
& ce *font-*là leurs Ducs.

20. Ce *font* ici les en-
fans de Sehir Horien,
leſquels avoyent habité
au païs, *aſſavoir* Lotan ,
Sçobal, Tſibhon & Hana.

21. Diſçon , Etſer , &
Diſçan, qui *font* les Ducs
des Horiens , enfans de
Sehir au païs d'Edom.

22. Et les enfans de Lo-
tan , furent Hori & He-
man : & Timnah *eſtoit*
fœur de Lotan.

23. Et ce *font* ici les enfans de Sçobal : *aſſavoir*
Halvan, Manahath, He-
bal , Scepho & Onam.

24. Et ce *font* ici les enfans de Tſibhon , Aja &

I

Hana. Ceſt Hana *eſt* celui qui trouva les mulets au deſert, quand il paiſſoit les aſnes de Tſibhon ſon pere.

25. Et ce *ſont* ici les enfans de Hana, Diſçon & Aholibama fille de Hana.

26. Et ce *ſont* ici les enfans de Diſçon, *aſſavoir* Hemdan, Eſçban, Jithran & Kèran.

27. Et ce *ſont* ici les enfans d'Etſer, *aſſavoir* Bilhan, Zahavan & Hakan.

28. Et ce *ſont* ici les enfans de Diſçan, *aſſavoir* Huts & Aran.

29. Ce *ſont* ici les Ducs des Horiens : le Duc Lotan, le Duc Sçobal, le Duc Tſibhon, le Duc Hana,

30. Le Duc Diſçon, le Duc Etſer, le Duc Diſçan. Ce *ſont*-là les Ducs des Horiens, comme eſtoyent les Ducs *eſtablis* au païs de Sehir.

31. Et ce *ſont* ici les Rois qui ont regné au païs d'Edom, devant qu'*aucun* Roy regnaſt ſur les enfans d'Iſraël.

32. Belah donc fils de Behor, regna en Edom, & le nom de ſa ville *eſtoit* Dinhaba.

33. Et Belah mourut, & Jobab fils de Zerah de Botſra, regna en ſon lieu.

34. Et Jobab mourut, & Huſçam, du païs des Themanites, regna en ſon lieu.

35. Et Huſçam mourut, & Hadad fils de Badad regna en ſon lieu, lequel deſconfit Madian au territoire de Moab : & le nom de ſa ville eſtoit Havith.

36. Et Hadad mourut, & Samla de Maſreka regna en ſon lieu.

37. Et Samla mourut, & Sçaul de Rehoboth du fleuve regna en ſon lieu.

38. Et Sçaul mourut, & Bahal Hanan, fils de Hacbor, regna en ſon lieu.

39. Et Bahal Hanan, fils de Hacbor, mourut, & Hadar regna en ſon lieu : & le nom de ſa ville eſtoit Pahu : & le nom de ſa femme Mehetabeel, qui eſtoit fille de Matred, & petite-fille de Mezahab.

40. Et ce ſont ici les noms des Ducs d'Eſaü ſelon leurs familles, ſelon

I ij

leurs lieux, selon leurs noms : le Duc Timnah, le Duc Halva, le Duc Jeteth,

41. Le Duc Aholibama, le Duc Ela, le Duc Pinon,

42. Le Duc Kenaz, le Duc Teman, le Duc Mibtsar,

43. Le Duc Magdiel & le Duc Hiram. Ce *sont* là les Ducs d'Edom, selon leurs demeures, au païs de leur possession. C'*est* Esaü le pere d'Edom.

A

CHAP. XXXVII.

1. **O**R Jacob demeura au païs auquel son pere avoit habité comme estranger, *assavoir*, au païs de Canaan.

2. Ce *sont* ici les generations de Jacob. Joseph estant aagé de dix-sept ans, paissoit avec ses freres les troupeaux, & estoit jeune garçon entre les enfans de Bilha & entre les enfans de Zilpa, femmes de son pere. Et Joseph rapporta à leur

pere leurs meschantes pa-
roles de diffame.

3. Or Israël aimoit Jo-
seph plus que tous ses *autres* fils , d'autant qu'il
l'avoit eu en sa vieillesse ,
& lui fit un hocqueton
bigarré.

4. Et ses freres voyans
que leur pere l'aimoit
plus qu'eux tous , le hais-
soyent , & ne pouvoyent
parler à lui paisiblement.

5. Et Joseph songea un
songe qu'il declara à ses
freres , dont ils le haïrent
encore tant plus.

6. Il leur dit donc ,
Oyez , je vous prie , ce
songe que j'ai songé.

7. Voici , nous lions des
gerbes parmi le champ ,
& lors ma gerbe se leva ,
& se tint droite , & voici ,
vos gerbes l'environne-
rent & se prosternerent
devant ma gerbe.

8. Adonc ses freres lui
dirent, Regnerois-tu donc
de fait sur nous ? Ou si de
fait tu nous seigneurie-
rois ? Ainsi ils le haïrent
encore plus pour ses son-
ges & pour ses paroles.

9. Derechef il songea
un autre songe , & le re-
cita à ses freres , disant ,

Voici, j'ai fongé encore un fonge, & voici, le foleil, & la lune, & onze eftoiles fe profternoyent devant moi.

10. Et quand il le recita à fon pere & à fes freres, fon pere le tança, & lui dit, Quel *eft* ce fonge que tu as fongé ? Faudrail que nous venions moi, & ta mere, & tes freres, pour nous profterner en terre devant toi.

11. Et fes freres eurent envie contre lui : mais fon pere gardoit ce propos.

12. Or fes freres s'en allerent paiftre les troupeaux de leur pere en Sichem.

13. Et Ifraël dit à Jofeph, Tes freres ne paiffent-ils pas en Sichem ? Vien, que je t'envoye vers eux. Et il lui *refpon*dit, Me voici.

14. Et il lui dit, Va maintenant, & regarde fi tes freres & les troupeaux fe portent bien, & me le rapporte. Ainfi il l'envoya de la vallée d'Hebron, & il vint jufques en Sichem.

15. Et un homme le

trouva comme il *eſtoit* er-
rant par les champs, &
ceſt homme lui demanda,
diſant, Que cherches-tu?

16. Et il *reſpondit*, Je
cherche mes freres : je te
prie, enſeigne-moi où ils
paiſſent.

17. Et l'homme dit, Ils
ſont partis d'ici : car j'ai
entendu qu'ils diſoyent,
Allons en Dothaïn : &
Joſeph s'en alla aprés ſes
freres, & les trouva en
Dothaïn.

18. Et ils le virent de
loin. Et avant qu'il ap-
prochaſt d'eux, ils machi-
nerent contre lui pour le
mettre à mort.

19. Et dirent l'un à l'autre, Voici, ce maître ſon-
geur vient.

20. Maintenant donc
venez, & le tuons, & le
jettons en une de ces foſ-
ſes : & nous dirons, Une
mauvaiſe beſte l'a devo-
ré : nous verrons que de-
viendront ſes ſonges.

21. Ruben ouït cela, &
le delivra de leurs mains,
diſant, Ne lui oſtons point
la vie.

22. Davantage Ruben
leur dit, Ne reſpandez
point le ſang : jettez-le

en ceste fosse qui *est* au
desert, & ne mettez point
la main sur lui : afin qu'il
le delivrast de leurs mains,
pour le faire retourner à
son pere.

23. Si tost donc que
Joseph fust venu à ses freres, ils le despouillerent
de son hocqueton, de ce
hocqueton bigarré qui *estoit* sur lui.

24. Et le saisirent, &
le jetterent en la fosse :
mais la fosse *estoit* vuide,
& n'*y avoit* point d'eau.

25. Puis ils s'assirent pour
manger du pain. Et levant
les yeux regarderent, &
voici une troupe de passans
Ismaëlites, qui venoyent
de Galaad, & leurs cha-
meaux portoyent des dro-
gues, & du baume, & de la
myrrhe, & alloyent pour
porter *cela* en Egypte.

26. Et Juda dit à ses
freres, Quel gain *sera*-ce,
si nous tuons notre frere,
& cachons son sang ?

27. Venez, & le ven-
dons à ces Ismaëlites, &
que notre main ne soit
point contre lui : car notre frere, c'est notre chair,
& ses freres *lui* obtempererent,

28. Et comme les marchands Madianites paſſoyent, ils tirerent & firent monter Joſeph de la foſſe, & le vendirent aux Iſmaëlites vingt *pieces* d'argent : & iceux emmenerent Joſeph en Egypte.

29. Puis Ruben retourna à la foſſe, & voici, Joſeph n'*eſtoit plus* en la foſſe : lors il deſchira ſes veſtemens.

30. Et retourna à ſes freres, & dit, L'enfant ne ſe trouve point : & moi, moi, où irai-je ?

31. Et ils prindrent le hocqueton de Joſeph, & tuerent un bouc d'entre les chevres, & enſanglanterent le hocqueton.

32. Et envoyerent le hoqueton bigarré, & le firent porter à leur pere, & dirent, Nous avons trouvé ceci : recognoi maintenant, ſi c'*eſt* le hocqueton de ton fils, ou non.

33. Et il le recognut, & dit, C'*eſt* le hocqueton de mon fils : une mauvaiſe beſte l'a devoré : pour vrai Joſeph a eſté deſchiré.

I v

34. Et Jacob deschira ses vestemens, & mit un sac sur ses reins, & mena deuil sur son fils par plusieurs jours.

35. Et tous ses fils & toutes ses filles vindrent pour le consoler : mais il rejetta toute consolation, & dit, Pour vrai je descendrai menant deuil au sepulchre vers mon fils. Ainsi son pere le pleuroit.

36. Et les Medanites le vendirent en Egypte à Potiphar, eunuque de Pharao, prevost de l'hostel.

B

CHAP. XXXVIII.

1. IL advint qu'en ce tems-là Juda descendit d'avec ses freres, & se destourna vers un homme Hadullamite, qui avoit nom Hira.

2. Et Juda y vid la fille d'un Cananéen, lequel avoit nom Scuah, & il la print, & vint vers elle.

3. Laquelle conceut, & enfanta un fils, & on appela le nom d'icelui Her.

4. Et elle conceut encore, & enfanta un fils, & elle appela son nom Onan.

5. Davantage elle en-

fanta encore un fils, &
appela fon nom Sçela, &
il eftoit en Kezib quand
elle enfanta ceftui-ci.

6. Et Juda print fem-
me pour Her fon premier
né, laquelle avoit nom
Tamar.

7. Mais Her le premier
né de Juda *eftoit* mefchant
devant l'Eternel, dont
l'Eternel le fit mourir.

8. Lors Juda dit à O-
nan, Vien vers la femme
de ton frère, & pren la
à femme comme eftant
beaufrere d'elle, & fuf-
cite lignée à ton frere.

9. Mais Onan cognoif-
fant que la lignée ne fe-
roit pas fiene, toutes fois
& quantes qu'il venoit
vers la femme de fon fre-
re, il *fe* corrompoit contre terre, afin qu'il ne
donnaft lignée à fon frere.

10. Et ce qu'il faifoit
defpleut à l'Eternel : dont
il le fit mourir auffi.

11. Et Juda dit à Ta-
mar fa belle-fille, De-
meure veuve en la mai-
fon de ton pere, jufqu'à
tant que Sçela mon fils
foit grand : car il dit, *Il
faut advifer* qu'il ne meure
auffi bien que fes freres.

I vj

Ainfi Tamar s'en alla , & demeura en la maifon de fon pere.

12. Et plufieurs jours aprés mourut la fille de Sçuah femme de Juda. Depuis Juda fe confola, & monta aux tondeurs de fes brebis en Timnath, lui & Hira Hadullamite fon intime ami.

13. Adonc on fit favoir à Tamar , difant, Voici, ton beaupere monte en Timnath, pour tondre fes brebis.

14. Lors elle ofta de deffus foi les habits de fon vefvage , & fe couvrit d'un voile & s'affubla, & s'affit en un carrefour qui *eftoit* fur le chemin tirant en Timnath : pourtant qu'elle voyoit que. Sçela eftoit devenu grand, & elle ne lui avoit point efté donnée à femme.

15. Et quand Juda la vid, il eftima qu'elle fuft putain : car elle avoit couvert fa face.

16. Et fe deftourna vers elle au chemin *où elle eftoit* , & dit , Permets, je te prie, que je viene vers toi : car il ne favoit pas que ce *fuft* fa belle-fille.

Et elle *respondit*, Que me donneras-tu, afin que tu vienes vers moi?

17. Et il dit, Je t'envoyerai un chevreau d'entre les chevres du troupeau. Et elle *respondit*, *Ouï bien*, si tu me bailles gages, jusqu'à ce que tu l'envoyes.

18. Il dit, Quel gage *est-ce* que je te baillerai? Et elle *respondit*, Ton cachet, ton mouchoir, & ton baston que tu as en ta main: ce qu'il lui bailla, & vint vers elle, & elle conceut de lui.

19. Puis elle se leva, & s'en alla, & osta de dessus soi son voile, & revestit les habits de son vefvage.

20. Et Juda envoya un chevreau d'entre les chevres par le Hadullamite son intime ami, afin qu'il reprint le gage de la main de la femme: mais il ne la trouva point.

21. Et il interrogea les hommes du lieu où elle avoit esté, disant, Où *est* ceste putain qui *estoit* en veuë sur le chemin? Et ils *respondirent*, Il n'y a point eu ici de putain.

22. Et il retourna à Ju-

da, & lui dit, Je ne l'ai point trouvée, & auſſi les gens du lieu *m*'ont dit, il n'y a point eu ici de putain.

23. Et Juda dit, Qu'elle retienne *le gage* à ſoi, de peur que nous ne ſoyons en meſpris : voici, j'ai envoyé ce chevreau, mais tu ne l'as point trouvée.

24. Or advint qu'environ trois mois *aprés* on fit un raport à Juda, diſant, Tamar ta belle - fille a paillardé : & voici, elle eſt auſſi enceinte de paillardiſe. Et Juda dit, Faites la ſortir , & qu'elle ſoit bruflée.

25. *Et* comme on la faiſoit ſortir, elle envoya dire à ſon beau-pere, Je ſuis enceinte de l'homme auquel *appartiennent* ces choſes. Elle dit auſſi, Recognoi , je te prie , à qui *eſt* ce cachet, ce mouchoir, & ce baſton.

26. Adonc Juda les recognut , & dit, Elle eſt plus juſte que moi : pour autant que je ne l'ai point donnée à Scela mon fils. Et ne la cognut plus.

27. Et advint au tems qu'elle devoit enfanter,

voici , deux enfans ge-
meaux *eftoyent* en fon ventre.

28. Et comme elle en-
fantoit,l'*un* bailla la main:
& la fage-femme la print,
& lia fur fa main *un fil*
d'efcarlate , difant , Ceftui-ci fort le premier.

29. Et quand il eut re-
tiré fa main , lors voici
fon frere fortit. Et elle
dit, Quelle ouverture tu
t'es faite ! L'ouverture
foit fur toi , & on appela
fon nom Pharez.

30. Puis aprés fortit fon
frere , qui avoit fur la
main *le fil* d'efcarlate, &
on appela fon nom Zara.

CHAP. XXXIX.

1. OR quand on eut
amené Jofeph en
Egypte , Potiphar , l'eu-
nuque de Pharao , prevoft
de l'hoftel, Egyptien , l'a-
cheta de la main des If-
maëlites , qui l'y avoyent
amené.

2. Et l'Eternel eftoit
avec Jofeph : ainfi il fut
homme qui profperoit, &
eftoit en la maifon de fon
maiftre Egyptien.

3. Et fon maiftre vid

que l'Eternel *estoit* avec lui, & que toutes choses qu'il faisoit, l'Eternel les faisoit prosperer entre ses mains.

4. Joseph donc trouva grace devant son maistre, & le servoit : & icelui lui bailla la charge de sa maison, & lui bailla en main tout ce qui lui appartenoit.

5. Et advint depuis qu'il lui eust baillé la charge de sa maison, & de tout ce qu'il avoit, que l'Eternel benit la maison de cest Egyptien au moyen de Joseph. Et la benediction de l'Eternel fut en toutes choses qui estoyent à lui, tant en la maison qu'aux champs.

6. Dont il laissa tout ce qui *estoit* sien en la main de Joseph : tellement qu'il n'entroit point en conte avec lui de rien, si non du pain qu'il mangeoit. Or Joseph *estoit* de belle taille, & bel à voir.

7. Il advint donc aprés ces choses, que la femme de son maistre jetta les yeux sur Joseph, & dit, Couche avec moi.

8. Mais icelui refusant

la femme de son maistre,
lui dit, Voici, mon mais-
tre n'entre point en conte
avec moi des choses qui
font en sa maison, & m'a
baillé en main tout ce qui
lui appartient.

9. Il n'y a point de plus
grand en ceste maison que
moi, & ne m'a rien de-
fendu sinon toi, en tant
que tu *es* sa femme : &
comment feroy-je ce mal
si grand, & pecheroy-je
contre Dieu ?

10. Et combien qu'elle
en parlast à Joseph chaque jour : toutes fois il ne
lui obtempera point de
coucher auprés d'elle,
pour estre avec elle.

11. Or advint un cer-
tain jour, qu'il estoit venu
à la maison pour faire sa
besongne, & n'*y avoit* aucun des domestiques en la
maison.

12. Lors elle le print
par son vestement, disant,
Couche avec moi : & il
laissa son vestement en la
main d'icelle, & s'enfuit,
& sortit dehors.

13. Adonc si tost qu'elle
eust veu qu'il avoit laissé
son vestement en sa main,
& s'en estoit fui dehors,

14. Elle appela les gens de sa maison, & parla à eux, disant, Voyez, il nous a amené un homme hebrieu, pour se mocquer de nous, lequel est venu à moi pour coucher avec moi : mais je me suis escriée à haute voix.

15. Et si tost qu'il a ouï que j'ai eslevé ma voix, & me suis escriée, il a laissé son vestement auprés de moi, & s'en est fui, & est sorti dehors.

16. Et elle retint le vestement de Joseph par devers soi, jusqu'à ce que le maistre d'icelui fust venu en la maison.

17. Alors elle parla à lui selon ces propos-là, disant, Le serviteur hebrieu, lequel tu nous as amené, est venu à moi pour se mocquer de moi.

18. Mais comme j'ai eslevé ma voix, & me suis escriée, il a laissé son vestement auprés de moi, & s'en est fui dehors.

19. Et si tost que son maistre eust ouï les paroles que lui dit sa femme, disant, Ton serviteur m'a fait selon ces propos : sa colere s'embrasa.

20. Ainſi le maiſtre de Joſeph le print, & le mit en une eſtroite priſon, au lieu auquel les priſonniers du Roy eſtoyent enſerrés. Il fut donc là en la priſon.

21. Mais l'Eternel fut avec Joſeph, & eſtendit ſa gratuité ſur lui, & lui donna grace envers le maiſtre de la priſon.

22. Et le maiſtre de la priſon bailla en la main de Joſeph tous les priſonniers qui *eſtoyent* en la priſon : & tout ce qu'on y faiſoit, il le faiſoit.

23. *Et* le maiſtre de la priſon ne revoyoit rien de tout ce qui *eſtoit* en ſa main, pour autant que l'Eternel *eſtoit* avec lui : & ce qu'il faiſoit, l'Eternel le faiſoit proſperer.

CHAP. XL.

1. **A** Prés ces choſes advint que l'eſchanſon du Roy d'Egypte & le panetier offenſerent le Roy d'Egypte leur ſeigneur.

2. Et Pharao ſe mit en grande colere contre ſes deux eunuques : *aſſavoir*, contre ſon grand eſchan-

fon , & contre *fon* maiftre panetier.

3. Et les mit en garde en la maifon du prevoft de l'hoftel en la prifon eftroite, au lieu auquel Jofeph *eftoit* enferré.

4. Et le prevoft de l'hoftel bailla la charge d'eux à Jofeph, lequel les fervoit , & furent *quelques* jours en prifon.

5. Et tous deux fongerent un fonge, chacun fon fonge en une *mefme* nuict, *&* chacun felon l'interpretation de fon fonge , tant l'efchanfon que le panetier du Roy d'Egypte, qui *eftoyent* enferrés en prifon.

6. Lors Jofeph venant à eux de matin , les regarda , & voici , ils eftoyent contriftés.

7. Et il demanda aux eunuques de Pharao, (qui *eftoyent* avec lui en la prifon de fon maiftre) difant, Pour quelle raifon avez-vous aujourd'hui fi mauvais vifage ?

8. Et ils lui *refpon*dirent, Nous avons fongé des fonges, & n'y a perfonne qui les expofe. Et Jofeph leur dit, Les interpreta-

tions ne *font*-elles pas de
Dieu ? Je vous prie, con-
tez-les moi.

9. Et le grand efchan-
fon conta fon fonge à Jo-
feph , lui difant, Il me
fembloit en fongeant que
je voyoye un fep devant
moi,

10. Et *qu'*au fep *il y avoit*
trois farmens. Or il *eftoit*
comme voulant fleurir, &
fa fleur fortit, & fes grappes firent meurir les raifins.

11. Et la coupe de Pha-
rao *eftoit* en ma main : &
je prenoy les raifins , &
les preffoy en la coupe de
Pharao , & lui bailloy la
coupe en fa main.

12. Et Jofeph lui dit,
C'*eft* ici fon interpretation : Les trois farmens
font trois jours.

13. Entre ci & trois jours
Pharao eflevera ta tefte ,
& te fera retourner en ton
eftat , & bailleras la coupe à Pharao en fa main ,
felon le premier office ,
quand tu eftois efchanfon.

14. Mais aye fouvenan-
ce de moi, quand tu au-
ras efté mis à ton aife, &
me fai , je te prie , cefte
gratuité , que tu faces

mention de moi vers Pharao, & me faces fortir hors de cefte maifon.

15. Car pour vrai j'ai efté defrobé du païs des Hebrieux : & mefme je n'ai rien fait ici, dont on me deuft mettre en cefte foffe.

16. Adonc le maiftre panetier voyant qu'il a—voit interpreté *ce fonge-là en* bien, dit à Jofeph, Et moi auffi en fongeant il m'eftoit advis qu'*il y avoit* trois corbeilles blanches fur ma tefte.

17. Et en la plus haute corbeille *y avoit* de toutes viandes du meftier de boulanger, pour Pharao, & les oifeaux les man-geoyent de la corbeille *qui eftoit* fur ma tefte.

18. Et Jofeph *refpond*it, difant, C'*eft* ici fon inter-pretation : Les trois cor-beilles font trois jours.

19. Entre ci & trois jours Pharao eflevera ta tefte de deffus toi, & te fera pendre à un bois, & les oifeaux mangeront ta chair de deffus toi.

20. Et advint au troi-fieme jour, *qui eftoit* le jour de la naiffance de Pharao,

qu'il fit un festin à tous
ses serviteurs, & mit hors
de prison le grand eschanson & le maistre panetier,
entre ses serviteurs.

21. Et fit retourner le
grand eschanson à son es-
tat d'eschanson, qui bailla la coupe en la main de
Pharao.

22. Mais il fit pendre
le maistre panetier, selon
que Joseph leur avoit in-
terpreté.

23. Toutes fois le grand
eschanson n'eut point
souvenance de Joseph,
mais l'oublia.

CHAP. XLI.

1. MAis il advint qu'au
bout de deux ans
entiers Pharao songea, &
lui sembloit qu'il estoit
prés du fleuve.

2. Et voici, sept jeunes
vaches belles à voir, grasses & en bon poinct, mon-
toyent *hors* du fleuve, &
paissoyent és marets.

3. Et voici, sept autres
jeunes vaches laides à
voir, & minces de chair,
montoyent *hors* du fleuve
aprés les autres, & es-
toyent auprés des autres

jeunes vaches à la rive du fleuve.

4. Et les jeunes vaches laides à voir & minces de chair, mangerent les fept jeunes vaches belles à voir & graffes. Alors s'eveilla Pharao.

5. Puis il fe rendormit, & fongea *pour* la feconde fois. Et lui fembloit que fept epics grenus & beaux fortoyent d'un tuyau.

6. Puis il lui fembloit que fept autres epics minces & fleftris du vent d'orient, fourdoyent aprés ceux-là.

7. Et les epics minces engloutirent les fept epics grenus & pleins. Alors s'eveilla Pharao. Et voilà le fonge.

8. Et il advint au matin que fon efprit fut effrayé, dont il envoya appeler tous les Magiciens & Sages d'Egypte: & leur conta fes fonges, mais il n'y *avoit* perfonne qui les lui interpretaft.

9. Adonc le grand efchanfon parla à Pharao, difant, Je ramentoy aujourd'hui mes offenfes.

10. Quand Pharao fe mit en grande colere

contre

contre ſes ſerviteurs , &
nous mit le maiſtre pa-
netier & moi en garde en
la maiſon du prevoſt de
l'hoſtel.

11. Lors lui & moi ſon-
geaſmes un ſonge en une
meſme nuict , chacun ſon-
geant ſelon l'interpreta-
tion de ſon ſonge.

12. Or *eſtoit* - là avec
nous un garçon hebrieu ,
ſerviteur du prevoſt de
l'hoſtel , & *les* lui contaſ-
mes , & il nous interpreta
nos ſonges , les interpre-
tant à un chacun ſelon
ſon ſonge.

13. Et advint qu'ainſi fut
fait comme il nous l'avoit
interpreté. *C'eſt que le Roy*
me fit retourner en mon
eſtat , & fit pendre l'autre.

14. Adonc Pharao en-
voya appeler Joſeph , &
le firent haſtivement ſortir de la foſſe , & on le
tondit & lui changea- on
ſes veſtemens, puis il vint
vers Pharao.

15. Et Pharao dit à Jo-
ſeph, J'ai ſongé un ſonge,
& n'*y a* pas un qui l'inter-
prete. Or ai-je oui dire de
toi , *que* tu entens les ſonges pour les interpreter.

K

16. Et Joseph *respondit* à Pharao, disant, Dieu sans moi respondra *ce qui concerne* la prosperité de Pharao.

17. Et Pharao dit à Joseph, Comme je songeoy, il me sembloit que j'estoy auprés de la rive du fleuve.

18. Et voici, sept jeunes vaches grasses & en bon poinct, & de belle taille, montoyent *hors* du fleuve, & paissoyent és marets.

19. Et voici, sept autres jeunes vaches montoyent aprés celles-là, tant minces, & de si trés laide taille, & si maigres de chair, *qu'onc* je ne vi de semblables en laidure en tout le païs d'Egypte.

20. Mais les jeunes vaches maigres & laides devorerent les sept premieres jeunes vaches grasses:

21. Qui parvindrent au dedans d'icelles, sans qu'on s'apperceust qu'elles y fussent parvenues. Car il les faisoit aussi laid voir qu'au commencement. Lors je me resveillai.

22. Je vi aussi en son-

geant, & me fembloit que fept efpics fortoyent d'un *mefme* tuyau , pleins & beaux.

23. Puis voici fept efpics petits , minces & fleftris du vent d'orient,qui four- doyent aprés.

24. Mais les fept efpics minces engloutirent les fept beaux efpics. Et je l'ai dit aux Magiciens , mais pas un ne me *l*'a de- claré.

25. Et Jofeph *refpondit* à Pharao, Ce qu'a fongé Pharao n'eft qu'une mef- me chofe , Dieu a declaré à Pharao ce qu'il s'en va faire.

26. Les fept belles jeu- nes vaches font fept ans : & les fept beaux efpics font fept ans: c'*eft* un *mef- me* fonge.

27. Et les fept jeunes vaches maigres & laides qui montoyent aprés cel- les-là , font fept ans : & les fept efpics vuides & fleftris du vent d'orient, feront fept ans de famine.

28. C'eft ce que j'ai dit à Pharao , *affavoir* , que Dieu a fait voir à Pharao ce qu'il s'en va faire.

29. Voici, fept ans vie-

nent, *esquels il y aura* grande abondance en tout le païs d'Egypte.

30. Et aprés ces ans-là, se leveront sept ans de famine. Lors sera oubliée toute ceste abondance au païs d'Egypte , & la famine consumera le païs.

31. Et on ne recognoistra plus ceste abondance au païs, pour ceste famine-là , qui viendra aprés : car elle sera trés grieve.

32. Et quant à ce que le songe a esté reïteré à Pharao pour la deuxieme fois, *c'est* que la chose *est* arrestée de Dieu , & que Dieu se haste de l'accomplir.

33. Or maintenant que Pharao pourvoye d'un homme entendu & sage , & qu'il l'establisse sur le païs d'Egypte.

34. Que Pharao aussi face *ceci* : qu'il commette des commissaires sur le païs , & qu'il prene le quint *du revenu* du païs d'Egypte durant les sept ans de l'abondance.

35. Et qu'on amasse tous les vivres de ces bonnes années, qui viendront , & qu'on assemble

le blé sous la main de
Pharao *pour* nourriture dedans les villes , & qu'on
le garde.

36. Et seront ces vivres-
là pour la provision du
païs durant les sept ans
de famine , qui seront au
païs d'Egypte , afin que le
païs ne soit exterminé par
la famine.

37. Et la chose pleut à
Pharao , & à tous ses serviteurs.

38. Et Pharao dit à ses
serviteurs, Pourrions-nous
trouver un homme sem-
blable à cestui-ci, auquel
soit l'Esprit de Dieu ?

39. Puis Pharao dit à
Joseph , Puisque Dieu t'a
donné à cognoistre tout
ceci , il n'*y a personne* entendu ne sage comme toi.

40. Tu seras sur ma mai-
son , & tout mon peuple
te baisera la bouche : seulement je serai plus grand
que toi quant au throne.

41. Outre plus Pharao
dit à Joseph , Regarde, je
t'ai establi sur tout le païs
d'Egypte.

42. Adonc Pharao tira
son anneau de sa main ,
& le mit en la main de
Joseph , & le fit vestir

K iij

d'habit de fin lin , & mit un colier d'or à son col.

43. Et le fit monter sur le chariot qui estoit le second aprés le sien : & on crioit devant lui , Qu'on s'agenouille. Et il l'establit sur tout le païs d'Egypte.

44. Et Pharao dit à Joseph, Je *suis* Pharao, mais sans toi nul ne levera sa main ne son pied en tout le païs d'Egypte.

45. Et Pharao appela le nom de Joseph Tsaphenath - Pahaneah : & lui donna à femme Asenath fille de Potipherah gouverneur d'On. Ainsi Joseph alla par le païs d'Egypte.

46. Or Joseph *estoit* aagé de trente ans , quand il se presenta devant Pharao Roy d'Egypte, & partant de la presence de Pharao, passa parmi tout le païs d'Egypte.

47. Et la terre rapporta à poignées durant les sept années de l'abondance.

48. Et *Joseph* amassa tous les vivres des sept ans , qui furent au païs d'Egypte : & mit les vivres dedans les villes : *assavoir* , en une chacune ville les

vivres du territoire d'à
l'entour.

49. Joseph donc assem-
bla du blé trés abondamm-
ment comme le sablon de
la mer : tellement qu'on
cessa de *le* nombrer, pource qu'il *estoit* sans nombre.

50. Et devant que le
premier an de famine advint, nasquirent deux en-
fans à Joseph , lesquels
Asenath fille de Potiphe-
rah gouverneur d'On, lui
enfanta.

51. Et Joseph appela le
nom du premier né , Ma-
nassé : Car Dieu , *dit-il* ,
m'a fait oublier tout mon
travail , & toute la mai-
son de mon pere.

52. Et appela le nom
du second Ephraïm : car
Dieu , *dit-il*, m'a fait foisonner au païs de mon af-
fliction.

53. Adonc s'acheverent
les sept ans de l'abondance qui avoit esté au païs
d'Egypte.

54. Puis commencerent
à venir les sept ans de famine, comme Joseph l'a-
voit *predit*. Et fut la famine par tous païs : mais il y
avoit du pain en tout le
païs d'Egypte.

K iiij

55. Puis aprés tout le
païs d'Egypte fut affamé,
& le peuple cria vers Pharao pour du pain. Et Pha-
rao *respondit* à tous les E-
gyptiens, Allez à Joseph,
& faites ce qu'il vous dira.

56. La famine donc es-
tant sur tout le païs, Joseph ouvrit tous *les gre-
niers* qui estoyent parmi
les Egyptiens, & leur de-
bita du blé. Et la famine
se renforça au païs d'E-
gypte.

57. On venoit aussi de
tout païs en Egypte vers
Joseph, pour acheter du
blé : car la famine estoit
renforcée par toute la
terre.

CHAP. XLII.

1. ET Jacob voyant
qu'il y avoit du
blé à vendre en Egypte,
dit à ses fils, Pourquoi
vous regardez-vous les
uns les autres?

2. Il dit en outre, Voi-
ci, j'ai entendu qu'il y a
du blé à vendre en Egy-
pte, descendez-y, & nous
en achetez de là : afin que
nous vivions, & ne mou-
rions point.

3. Adonc descendirent dix freres de Joseph pour acheter du blé en Egypte.

4. Mais Jacob n'envoya point Benjamin frere de Joseph avec ses freres : car il disoit, *Il faut garder que quelque encombrier mortel ne lui adviene.*

5. Et les fils d'Israël s'en vindrent pour acheter du blé parmi ceux qui y alloyent : car la famine estoit au païs de Canaan.

6. Or Joseph estoit regent sur le païs, lequel faisoit debiter du blé à tout le peuple de la terre. Les freres donc de Joseph vindrent, & se prosternerent devant lui la face en terre.

7. Lors Joseph vid ses freres, & les recognut : mais il contrefit l'estranger en leur endroit, & parla avec eux rudement, leur disant, D'où venez-vous ? Et ils *respondirent,* Du païs de Canaan, pour acheter des vivres.

8. Joseph donc recognut ses freres : mais eux ne le recognurent point.

9. Adonc Joseph eut souvenance des songes qu'il avoit songés d'eux,

K v

& leur dit , Vous *estes* espies, vous estes venus pour
regarder les lieux foibles
du païs.

10. Et ils lui *respondi-*
rent, Non , mon seigneur:
mais tes serviteurs sont
venus pour acheter des
vivres.

11. Nous sommes tous
enfans d'un mesme hom-
me , nous *sommes* féables :
tes serviteurs ne sont
point espies.

12. Et il leur dit, Il n'est
pas ainsi : mais vous es-
tes venus pour regarder
les lieux foibles du païs.

13. Et ils *respondirent ,*
Nous *estions* douze freres
tes serviteurs, enfans d'un
mesme homme , au païs
de Canaan : desquels le
plus petit *est* aujourd'hui
avec nostre pere , & un
n'est *plus.*

14. Derechef Joseph
leur dit , C'est ce que je
vous ai dit, quand j'ai dit,
Vous *estes* espies.

15. En ceci serez-vous
esprouvés : vive Pharao,
si vous sortez d'ici , que
vostre plus petit frere ne
soit venu ici.

16. Envoyez - en l'un
d'entre vous qui amene

voſtre frere : mais vous ſerez enſerrés, & vos pa-roles ſeront eſprouvées, aſſavoir ſi vous dites ve-rité : ſi non, vive Pharao, que vous *eſtes* eſpies.

17. Et ainſi il les remit tous enſemble en priſon par trois jours.

18. Et au troiſieme jour Joſeph leur dit, Faites ceci, & vous vivrez : je crain Dieu.

19. Si vous *eſtes* féables, l'un d'entre vous qui eſtes freres ſoit enſerré au lieu où vous avez eſté en pri-ſon, & vous en allez, re-menans du blé pour pour-voir à la famine de vos familles.

20. Et m'amenez voſtre plus petit frere, & vos paroles ſeront verifiées : ſi ne mourrez point. Et ils firent ainſi.

21. Et ils diſoyent l'un à l'autre, Vraiment, nous ſommes coúpables tou-chant notre frere : car nous avons veu l'angoiſſe de ſon ame, quand il nous demandoit grace, & ne l'avons point exaucé : au moyen de quoi ceſte an-goiſſe nous eſt advenuë.

22. Et Ruben leur *reſ-*

K vj

pondit, difant, Ne vous
difoy-je pas bien, Ne
pechez point contre l'en-
fant ? Et vous n'efcou-
taftes point. Pourtant auffi, vôici, fon fang èft re-
demandé.

23. Et eux ne favoyent
pas que Jofeph *les* enten-
dift : pourcè qu'il *y avoit*
un trucheman entre eux.

24. Et lui fe deftourna
arriere d'eux, & pleura :
puis eftant retourné vers
eux, il parla à eux, &
print Simeon d'entre eux,
& le garrota devant leurs
yeux.

25. Puis Jofeph com-
manda qu'on emplift leurs
facs de blé, & qu'on re-
mift l'argent d'un chacun
d'eux en fon fac, & qu'on
leur donnaft provifion
pour *leur* chemin. Et ainfi
leur fit-on.

26. Et ils chargerent
leur blé fur leurs afnes, &
s'en allerent de là.

27. Et l'un *d'eux* ouvrit
fon fac pour donner la
provende à fon afne, au
lieu où ils logerent : lors
il vid fon argent qui eftoit
à la gueule de fon fac.

28. Et dit à fes freres,
Mon argent m'a efté ren-

du : & de fait, le voici en mon fac. Et le cœur leur treffaillit, & furent faifis d'efmoi, difans l'un à l'autre, Qu'*eft* ceci *que* Dieu nous a fait ?

29. Et vindrent au païs de Canaan à Jacob leur pere, & lui raconterent toutes les chofes qui leur eftoyent advenuës, difans,

30. Un certain perfonnage, feigneur du païs, a parlé à nous rudement, & nous a tenus pour efpies du païs.

31. Mais nous lui avons refpondu, Nous *fommes* féables, nous ne fommes point efpies.

32. Nous *eftions* douze freres, enfans de noftre pere : l'un n'eft *plus*, & le plus petit *eft* aujourd'hui avec noftre pere au païs de Canaan.

33. Et ce perfonnage, feigneur du païs, nous a dit, A ceci cognoiftrai-je que vous *eftes* féables, laiffez l'un de vos freres avec moi, & prenez du blé pour pourvoir à la famine de vos familles, & vous en allez.

34. Et m'amenez voftre

plus petit frere. Lors cognoiftrai-je que vous n'*eftes* point efpies, mais féables : & je vous rendrai voftre frere, & vous traffiquerez au païs.

35. Et advint qu'eux vuidans leurs facs, voici le paquet de l'argent d'un chacun *eftoit* en fon fac : & virent les paquets de leur argent, eux & leur pere, & eurent peur.

36. Adonc leur dit Jacob leur pere, Vous m'avez privé d'enfans : Jofeph n'eft *plus*, & Simeon n'eft *plus*, & vous prendrez Benjamin ! Toutes ces chofes font contre moi.

37. Et Ruben parla à fon pere, difant, Fai mourir mes deux enfans, fi je ne te le ramene : baille le moi en charge, & je te le ramenerai.

38. Et il *refpondit*, Mon fils ne defcendra point avec vous : car fon frere eft mort, & ceftui-ci eft refté feul : & quelqu'encombrier mortel lui adviendroit au chemin par où vous irez, dont vous feriez defcendre mes blancs cheveux avec douleur au fepulchre.

CHAP. XLIII.

1. OR la famine deve-
noit grieve en la
terre.

2. Et advint comme ils
eurent achevé de manger
leurs vivres qu'ils avoyent
amenés d'Egypte, que leur
pere leur dit, Retournez
& nous achetez un peu de
vivres.

3. Et Juda lui *respondit*,
difant, Ce perfonnage-là
nous a expreffement pro-
tefté, difant, Vous ne
verrez point ma face, que
voftre frere ne *foit* avec
vous.

4. Si *donc* tu envoyes noftre frere avec nous, nous
defcendrons *en Egypte*, &
t'acheterons des vivres.

6. Mais fi tu ne l'en-
voyes, nous n'*y* defcen-
drons point : car ce per-
fonnage-là nous a dit,
Vous ne verrez point ma
face, que voftre frere ne
foit avec vous.

6. Et Ifraël dit, Pour-
quoi m'avez-vous fait ce
tort, de declarer à ce perfonnage-là, que vous a-
viez encore un frere ?

7. Et ils *respondirent*, Ce

personnage - là s'eſt ſoigneuſement enquis de
nous & de noſtre paren-
tage , diſant, Voſtre pere,
vit-il encore ? Avez-vous
point de frere ? Et nous
le lui avons declaré ſelon
ces propos - là. Savions
nous bien qu'il diroit, Faites deſcendre voſtre frere.

8. Et Juda dit à Iſraël
ſon pere, Envoye le gar-
çon avec moi , & nous
nous mettrons en che-
min , & nous en irons :
ſi vivrons , & ne mour-
rons point, ni nous, ni toi
auſſi , ni nos meſgnies.

9. Moi meſme je le ple-
ge , redemande le de **ma**
main : ſi je ne te le ramene,& ſi je ne te le repreſen-
te, je t'en ſerai obligé à la
peine à toujours.

10. Que ſi nous n'euſ-
ſions tardé, certainement
nous fuſſions deja de re-
tour une autre fois.

11. Alors Iſraël leur pe-
re leur dit, S'il *eſt* donc
ainſi , faites ceci, prenez
des choſes les plus renom-
mées du païs en vos vaiſ-
ſeaux, & portez à ce per-
ſonnage-là un preſent, &
quelque peu de baume, &
quelque peu de miel, des

drogues, de la myrrhe, des dactes & des amandes.

12. Et prenez argent au double entre vos mains : & l'argent remis en la gueule de vos facs : vous le rapporterez en vos mains : poffible cela s'eft *fait par* ignorance ,

13. Et prenez voftre frere, & vous mettez en chemin, *&* retournez vers ce perfonnage-là.

14. Or le *Dieu* Fort, Tout-puiffant, vous face trouver mifericorde devant ce perfonnage-là, afin qu'il vous relafche votre autre frere & Benjamin, & fi ainfi eft que je fuis privé d'enfans , que j'en foy privé.

15. Adonc iceux prindrent le prefent, & prindrent de l'argent au double entre leurs mains & Benjamin , & fe mirent en chemin , & defcendirent en Egypte. Puis fe prefenterent devant Jofeph.

16. Adonc Jofeph vid Benjamin avec eux , & dit à fon maiftre d'hoftel, Mene ces perfonnages en la maifon, & tue quelque chofe & l'apprefte : car

ils mangeront à midi avec moi.

17. Et l'homme fit comme Joseph lui avoit dit, & amena ces personnages en la maison de Joseph.

18. Si eurent peur ces personnages de ce qu'ils estoyent amenés en la maison de Joseph, & dirent, Nous sommes amenés à cause de l'argent qui fut remis premierement en nos sacs, afin qu'il se descharge & jette sur nous, & nous prene pour esclaves, & *prene* nos asnes.

19. Puis ils s'approcherent du maistre d'hostel de Joseph, & parlerent à lui à la porte de la maison,

20. Disans, Las, mon seigneur, de vrai nous sommes descendus au commencement pour acheter des vivres.

21. Et advint quand nous arrivasmes au lieu où nous logeasmes, & que nous eusmes ouvert nos sacs : voici, l'argent d'un chacun *estoit* à la gueule de son sac, *voire* nostre mesme argent selon son

poids : nous l'avons rap-
porté en nos mains.

22. Et fi avons apporté
autre argent en nos mains
pour acheter des vivres :
& nous ne favons qui au-
roit remis noftre argent
en nos facs.

23. Et il dit , Tout va
bien pour vous, ne crai-
gnez point, voftre Dieu
& le Dieu de voftre pere
vous a donné un threfor en
vos facs, voftre argent eft
parvenu à moi, & leur a-
mena Simeoñ.

24. Puis l'homme fit en-
trer ces perfonnages-là en
la maifon de Jofeph , &
leur donna de l'eau, &
ils laverent leurs pieds : il
bailla auffi la provende à
leurs afnes.

25. Et ils preparerent le
prefent en attendant que
Jofeph revint à midi : car
ils avoyent entendu qu'ils
mangeroyent là du pain.

26. Lors Jofeph re-
vint à la maifon, & ils lui
prefenterent en la maifon
le prefent qu'ils avoyent
en leurs mains , & fe profternerent devant lui jufqu'en terre.

27. Et il leur demanda
touchant *leur* profperité,

difant, Va-il du tout bien à voftre pere le vieil homme, duquel vous *m'avez* parlé ? Vit-il encore ?

28. Et ils *refpondirent*, Ton ferviteur noftre pere fe porte bien, il vit encore. Et ils s'enclinerent, & fe profternerent.

29. Et lui eflevant les yeux vid Benjamin fon frere, fils de fa mere, & dit, Eft-ce ici voftre plus petit frere, duquel vous m'avez parlé ? Puis dit, Mon fils, Dieu te face grace.

30. Et Jofeph fe retira incontinent : car fon cœur s'efmouvoit au dedans à compaffion fur fon frere, & il cherchoit où pleurer, & vint en la garde-robe, & pleura là.

31. Puis lava fon vifage, & fortit dehors, & fe fit force, & dit, Mettez le pain.

32. Et ils *le* lui mirent à part, à eux à part, & aux Egyptiens qui mangeoyent avec lui à part, d'autant que les Egyptiens ne pouvoyent manger du pain avec les Hebrieux : car c'eft abomination aux Egyptiens.

33. Ils s'affirent donc au devant de lui : l'aifné felon fon aifneffe, & le moindre felon fa petiteffe. Et ces perfonnages s'efmerveilloyent entre eux.

34. Et il leur prefenta des mets de devant foi : mais la portion de Benjamin eftoit plus groffe cinq fois que toutes les autres, & ils beurent, & firent fort bonne chere avec lui.

CHAP. XLIV.

1. ET Jofeph commanda à fon maiftre d'hoftel, difant, Empli de vivres les facs de ces gens, tant qu'ils en pourront porter, & remets l'argent d'un chacun à la gueule de fon fac.

2. Et mets mon gobelet, le gobelet d'argent, à la gueule du fac du plus petit, enfemble l'argent de fon blé. Et il fit tout ainfi comme Jofeph lui avoit dit.

3. Le matin *quand* il fut jour, on renvoya ces perfonnages avec leurs afnes.

4. *Quand* ils furent fortis de la ville, devant

qu'ils fuſſent gueres loin,
Joſeph dit à ſon maiſtre
d'hoſtel , Va, pourſui ces
perſonnages : & quand tu
les auras atteints, di-leur,
Pourquoi avez-vous ren-
du mal pour bien ?

5. N'*eſt*-ce pas celui-là
auquel boit mon ſeigneur:
& du quel pour certain il
devinera ? Vous avez fait
mal *en ce* que vous avez
fait.

6. Et *le maiſtre d'hoſtel*
les atteignit , & leur dit
ces paroles-là.

7. Et ils lui *reſpondirent*,
Pourquoi mon ſeigneur
dit-il telles paroles ? Ja
n'adviene à tes ſerviteurs
de faire telle choſe.

8. Voici , nous t'avons
rapporté du païs de Ca-
naan l'argent que nous
avions trouvé à la gueule
de nos ſacs , & comment
deſroberions-nous argent
ou or de la maiſon de ton
maiſtre ?

9. Celui de tes ſervi-
teurs auquel il ſera trouvé , qu'il meure: & nous
auſſi ferons eſclaves à
mon ſeigneur.

10. Et il leur dit, Qu'il
ſoit donc maintenant ain-
ſi fait ſelon vos paroles :

que celui auquel il fera
trouvé me foit efclave, &
vous foyez innocens.

11. Et incontinent un
chacun pofa fon fac en
terre : & chacun ouvrit
fon fac.

12. Et il fouilla, com-
mençant depuis le plus
grand , & finiffant au plus
petit. Et le gobelet fut
trouvé au fac de Benja-
min.

13. Lors ils defchire-
rent leurs veftemens , &
un chacun rechargea fon
afne, & retournerent à la
ville,

14. Et Juda avec fes
freres vint en la maifon
de Jofeph, qui eftoit en-
core là , & fe jetterent
devant lui en terre.

15. Et Jofeph leur dit ,
Quel acte eft celui que
vous avez fait? Ne favez-
vous pas qu'un homme
tel que moi ne faut point
à deviner?

16. Et Juda lui dit, Que
dirons-nous à mon fei-
gneur? Comment parle-
rons-nous? Et comment
nous juftifierons - nous ?
Dieu a trouvé l'iniquité
de tes ferviteurs. Voici,
nous fommes efclaves à

mon seigneur, tant nous,
comme aussi celui en la
main duquel a esté trouvé
le gobelet.

17. Mais il dit, Ja ne
m'adviene de ce faire.
L'homme en la main du-
quel a esté trouvé le go-
belet, me sera esclave :
mais vous, remontez en
paix vers vostre pere.

18. Adonc Juda s'ap-
procha de lui, disant, Las,
mon seigneur, je te prie,
que ton serviteur die un
mot, mon seigneur l'es-
coutant, & que ta colere
ne s'embrase point con-
tre ton serviteur : car tu
es ni plus ni moins que
Pharao.

19. Mon seigneur in-
terroga ses serviteurs, disant, Avez-vous pere ou
frere?

20. Adonc nous *res-*
pondismes à mon sei-
gneur, Nous avons *no-*
stre pere *qui est* ancien,
& un jeune enfant né
en *sa* vieillesse, *qui est* le
plus petit *d'entre nous*,
duquel le frere est mort,
& cestui-ci est resté seul
de sa mere, & son pere
l'aime.

21. Or as-tu dit à tes

serviteurs

ferviteurs, Faites-le defcendre vers moi, & je le
verrai.

22. Et nous difmes à
mon feigneur, Le garçon
ne pourroit laiffer fon pere : car s'il le laiffe, fon pere mourra.

23. Lors tu dis à tes ferviteurs, Si voftre plus petit frere ne defcend avec
vous, vous ne verrez plus
ma face.

24. Or eft - il advenu
qu'eftans de retour vers
ton ferviteur mon pere,
nous lui declarafmes les
paroles de mon feigneur.

25. Depuis noftre pere
dit, Retournez & nous
achetez un peu de vivres.

26. Et nous lui difmes,
Nous n'y pouvons def-
cendre : mais fi noftre
plus petit frere eft avec
nous, nous y defcendrons:
car nous ne pouvons voir
la face de ce perfonnage-
là, que noftre plus petit
frere ne foit avec nous.

27. Et ton ferviteur mon
pere nous *refpondit*, Vous
favez que ma femme m'a
enfanté deux enfans:

28. Dont l'un s'en eft
allé d'avec moi : & j'ai
dit, Quoi que ce foit, il

L

eſt certain qu'il a eſté deſchiré, & ne l'ai point veu
juſqu'ici.

29. Que ſi vous oſtez
auſſi ceſtui-ci de devant
moi, & quelqu'encom-
brier mortel lui advient,
vous ferez deſcendre mes
cheveux blancs avec deſ-
plaiſance au ſepulchre.

30. Maintenant donc,
quand je ferai parvenu à
ton ſerviteur mon pere,
& que le garçon ne ſera
point avec nous, duquel
il a l'ame liée à la ſiene,

31. Il adviendra que ſi
toſt qu'il aura veu que le
garçon n'y ſera pas, il
mourra. Ainſi tes ſervi-
teurs feront deſcendre a-
vec douleur les cheveux
blancs de ton ſerviteur
noſtre pere au ſepulchre.

32. Qui plus eſt, ton ſerviteur a plegé le garçon
pour l'emmener d'avec mon
pere, & a dit, Si je ne te
le ramene, je ſerai obligé
à la peine à toujours à
mon pere.

33. Ainſi maintenant,
je te prie, que ton ſer-
viteur demeure eſclave à
mon ſeigneur au lieu du
garçon, & que le garçon
remonte avec ſes freres.

34. Car comment remonterai-je vers mon pere, si le garçon n'est avec moi : *il faut garder* que je ne voye point la desplaisance, qui adviendra à mon pere.

CHAP. XLV.

1. **L**Ors Joseph ne se peut plus retenir devant tous les assistans, & cria, Faites sortir chacun arriere de moi. Et nul ne demeura avec lui, quand il se donna à cognoistre à ses freres.

2. Et en pleurant esleva sa voix, & les Egyptiens l'ouïrent, & la maison de Pharao l'ouït aussi.

3. Or Joseph dit à ses freres : Je *suis* Joseph : mon pere vit-il encore ? Mais ses freres ne lui pouvoyent respondre : car ils estoyent troublés de sa presence.

4. Derechef Joseph dit à ses freres, Je vous prie, approchez-vous de moi, & ils s'approcherent. Puis il dit, Je *suis* Joseph vostre frere, que vous avez vendu *pour estre mené* en Egypte.

5. Et maintenant ne soyez en peine ne marris en vous mesmes, que vous m'avez vendu *pour estre amené* ici, car Dieu m'a envoyé devant vous pour la conservation de *vostre* vie.

6. Car voici desja la deuxieme année de famine parmi la terre, & encore *restent* cinq ans, ausquels ne *sera* labourage ne moisson.

7. Mais Dieu m'a envoyé devant vous, pour vous faire demeurer de reste en la terre, & vous faire vivre par excellente delivrance.

8. Maintenant donc vous ne m'avez pas ici envoyé, mais *c'est* Dieu, lequel m'a ordonné pour pere à Pharao, & pour seigneur sur toute sa maison, & dominateur en tout le païs d'Egypte.

9. Hastez-vous, & montez vers mon pere, & lui dites, Ainsi a dit ton fils Joseph, Dieu m'a ordonné seigneur sur toute l'Egypte : descen donc vers moi, n'arreste point.

10. Et tu habiteras en la contrée de Gosçen, & seras prés de moi, toi &

tes enfans , & les enfans de tes enfans, & tes troupeaux , & tes bœufs, & tout ce qui *est* à toi.

11. Et je t'entretiendrai là : car il *y a* encore cinq ans de famine , de peur que tu ne perisses par povreté , toi & ta maison, & tout ce qui *est* à toi.

12. Et voici vos yeux qui voyent,& les yeux de Benjamin mon frere, que ma bouche parle à vous.

13. Rapportez donc à mon pere toute la gloire que j'ai en Egypte,& tout ce que vous avez veu : & vous hastez , & faites ici descendre mon pere.

14. Lors il se jetta sur le col de Benjamin son frere, & pleura. Pareillement Benjamin pleura sur son col.

15. Puis il baisa tous ses freres , & pleura sur eux. Aprés cela, ses freres parlerent avec lui.

16. Et le bruit fut ouï en la maison de Pharao, qu'on disoit , Les freres de Joseph sont venus, ce qui pleut à Pharao & à ses serviteurs.

17. Adonc Pharao dit à Joseph, Di à tes freres ,

Faites ceci, chargez vos
beftes, & allez, retournez
au païs de Canaan.

18. Et prenez voftre pe-
re & vos familles, & re-
venez à moi, & je vous
donnerai du meilleur du
païs d'Egypte : & man-
gerez la graiffe de la terre.

19. Or as-tu receu la
puiffance de commander,
Faites ceci, prenez-vous
du païs d'Egypte des cha-
riots pour voftre mefgnie
& pour vos femmes : &
amenez voftre pere, &
vous en venèz.

20. Ne laiffez rien de
voftre mefnage : car le
meilleur de tout le païs
d'Egypte fera voftre.

21. Et les enfans d'Ifraël
en firent ainfi : & Jofeph
leur donna des chariots
felon le mandement de
Pharao : il leur donna auffi
de la provifion pour le
chemin.

22. Et donna à un chacun
d'eux tous des robes de
rechange, & à Benjamin
il donna trois cens pieces
d'argent, & cinq robes
de rechange.

23. Il envoya fembla-
blement à fon pere dix afnes portans des plus ex-

cellentes chofes d'Egy-
pte, & dix afneffes por-
tans blé, pain & viande
à fon pere pour le chemin.

24. Il renvoya donc fes
freres, qui partirent, &
leur dit, Ne debaftez point
en chemin.

25. Ainfi ils remonte-
rent d'Egypte, & vindrent
à Jacob leur pere au païs
de Canaan.

26. Et lui raporterent,
difans, Jofeph vit enco-
re, & mefme a la feigneu-
rie fur tout le païs d'E-
gypte. Et le cœur lui de-
faillit : car il ne les croyoit
point.

27. Et ils lui dirent toutes les paroles que Jofeph
leur avoit dites. Puis il
vid les chariots que Jo-
feph avoit envoyés pour
le porter, & l'efprit re-
vint à Jacob leur pere.

28. Adonc Ifraël dit, Il
fuffit, Jofeph mon fils vit
encore. J'irai & le verrai
avant que je meure.

CHAP. XLVI.

1. Sraël donc partit a-
vec tout ce qui lui
appartenoit, & vint en
Beer-fçebah, & facrifia

L iiij

facrifices au Dieu de fon
pere Ifaac.

2. Et Dieu parla à If-
raël en vifions de nuict,
difant, Jacob, Jacob :
lequel *refpondit*, Me voici.

3. Puis il dit, Je *fuis* le
Dieu Fort, le Dieu de ton
pere : ne crain point de
defcendre en Egypte : car
je t'y ferai devenir une
grande nation.

4. Je defcendrai avec
toi en Egypte, & t'en fe-
rai auffi remonter pour
certain : & Jofeph mettra
fa main fur tes yeux.

5. Ainfi partit Jacob de
Beer-fçebah, & les enfans
d'Ifraël mirent Jacob leur
pere, & leur mefgnie, &
leurs femmes fur les cha-
riots que Pharao avoit envoyés pour le porter.

6. Ils emmenerent auffi
leur beftail, & leur che-
vance qu'ils avoyent ac-
quife au païs de Canaan.
Et Jacob, & toute fa li-
gnée avec lui, vindrent
en Egypte.

7. Et il amena avec foi
en Egypte fes enfans &
les enfans de fes enfans,
avec lui, fes filles, & les
filles de fes fils, & toute
fa lignée.

8. Or ce *font* ici les noms des enfans d'Ifraël, qui vindrent en Egypte : Jacob & fes enfans : le premier né de Jacob *fut* Ruben.

9. Et les enfans de Ruben, Henoc, Pallu, Hetfron & Carmi.

10. Et les enfans de Simeon, Jemuel, Jamin, Ohad, Jakin, Tfohar, & Sçaul fils d'une Cananéene.

11. Et les enfans de Levi, Guerfçon, Kehath & Merari.

12. Et les enfans de Juda, Her, Onan, Sçela, Pharez & Zara. Mais Her & Onan moururent au païs de Canaan. Les enfans auffi de Pharez furent Hetfron & Hamul.

13. Et les enfans d'Iffacar, Tolah, Puva, Job, & Sçimron.

14. Et les enfans de Zabulon, Sered, Elon, & Jahleel.

15. Ce *font*-là les enfans de Lea, qu'elle enfanta à Jacob en Paddan-Aram avec Dina fa fille : toutes les perfonnes de fes fils & de fes filles *furent* trente trois.

16. Et les enfans de Gad, Tfiphjon, Haggi, Sçum, Etsbon, Heri, Arodi, & Areli.

17. Et les enfans d'Afcer, Jimna, Jifçua, Jifçui, Beriha, & Serah leur fœur. Les enfans de Beriha, Heber & Malkiel.

18. Ce *font*-là les enfans de Zilpa, laquelle Laban donna à Lea fa fille : & elle les enfanta à Jacob, *affavoir* feize perfonnes.

19. Les enfans de Rachel femme de Jacob, *furent* Jofeph & Benjamin.

20. Et il nafquit à Jofeph, au païs d'Egypte, Manaffé & Ephraïm, lefquels lui enfanta Afenath fille de Potipherah gouverneur d'On.

21. Et les enfans de Benjamin, Belah, Beker, Afçbel, Guera, Nahaman, Ehi, Ros, Muppim, Huppim, & Ard.

22. Ce *font*-là les enfans de Rachel, qu'elle enfanta à Jacob : toutes les perfones *furent* quatorze.

23. Et les enfans de Dan, Hufcim.

24. Et les enfans de Nephthali, Jahtfeel, Gu-

ni, Jetfer, & Sçillem.

25. Ce *font*-là les enfans de Bilha, laquelle Laban donna à Rachel fa fille : & elle les enfanta à Jacob, *affavoir* fept perfonnes en tout.

26. Toutes les perfonnes qui vindrent en Egypte appartenans à Jacob, fortis de fa hanche, (fans les femmes des enfans de Jacob) *font* en tout foixante fix.

27. Et les enfans de Jofeph qui lui eftoyent nés en Egypte, *furent* deux perfonnes. Toutes les perfonnes *donc* de la maifon de Jacob, qui vindrent en Egypte, *furent* feptante.

28. Or *Jacob* envoya Juda devant foi vers Jofeph, pour le guider en Gofçen. Ils vindrent donc en la contrée de Gofçen.

29. Et Jofeph attela fon chariot, & monta pour aller au devant d'Ifraël fon pere en Gofçen, & fe monftra à lui, & fe jetta fur fon col, & pleura quelque tems fur fon col.

30. Et Ifraël dit à Jofeph, Que je meure à cefte fois, puis que j'ai veu

ta face, à cause que tu vis
encore.

31.Puis Joseph dit à ses
freres & à la famille de
son pere, Je remonterai,
&ferai entendre à Pharao,
& lui dirai, Mes freres &
la famille de mon pere,
qui *estoyent* au païs de Canaan, sont venus vers
moi.

32. Et ces personnages
sont bergers, car ils se sont
tousjours meslés de bestail:
par ainsi ils ont amené
leurs brebis, & leurs
bœufs, & tout ce qui *es-
toit* à eux.

33. Or adviendra-il que
Pharao vous appelera, &
dira, Quel *est* vostre me-
stier?

34.Lors vous direz, Tes
serviteurs se sont *tousjours*
meslés de bestail dés leur
jeunesse jusqu'à mainte-
nant, tant nous que nos
peres : afin que vous de-
meuriez en la contrée de
Gosçen. Car les Egyptiens
ont en abomination les
bergers.

CHAP. XLVII.

1. JOseph donc vint, &
fit entendre à Pha-

-rao, difant, Mon-pere &
mes freres, avec leurs
troupeaux & leurs bœufs,
& tout ce qui *eft* à eux,
font venus du païs de Ca-
naan, & voici, ils *font* en
la contrée de Gofçen.

2. Et il print une partie
de fes freres : *affavoir* cinq
hommes, & les prefenta
devant Pharao.

3. Et Pharao dit aux
freres d'icelui, Quel *eft*
voftre meftier ? Ils *refpon-*
dirent, Tes ferviteurs *font*
bergers, tant nous que nos
peres.

4. Ils dirent auffi à Pharao, Nous fommes venus
pour habiter comme ef-
trangers en ce païs : car il
n'*y a* point de pafture pour
les troupeaux qui *appar-*
tiennent à tes ferviteurs :
& mefme il y a grieve fa-
mine au païs de Canaan.
Maintenant donc nous te
prions que tes ferviteurs
demeurent en la contrée
de Gofçen.

5. Et Pharao parla à Jo-
feph, difant, Ton pere &
tes freres font venus vers
toi.

6. Le païs d'Egypte eft
à ton commandement :
fai habiter ton pere & tes

freres au meilleur endroit
du païs : qu'ils demeurent
en la contrée de Gofçen.
Et fi tu cognois qu'entre
eux il y ait gens vaillans,
tu les ordonneras maiftres
de mon beftail.

7. Lors Jofeph amena
Jacob fon pere, & le pre-
fenta à Pharao. Et Jacob
benit Pharao.

8. Et Pharao dit à Ja-
cob, Quel aage as-tu ?

9. Jacob *refpon*dit à Pharao, Les jours des années
de mes pelerinages *font*
cent trente ans : les jours
des années de ma vie ont
efté courts & mauvais, &
n'ont point atteint les
jours des années de la vie
de mes peres, du tems de
leurs pelerinages.

10. Jacob donc benit
Pharao, & fortit de de-
vant lui.

11. Et Jofeph affigna
habitation à fon pere & à
fes freres, leur donnant
poffeffion au païs d'Egy-
pte, au meilleur endroit
du païs, *affavoir*, en la
contrée de Rahmefés,
comme avoit commandé
Pharao.

12. Et Jofeph entretint
fon pere & fes freres, &

toute la maison de son pere de pain, selon les bouches de *leur* mesgnie.

13. Or *n'y avoit*-il point de pain en toute la terre : car la famine estoit trés grieve : dont le païs d'Egypte & le païs de Canaan ne savoyent que faire à cause de la famine.

14. Et Joseph cueillit tout l'argent qui fut trouvé au païs d'Egypte, & au païs de Canaan, pour le blé qu'on achetoit : & porta l'argent à l'hostel de Pharao.

15. Lors faillit l'argent du païs d'Egypte, & du païs de Canaan. Et tous les Egyptiens vindrent à Joseph, disans, Baillenous du pain : & pourquoi mourrions-nous devant tes yeux, pource que l'argent est failli ?

16. Joseph *respondit*, Baillez vostre bestail, & je vous *en* donnerai pour vostre bestail, puisque l'argent est failli.

17. Adonc ils amenerent à Joseph leur bestail, & Joseph leur donna du pain pour des chevaux, pour des troupeaux de brebis, pour des troupeaux de

bœufs, & pour des afnes.
Ainfi il les fuftenta de
pain pour tous leurs troupeaux cefte année-là.

18. Ceft an fini, ils re-
vindrent pour la fuivante
année, & lui dirent, Nous
ne celerons point à mon
feigneur, que fi l'argent
eft failli, & les troupeaux
des beftes, *le tout eftant*
par devant mon feigneur,
il ne *nous* refte rien devant
mon feigneur, que nos
corps & nos terres.

19. Pourquoi mourrions-
nous devant tes yeux ?
Quant à nous & à nos ter-
res achete nous, tant nous
que nos terres, pour du
pain, & ferons affervis
nous & nos terres à Pha-
rao, & nous donne, de
quoi femer, afin que nous
vivions & ne mourrions
point, & que la terre ne
foit defolée.

20. Ainfi Jofeph acquit
à Pharao toutes les terres
d'Egypte : car les Egyp-
tiens vendirent chacun
fon champ, d'autant que
la famine s'eftoit renforcée fur eux, dont la terre
fut à Pharao.

21. Et il fit paffer le
peuple és villes, depuis un

bout des confins d'Egypte
jufques à fon autre bout.

22. Seulement il n'ac-
quit point les terres des
facrificateurs. Car *il y avoit*
provifion affignée aux facrificateurs de par Pha-
rao , & ils mangeoyent
leur portion que Pharao
leur avoit donnée. Par-
quoi ils ne vendirent point
leurs terres.

23. Et Jofeph dit au
peuple , Voici , je vous ai
acquis aujourd'hui , vous
& vos terres à Pharao.
Vous avez ici de la fe-
mence , afin que vous fe-
miez la terre.

24. Et quand ce vien-
dra à la cueillette , vous
en donnerez le quint à
Pharao. Et les quatre parts
feront voftres, pour femer
les champs & pour voftre
manger, & de ceux qui
font en vos mains, & pour
le manger de voftre mef-
gnie.

25. Et ils dirent , Tu
nous as fauvé la vie: *pour-*
tant que nous trouvions
grace envers toi , mon
feigneur , & que nous
foyons affervis à Pharao.

26. Et Jofeph en fit une
ordonnance *qui dure* juf-

ques à ce jourd'hui, fur les terres d'Egypte, pour Pharao, de *payer* le quint: excepté que les terres des facrificateurs feuls ne furent point à Pharao.

27. Ifraël donc habita au païs d'Egypte, en la contrée de Gofçen, & ils jouirent d'icelle, & foifonnerent & multiplierent grandement.

28. Et Jacob vefcut au païs d'Egypte dixfept ans, & les années de la vie de Jacob, furent cent quarante fept ans.

29. Or le tems de la mort d'Ifraël s'approchant, il appela Jofeph fon fils, & lui dit, Je te prie, fi j'ai trouvé grace envers toi, mets prefentement ta main fous ma cuiffe, que tu uferas envers moi de gratuité & de verité : je te prie, ne m'enterre point en Egypte.

30. Mais que je dorme avec mes peres. Tu me tranfporteras donc d'Egypte, & m'enterreras en leur fepulchre. Et il *refpondit*, Je ferai felon ta parole.

31. Et il dit, Jure le moi : & il lui jura. Et

Ifraël fe profterna fur le chevet du lict.

Chap. XLVIII.

1. OR advint qu'aprés ces chofes il fut dit à Jofeph, Voici, ton pere *eft* malade. Lors il print fes deux fils avec foi, affavoir Manaffé & Ephraïm.

2. Et il fut raporté & dit à Jacob, Voici Jofeph ton fils qui vient vers toi. Adonc Ifraël s'efforça, & s'affit fur le lict.

3. Puis Jacob dit à Jofeph, Le *Dieu* Fort, Tout-puiffant s'eft apparu à moi à Luz, au païs de Canaan, & m'a benit,

4. Me difant, Voici, je te ferai foifonner, & te ferai multiplier, & te ferai devenir une affemblée de peuples, & donnerai ce païs à ta pofterité aprés toi en poffeffion perpetuelle.

5. Or maintenant tes deux enfans qui font nés au païs d'Egypte, devant que je vinffe vers toi en icelle, font miens: Ephraim & Manaffé feront miens, comme Ruben & Simeon.

6. Mais la lignée que tu engendreras aprés eux, sera à toi : & seront appelés selon le nom de leurs freres en leur heritage.

7. Or quand je venoye de Paddan, Rachel me mourut au païs de Canaan au chemin, ne restant plus qu'environ quelque petite espace de païs pour venir en Ephrat : & je l'enterrai là au chemin d'Ephrat, qui *est* Bethléem.

8. Puis Israël vid les fils de Joseph, & dit, Qui *sont* ceux-ci ?

9. Et Joseph *respondit* à son pere, Ce *sont* mes fils que Dieu m'a donnés ici. Lors il dit, Amene - les moi, je te prie, afin que je les benie.

10. Or les yeux d'Israël estoyent apesantis de vieillesse, *tellement qu'il* ne pouvoit voir. Et il les fit approcher de soi, & les baisa, & les embrassa.

11. Et Israël dit à Joseph, Je n'estimoy point de *jamais* voir ta face : & voici, Dieu m'a fait voir & toi & ta lignée aussi.

12. Et Joseph les retira des genoux d'icelui, & se

prosterna le visage en terre.

13. Joseph donc les print tous deux, Ephraïm à sa droite, à la gauche d'Israël : & Manassé à sa gauche, à la droite d'Israël : & *les* fit approcher de lui.

14. Et Israël avança sa main droite, & la mit sur la teste d'Ephraïm qui estoit le moindre : & sa gauche sur la teste de Manassé, transportant de propos deliberé ses mains, car Manassé *estoit* l'aisné.

15. Et il benit Joseph, disant, Le Dieu, devant la face duquel ont cheminé mes peres Abraham & Isaac, le Dieu qui me paist depuis que je suis en estre jusqu'à ce jour ici :

16. L'Ange qui m'a garenti de tout mal, benie ces enfans. Et mon nom & le nom de mes peres Abraham & Isaac soit reclamé sur eux, & qu'ils croissent en nombre comme poissons, en multipliant parmi la terre.

17. Lors Joseph voyant que son pere mettoit sa main droite sur la teste d'Ephraïm, cela lui des-

pleut, & foufleva la main
de fon pere, pour la def-
tourner de deffus la tefte
d'Ephraïm fur la tefte de
Manaffé.

18. Et Jofeph dit à fon
pere, Ce n'*eft* pas ainfi,
mon pere : car ceftui-ci
eft l'aifné : mets ta main
droite fur fa tefte.

19. Mais fon pere *le* refufa, difant, Je le fai *bien*,
mon fils, je le fai *bien*. Ceftui-ci deviendra auffi un
peuple, & mefme fera
grand : mais toutesfois
fon plus petit frere fera
plus grand que lui, & fa
pofterité fera pleine abondance de nations.

20. Et èn ce jour-là il
les benit, difant, Ifraël
benira en toi, difant, Dieu
te face tel qu'Ephraïm &
Manaffé : & mit Ephraïm
devant Manaffé.

21. Derechef Ifraël dit
à Jofeph, Voici, je m'en
vai mourir : mais Dieu
fera avec vous, & vous
fera retourner au païs de
vos peres.

22. Et je te donne une
part outre tes freres, laquelle j'ai prinfe avec mon
efpée & mon arc, de la
main des Amorrhéens.

B

CHAP. XLIX.

1. PUis Jacob appela ses fils, & dit, Assemblez-vous, & je vous declarerai ce qui vous doit advenir és derniers jours.

2. Assemblez-vous, & escoutez, fils de Jacob, escoutez (di - je) Israël vostre pere.

3. RUBEN, tu *es* mon premier né, ma vertu & le commencement de ma vigueur : excellent en dignité, & excellent en force.

4. Tu t'es precipité comme de l'eau : que tu n'avances point, car tu as monté sur la couche de ton pere, lors tu *l'*as souillée: mon lict *s'en* est perdu.

5. SIMEON & LEVI *sont* freres, instrumens de violence *en* leurs cabanes.

6. Que mon ame n'entre point en leur conseil secret : que ma gloire ne soit point jointe à leur assemblée. Car ils ont tué les gens en leur colere, & ont enlevé les bœufs pour leur plaisir.

7. Maudite *soit* leur colere, car elle *a esté* impudente : & leur furie, car elle a esté roide : je les diviserai en Jacob, & les espardrai en Israël.

8. JUDA, quant à toi, tes freres te loueront : ta main *sera* sur le collet de tes ennemis , les fils de ton pere se prosterneront devant toi.

9. Juda *est* un faon de lion : mon fils, tu es revenu de deschirer : il s'est courbé, & gist comme un lion , qui est en sa force, & comme un vieil lion. Qui l'esveillera ?

10.Le sceptre ne se departira point de Juda , ne le legislateur d'entre ses pieds , jusques à ce que Sçilo viene , & à lui appartient l'assemblée des peuples.

11. Il attache à la vigne son asnon , & au sep excellent le petit de son asnesse : il lavera au vin son vestement, & au sang des grappes son manteau.

12.Il a les yeux vermeils de vin , & les dents blanches de laict.

13. ZABULON se logera au port des mers , & sera
au

au port des navires, &
son costé vers Sidon.

14. Issacar *est* un asne
ossu , gissant entre les bar-
res des estables.

·15. Il a veu que le re-
pos *estoit* bon , & que le
païs estoit plaisant , & a
baissé son espaule pour
porter , & a esté assujetti
au tribut de ceux qui
font asservis.

16. Dan jugera son peu-
ple, aussi bien qu'une *autre*
des tribus d'Israël.

17. Dan sera un serpent
sur le chemin , & une
coleuvre sur la voye ,
mordant les pasturons du
cheval , dont le chevau-
cheur est tombé à la ren-
verse.

18. O Eternel , j'ai at-
tendu ton salut.

19. Quant à Gad, trou-
pe lui courra sus : mais
icelui courra sus à la fin.

20. Le pain gras *pro-
viendra* d'Ascer , & mes-
me il fournira les delices
royales.

21. Nephthali *est* une
biche laschée, il donne des
paroles gracieuses.

22. Joseph *est* un rameau
foisonnant , un rameau
foisonnant prés de la fon-

M

taine. Les branches en ont couru sur la muraille.

23. On l'a fasché amerement : on a tiré contre lui, & les maistres tireurs de fleches l'ont haï.

24. Mais son arc est demeuré en *sa* force, & les bras de ses mains se sont renforcés : *c'est* de par la main du Puissant de Jacob : de là *est* le pasteur, la pierre d'Israël.

25. *C'est* du *Dieu* Fort de ton pere, lequel t'aidera, & du Tout-puissant qui te benira des benedictions des cieux en haut : des benedictions de l'abysme gisant en bas, des benedictions de mammelles & de matrice.

26. Les benedictions de ton pere ont esté de plus grande force que les benedictions de ceux qui m'ont engendré, jusqu'au bout des costaux d'eternité : elles seront sur la teste de Joseph, & sur le sommet du Nazarien d'entre ses freres.

27. BENJAMIN *est* un loup qui deschirera : au matin il devorera la proye : & sur la vesprée il departira le butin.

28. Tous ceux-là font les douze tribus d'Ifraël : c'eft auffi ce que leur dit leur pere, les beniffant, *voire* beniffant un chacun d'eux felon fa propre benediction.

A

29. Et en outre il leur commanda, difant, Je m'en vai eftre retiré vers mon peuple, enterrez-moi avec mes peres, en la caverne qui *eft* au champ d'Hephron Hethien.

30. En la caverne qui *eft* au champ de Macpela, qui *eft* vis-à-vis de Mamré, au païs de Canaan : laquelle Abraham acquit d'Hephron Hethien, avec le champ pour poffeffion de fepulchre.

31. Là a-on enterré Abraham avec Sara fa femme : là a-on enterré Ifaac & Rebecca fa femme : & là j'ay enterré Lea.

32. On a acqui des Hethiens le champ & la caverne qui *eft* en icelui.

33. Et quand Jacob euft achevé de commander à fes fils, il retira fes pieds au lict & defaillit : ainfi fut retiré vers fes peuples.

CHAP. L.

1. ADonc Joseph se jetta sur la face de son pere, & pleura sur lui, & le baisa.

2. Et Joseph commanda à ses serviteurs medecins d'embaumer son pere : & les medecins embaumerent Israël.

3. Puis les quarante jours s'accomplirent : car ainsi s'accomplissoyent les jours de ceux qu'on embaumoit. Et les Egyptiens le pleurerent septante jours.

4. Or le tems qu'on le pleura estant passé, Joseph parla à ceux qui estoyent de la maison de Pharao, disant, Je vous prie, si j'ai trouvé grace envers vous, faites entendre à Pharao ces mesmes propos,

5. Que mon pere m'a fait jurer, en disant, Voici, je m'en vay mourir : tu m'enterreras en mon sepulchre, que je me suis cavé au païs de Canaan : maintenant donc, je te prie, que j'y monte, & enterre mon pere : puis je retournerai.

6. Et Pharao *respondit*, Monte, & enterre ton pere, comme il t'a fait jurer.

7. Adonc Joseph monta pour enterrer son pere, & avec lui monterent tous les serviteurs de Pharao, les anciens de la maison de Pharao, & tous les anciens du païs d'Egypte.

8. Et toute la maison de Joseph, & ses freres, & la maison de son pere, *y monterent aussi*, laissans seulement leur mesgnie, & leurs troupeaux, & leurs bœufs, en la contrée de Gosçen.

9. Et monterent aussi avec lui chariots & chevaucheurs: tellement qu'il y eut un fort gros camp.

10. Et vindrent jusqu'en l'aire d'Atad, qui *est* en delà du Jordain, & menerenr un grand dueil & fort grief : & *Joseph* mena dueil de son pere par sept jours.

11. Et les Cananéens habitans du païs, voyant ce dueil en l'aire d'Atad, dirent, Ce dueil - ci est grief aux Egyptiens: pource le nom de l'aire fut appellé Abel-Mitsraïm, qui

eſt au delà du Jordain.

12. Ses fils donc lui firent ainſi comme il leur avoit commandé.

13. Car ſes fils le tranſporterent au païs de Canaan, & l'enterrerent en la caverne du champ de Macpela, vis-à-vis de Mamré : laquelle Abraham avoit acquiſe d'Hephron Hethien, avec le champ, en poſſeſſion de ſepulchre.

14. Et Joſeph aprés qu'il eut enterré ſon pere, s'en retourna en Egypte, lui & ſes freres, & tous ceux qui eſtoyent montés avec lui pour enterrer ſon pere.

15. Et les freres de Joſeph voyans que leur pere eſtoit mort, dirent, Peuteſtre que Joſeph nous aura en haine, & ne faudra point de nous rendre tout le mal que nous lui avons fait.

16. Parquoi ils manderent à Joſeph, diſans, Ton pere avoit commandé, avant qu'il mourut, diſant,

17. Ainſi direz-vous à Joſeph, Je te prie, pardonne maintenant le for-

fait de tes freres, & leur
peché : car ils t'ont fait
du mal. Or maintenant
pardonne le forfait des
ferviteurs du Dieu de ton
pere. Mais Jofeph pleura
quand on parla à lui.

18. Auffi fes freres y allerent, & fe jetterent devant lui, difans, Voici,
nous te *fommes* ferviteurs.

19. Et Jofeph leur dit,
Ne craignez point : car
fuis-je en lieu de Dieu?

20. Vous aviez penfé
mal à l'encontre de moi,
mais Dieu l'a penfé en
bien pour faire felon *que*
ce jour ici *le monftre*, afin
de conferver en vie un
gros peuple.

21. Pourtant ne crai-
gnez point maintenant :
moi-mefme je vous en-
tretiendrai,& voftre mef-
gnie. Et il les confola, &
parla à eux felon leur
cœur.

22. Jofeph donc habita
en Egypte, lui & la mai-
fon de fon pere, & vefcut
cent & dix ans.

23. Et Jofeph vid à
Ephraïm des enfans de la
troifieme generation:auffi
les enfans de Makir, fils
de Manaffé, furent nour-

M iiij

ris fur les genoux de Jo-
feph.

24. Et Jofeph dit à fes
freres, Je m'en vais mou-
rir, & Dieu ne faudra
point à vous vifiter, &
vous fera remonter de ce
païs au païs qu'il a juré à
Abraham, à Ifaac, & à
Jacob.

25. Et Jofeph fit jurer
les enfans d'Ifraël, & leur
dit, Dieu ne faudra point
à vous vifiter : & pour-
tant vous tranfporterez
mes os d'ici.

26. Puis Jofeph mourut,
aagé de cent & dix ans :
& on l'embauma : & on
le mit dans un fercueil en
Egypte.

EXODE.

A

CHAPITRE I.

1. **O**R ce *font* ici les noms des enfans d'Ifraël qui entrerent en Egypte, chacun defquels y entra avec Jacob, & leurs familles :

2. Ruben, Simeon, Levi & Juda,

3. Iffacar, Zabulon & Benjamin,

4. Dan, Nephthali, Gad & Afçer.

5. Toutes les perfonnes iffuës de la hanche de Jacob eftoyent feptante, avec Jofeph *qui* eftoit en Egypte.

6. Or Jofeph mourut, & tous fes freres, & toute cefte generation-là.

7. Et les enfans d'Ifraël foifonnerent, & creurent en trés grande abondance, & fe multiplierent, & fe renforcerent tant & plus, tellement que

M v

le païs en fut rempli.

8. Depuis il se leva un nouveau Roy sur Egypte, lequel n'avoit point cognu Joseph.

9. Et *icelui* dit à son peuple, Voici, le peuple des enfans d'Israël *est* plus grand & plus puissant que nous.

10. Sus donc, portons-nous sagement envers lui, de peur qu'il ne se multiplie, & s'il advenoit quelque guerre, qu'il ne s'adjoignist aussi à nos ennemis, & guerroyast contre nous, & qu'il ne s'en remonstaft du païs.

11. Ils ordonnerent donc sur le peuple des commissaires d'impost, pour l'affliger en le surchargeant : car *le peuple* bastit des villes de munitions à Pharao, *assavoir* Pithom, & Rahamses.

12. Mais d'autant plus qu'on l'affligeoit, d'autant plus multiplioit-il, & d'autant plus foisonnoit-il en toute abondance : dont ils avoyent à contre-cœur les enfans d'Israël.

13. Et ainsi ils asservirent les enfans d'Israël avec rigueur :

14. Tellement qu'ils *leur* rendirent leur vie a-mere, pour la dure fer-vitude, à faire du mor-tier, à faire des briques, & à faire tout ouvrage qui fe fait aux champs : bref tout le fervice qu'on tiroit d'eux eftoit avec rigueur.

15. Le Roy d'Egypte commanda auffi aux fa-ges-femmes Hebrieuës, defquelles l'une avoit nom Sçiphra, & l'autre avoit nom Puha.

16. Et dit, Quand vous recevrez les enfans des Hebrieuës, & les verrez fur la felle : fi c'*eft* un fils, mettez-le à mort : mais fi c'*eft* une fille, qu'elle vive.

17. Mais les fages-fem-mes craignirent Dieu, & ne firent pas ainfi que le Roy d'Egypte leur avoit dit ; car elles laifferent vivre les fils.

18. Adonc le Roy d'E-gypte appela les fages-femmes, & leur dit, Pourquoi avez-vous fait ceci, que vous avez laiffé vivre les fils ?

19. Et les fages-fem-mes *refpondirent* à Pharao, D'autant que les *femmes*

Hebrieuës ne *font* point
comme les femmes Egy-
ptiennes : car elles *font*
vigoureuses, elles ont enfanté devant que la sage-
femme viene à elles.

20. Et Dieu fit du bien
aux sages-femmes, & le
peuple multiplia,& se renforcerent grandement.

21. Et d'autant que les
sages-femmes craignirent
Dieu, il advint qu'il leur
edifia des maisons.

22. Lors Pharao com-
manda à tout son peuple,
disant, Tout fils qui nai-
stra, jettez-le au fleuve,
mais laissez vivre toute
fille.

CHAP. II.

1. OR un personnage
de la maison de
Levi s'en alla, & print
une fille de Levi.

2. Laquelle conceut &
enfanta un fils, & voyant
qu'il estoit beau, elle le
cacha par trois mois.

3. Mais ne le pouvant
pas tenir caché davanta-
ge, elle lui print un coffret *fait* de joncs, & l'en-
duisit de bitume & de
poix : puis mit l'enfant en

icelui, & le pofa en une rofiere fur la rive du fleuve.

4. Et la fœur d'icelui fe tint de loin pour favoir ce qui en feroit fait.

5. Or la fille de Pharao defcendit pour fe laver au fleuve, & fes filles fe pourmenoyent fur la rive du fleuve : & voyant le coffret au milieu de la rofiere, elle envoya une fienne fervante qui le print.

6. Et l'ayant ouvert, elle vid l'enfant. Et voici, l'enfant pleuroit : elle fut donc efmeuë de compaffion envers lui, & dit, C'eft des enfans de ces Hebrieux.

7. Lors la fœur d'icelui dit à la fille de Pharao, Irai-je t'appeler une femme d'entre les Hebrieuës qui allaite, & elle t'allaitera ceft enfant ?

8. Et la fille de Pharao lui refpondit, Va : & la jeune fille s'en alla, & appela la mere de l'enfant.

9. Et la fille de Pharao lui dit, Emporte ceft enfant ici & me l'allaite, & je te donnerai ton falaire : & la femme print l'enfant, & l'allaita.

10. Et quand l'enfant fut devenu grand, elle l'amena à la fille de Pharaó, & il lui fut pour fils, & elle appela son nom Moyse, D'autant (dit-elle) que je l'ai tiré des eaux.

11. Et advint en ce tems-là, quand Moyse fut devenu grand, qu'il sortit vers ses freres, & vid leurs charges : il vid aussi un Egyptien frapant un Hebrieu d'entre ses freres.

12. Et ayant regardé çà & là, il vid qu'il n'y *avoit* personne : ainsi il tua l'E-gyptien, & le cacha dans le sablon.

13. Derechef il sortit le second jour, & voici, deux hommes Hebrieux quere-loyent : dont il dit à celui qui avoit le tort, Pour-quoi frapes-tu ton pro-chain ?

14. Lequel *respon*dit, Qui t'a ordonné pour prince & juge sur nous ? Me pen-ses-tu tuer, comme tu as tué l'Egyptien ? Et Moyse craignit, & dit, Pour vrai le fait est cognu.

15. Or Pharao ayant en-tendu ce fait-là, chercha de mettre Moyse à mort :

mais Moyſe s'enfuit de devant Pharao, & s'ar-reſta au païs de Madian, & s'aſſit auprés d'un puits.

16. Or le ſacrificateur de Madian avoit ſept fil-les, qui vindrent tirer de l'eau, & emplirent les au-ges pour abreuver les troupeaux de leur pere.

17. Lors les bergers ſur-vindrent, & les dechaſſe-rent : mais Moyſe ſe leva, & les preſerva, & abreu-va leur troupeau.

18. Et quand elles furent revenues vers Rehuel leur pere, il *leur* dit, Comment eſtes-vous retournées ſi toſt aujourd'hui ?

19. Elles *reſpondirent*, Un perſonnage Egyptien nous a delivrées de la main des bergers : & meſ-me nous a amplement ti-ré de l'eau, & abreuvé le troupeau.

20. Lors il dit à ſes fil-les, Et où *eſt*-il ? Pour-quoi avez-vous ainſi laiſ-ſé ce perſonnage ? Appe-lez-le, & qu'il mange du pain.

21. Et Moyſe s'accorda d'habiter avec ceſt hom-me-là, lequel donna Se-phora ſa fille à Moyſe.

22. Et elle enfanta un fils, & il appela son nom Guerscom : car il dit, J'ai sejourné en païs estrange.

23. Or advint long-tems aprés, que le Roy d'Egypte mourut : & les enfans d'Israël soupirerent à cause de la servitude, & crierent, & leur cri à cause de la servitude monta jusqu'à Dieu.

24. Dieu donc ouit leurs sanglots : & Dieu se souvint de son alliance avec Abraham, Isaac & Jacob.

25. Ainsi Dieu regarda les enfans d'Israël, & en cognut.

REMARQUES

SUR LA DISTRIBUTION
du Livre de la GENESE en differents Mémoires, telle qu'on vient de la propofer.

I.

De l'ufage des lettres & de l'art d'écrire. Qu'ils eftoient connus longtems avant Moyfe, & qu'ainfi Moyfe a peu avoir d'anciens Mémoires, & s'en eftre fervi pour compofer la Genefe.

JE prevois que la premiere objection qu'on me fera, c'eft qu'en admettant, comme je fais, des Mémoires anciens, qui aient fervi à compofer la Genefe, je fuppofe neceffairement que l'écriture eftoit connuë longtems avant Moyfe, & qu'en cela je contredis l'opinion commune, qui attribuë à Moyfe l'invention des lettres.

Pour repondre à cette difficulté dans

L'art d'écrire eftoit-il connu avant Moyfe?

*

une jufte étenduë, il faudroit entrer dans un long détail, mais je tâcherai de l'abbreger en me reduifant à ce qu'il y a de plus effentiel & de plus certain.

Cette queftion a efté traitée par un grand nombre d'Auteurs.

I. L'art d'écrire eft une invention trez utile & trez ancienne, qui a cela de commun avec l'établiffement des plus grands Empires, que les commencements en font également incertains. Ce n'eft pas qu'on n'ait fur ce fujet un grand nombre d'Ouvrages, de Traitez, de Differtations : mais c'eft cela mefme qui prouve l'incertitude, où l'on eft fur cette queftion ; car les Savants n'écrivent jamais tant que fur les matieres, qu'ils favent le moins. On peut donc, fi on le juge à propos, confulter, entre beaucoup d'autres, Polydore Virgile, *De rerum Inventoribus, Lib. I. cap. 6.* Athanafe Kircher, *in Œdipo Ægyptiaco, Tom. II. Claff. 2. cap. 1.* Thomas Bangius, *in Cœlo Orientis, Exercitat. 1.* Jofeph Scaliger, *in Animadverfionibus in Chronolog. Eufebii, pag. m.* 109. Samuel Bochart, *Chanaàn Lib. I. cap.* 20. Eftienne Morin, *De Linguâ primævâ, Exercitat. 2. de Literis.* Gafpard Schott, *Mirabilium Lib. VII. cap. 7. de fcriptoriæ artis inventione.* Jean-Henri Heidegger, *Hiftor. Patriarcharum, Tom. I.*

Exercitat. XVI. Herman Hugo, *De pri-mâ scribendi origine.* Pierre Holm, *Dis-putatione de scripturâ & scriptione,* in *Analectis Thomæ Crenii,* &c. Je me contente d'indiquer ces Auteurs & ces Ouvrages, & je n'ai garde de songer à les compiler. Il me suffit de remarquer qu'il en résulte,

1°. Qu'on est extremement partagé sur l'origine des lettres, & sur ceux à qui nous avons obligation de leur in-vention.

Dont les sentiments sont partagez.

2°. Que quelques uns en ont fait hon-neur à Moyse, comme S. Cyrille d'A-lexandrie, *Lib. VII. contra Julianum:* Eupoleme, cité par Clement d'Alexan-drie, *Lib. I. Stromatum, cap.* 23. & par Eusebe, *Præparat. Evangelicæ Lib. IX. cap.* 7. Isidore de Seville, *Origin. Lib. I. cap.* 3.

3°. Que d'autres ont prétendu que les lettres avoient esté inventées par Abraham, comme Philon, & Suidas au mot Ἀϐραάμ : & d'autres par Seth, com-me Joseph, *Lib. I. Antiquitat. Judai-car. cap.* 4. & Suidas lui mesme au mot Σήθ.

4°. Mais que l'opinion la plus com-mune a toujours esté, que les lettres avoient esté connuës d'Adam, & ce sentiment a esté suivi par S. Augustin, *Quæstione LXIX. super Exodum* ; par Suidas, trez inconstant dans son opinion, au mot Α'δ'α'μ ; & l'est aujourd'hui par la foule des Commentateurs & des Critiqués.

Mais dont le plus grand nombre est pour l'affirmative.

On voit par là que tous ceux qui attribuent l'invention des lettres à Abraham, à Seth, à Adam, regardent l'art d'écrire comme plus ancien que Moyse. S'il ne falloit donc que compter les suffrages, la question seroit bientost decidée en notre faveur. Mais je me defie de pareils temoins, sur un fait qu'ils ne pouvoient pas savoir, & j'avouë que leurs opinions me paroissent estre, non seulement conjecturales, mais mesme absolument arbitraires. C'est pourquoi je vai tâcher de decider cette question sur des principes plus certains.

L'art d'écrire estoit connu avant Moyse, si Dieu l'apprit à Adam.

II. Ces principes se reduisent à ce Dilemme : Ou c'est Dieu, qui a appris l'art d'écrire à Adam, ou l'invention de cet art est duë uniquement à l'industrie des hommes, qui en ont senti la necessité, & qui en ont imaginé les moiens.

La premiere de ces opinions est la plus conforme au systeme de la Foi. Dieu apprit à Adam la langue, dans laquelle il imposa des noms à tous les animaux ; *Gen. II. 19.* Il est donc naturel qu'en lui enseignant cette langue, il lui ait enseigné en mesme tems l'art de l'écrire. Cette raison, qui a esté sentie par la pluspart des Critiques, les a presque tous ramenez à l'opinion, qui attribuë à Adam la premiere connoissance des lettres, en quoi ils n'ont fait que suivre le sentiment de S. Augustin [a], selon l'avis duquel *non est credendum, quod nonnulli arbitrantur, hebræam tantùm linguam, per illum qui vocatur Heber, unde Hebræorum vocabulum est, fuisse servatam, atque inde pervenisse ad Abrahamum ; hebræas autem literas à Lege cœpisse, quæ data est per Mosem ; sed potiùs per illam successionem Patrum memoratam linguam cum suis literis custoditam esse.* Or en admettant cette opinion, il est visible que l'art d'écrire a esté connu longtems avant Moyse, & qu'il a peu par consequent y avoir des mémoires beaucoup plus anciens que lui.

III. Que si l'on s'obstine à suivre le second parti, & que l'on soutienne que Dieu n'est point intervenu d'une maniere immediate dans l'invention des lettres, mais que la connoissance en a esté abandonnée à la seule industrie des hom-

L'art d'ecrire estoit connu avant Moyse, quand mesme Dieu l'auroit abandonné à l'invention des hommes.

[a] Lib. XVIII. *De Civitate Dei* cap. 39.

mes, je crois dans cette fuppofition mefme pouvoir faire voir que l'invention
des lettres a precedé le tems de Moyfe,
& par confequent qu'on a commencé
d'écrire longtems avant lui.

Pour le prouver, je n'alleguerai, ni
l'autorité des differents Ecrits, attribuez aux anciens Patriarches [a] avant
Moyfe, quoiqu'appuiez de fuffrages
refpectables : ni celle de l'Infcription
Phénicienne [b], que les Chananéens, chaf-
fez de leur païs par Jofué peu de tems
aprez la mort de Moyfe, & fugitifs en
Afrique, avoient mife fur un monument
qu'ils y avoient dreffé, quoique rapportée en Grec par [c] Procope : ni mefme
celle des Obfervations aftronomiques,
confervées par écrit à Babylone depuis
1903. ans avant qu'Alexandre le grand
s'en fut rendu maiftre, & envoiées par
Callifthene à Ariftote, ce qui feroit remonter l'ufage de l'écriture chez les Ba-

---

[a] A Adam, à Seth, à Enoch, à Abraham,
à Jacob. Voiez Jean Albert Fabricius, *In*
Codice Pfeudepigrapho Veteris Teftamenti.

[b] ΗΜΕΙΣ ΕΣΜΕΝ ΟΙ ΦΥΓΟΝΤΕΣ ΑΠΟ
ΠΡΟΣΩΠΟΥ ΙΗΣΟΥ ΤΟΥ ΛΗΣΤΟΥ
ΥΙΟΥ ΝΑΥΗ.

Nos fugimus à facie Jefus (*Jófue*) latronis,
filii Nave (*Nun*).

[c] *In Vandalicis Lib. II.*

byloniens à l'année du monde 1771.
c'eſt-à-dire , à 114. ans aprez le Deluge, & 662. avant la naiſſance de Moyſe; quoique ª Simplicius rapporte ce fait
d'une maniere trez expreſſe.

J'avouë que les Ecrits attribuez aux
anciens Patriarches me paroiſſent ſup-
poſez, malgré tous les ſuffrages dont on
tâche de les autoriſer : que l'Inſcription
d'Afrique n'eſt pas aſſez bien établie par
le temoignage unique de Procope : &
que je doute de la date des Obſervations aſtronomiques de Babylone , quand
je vois qu'elle n'eſt appuiée que ſur l'autorité de Simplicius , ou ce qui eſt encore plus ſuſpect, ſur celle de Porphyre,
de qui Simplicius l'a priſe.

IV. Je ne veux employer, dans la
deciſion de cette queſtion, que des preuves certaines & concluantes. Je crois
pouvoir en tirer une de cette eſpece de
pluſieurs faits rapportez par Moyſe dans
l'Exode.

Premiere
preuve , priſe
des faits rap-
portez par
Moyſe dans
l'Exode.

1°. Le peuple Hebreu eſtant arrivé
au pied du mont Sinaï , deux mois aprez
ſa ſortie d'Egypte , Moyſe monta au
haut de la montagne, où Dieu , entre
differents ordres qui regardoient les ce-
rémonies de ſon culte , lui commanda,

ª Comment. 46. in Ariſtotel. Lib. II. de Cœlo.

1°. De faire graver les noms des douze Patriarches, chefs des Tribus, fur les deux pierres d'Onyx, qui devoient attacher l'Ephod du grand Preftre fur l'épaule, XXVIII. 9. 10. 11. 2°. De faire graver les mefmes noms fur les douze pierres du Pectoral du grand Preftre, XXVIII. 21. 3°. De faire graver ces deux mots hebreux קדש ליהוה, *Codefch lihovah, Sainĕteté à Jehova*, fur la lame d'or, que le grand Preftre devoit porter fur le devant de fa Thiare, XXVIII. 36. 37. Et l'on ajoute, XXXI. 2. 6. que cela devoit eftre executé par Betfaleel de la Tribu de Juda, & par Aholiab de la Tribu de Dan, comme il le fut dans la fuite.

2°. Moyfe receut alors fur le mont Sinaï les deux premieres Tables de la Loi, où Dieu avoit écrit lui mefme le Decalogue, XXXII. 15. & les aiant brifées dans l'indignation dont il fut faifi quand il vit le peuple idolatrer aprez le veau d'or, il lui fut ordonné d'en faire deux autres pareilles, où Dieu écrivit de nouveau le mefme Decalogue, XXXIV. 28. 29.

3°. Enfin, Moyfe pour tacher de flechir la colere de Dieu, le prie de *l'effacer de fon livre qu'il a écrit.* c'eft à dire

de

de le faire mourir, s'il ne veut point pardonner aux Hebreux leur idolatrie, XXXII. 32. & Dieu lui répond qu'*il n'effacera de son livre*, c'est à dire qu'il ne fera mourir, que *celui qui aura peché contre lui.*

Ces faits prouvent 1°. Qu'on savoit lire parmi les Hebreux, deux mois aprez leur sortie d'Egypte, puisque ce ne peut estre qu'en vuë de leur faire lire sa loi, que Dieu la leur donna gravée sur les deux tables : 2°. Qu'on savoit mesme écrire, puisque Dieu ordonna qu'on gravast differents noms sur les pierres pretieuses & sur l'or : 3°. Enfin, que l'usage des livres y estoit deja assez commun pour avoir introduit cette expression proverbiale, *effacer quelqu'un du livre*, pour dire *le faire mourir*, dont Moyse se sert, & que Dieu lui mesme repete. Cela fait voir que l'usage des lettres, de l'écriture, des livres devoit estre deja ancien chez les Hebreux, car personne ne se persuadera qu'en deux mois de tems, qu'il y avoit depuis que Moyse les conduisoit, au milieu de l'embarras des marches, de l'agitation des campements, de l'inquietude de se pourvoir du necessaire, Moyse ait peu enseigner aux Hebreux à lire & à écrire, ni les He-

N

breux l'apprendre , & que dans un ſi court eſpace les livres aient peu devenir parmi eux aſſez communs , pour y introduire l'uſage de l'expreſſion proverbiale, dont Moyſe ſe ſert.

Seconde preuve , priſe de l'alphabet , que Cadmus apporta dans la Grece.

V. L'Hiſtoire de Cadmus fournit une autre preuve, qui n'eſt pas moins forte. C'eſt un fait certain dans toute l'antiquité que ce Prince , contemporain de Moyſe, alla de Phénicie en Grece au commencement du gouvernement de Joſué ; qu'il y porta l'uſage des lettres, qui y eſtoit inconnu ; que l'alphabet, qu'il y introduiſit, n'eſtoit compoſé que des ſeize lettres , ou carractères ſuivants, A, B, Γ, Δ, E, ς appellé ἐπίσημον βαῦ, Ι, Κ, Λ, Μ, Ν, Ο, Π, Ρ, Σ, Τ , auſquels on en ajouta huit autres dans la ſuite , ſavoir quatre nouvelles lettres , qui ſe trouvoient dés lors dans l'alphabet de Moyſe [a], Ζ, Η, Θ, Ξ, priſes des lettres Zajin ז, Heth ח, Theth ט , & Schin ש , & quatre lettres doubles Φ, Χ, Ψ, Ω ; enfin , que les ſeize lettres

---

[a] Ces quatres lettres ont eſté empruntées, de meſme que les autres ſeize, de l'Alphabet Phénicien , qui avoit beaucoup de rapport avec l'Alphabet Samaritain , que nous avons. Auſſi remarque-t-on que la forme de ces lettres , telle qu'elle eſt dans les anciennes Inſcriptions Grecques , reſſemble beaucoup à celle des lettres Samaritaines.

de l'alphabet de Cadmus eſtoient les lettres uſitées dans la Phénicie, d'où Cadmus eſtoit venu, comme il paroit par le
nom & par l'ordre de ces lettres dans
l'alphabet Grec, où elles repondent au
nom & à l'ordre des lettres de l'alphabet
Phénicien, & comme Scaliger [a] a achevé
de le démontrer par la comparaiſon des
anciennes lettres Grecques ou Ioniques,
avec les lettres Phéniciennes ou Samaritaines, qui ſont les meſmes.

Il ſuit delà qu'il y avoit dés le tems
de Moyſe un autre alphabet different du
ſien, puiſque les caracteres en eſtoient
Phéniciens ou Samaritains, au lieu que
ceux dont Moyſe s'eſt ſervi eſtoient He-
braïques. Quand on voudroit meſme
ſoutenir que dans l'alphabet de Moyſe
les caracteres eſtoient Phéniciens ou Samaritains, ce que je ne pretends pas diſ-
cuter ici, il ſeroit toujours certain que
l'alphabet de Cadmus eſtoit plus ancien
que celui de Moyſe, puiſqu'il eſtoit beaucoup moins complet, & qu'il ne com-
prenoit que ſeize lettres, au lieu que celui de Moyſe en avoit vingt & deux.
On peut bien ajouter de nouvelles let-

Et ſurtout de ce que cet alphabet avoit moins de lettres que celui de Moyſe.

[a] In digreſſione de literarum Ionicarum origine, ad locum Euſebiani numeri MDCXVII.
illuſtrandum.

N ij

tres à un alphabet deja receu, à mesure que l'usage en fait sentir le besoin, & l'alphabet Grec en fournit un exemple; mais on ne s'avisa jamais de retrancher des lettres d'un alphabet établi, & surtout des lettres aussi nécessaires que celles qui manquoient à l'alphabet de Cadmus, où il falut dans la suite les ajouter en en empruntant quatre de l'alphabet Hebreu, où elles avoient esté receues dés le tems de Moyse. Il faut donc se resoudre, ou à rejetter tout ce que l'antiquité nous apprend des lettres que Cadmus apporta de Phénicie en Grece, ou il faut convenir qu'il y avoit un alphabet chez les Phéniciens, c'est-à-dire, les Chananéens, longtems avant Moyse, dont on se servoit pour écrire, & dont on a peu se servir pour composer les Mémoires anterieurs à Moyse, que je pretends établir.

Troisieme preuve, prise de la maniere dont l'art d'écrire a du estre inventé.

VI. Enfin, on peut tirer une troisieme preuve de la maniere dont on a deu parvenir à decouvrir l'art d'écrire. Il est évident que cette decouverte n'a peu se faire que par degrez, & à peu prez dans l'ordre qui suit, si l'on suppose que Dieu l'ait abandonnée à la sagacité des hommes.

D'abord on ne fit que tracer ou peindre les choses dont on parloit ; c'est-à-dire, qu'on peignoit un arbre, un cheval, pour marquer que c'estoit d'un arbre, d'un cheval, qu'on vouloit parler. Cette premiere espece d'écriture n'embrassoit que les choses qui tombent sous les sens, & elle estoit par consequent fort bornée. On y joignit dans la suite des signes symboliques, pour designer les choses qui n'y tombent pas, par exemple, un serpent qui se mord la queuë, pour signifier une *année* ; un sceptre surmonté d'un œil ouvert, pour marquer un *Roi vigilant* ; un vaisseau avec un pilote appuié sur le gouvernail, pour exprimer le *gouvernement de l'univers* ; une vipere, pour dire une *femme mechante*, ou des enfants qui *maltraitent leurs parents* ; deux corneilles, pour marquer *un mariage*.

Comme il faloit peindre, ou du moins dessiner, pour former cette écriture, & que peu de gens le savoient assez bien, elle dégenera bientost en des caracteres grossiers & bizarres, mais qui retenoient, surtout dans le commencement, les premiers traits ou le *croquis* des figures, dont on s'estoit d'abord servi.

Ce sont-là toutes les especes de l'ancienne écriture hieroglyphique, 1°. la

N iij

Ecriture hieroglyphique de trois especes; en simples peintures ; en peintures & en symboles; en caracteres, formez des peintures & des symboles.

peinture ou la nuë réprefentation des chofes, 2°. les symboles ou les réprefentations symboliques, 3°. les caracteres plus ou moins reffemblants aux traits de la peinture ou des symboles. On voit des exemples de la *premiere* efpece dans les anciennes Infcriptions Egyptiennes, & l'on dit qu'une pareille maniere d'écrire eftoit encore en ufage dans le Mexique, quand les Efpagnols en firent la conquefte. Les exemples de la *feconde* efpece font frequents dans les mefmes Infcriptions d'Egypte, & ceux mefme de la *troifieme* n'y font pas rares; mais cette *derniere* maniere d'écrire s'eft principalement confervée chez les Chinois, où elle forme encore la langue Mandarine, compofée, dit-on, de plus de quatre-vingt mille caracteres. On peut confulter fur cette matiere l'*Effai fur les Hieroglyphes des Egyptiens,* traduit de l'Anglois de M. Warburthon, & augmenté par le Traducteur de plufieurs favantes additions.

Exemples de ces trois efpeces d'écritures hieroglyphiques.

Dans cette écriture hieroglyphique, les lettres defignoient les chofes immediatement, comme les chiffres ou caracteres d'Arithmetique, les caracteres de Chimie, & ceux d'Aftronomie les defignent chez nous; il faloit donc une

lettre pour chaque chofe, ce qui multi-
plioit beaucoup le nombre des lettres,
& rendoit trez difficile l'art d'écrire, de
mefme que celui de lire ; de quoi on
peut aifement juger par l'exemple des
Chinois. On s'occupa donc à chercher
une maniere d'écrire plus fimple & plus
commode. On travailla d'abord à diftinguer les fons primitifs, qui font les plus
remarquables dans la voix humaine ;
on vit qu'ils fe réduifoient à un affez petit nombre, à feize, vingt, ou vingt &
deux, par exemple ; on imagina des lettres propres à defigner ces fons, & on
parvint par là à former le premier alphabet.

On remarqua enfuite que les fons,
qui défignoient les chofes, n'eftoient
pas des fons fimples ou primitifs, mais
qu'ils eftoient compofez de plufieurs
fons primitifs, combinez enfemble. On
combina de mefme les caracteres ou lettres, qui les defignoient, & par ces
combinaifons on forma differents mots,
qui répondoient aux differentes combinaifons des fons. Cela paroit trez fimple aujourd'hui, parce que cela eft trez
connu, mais il a falu de longues recher-
ches, & un genie fuperieur pour l'inven-
ter, & Ciceron a eu raifon de dire,

N iiij

Ecriture al-
phabetique.
Maniere dont
elle a efté
trouvée.

Summæ sapientiæ fuisse sonos vocis, qui infiniti videbantur, paucis literarum notis terminavisse. [a]

Par ce moien on parvint enfin à former une écriture alphabetique, où avec peu de lettres on avoit l'avantage d'écrire un grand nombre de mots, & d'exprimer un grand nombre de choses, mais aussi, où les mots ne designant que les sons, & ne signifiant pas les choses d'une maniere immediate, ne pouvoient servir que dans une societé, où l'usage eut deja fixé les sons destinez à signifier chaque chose. Telle estoit certainement l'écriture de Moyse ; telle a esté celle des Grecs, des Romains, des Arabes ; telle est actuellement celle de toutes les nations connuës, si l'on excepte les Chinois.

L'écriture hieroglyphique plus ancienne que 'alphabetique, & par consequent plus ancienne que Moyse.

Delà je croi pouvoir conclurre qu'il y a eu longtems avant Moyse des lettres hieroglyphiques, dont on a peu se servir pour écrire, & dont on s'est effectivement servi pour cet usage : que cette maniere d'écrire estoit commune en Egypte, & que rien n'empeche qu'elle ne fut connuë aussi dans la Chaldée, & dans la terre de Chanaan, où les anciens Patriarches ont demeuré : que les Patriar-

[a] *Tusculanar. Lib. I. §. 26. juxta Gruterum.*

ches ont peu par conſequent écrire en
ces caracteres des Mémoires hiſtoriques,
dont Moyſe a , *qui eſtoit inſtruit dans
toutes les ſciences des Egyptiens*, & par
conſequent dans l'art de lire leur écriture , comme Philon b l'aſſure , a peu
faire uſage pour compoſer la Geneſe.

Ainſi quelque parti que l'on veuille
prendre ſur l'invention des lettres & de
l'art d'écrire , qui en eſt la ſuite , on
trouvera toujours qu'elle a deu eſtre plus
ancienne que Moyſe , & qu'en ſuppoſant , comme je fais , que Moyſe a trouvé des anciens Mémoires , qui contenoient l'hiſtoire de l'origine & des premiers tems du monde , & dont il a pro-
fité pour compoſer le livre de la Geneſe,
je ne ſuppoſe rien , qui puiſſe eſtre legi-
timement conteſté.

a Actes des Apoſtres , Chap. VII. 22.
b *De Vita Moſis.*

II.

Du nom de Jehovah donné à Dieu. S'il a esté connu des Patriarches. Explication d'un passage de l'Exode, Chapitre VI. 2. & 3. qui semble dire que ce nom de Dieu n'avoit point esté connu des Patriarches, & qu'il fut revelé à Moyse le premier.

Le nom de Jehovah estoit-il connu des anciens Patriarches ?

ON m'objectera encore sans doute le Chapitre VI. 2. 3. de l'Exode, où Dieu dit à Moyse, *Je suis l'Eternel,* (Jehovah) *Je me suis bien fait connoitre à Abraham, à Isaac & à Jacob, comme le Dieu Tout-puissant,* (Schaddai) *mais je n'en ai pas esté connu par mon nom de Jehovah.* Si le nom de Dieu, *Jehovah,* dira-t-on, n'a point esté connu des Patriarches, si c'est à Moyse qu'il a esté revelé pour la premiere fois, comment peut-on supposer un Mémoire plus ancien que Moyse, où Dieu soit toujours appellé *Jehovah,* & où on ne lui donne point d'autre nom ?

Que le nom de Jehovah estoit connu des Patriarches.

L'objection est specieuse, il faut en convenir, mais elle ne regarde pas mon opinion en particulier : ceux qui soutiennent l'opinion contraire, ont le mesme interest que moi d'y repondre. Si le

nom de *Jehovah* eſtoit inconnu avant
Moyſe, & ſi c'eſt à lui qu'il a eſte revelé
pour la premiere fois, comme on voudroit l'induire du paſſage de l'Exode,
qu'on vient de citer, Moyſe en écrivant
la Geneſe a-t-il deu s'en ſervir dés le ſecond Chapitre de ce Livre, & par conſequent s'en ſervir, non ſeulement en
écrivant la vie d'Abraham, d'Iſaac & de
Jacob, du tems de qui l'on pretend que
ce nom n'eſtoit pas connu, mais meſme
en racontant la création du monde, le
meurtre d'Abel, la corruption des hommes, le Deluge univerſel, auquel tems
ce nom devoit eſtre parfaitement ignoré.

Puiſque Moyſe l'employe dans la Geneſe.

Je ſai qu'on repond que dans ces endroits là Moyſe a emploié ce nom par
anticipation, προλήψει. Mais c'eſt convenir de la faute, & non pas l'excuſer.
Quand on voudroit meſme admettre
cette excuſe, elle ne pourroit ſervir qu'à
juſtifier Moyſe d'avoir donné ce nom à
Dieu dans les endroits, où il parle de
ſon chef, & où il raconte les évenements
comme hiſtorien, mais elle ne le juſtifie-
roit point d'avoir mis dans la bouche des
Patriarches un nom qui ne leur eſtoit pas
connu.

Cependant tous les Patriarches par-
lent de *Jehovah*, ou lui adreſſent leurs

Puiſque les Patriarches s'en ſervent

N vj

en parlant de Dieu.

prieres. On trouve à chaque pas dans la Genese que Noé ᵃ *dreſſa un autel à Je-hovah,* VIII. 20 : qu'Abraham en *dreſſa pluſieurs à Jehovah*, & en differentes occaſions, XII. 8. & XIII. 18 : qu'A-braham dit au Roi de Sodome, *qu'il a levé les mains à Jehovah*, XIV. 22 : qu'Abraham *invoqua le nom de Jeho-vah,* XIII. 4 : qu'Abraham, en envoiant ſon ſerviteur en Meſopotamie, *le fit ju-rer par Jehovah,* XXIV. 3 : que ce ſer-viteur, en priant Dieu, dit toujours, *ô Jehovah, Dieu d'Abraham mon maiſ-tre,* XXIV. 12. & 42 : qu'à l'exemple de ſon pere, Iſaac *invoque* de meſme *le nom de Jehovah,* aprez lui avoir dreſſé un autel, XXVI. 25 : que Jacob dit de meſme, *certes, Jehovah eſt ici, & je n'en ſavois rien,* XXVIII. 16 : qu'il n'y a pas juſqu'à Laban, dont le culte ne paroit pas d'ailleurs avoir eſté trop pur, qui ne diſe, *que Jehovah prenne garde à moi & à toi, quand nous nous ſerons re-tirez,* XXXI. 49.

Puiſque les Patriarches donnent ce nom à Dieu en s'adreſſant à lui.

Du moins Moyſe ſeroit-il inexcuſable dans tous les endroits de la Geneſe, où il introduit les Patriarches, qui en par-

ᵃ On ſuit communement la traduction de M. de Sacy. On n'a fait que mettre le nom de *Jehovah,* aux endroits où il eſt en hebreu.

lant à Dieu, lui donnent le nom de *Je-hovah*, comme Abraham qui dit, XV. 2. *Seigneur Jehovah, que me donneras-tu*, & XV. 8. *Seigneur Jehovah, à quoi connoitrai-je que je le possederai* : & Ja-cob, qui en priant Dieu, lui parle ainsi, XXXII. 9. *Dieu de mon pere Abraham, Dieu de mon pere Isaac, ô Jehovah.*

Enfin, Moyse seroit moins excusable encore dans les endroits, où il introduit Dieu lui mesme, qui se donne le nom de *Jehovah* en parlant aux Patriarches, comme, Genese XV. 7. où Dieu dit à Abra-ham, *Je suis Jehovah, qui vous ai tiré d'Ur de Chaldée* ; & XXVIII. 13. où il dit à Jacob, *Je suis Jehovah, le Dieu d'Abra-ham vostre pere, & le Dieu d'Isaac.*

Puisque Dieu lui-mesme se donne ce nom en parlant aux Patriarches.

Pour peu qu'on fasse de réflexion sur ces passages, on sera forcé de convenir, que ceux qui font cette objection, sont eux mesmes autant interessez que moi à la resoudre, & c'est un premier point, où je suis bien aise de les avoir reduits : car d'ailleurs dans le fond, la chose n'est point difficile ni pour eux, ni pour moi. Il ne faut que suivre la foule des Commentateurs, tant Chrétiens, que Juifs, & établir avec eux les principes suivants.

Explication du passage de l'Exode qui donne lieu à cette difficul-té.

I. Que dans le style de l'ancien Testa-ment *estre appellé* ou *nommé, vocari*,

Estre nommé, ou estre, sont la mesme

signifie la mesme chose que *estre*, *esse*. Ainsi dans Isaïe LVI. 7. Dieu dit, en parlant du Temple de Jerusalem, *Domus mea vocabitur domus orationis*, *ma maison sera appellée une maison de priere*, c'est-à-dire, *ma maison sera une maison de priere*. Cette maniere de parler a mesme passé dans le nouveau Testament, car Jesus-Christ aiant emploié ce passage d'Isaïe, quand il chassa du Temple ceux qui y vendoient & y achetoient, S. Matthieu & S. Marc, qui le rapportent, le premier XXI. 13. & l'autre XI. 17. ont suivi la lettre de l'expression d'Isaïe, & ont dit, *Domus mea*, *domus orationis vocabitur* : au lieu que S. Luc, qui raconte le mesme fait XIX. 46. s'est contenté d'en marquer le sens, & de dire, *Domus mea, domus orationis est*. On trouve de mesme dans S. Matthieu, I. 23. la fameuse prophetie d'Isaïe sur la naissance de Jesus-Christ, *Une Vierge sera enceinte*, *& elle enfantera un Fils, qui sera nommé Emmanuël*, *ce qui veut dire*, *Dieu avec nous*, où il est visible que ces mots, *qui sera nommé Emmanuël*, signifient *qui sera Emmanuël*, c'est-à-dire, *Dieu avec nous*, comme Jesus-Christ l'a esté veritablement, & non pas *qui sera nommé Emmanuël*, car Jesus-Christ n'a jamais porté ce nom.

II. Qu'ainfi, quand Dieu dit à Moyfe, *Exode VI. 3. Je me fuis bien fait con-noitre à Abraham, à Ifaac & à Jacob comme Schaddai, mais je ne leur ai pas efté connu en mon nom de Jehovah* [a], il ne s'agit pas des fyllabes de ces noms, ou de ces noms materiellement pris ; car il eft certain qu'il avoit efté beaucoup plus connu de ces Patriarches fous le nom de Jehovah, qu'il s'eftoit donné plufieurs fois, que fous celui de *Schaddai.* Mais il eft queftion de ce que ces noms fignifient. Ainfi quand Dieu dit qu'*il s'eft fait connoitre à Abraham, à Ifaac, & à Jacob, comme Schaddai,* c'eft comme s'il difoit qu'il s'eft fait connoitre *en tant que Schaddai;* & quand il ajoute qu'*il ne leur a pas efté connu en fon nom de Jehovah,* c'eft comme s'il difoit qu'il ne leur a pas efté connu *comme Jehovah, en tant que Jehovah.*

III. Qu'il eft certain que *Schaddai* fignifie *tout puiffant,* & qu'ainfi, lorfque Dieu dit qu'*il s'eft fait connoitre aux trois Patriarches, comme Schaddai,* cela fignifie qu'*il s'eft fait connoitre à eux*

Signification du nom de Schaddai.

[a] Le Cardinal Cajetan, (Thomas de Vio) *Comment. in Exodi Caput VI. verf. 3.* explique ce paffage de la mefme maniere qu'il eft ici expliqué.

comme tout puiffant. Et en effet, il leur avoit donné des marques éclatantes de fa toute puiffance dans la création du monde, dans le Déluge univerfel, dans la deftruction de Sodome, dans la protection dont il les avoit favorifez, & dans la maniere miraculeufe, dont il les avoit tirez des dangers.

Signification du nom de Jehovah.
IV. Que de mefme, quand Dieu ajoute qu'il ne leur a pas efté connu en fon nom de *Jehovah*, cela veut dire, qu'il ne leur a pas fait connoitre qu'il eftoit tout ce que ce nom fignifie: Et c'eft cette fignification du nom de *Jehovah*, qui refte à déterminer. Or fuivant les regles de la Grammaire, & l'analogie de la langue hébraique, ce nom de *Jehovah* fignifie *fum qui fum*, quand c'eft Dieu, qui fe le donne à foi mefme; il fignifie, *es qui es*, quand les hommes le donnent à Dieu en s'adreffant à lui; & il fignifie, *eft qui eft*, quand on parle de Dieu à la troifieme perfonne, & qu'on lui donne ce nom.

V. Qu'il fuit delà que ce nom de *Jehovah*, ou ce qui eft la mefme chofe *fum qui fum*, peut avoir plufieurs acceptions. *Premierement*, qu'il marque un un Etre éternel, *Ens æternum*, un Etre qui exifte de foi, *Ens à fe*, un Etre qui exiſte par la néceſſité de ſa nature, *Ens neceſſarium,* & c'eſt la ſignification la plus commune de ce nom. Mais en *ſecond lieu,* qu'il ſignifie l'*Etre immuable dans ſes réſolutions,* & par conſequent l'*Etre infiniment fidelle dans ſes promeſſes,* & c'eſt dans cette ſeconde acception, que ce nom eſt emploié dans le paſſage de l'Exode, que nous examinons.

VI. Qu'ainſi, quand Dieu dit, *Je ne leur ai point eſté connu en mon nom de Jehovah,* cela ſignifie, *Je ne me ſuis point fait connoitre, comme fidelle à remplir mes promeſſes,* c'eſt à dire, Je n'ai pas encore rempli la promeſſe, que je leur avois faite, de retirer de l'Egypte leur poſterité, & de lui donner la terre de Chanaan. C'eſt ce qui eſt clairement expliqué dans les verſets qui ſuivent, 4. 5. 6. où Dieu, en continuant de parler à Moyſe, dit, *J'ai fait alliance avec eux,* (Abraham, Iſaac & Jacob) *en leur promettant de leur donner la terre de Chanaan, la terre dans laquelle ils ont demeuré comme voyageurs & étrangers. J'ai entendu les gemiſſements des enfants d'Iſraël parmi les travaux, dont les Egyptiens les accablent, & je me ſuis ſouvenu de mon alliance. C'eſt pour-*

Que le paſſage de l'Exode ſignifie que Dieu a eſté connu des Patriarches dans toute l'étenduë de la ſignification de *Schaddai,* mais non pas de la ſignification de *Jehovah.*

quoi dites aux enfans d'Israël, Je suis
Jehovah ; c'est moi, qui vous tirerai de
la prison des Egyptiens, qui vous deli-
vrerai de la servitude.

Preuves de
cette expli-
cation. VII. Que s'il pouvoit rester quelque
doute sur l'acception du nom de Jehovah dans ce passage de l'Exode, on n'auroit qu'à parcourir les Chapitres qui suivent, où l'on trouveroit que le nom de
Jehovah est manifestement emploié dans
ce sens. C'est ainsi que Dieu dit, VI. 7.
*Vous saurez, ô Enfans d'Israël, que je
suis Jehovah, votre Dieu, qui vous retire de dessous les charges des Egyptiens.
VI. 8. Je vous ferai entrer dans cette
terre, que j'ai juré de donner à Abraham, à Isaac & à Jacob, & je vous la
donnerai en heritage ; Je suis Jehovah.
VII. 5. Lors les Egyptiens apprendront
que je suis Jehovah, aprez que j'aurai
étendu ma main sur l'Egypte, & que
j'aurai retiré les enfants d'Israël d'au
milieu d'eux. VII. 17. Vous connoitrez
en ceci, ô Pharaon, que je suis Jehovah.
VIII. 22. Je mettrai, ô Pharaon, la
terre de Goscen à couvert de ces mou-
ches, afin que vous sachiez que je suis
Jehovah. X. 2. Afin que vous racontiez,
ô Hebreux, à vos enfants, & aux enfants de vos enfants, ce que j'ai fait con-*

tre les Egyptiens , & les merveilles que j'ai opérées contre eux , & que vous fachiez que je fuis Jehovah. XII. 12. J'exercerai mes jugements fur tous les Dieux de l'Egypte. Je fuis Jehovah. Enfin XIV. 18. Et les Egyptiens fauront que je fuis Jehovah , quand j'aurai efté ainfi glorifié dans Pharaon , dans fes chariots , & dans fa cavalerie.

VIII. Qu'il eft vifible par tout ce qu'on vient de dire , que le paffage de l'Exode bien entendu ne prouve point que le nom de *Jehovah* fut un nom de Dieu inconnu aux Patriarches, & revelé à Moyfe le premier ; mais prouve feulement que Dieu n'avoit pas fait connoître aux Patriarches toute l'étenduë de la fignification de ce nom, au lieu qu'il l'a manifeftée à Moyfe. Si l'on admet cette explication, la difficulté s'évanouit en entier, & alors, comme je reconnois que Moyfe, en écrivant la Genefe felon l'opinion commune, a pu donner à Dieu le nom de *Jehovah* , mefme dès le fecond Chapitre ; on doit convenir de mefme, que dans mon opinion les Patriarches ont peu auffi emploier ce nom dans les Mémoires, qu'ils ont laiffés fur l'hiftoire de leur tems, & dont je croi que Moyfe s'eft fervi pour compofer le livre de la Genefe.

III.

Des differents Mémoires, qu'on croit re-
connoître dans la Geneſe. Du nombre
& de la qualité de ces Mémoires. Qu'il
paroît qu'on peut y en diſtinguer juſ-
qu'à douze, mais dont la pluſpart ne
ſont que des fragments.

Détail des differents Mémoires, dont il paroît que Moyſe s'eſt servi. J'ai deja annoncé ci deſſus [a] mes conjectures ſur les memoires, que je croi que
Moyſe a eus en main, & dont il a fait uſage
dans la compoſition du livre de la Geneſe, mais je n'ai pas peu les y develo-
per autant qu'il le faloit, & je vais tacher
d'y ſuppléer.

Premier Mémoire, A, où l'on donne à Dieu le nom d'*Elohim*. I. En general je crois, comme je l'ai
deja dit, que Moyſe avoit deux mémoi-
res principaux, qui embraſſoient toute
l'etenduë de la Geneſe. Dans l'un, on y
donne à Dieu le nom d'*Elohim, Dieu,*
& comme ce memoire commence au
chapitre I. je l'ai placé ſur la premiere
colomne, & je l'ai appellé le *Memoire A.*

Second Mémoire, B, où l'on donne à Dieu le nom de *Jehovah*. II. Dans l'autre mémoire, le nom
qu'on donne à Dieu eſt *Jehovah, l'Eter-*
nel. Il commence au chapitre II. de la
Geneſe, ce qui eſt cauſe que je l'ai placé
ſur la ſeconde colomne, & que je l'ai ap-

[a] Dans les Réflexions preliminaires, p. 18.

pellé le *Memoire B*. Il y a dans l'un & dans l'autre de ces mémoires, quand on les separe, des lacunes fréquentes, qui interrompent le fil de la narration, & la suite de l'histoire. On a pu voir dans les Réflexions préliminaires mes conjectures sur les causes de ces lacunes.

III. On trouve dans la description du Deluge, chap. VII. des versets repetez jusqu'à trois fois, comme les versets 18. 19. & 20. & les versets 21. 22. & 23. Aprez avoir placé les deux premiers versets sous les deux mémoires A. & B. J'ai cru que les troisiemes, où la mesme chose estoit encore repetée, comme sont les versets 20. & 23. devoient estre rapportez à un troisieme mémoire, que j'ai appellé C, & que j'ai placé sous la colomne C. J'ai placé sous la mesme colomne certains faits, comme l'enlevement de Dina, qui regardent les familles des Patriarches, mais dans la narration desquels le nom de Dieu n'est pas employé, & qui par cette raison n'appartenoient ni au Mémoire A. ni au Mémoire B.

IV. Il y a outre cela plusieurs endroits, où l'on sent que la suite de l'histoire est interrompuë, où l'on raconte des évenemens assez étrangers à l'histoi-

Troisieme Mémoire, C, où l'on trouve des faits, qui appartiennent à l'histoire des Patriarches, & où le nom de Dieu n'est pas employé.

Quatrieme Mémoire, D, où l'on range tous les Mémoires suivants.

re directe des Patriarches, en tant qu'elle eſt relative à la nation des Hebreux, & où l'on n'a pas eu occaſion de donner à Dieu, qui n'y eſt pas nommé, ni le nom d'*Elohim*, ni celui de *Jehova*. Il m'a paru que ces endroits devoient appartenir à des Mémoires differents des trois précedents, & je les ai rangez ſous une nouvelle colomne D. comme ſi tous ces endroits appartenoient à un ſeul & méſme mémoire, de quoi pourtant je doute beaucoup, comme je l'ai deja ci devant inſinué, & l'on va voir les raiſons que j'ai d'en douter.

Cinquieme Mémoire, E. La guerre de la Pentapole.   V. On trouve d'abord au chapitre XIV. la guerre de la Pentapole, c'eſt à dire, celle que les quatre Rois alliez, Chedor-lahomer, Amraphel, Arioch, & Thidhal, firent aux cinq Rois de la Pentapole, Bera, Birſa, Sinhab, Seméber, & au Roi de Bela ou Tſohar, & le ſuccez de cette guerre. Abraham y joüe un grand role, mais un role tout different de celui ſous lequel il nous eſt répreſenté dans le reſte de la Géneſe. D'ailleurs cette hiſtoire dans l'endroit, où elle eſt, ne tient ni à ce qui précede, ni à ce qui ſuit. Ainſi je croi qu'on ne doit pas héſiter de la regarder comme extraite d'un cinquieme mémoire, qu'on peut appeller E.

VI. Aprez la description de la destruction de Sodome, qui occupe une grande partie du chapitre XIX, & qui appartient au mémoire B, on trouve au verset 29. l'histoire de l'inceste des filles de Loth avec leur pere, d'où sont venus les Moabites & les Ammonites. Ce fait est étranger à l'histoire des Hebreux, & il paroit que c'est une interpolation manifeste. Ainsi je l'ai regardé comme l'extrait d'un sixieme Mémoire, que j'ai appellé F.

Sixieme Mémoire, F. L'Histoire de Loth & de ses filles.

VII. A la fin du chapitre XXII. aux cinq derniers versets, on trouve un détail de la famille de Nachor, qui peut bien avoir quelque rapport à l'histoire des Patriarches, d'où descend la nation des Hebreux, en ce qu'on y apprend l'origine de Rebecca, qui épousa quelque tems aprez Isaac; mais ce détail généalogique n'en est pas moins une piece étrangere au corps de la Genese, & je croi qu'il faut le placer sous un septieme mémoire G.

Septieme Mémoire, G. Détail de la famille de Nachor.

VIII. Vient ensuite au chapitre XXV. la Généalogie de tous les enfants d'Ismaël, depuis le verset 12. jusqu'au verset 19. Elle me paroit encore étrangere de mesme à l'histoire de la Genese, dont elle interrompt la narration. C'est pourquoi

Huitieme Memoire, H. Genealogie d'Ismaël, & des enfans d'Abraham & de Cethura.

je fuis trez porté à la regarder comme l'extrait d'un huitieme mémoire H. J'en dirois prefque autant de la Généalogie des enfants d'Abraham & de Cethura, fa feconde femme, qui eft rapportée dans le mefme chapitre, depuis le verfet 1. jufqu'au verfet 7. mais à cet égard je ne décide rien.

Neuvieme Mémoire, I. L'Hiftoire de l'enlevement de Dina, & des fuites qu'il eut.

IX. L'Hiftoire de l'enlevement de Dina, fille de Jacob, & des fuites qu'il eut, fe lit au Chapitre XXXIV. & le remplit tout entier. Elle a les mefmes caracteres, que l'hiftoire de la guerre de la Pentapole, d'eftre étrangere à l'hiftoire de la Genefe, d'en couper la narration, & de paroitre y avoir efté inférée, comme une interpolation. Auffi n'héfite-je pas à la regarder comme l'extrait d'un neuvieme Mémoire I.

X. Reftent trois endroits, qui regardent Efaü : Le *premier* au chapitre XXVI. depuis le verfet 34. jufqu'à la fin du chapitre, où il s'agit de fes deux premiers mariages : Le *fecond* au chapitre XXVIII. depuis le verfet 6. jufqu'au verfet 10. où il eft queftion de fon troifieme mariage : Et le *troifieme* au chapitre XXXVI. où l'on rend compte en détail de fa pofterité, ce qui remplit tout le Chapitre. Dans tous ces endroits,

droits, la narration eſt ſi fort interrompuë, qu'on ne peut pas douter que ce
ne ſoient autant d'interpolations.

Mais je ne croi pas que ces interpolations puiſſent eſtre regardées comme
extraites d'un meſme Mémoire, & en
voici la raiſon. Dans les deux premiers
endroits, on donne à Eſaü pour premiere femme *Judith, fille de Béeri, He-*
thien, pour ſeconde *Baſmath, fille d'E-*
lon, auſſi Hethien, & pour troiſieme
Mahalath, fille d'Iſmaël & ſœur de
Nabajoth : au lieu que dans le dernier
endroit, où l'on donne de meſme trois
femmes à Eſaü, on appelle la premiere
Hada, fille d'Elon Hethien, la ſeconde *Aholibama, fille d'Hana,* laquelle
eſtoit *fille de Tſibhon, Hevien,* & la
troiſieme *Baſmath, fille d'Iſmaël, &*
ſœur de Nabajoth.

Je ne m'arreſte pas à la diverſité des
noms, les Commentateurs en donnent
de bonnes raiſons. Les noms n'étoient
que des épithetes chez les Orientaux,
la meſme perſonne en avoit pluſieurs, ou
elle en changeoit ſelon les occaſions, &
c'eſt ce qu'on peut confirmer par un
grand nombre d'exemples. Mais je ne
ſaurois me perſuader, que ſi ces trois endroits venoient de la meſme main, l'Au-

Dixieme Mé-
moire, K. Ma-
riages d'E-
ſaü.

O

teur eut donné des noms si differents aux trois femmes d'Esaü , & mesme au pere de l'une d'entr'elles sans en avertir. C'est pourquoi il me paroit raisonnable de rapporter ces trois endroits concernant Esaü à deux Mémoires differents , les deux premiers à un dixieme Mémoire K , & le dernier à un onzieme Mémoire L.

Onzieme Mémoire, L. Posterité d'Esaü.

XI. Il y a mesme dans ce dernier endroit, où la posterité d'Esaü est rapportée , Chapitre XXXVI. une insertion particuliere , qui commence au verset 20. & qui s'étend jusqu'au verset 31. où il est question de la posterité de Seïr , Horien , laquelle est non seulement étrangere à l'histoire de la Genese, mais l'est mesme à l'histoire d'Esaü , & qu'on a raison par consequent de regarder comme extraite d'un douzieme Mémoire M.

Douzieme Mémoire, M. Posterité de Seïr , Horien.

XII. Les dix derniers Mémoires , qui comme on voit, ne regardent chacun que quelque fait en particulier , ou sont de simples extraits de Mémoires plus longs, que Moyse n'aura pas trouvé à propos d'emploier en entier, parce qu'ils estoient trop étrangers à l'histoire du peuple Hebreu , ou n'estoient originairement que de simples rélations particulieres de ces faits, que Moyse aura inserées en entier,

& cette derniere conjecture paroit la plus plausible dans une matiere aussi incertaine.

XIII. Au reste, dans le détail qu'on vient de faire des douze differents Mémoires, dont il paroit que Moyse s'est servi, on n'affirme rien, comme je crois l'avoir dit. On ne fait que proposer des conjectures, qu'on est le maitre de recevoir ou de rejetter. On peut donc, si on le juge à propos, réduire les dix derniers Mémoires à un moindre nombre : on peut au contraire partager les deux premiers A & B en plusieurs ; car enfin rien n'empeche qu'il n'y ait eu plus d'un Mémoire, où les Auteurs aient donné à Dieu le nom d'*Elohim*, & plus d'un aussi, où les Auteurs lui aient donné le nom de *Jehovah* ; mais comme on ne doit rien avancer sans quelque raison, du moins apparente, on ne doit pas non plus rien condamner que sur des raisons pour le moins aussi plausibles.

I V.

*Des Auteurs de ces differents Mémoires.
Que tout eft incertain fur cet article.
Qu'il paroit que les deux principaux
viennent des Hebreux ; mais que
Moyfe peut auffi en avoir emprunté
quelques uns des nations voifines.*

Conjectures fur l'origine de ces Mémoires.

Je juge de la curiofité des autres par la mienne. Je voudrois favoir quels font les Auteurs de ces differents Mémoires, & je croi que les autres ne le defireroient pas moins : mais j'avouë de bonne foi que je n'en fai rien [a] , *Nec me pudet fateri nefcire, quod nefciam.* Cependant à force de mediter fur cette matiere ; il m'eft venu dans l'efprit quelques idées, que je foumets au jugement des perfonnes éclairées.

Le Mémoire A paroit venir d'Amram pere de Moyfe, qui l'avoit receu de Levi fon grandpere, lequel le tenoit de fes anceftres.

I. Le Mémoire A eft le Mémoire le plus long & le plus étendu , & celui qui fait prefque tout le corps de la Genefe. Je conjecture , comme je l'ai deja dit, que les deux premiers Chapitres de l'Exode font la fuite de ce Mémoire, parce que dans ces deux Chapitres on donne toujours à Dieu le nom d'*Elohim*, de mefme que dans le refte de ce

[a] *Cicero*, *Tufculan. I. §. 25.*

Mémoire, & qu'il est certain que Moyse a deu prendre ces deux Chapitres de quelque Mémoire, puisqu'ils contiennent des faits, qu'il n'a pas peu savoir par lui mesme, parce qu'ils estoient arrivez avant sa naissance.

Si l'on admet cette premiere conjecture, je croirai pouvoir en hazarder une seconde, savoir, que ce Mémoire estoit un Mémoire de famille, conservé par les parents de Moyse. Ce n'est que dans cette famille qu'on a peu savoir ce qui regarde la naissance de Moyse, le soin qu'on eut de le cacher pendant trois mois, le parti que sa mere prit ensuite de l'exposer sur le Nil, la maniere dont elle arrangea le panier de jonc, où elle l'enferma, l'attention qu'elle eut de le faire observer sur le Nil par sa fille, l'ordre de la Providence qui fit tomber l'enfant entre les mains de la fille de Pharaon, l'inquietude de cette Princesse pour lui trouver une nourrice, & l'adresse avec laquelle la jeune sœur de l'enfant, qui ne l'avoit pas quitté, proposa à cette Princesse & lui amena sa propre mere pour nourrice.

Tout cela persuade qu'Amram, le pere de Moyse, doit avoir écrit ces deux Chapitres, & donne lieu de croire que le reste du Mémoire qui contient des faits plus anciens, venoit du Patriarche Levi, aïeul d'Amram, lequel avoit écrit les évenemens de fon tems à la fuite d'un Mémoire plus ancien encore, qu'il tenoit de fes anceftres, Jacob, Ifaac, ou Abraham, fans pouvoir determiner de qui pouvoit eftre l'hiftoire des tems, qui avoient precedé le Deluge, mais bien perfuadé qu'elle s'eftoit confervée dans les familles de Seth & d'Henoc.

Il y a gran-de apparence que Jofeph a écrit lui mef-me fon hif-toire. Je foupçonne feulement que l'hiftoire de Jofeph, qui fe trouve prefque toute entiere dans ce Mémoire A, Chapitres XL-XLV. a efté écrite par Jofeph lui mefme, parce qu'elle contient des faits perfonnels, qui ne pouvoient eftre feus que de lui, & qu'elle eft beaucoup mieux écrite que le refte, comme eftant écrite par une perfonne qui avoit paffé une grande partie de fa vie à la cour d'Egypte, où regnoient la politeffe & les fciences. L'Antiquité ne nous offre rien de mieux écrit, & écrit d'une maniere plus touchante, que la harangue de Juda pour la defenfe de Benjamin, Chap. XLIV. le récit de la reconnoiffance de Jofeph & de fes freres, & celui de l'impreffion que fit fur Jacob la nouvelle que fon fils Jofeph n'eftoit pas mort, & qu'il eftoit le pre-mier Miniftre du Roi d'Egypte.

Il faut pourtant excepter le Chapitre XXXIX. où se trouve l'histoire de la femme de Potiphar, qui aiant inutilement sollicité Joseph au crime, prit le parti de l'accuser auprez de son mari d'avoir voulu attenter à son honneur. Comme le nom de *Jehovah* est emploié dans ce Chapitre en parlant de Dieu, on doit le rapporter au Mémoire B, & par consequent à un autre Auteur que celui qui a écrit le reste de l'histoire de Joseph, laquelle appartient en entier, à cela prez, au Mémoire A.

Mais ne pourroit-on pas soupçonner avec quelque vraisemblance, que Joseph aiant supprimé par modestie cet évenement, Moyse a esté obligé de le prendre dans le Mémoire B, où il estoit raconté, tel que nous le voions dans la Genese, mais qu'à l'exception de ce fait particulier, tout le reste de l'histoire de Joseph a esté pris du Mémoire A, où elle estoit mieux écrite & mieux circonstanciée, ce qu'il est aisé de croire, supposé, comme je le soupçonne, qu'elle eut esté écrite par Joseph lui mesme.

II. Quant au Chapitre XXXIV. où l'on raconte l'enlevement de Dina, & les suites de cet enlevement, je présume qu'il vient encore de Levi, bisaieul de Moyse.

A l'exception de ce qui regarde la femme de Potiphar, qui appartient au Mémoire B.

L'Histoire de Dina paroit avoir esté écrite par Levi, bisaieul de Moyse.

On fait quelle part il eut avec Siméon fon frere dans l'exécution violente, qui fut faite pour venger l'enlevement de Dina, non feulement fur Sichem & fur Hemor fon pere, mais auffi fur tous les habitans de la ville. D'ailleurs la maniere un peu cavaliere, dont on y fait repondre Siméon & Levi aux juftes reproches de Jacob leur pere, moins pour excufer, que pour autorifer une action, qui n'eftoit pas exempte de blâme, femble indiquer que cette hiftoire ne peut venir que de la main d'un des intereffez, & fur le ton dont cette violence eft racontée, il femble qu'on reconnoit dans l'Auteur le caractere d'un homme qui a efté capable de la commettre.

Je foupçonne que Moyfe avoit receu des Ifmaëlites ce qui regarde Ifmaël, & des Iduméens, ce qui regarde Efaü & Sehir.

III. Pour les Mémoires particuliers, où l'on rapporte la genéalogie d'Ifmaël, Chap. XXV. les mariages d'Efaü, fa genéalogie & celle des Horiens, Chapp. XXVI. XXVIII. XXXVI. je m'imagine que Moyfe fe les eftoit procurez fur les lieux, ou pendant les 40. années, qu'il paffa chez les Madianites, auprez de Jethro fon beaupere, ou pendant les 40. années qu'il demeura dans le defert avec les Ifraëlites. D'un cofté, les Ifmaëlites & les Iduméens eftoient limitrophes des Madianites, & Moyfe, qui

en conduisant les troupeaux de son beaupere, alloit jusqu'au mont Sinaï, *Exode
III.* 1. pouvoit encore plus facilement
aller sur les terres de ces peuples : de
l'autre costé, le peuple Hébreu, que
Moyse avoit retiré d'Egypte, campa
longtems sur les frontieres de ces peuples, avant que d'entrer dans la Terre
promise ; & par consequent Moyse eut
occasion, par l'un & par l'autre moien,
de ramasser tous les Mémoires qu'ils
pouvoient avoir sur leur origine & sur
leur histoire.

IV. Je croi que Moyse peut avoir eu
de la mesme maniere l'histoire de la
guerre de la Pentapole, Chap. XIV. des
Madianites qui habitoient à l'orient de
la Mer morte, & qui avoient souffert de
l'invasion des quatre Rois alliez ; parti-
culiérement des habitants de Tsohar, ou
Tsegor, où Loth se retira d'abord aprez
la destruction de Sodome. Je porte le
mesme jugement de l'histoire des filles
de Loth, Chap. XIX. & je conjecture
qu'il la tenoit des Moabites & des Ammonites, qui descendoient des deux enfants, qui furent le fruit de leur inceste.
On objecteroit en vain que ces peuples
n'auroient eu garde d'avouer une origine aussi honteuse. On avoit alors sur cet

De mesme qu'il avoit re-ceu des Ma-dianites l'hi-stoire de la guerre de la Pentapole, & des Moabites ou des Am-monites, ce qui regarde l'histoire de Loth & de ses filles.

O v

article des idées bien differentes de celles qu'on a aujourd'hui. Abraham lui
mefme, felon la plufpart des Commentateurs, n'avoit-il pas époufé *fa fœur,*
fille de fon pere, mais d'une autre mere,
comme il le dit lui mefme, XX. 12. Et
pour alleguer un exemple encore plus
concluant, trouve-t-on que Pherez & fa
pofterité, quoique venus de l'incefte de
Juda avec fa belle fille Thamar, aient
efté moins eftimez dans leur Tribu, &
qu'ils n'y aient pas conftamment rempli
les premieres places ?

Il n'y a rien qui indique l'Auteur du Mémoire B. Mais l'infpiration de Dieu, qui a affiftéMoyfe, nous garantit la verité & l'authenticité de ce Mémoire,

V. A l'égard du Mémoire B, qui
tient le fecond rang entre les Mémoires,
dont Moyfe s'eft fervi pour compofer la
Genefe, on ne doit point douter qu'il ne
vienne de quelques uns des anciens Patriarches, & de Patriarches pieux, &
trez attachez au culte du vrai Dieu, par
la maniere dont il eft écrit, & dont on y
parle toujours de la grandeur de Dieu,
& du refpect qui lui eft du : mais on ne
peut former aucune conjecture particuliere, ni fur l'Auteur qui l'a compofé,ni fur la maniere dont Moyfe a peu
le récouvrer. Cependant c'eft un Mémoire trez important pour la Religion,
& qui contient des faits qui en font le
fondement, comme l'hiftoire du Paradis

terreſtre, de la tentation d'Eve, de la
chute d'Adam, du fratricide de Caïn,
&c. Mais la ſageſſe de Moyſe, & infiniment plus encore, l'aſſiſtance de Dieu,
qui l'a éclairé & dirigé dans le choix des
Mémoires qu'il a emploiez, nous raſſu-
rent pleinement là-deſſus, ſans compter
que ces faits ſont rappellez & confirmez
dans pluſieurs autres endroits du Vieux
& du Nouveau Teſtament.

V.

*Quoique ces Mémoires ſoient écrits
en Hébreu, cela n'empeche pas que
Moyſe n'ait peu les emprunter des nations voiſines, 1°. Parce que l'Hébreu
eſtoit la langue commune de tous les
Chananéens : 2°. Parce que c'eſtoit du
moins la langue maternelle des Peuples ſortis de la famille d'Abraham,
qui eſtoient les ſeuls de qui Moyſe ait
peu emprunter quelque Mémoire : 3°.
Parce qu'en tout cas Moyſe a peu les
mettre en Hébreu.*

Les conjectures, qu'on vient de pro-
poſer ſur quelques Mémoires, qu'il ſemble que Moyſe ait receu de Nations étrangeres aux Hebreux, donnent lieu à une
difficulté, qui mérite d'eſtre éclaircie.

Comment Moyſe a-t-il peu recevoir de ces na- tions des Mé- moires écrits

O vj

en Hébreu, *tels que ceux qui compofent la Genefe ?*

Tout le Livre de la Genefe eft écrit en hébreu, & fuppofé que Moyfe ait employé quelques Mémoires pour le former, ils ont tous deu eftre écrits en la mefme langue. On croit donc pouvoir en conclurre, qu'on ne doit point fuppofer, comme je fais, que Moyfe en ait peu recevoir aucun des Nations, qui habitoient dans la terre de Chanaan ou fur fes confins, puifque ces Nations n'avoient pas l'ufage de la langue hébraique, & ne l'avoient jamais eu. Cette langue, appellée par excellence la *Langue Sainte*, que Dieu avoit enfeignée à Adam, qui avoit été feule en ufage jufqu'à l'entreprife de la tour de Babel, qui depuis s'étoit confervée dans la ligne directe des ancetres d'Abraham, eftoit perduë pour toutes les Nations longtems avant Moyfe, & ne fubfiftoit plus que dans la nation des Hebreux.

I. *Toutes ces nations parloient Hébreu.*

I. Telle a efté en effet pendant longtems l'opinion commune de nos [a] Hebraifants. Ils l'avoient trouvée établie chez les Rabins, & l'avoient adoptée fans examen. Mais elle a efté depuis folidement refutée par plufieurs Litterateurs du premier ordre, entre lefquels on peut

[a] Voiez Buxtorfe le fils, *Differtat. de lingua Hebrea antiquitate & fanctitate.*

compter ª Bochart, ᵇ Grotius, ᶜ Huët
& ᵈ le Clerc, qui ont prouvé jufqu'à l'é-
vidence, du moins jufqu'au degré d'é-
vidence, dont cette queftion eft fufcep-
tible, que la langue hébraique eftoit la
langue commune des Chananéens, &
qu'Abraham, quand il arriva chez eux
de Chaldée, eut befoin de l'apprendre ;
ce qui ne lui fut pas difficile, parce que
la langue des Chaldéens, qui eftoit fa
langue naturelle, y avoit beaucoup de
rapport, & en eftoit une efpece de Dia-
lecte, auffi bien que le Phenicien, qui
en approchoit encore davantage, comme on en juge par quelque peu de Phénicien, qui refte dans quelques ouvrages
anciens.

On peut voir dans les Auteurs, que
l'on vient de citer, les preuves folides
de ce qu'ils ont avancé. Il feroit inutile
de les repeter : il fuffit de remarquer que
cette opinion eft devenuë aujourd'hui
l'opinion la plus commune. C'en eft
affez pour diffiper la difficulté dont il
s'agit ; car il n'y a plus aucun lieu d'eftre

ª Chanaan, *Lib. II. Cap.* 1.
ᵇ In Comment. in Genefeos Cap. XI. v. 1.
ᶜ Demonftrat. Evangelic. *Propof. IV. Cap.*
13. §. 3. & 4.
ᵈ Differt. de linguâ Hebraicâ, *Comment. in*
Genefim præfixæ, §. 5.

furpris que les Mémoires, que quelques
Nations répanduës dans la terre de
Chanaan, ou fur fes confins, pouvoient
avoir fur leur origine & fur leur hiftoire,
& que Moyfe en emprunta, fuffent
écrits en la langue hébraique, dès qu'il
eft prouvé que c'eftoit leur langue, ou
pour mieux dire, que c'eftoit la langue
de tout le pais de Chanaan, qu'on peut
par cette raifon regarder comme la langue *Chananéenne*, ainfi qu'Ifaac l'a appellée, XIX. 18.

Réponfe à
un paffage
pris d'Efdras,
qui femble
prouver le
contraire.

Je fai qu'on allegue contre cette opinion un paffage du Livre II. d'Efdras,
XIII. 23. où il eft dit que Nehemie,
au dernier voiage qu'il fit à Jerufalem,
y trouva beaucoup de Juifs « mariez
» avec des femmes Moabites, Ammo-
» nites, & Philiftines de la ville d'A-
» zoth, dont les enfants parloient en
» partie la langue d'Azoth, & ne fa-
» favoient pas parler la langue Juive
» dans fa pureté, » *quorum filii ex me-
diâ parte loquebantur Azoticè, & nef-
ciebant loqui Judaicè*, d'où l'on croit
pouvoir inferer que la langue Juive n'e-
ftoit pas la mefme que celle des Moabites, des Ammonites, & des Philiftins
d'Azoth, & qu'elle en eftoit au contraire fort differente.

Mais il est aisé de renverser cette induction par une reflexion trez simple. Il est vrai qu'il y avoit du tems de Néhemie, c'est à dire aprez la captivité de Babylone, une difference marquée entre la langue que les Juifs parloient, & celle que parloient les Moabites, les Ammonites & ceux d'Azoth. C'est un fait suffisamment prouvé par le passage d'Esdras. Mais il est vrai en mesme tems que les Juifs au retour de la captivité, au lieu de l'Hebreu qu'ils avoient oublié, ne parloient plus que le Chaldéen : c'est un fait connu, qu'on ne sauroit contester. Il suit delà que le passage d'Esdras, qu'on oppose, prouve bien que la langue des Moabites, des Ammonites & des Philistins d'Azoth differoit du Chaldéen, qui estoit la langue des Juifs du tems de Néhemie, mais qu'il ne prouve point qu'elle differast de la langue, que les Hebreux parloient avant le tems de Moyse, ce qui est pourtant le fait qu'il estoit question de prouver, parce que c'est à cela que se réduit l'opinion, qu'on cherchoit à combattre.

Ce n'est pas que je prétende que les Moabites, les Ammonites, & les habitans d'Azoth, eussent conservé jusqu'au tems de Néhemie la pureté de la langue

que leurs ancêtres avoient parlé avant le
tems de Moyſe. Mille ou douze cent
ans, qui s'eſtoient écoulez dans cet intervalle, y avoient dû introduire beaucoup de changements ; mais la captivité
de Babylone en avoit introduit de plus
grands encore dans la langue des Juifs.
Tout ce que je veux conclurre, c'eſt donc
que la difference qu'il y avoit du tems de
Néhemie, entre le langage des Moabites, des Ammonites & de ceux d'A-
zoth, & celui des Juifs, venoient principalement de la part des Juifs, mais
que, d'où qu'elle vint, elle ne peut point
ſervir à prouver qu'elle eut eſté la meſme mille ou douze cent ans auparavant,
dans un tems, où l'on a des preuves poſ-
ſitives, que la langue commune de toutes les Nations Chananéennes eſtoit la
langue hébraïque, la meſme que les
Hebreux parloient.

II. Du moins
l'Hébreu eſ-
toit-il la lan-
gue commu-
ne des Iſmaë-
lites & des
Madianites,
iſſus d'Abra-
ham ; des
Moabites &
des Ammo-
nites deſcen-
dus de Loth ;

II. Cependant, comme j'ai des raiſons de reſte, je conſens qu'on perſiſte à
nier, ſi l'on veut, que la langue hébraïque ait jamais eſté la langue des Nations
Chananéennes. Du moins ne niera t-on
pas qu'elle n'ait eſté commune à toutes
les Nations qui deſcendoient de la famille d'Abraham, & cela ſuffit pour juſtifier mes conjectures. Selon moi, tous

les Mémoires, que Moyſe a peu recevoir de Nations étrangeres aux Hebreux,
il les a receus de Nations, qui appartenoient à la poſterité d'Abraham, comme
1°. Des Iſmaëlites, ce qui eſt rapporté
au Chapitre XXV. de la poſterité d'Iſmaël, de qui ils deſcendoient; mais Iſmaël eſtoit fils d'Abraham & d'Agar :
2°. Des Madianites, qui demeuroient
ſur les bords de la Mer morte, ce qui
eſt dit de la guerre de la Pentapole, au
Chapitre XIV. mais les Madianites venoient de Madian, fils d'Abraham & de
Cethura : 3°. Des Iduméens, ce qui regarde aux Chapitres XXVI. XXVIII.
& XXXVI. les mariages & la deſcen-
dance genéalogique d'Eſaü ou d'Edom,
leur pere commun; mais Eſaü eſtoit fils
d'Iſaac, & petit fils d'Abraham. 4°.
Enfin des Moabites & des Ammonites,
ce qui concerne l'inceſte des filles de
Loth avec leur pere au Chapitre XIX.
Mais Moab & Ammon, Auteurs de
ces deux Nations, eſtoient fils de Loth,
& neveux d'Abraham. Quelle langue
avoient peu apprendre Iſmaël & Madian, que celle qu'on parloit chez Abraham leur pere ? Quelle pouvoit eſtre la
langue naturelle d'Eſaü, que celle d'Iſaac
ſon pere, qui eſtoit la meſme que celle

d'Abraham ? Enfin dans quelle langue
Moab & Ammon avoient-il peu eſtre
élevez, que dans celle de Loth & de ſes
filles, qui parloient eux meſmes la langue
d'Abraham ? Mais ſi Iſmaël, Madian,
Eſaü, Moab & Ammon ont parlé la
langue d'Abraham, c'eſt à dire la langue
hébraique, & ſi cette langue a eſté leur
langue maternelle, ils ont deu l'apprendre à leurs enfants, & leurs enfants à
leur tour à leur poſterité. Ainſi leurs
Deſcendants, c'eſt à dire les Iſmaëlites,
les Madianites, les Iduméens, les Moabites & les Ammonites ont du parler la
langue hébraique, de meſme que les
Hebreux, deſcendus d'Abraham par
Iſaac.

On pourroit confirmer cette conſequence par l'examen des noms propres
des Rois & des perſonnages illuſtres de
ces Nations, qui ſont nommez dans
l'Ecriture, ou des lieux que ces Nations
occupoient, & dont l'Ecriture fait mention. Il ſeroit facile de faire voir que
tous ces noms ſont Hebreux, viennent
de racines hébraiques, & ont une ſigni-
gnification dans cette langue : mais ce
détail ſeroit long, & il me paroit trez
inutile pour eſtablir une verité, dont il me
ſemble qu'on ne ſauroit douter. Ainſi en

abandonnant les Nations Chananéennes, qui auſſi bien n'ont elles rien fourni à Moyſe, & de qui, ſuivant les apparences, il n'auroit voulu rien recevoir, & en me réduiſant aux ſeules Nations, deſcenduës de la perſonne ou de la famille d'Abraham, telles que celles des Iſmaëlites, des Madianites, des Iduméens, des Moabites & des Ammonites, je puis ſuppoſer, comme je fais, que Moyſe en a receu des Mémoires, & des Mémoires écrits en Hebreu, puiſque c'eſtoit leur langue.

III. Je veux bien cependant me relacher encore, pour mettre la queſtion au deſſus de toute difficulté. On ne veut point que les Nations, de qui je prétends que Moyſe a peu recevoir des Mémoires, parlaſſent alors la meſme langue que les Hebreux. A la bonne heure. Elles n'ont donc point peu donner à Moyſe des Mémoires écrits en hébreu: J'y conſens. Mais elles ont peu du moins lui en fournir d'écrits en leurs langues. Or ces langues, quelles qu'elles fuſſent, devoient approcher beaucoup de la langue hébraique: Moyſe avoit eu le tems de les apprendre, pendant les 40 années qu'il paſſa chez les Madianites, & il eſtoit en eſtat d'entendre & de traduire

III. En tout cas, Moyſe, qui entendoit les langues de ces nations, a traduit en Hébreu les Mémoires qu'il en avoit receus.

en hébreu les Mémoires qu'il avoit re-
couvré écrits en ces langues. Quelque
parti donc que l'on prenne, il s'enfuit
toujours que Moyſe a peu recevoir des
Mémoires de pluſieurs Nations étrangeres, ou écrits en hébreu, & dans ce cas
Moyſe les a emploiez tels qu'il les avoit
recçus ; ou écrits dans leurs idiomes particuliers, & dans ce cas rien n'empeche
que Moyſe n'ait peu les traduire pour
s'en ſervir dans la Geneſe, de ſorte que
ſi dans ce dernier cas, on ne trouve pas
ces Mémoires dans la Geneſe, tels qu'ils
eſtoient venus dans les mains de Moyſe,
on y en trouve du moins des traductions
fidelles, ce qui ſuffit pour autoriſer toutes mes conjectures.

V I.

Premier Avantage *de mon opinion ſur la*
compoſition de la Geneſe. Elle ſauve
la ſingularité de l'alternative dans
l'uſage du nom d'Elohim, & de celui
de Jehovah, donnez à Dieu, en at-
tribuant à un Mémoire le nom d'Elo-
him, & celui de Jehovah à l'autre.
Examen de ſept Articles, contenants
des exceptions à cette regle.

Aprez avoir ſatisfait aux difficultez

qu'on peut faire contre mon opinion, il convient d'en faire sentir les avantages.

En *premier* lieu, elle sauve la singularité de trouver dans la Genese de longues narrations, où tantoſt le nom d'*Elohim*, & tantoſt celui de *Jehovah*, ſont emploiez, quand il eſt queſtion de parler de Dieu, ſans que ces noms ſoient confondus enſemble dans les meſmes endroits.

Premier avantage de mon opinion. Elle sauve la singularité qu'il y a dans l'alternative des noms d'*Elohim* & de *Jehovah*.

Tertullien a a entrevu cette singularité, mais il paroit par ce qu'il en dit, qu'il n'en a connu que la moindre partie. Il convient que Dieu n'eſt appellé que *Dieu, Deus,* ce qui répond au nom *Elohim* en Hébreu, dans tout le premier chapitre de la Genese. *Deus fecit,* y eſt-il dit, *Deus vidit, Deus dixit, Dieu fit, Dieu vit, Dieu dit :* mais que dés le quatrieme verſet du ſecond chapitre il eſt nommé *Seigneur Dieu, Dominus Deus,* c'eſt-à-dire, en Hébreu *Jehovah Elohim ; accepit,* y dit-on, *Dominus Deus hominem, præcepit Dominus Deus,* le *Seigneur Dieu prit l'homme,* le *Seigneur Dieu ordonna.* La raiſon de cette différence vient ſelon lui de ce que Dieu eſtoit *Dieu* par ſon eſſence, & qu'ainſi on a du lui donner toujours le nom de

Cette alternative a eſté entrevuë par Tertullien & par S. Auguſtin.

a *Adversus Hermogenem, Cap.* 3.

Dieu; Deus, quod erat semper, statim no-
minatur : mais qu'il ne peut estre appellé
Seigneur, que quand il eut créé l'univers,
& surtout l'homme, qui devoit reconnoitre sa domination. *Dominus,* dit-il,
ubi universa perfecit, ipsumque vel ma-
ximè hominem, qui propriè Dominum
intellecturus erat. S. Augustin [a] a connu
aussi la différence des noms qu'on donne
à Dieu dans le premier & dans le second
chapitre de la Genese, & pour en rendre raison, il a adopté la remarque de
Tertullien.

Mais mal ex-
pliquée.   Mais quand cette raison seroit bonne
pour ces deux Chapitres, elle ne pourroit servir de rien pour le reste de la Genese, où l'on observe cependant la mesme variation, ou si l'on veut, la mesme
bizarrerie dans l'emploi de ces deux noms
de Dieu. Cette variation est si frapante,
& si souvent repetée, que je defie qu'on
en rende jamais aucune raison valable,
tant qu'on supposera que toute la Genese
vient d'une mesme main, & qu'elle a esté
composée par la mesme personne ; au lieu
que cette difficulté s'évanouit entierement, dès qu'on veut bien admettre
mes conjectures, & supposer que le Mémoire, où Dieu est nommé *Elohim,*

[a] *De Genesi ad literam, Lib. VIII. Cap. 11.*

vient d'une main, & que l'autre, où l'on donne à Dieu le nom de *Jehovah*, vient d'une autre. On comprend aifément que l'Auteur du premier Mémoire, qui peut-eftre ne connoiffoit point d'autre nom de Dieu, que celui d'*Elohim*, a deu lui donner ce nom, & ne lui en donner point d'autre : & que par la mefme raifon, l'Auteur du fecond Mémoire a deu appeller Dieu *Jehovah*, & ne l'appeller que de ce nom, ou parce qu'il ne connoiffoit que celui-là, ou, ce qui eft plus plaufible, parce qu'il regardoit ce nom comme plus propre à infpirer du refpect pour le Dieu Trez-haut, Créateur du ciel & de la terre, dont il parloit.

Je ne prétends pas diffimuler qu'il n'y ait dans la Genefe plufieurs endroits, où il femble qu'on ait negligé de fuivre cette regle. Dans quelques uns, on lit le nom de *Jehovah*, *l'Eternel*, dans des morceaux du Mémoire A, dont l'Auteur, comme on l'a deja remarqué, paroit s'eftre attaché à n'emploier que le nom d'*Elohim*, *Dieu*. Dans d'autres, en beaucoup plus grand nombre, on trouve le nom d'*Elohim*, *Dieu*, dans des morceaux du Mémoire B, dont l'Auteur n'emploie que le nom de *Jehovah*, *l'Eternel*. J'ai raffemblé toutes ces ex-

Il ne laiffe pas d'y avoir dans la Genefe plufieurs exceptions à cette regle.

ceptions à la regle, qu'on vient d'établir, fous des articles différens, afin qu'on puiffe mieux juger du cas qu'on en doit faire, quand on pourra les comparer enfemble commodement.

I. *Article.* Trois Paffages pris du Mémoire B, où on lit dans la traduction le nom de *Dieu*, quoique celui d'*Elohim* ne foit pas dans l'original.

I. Ceux qui ne liroient que la Traduction de Geneve, que nous avons fuivie, pourroient fe tromper en regardant comme autant d'exceptions à la regle, trois endroits du Mémoire B, où on lit dans cette Traduction le nom de *Dieu* qui répond à celui d'*Elohim*. Le premier eft au Chapitre II. verfet 21. où il eft dit, « Et l'Éternel Dieu avoit fait » tomber un profond dormir fur Adam, » dont il s'eftoit endormi, & *Dieu* avoit » prins une des coftes d'icelui, & refferré » la chair au lieu d'elle ». Le fecond au Chapitre III. verfet 11. où on trouve, « Et *Dieu* dit (à Adam) qui t'a mon- » ftré que tu eftois nud ? » Et le troifieme au Chapitre IV. verfet 10. où on lit, « Et *Dieu* dit (à Caïn) qu'as-tu » fait ? La voix du fang de ton frere » crie de la terre à moi ».

Mais dans ces endroits le nom d'*Elohim*, qu'on rend par celui de *Dieu*, ne fe trouve pas dans l'original, où les verbes *avoit prins, dit à Adam, & dit à Caïn*, n'ont point de nominatif exprimé,

mé. Ces sortes d'omissions ou de reti-
cences font fort ordinaires en Hebreu,
comme on peut en juger, sans consulter
l'original, en remarquant dans la traduction que nous avons fait imprimer, tous
les nominatifs, qui sont en italique; car
on peut en conclurre qu'ils manquent
dans l'Hebreu, & que le Traducteur les
a suppléez.

Dans les trois passages, qu'on vient
de citer, l'Auteur de la Vulgate, qui
s'est conformé à l'Hebreu, n'a point exprimé le nominatif sous-entendu. Les
Septante ne l'ont point exprimé non
plus dans le premier passage : mais dans
le second, ils ont suppléé le mot ὁ Θεός,
ce qui suppose qu'ils ont cru devoir y
sous-entendre le nom d'*Elohim*. Quant
au troisieme, ils y ont suppléé le mot
Κύριος, ce qui prouve qu'ils y ont sous-
entendu le nom d'*Adonai*, c'est à dire,
celui de *Jehovah*. Pour l'Auteur de la
traduction de Geneve, il a cru devoir
exprimer le nominatif qui manquoit dans
ces trois passages, ce qu'on pourroit lui
passer en faveur de la clarté; mais il a eu
tort d'y suppléer le nom de *Dieu*, qui
repond à celui d*Elohim*, lorsqu'il paroit que c'est le nom de l'*Eternel*, qui
repond à celui de *Jehovah*, qu'il faloit y

P

mettre, parce qu'il est constamment emploié dans les versets qui precedent & dans ceux qui suivent. Du reste, on doit approuver l'attention qu'il a eue de faire imprimer en italique ce mot *Dieu* dans le premier & dans le second passage, pour marquer qu'il n'estoit pas dans l'original, mais il eut deu faire de mesme à l'égard du troisieme, où l'omission de cette précaution est capable d'induire en erreur ceux qui ne pourront pas consulter l'original.

II. *Article.* Trois exceptions, prises du Chapitre III. versets 1. 3. 5. où l'on trouve le nom d'*Elohim* dans le Mémoire B.

II. On trouve au Chapitre III. trois exceptions à la regle, qui paroissent estre plus réeles. Ce Chapitre appartient en entier au Mémoire B, dont l'Auteur n'emploie que le nom de *Jehovah*, *l'Eternel*, ou de *Jehovah-Elohim*, *l'Eternel-Dieu*; & cependant le nom d'*Elohim*, *Dieu*, y est emploié seul aux versets 1. 3. & 5.

Mais il faut observer qu'il n'y est emploié que dans les discours, que l'Auteur fait tenir au Serpent & à Eve, & qu'il peut avoir eu cette attention par respect, pour ne pas mettre dans la bouche du Serpent & d'Eve le grand nom de *Jehovah*, *l'Eternel*. Du moins est-il certain, que quand l'Auteur de ce Mémoire parle de Dieu de son chef dans ce mefme Chapitre, il emploie toujours le nom de *Jehovah*, *l'Eternel*, ou de *Jehovah-Elohim*, *l'Eternel - Dieu*, ce qui paroit fuffire pour autorifer la regle qu'on a établie.

III. Le Chapitre IV. fournit un exemple plus concluant. Quoique ce Chapitre appartienne en entier au Mémoire B, où Dieu eft nommé *Jehovah*, on ne laiffe pas d'y trouver au verfet 25. le nom d'*Elohim*, attribué à Dieu, ce qui paroit eftre une exception manifefte à la regle.

III. *Article*. Paffage du Chapitre IV. verfet 25. où Dieu eft appellé *Elohim* dans le Mémoire B.

Je n'héfiterois pas à en convenir, fi ce nom d'*Elohim* ne fe trouvoit pas dans l'explication d'une étymologie. « Et » Eve, *y eft-il dit*, enfanta un fils, & » appella fon nom Seth. (car *Elohim*, » Dieu, m'a, *dit elle*, donné une autre » lignée, au lieu d'Abel, que Caïn a » tué. ») Mais cette circonftance m'infpire quelque défiance. Je foupçonne, que cette étymologie, qui eft tout à fait hors d'œuvre, ne vient pas de l'Auteur du Mémoire, mais qu'elle y a efté inférée [a] par Moyfe, en compilant la Gene-

a On peut voir ce que Grotius, *in Comment. in XI. Genefeos*, *verf.* 1. Et de *Veritate Relig. Chriftian. Lib. I. pag. m. 19.* Huet, *Demon-*

fe , auquel cas elle ne doit point faire de preuve contre l'Auteur du Mémoire , & c'eſt pourquoi je l'ai renfermée entre deux parentheſes.

IV. Il y a au Chapitre V. un exemple d'une autre exception , à peu prez de la meſme eſpece, mais dans un cas oppoſé. Ce Chapitre appartient au Mémoire A, où Dieu eſt appellé *Elohim*, & cependant on y donne à Dieu , au verſet 29. le nom de *Jehovah*, *l'Eternel*, dans l'explication de l'étymologie du nom de Noé, ainſi appellé, y eſt il dit, parce que Lemech ſon pere dit, « Ceſtui-ci nous ſoulagera de noſtre peine , à cauſe de la » terre que *Jehovah*, l'Eternel , a maudite. »

Mais c'eſt cela meſme qui me paroit infirmer la preuve qu'on veut en tirer , parce que j'ai ſur cette étymologie du nom de Noé, les meſmes ſoupçons que ſur l'étymologie du nom de Seth de l'article precedent , c'eſt à dire , que je conjecture qu'elle n'eſt pas du meſme Auteur que

ſtrat. Evangelic. Propoſ. IV. cap. 13. §. 4. Et Le Clerc , *Diſſertat. de linguâ Hebraicâ*, §. 2. ont dit ſur ces étymologies , en repondant aux arguments , qu'on prétend en tirer pour prouver que l'Hébreu eſtoit la langue primitive d'Adam & des Patriarches avant le Déluge.

le reste du Mémoire, où elle se trouve,
& où elle paroit assez étrangere. C'est ce
qui m'a porté à la renfermer entre deux
parentheses. Il y a quelque apparence
que c'est Moyse, qui l'a ajoutée en réunissant & revoiant les Mémoires, dont
il formoit la Genese : & si cela est, il est
évident qu'on ne doit pas tirer cet exemple à consequence contre l'Auteur du
Mémoire A.

V. On croit trouver un exemple plus
décisif au Chapitre VI. Le commencement de ce Chapitre appartient au Mémoire B, & on ne laisse pas d'y trouver
deux fois, aux versets 2. & 4. le nom d'E-
lohim, donné à Dieu. « Les fils d'Elo-
» him, בני אלהים, *Bene Elohim*, y
» *est il dit*, *verset* 2. voiant que les fil-
» les des hommes, בני אדם, *Bene Adam*,
» estoient belles, en prindrent à femmes
» pour eux de toutes celles qu'ils choi-
» sirent. » *Et l'on ajoute*, *verset* 4. « En
» ce tems là estoient les *Nephilim*,
» נפילים, sur la terre, & mesme aprez
» que les fils d'*Elohim* s'accointerent
» avec les filles des hommes, & qu'elles
» leur eurent enfanté lignée, iceux sont
» les puissants, qui de tout tems ont esté
» gens de renom. »

Mais la signification du mot *Elohim*

V. *Article.*
Passage du
Chapitre VI.
versets 2. &
4. où l'on
trouve le
nom d'*Elo-
him* dans le
Mémoire B.

dans ce paſſage n'eſt pas aſſez decidée, pour fonder une objection ſolide. On peut en juger par la diverſité des opinions, qu'on a eues ſur cette matiere.

Premiere maniere d'expliquer ce paſſage.

1°. On a cru autrefois que le mot *Elohim* ſignifioit *Dieu* dans cet endroit, & l'on entendoit par *les fils d'Elohim* ou de *Dieu, les Anges,* qui, à ce qu'on croioit, eſtoient devenus amoureux des filles des hommes, & avoient eu commerce avec elles. Tel eſtoit le ſentiment de [a] Philon, de [b] Joſephe, & de pluſieurs des [c] anciens Peres: mais aujourd'hui ce ſentiment n'eſt ſuivi par perſonne.

Seconde maniere de l'expliquer.

2°. Beaucoup de Peres [d] ont cru, & c'eſt l'opinion commune, que le mot *Elohim* dans ce paſſage doit eſtre traduit par le mot de *Dieu*; mais par les *fils de Dieu* ils entendent *les deſcendants de Seth,* ainſi appellez, à ce qu'ils préten-

[a] De Gigantibus, *Lib. I.*

[b] Antiquitat. Judaicar. *Lib. I. cap. 3.*

[c] Lactantius, *Divinarum Inſtitut. Lib. II. cap. 15.* Tertullianus, *De habitu mulierum.* Euſebius Cæſarienſis, *Præparat. Evang. Lib. IV.*

[d] S. Auguſtinus, *De Civitate Dei, Lib. XV. cap. 23.* S. Johannes Chryſoſtomus, *Homil. XXII. in Geneſim.* Theodoretus, *Quæſt. XLVII. in Geneſim.*

Vide Bibliothec. Sixti Senenſis, *Lib. V. Annotat. 73. & 77.*

dent, parce qu'ils eſtoient fidelles au culte du vrai Dieu, au lieu que par *les filles des hommes* ils croient qu'il faut entendre *les filles des deſcendants de Caïn*, ainſi nommez à cauſe qu'ils s'eſtoient écartez de la pureté de ce culte. Suivant cette explication, il s'agiroit dans ce paſſage des mariages des Sethites, ou deſcendants de Seth, avec les filles des Caïnites, ou deſcendants de Caïn.

A ſuivre l'une ou l'autre de ces opinions, le nom d'*Elohim* ſe trouveroit donné à Dieu une ou deux fois dans un endroit, qui d'ailleurs appartient au Mémoire B. Cela ſuffiroit-il pour renverſer la regle que nous avons établie, & qui ſert conſtamment à diſtinguer le Mémoire A, où l'on donne ce nom là à Dieu, d'avec le Mémoire B, où on lui donne le nom de *Jehovah* ? La queſtion ne ſeroit pas difficile à décider, mais je ne l'entreprendrai pas ici. On la trouvera éclaircie & decidée à la fin de cet article.

3°. Mais, & c'eſt, à ce que je crois, l'explication la plus raiſonnable, il y a des Commentateurs [a], qui croient que

Troiſieme maniere de l'expliquer, qui paroit eſtre la meilleure.

---

[a] *Seldenus, Mercerus, Guillelmus Henricus Vorſtius, apud J. H. Heideggerum,* Hiſtoriæ

P iiij

le mot אלהים , *Elohim* dans cet endroit , comme dans [a] plusieurs autres
du Pentateuque , signifie *les grands ,
les chefs , les juges ,* & que le mot
אדם , *Adam ,* signifie *les hommes
du commun , les gens de peu ;* que le
verbe לקח , que l'on a rendu par celui
de *prendre pour femme , uxorem ducere,*
signifie proprement , *ravir , enlever ;
prendre par force , sumere , capere , au-
ferre ;* & que par conséquent le passage
doit estre traduit ainsi , *Les fils des
chefs , des puissants , des juges , voiant
qu'il y avoit de belles filles parmi le peuple ; enleverent celles qui leur plurent le
plus.* Ces violences conviennent mieux
avec la description des débauches & de
la corruption du tems , qui précéda le
Déluge, que les prétendus mariages des
Sethites avec les filles des Caïnites , &
servent en mesme tems à rendre mieux
raison des suites de ces commerces, qui
aboutirent à produire des *Nephilim* ,
נפילים , c'est-à-dire , des *voleurs* & des
brigans , tels que sont ordinairement les

Patriarchar. *Tom. I. Exercitat.* XI. *Thes.* II.
Heidegger y cite outre cela la version Grecque
de Symmaque, le Targum d'Onkelos , & le
Rabin Salomon Jarchi.
[a] Exode , *Chap.* XXI. 6. *&* XXII. 8. *&* 28.

enfants de la débauche. Mais dés qu'on admet cette explication, comme je crois qu'on doit l'admettre, l'on n'a plus aucune raifon de m'oppofer ce paffage comme une infraction à la regle que j'ai établie, parce que le mot *Elohim* ne s'y trouve plus emploié pour fignifier *Dieu*, & que je n'ai jamais prétendu que l'Auteur du Mémoire B n'ait pas peu fe fervir de ce mot dans une autre fignification.

VI. On peut alléguer comme un exemple d'une exception trez réele le Chapitre VII, où au verfet 16, qui appartient certainement au Mémoire B, on trouve le nom d'*Elohim* donné à Dieu. « Voire, » *y eft il dit*, le mafle & la femelle de » toute chair y vindrent (ainfi que Dieu, » *Elohim*, lui avoit commandé) puis » l'Eternel; *Jehovah*, ferma l'huis fur » lui : » Et j'avoue que c'eft peut eftre le premier exemple, qui foit bien concluant pour autorifer une exception à la regle. On pourroit cependant foupçonner que ces mots, (*ainfi que Dieu lui avoit commandé*) que j'ai renfermé entre deux parenthefes, ne font qu'une repetition de la mefme periode, qu'on trouve mot pour mot au verfet 9. du mefme Chapitre, qu'on aura d'abord mife à la

VI. *Article*. Paffage du Chapitre VII. verfet 16. où le nom d'*Elohim* eft donné à Dieu dans le Mémoire B.

P v

marge vis à vis du verset 16. pour y servir d'éclaircissement, & qui aura passé ensuite dans le texte, comme plusieurs autres additions marginales.

VII. On trouve encore une exception trez réele, à la fin du Chapitre IX. qui appartient au Mémoire B, & où pourtant le nom d'*Elohim* est donné à Dieu, « Que Dieu, *Elohim*, y est il dit, » *verset 27.* attire avec douceur Japhet, » & qu'icelui loge aux tabernacles de » Sem. » Le passage est clair & décisif, mais peut estre que l'Auteur du Mémoire B, aprez avoir donné à Dieu, dans le verset precedent, le nom de *Jehovah-Elohim*, *l'Eternel-Dieu*, c'est à dire, le nom que les Hebreux lui donnoient, en parlant de Sem, dont la posterité conserva la vraie Religion, a cru ne devoir lui donner que le nom d'*Elohim*, *Dieu*, c'est à dire, le nom que les incirconcis lui donnoient, en parlant dans le verset suivant, de Japhet, dont toute la posterité se livra à l'idolatrie.

VII.

Continuation du mesme sujet. Examen de sept autres Articles contenants quelques exceptions à la mesme regle, réeles ou prétenduës. Conséquences qu'on doit tirer du détail de tous ces Articles.

VIII. Je crois devoir ici, par raport au Chapitre XVI. qui le premier y donne occasion, rassembler en un mesme article plusieurs passages de la Genese, où l'Auteur du Mémoire B a donné à Dieu le nom d'*El*, אל, le *Fort*, comme au Chapitre XVI. verset 13. אל ראי, *El roï*, le *Dieu* Fort de vision, c'est à dire, le *Dieu* Fort, qu'on voit : au Chapitre XVII. vers. 1. אל שדי, *El Schaddai*, le *Dieu* Fort tout puissant : au Chapitre XXI. verset 33. אל עולם, *El holam*, le *Dieu* Fort d'Eternité, c'est à dire, le *Dieu* Fort Eternel : au Chapitre XXVIII. verset 3. le *Dieu* Fort tout puissant : au Chapitre XXXIII. verset 20. אל אלהי ישראל, *El Elohe Jisrael*, le *Dieu* Fort, Dieu d'Israël : au Chapitre XLIX. verset 25. מאל אביך, *Meel Abicha*, du *Dieu* Fort de ton pere. On pourroit peut estre croire que ces pas-

VIII. *Article* Passages pris de differents endroits de la Genese, où le nom d'*El*, le *Fort*, est donné a Dieu, tant par l'Auteur du Mémoire B, que par celui du Mémoire A.

P vj

fages font autant d'exceptions à la regle
que nous avons établie, mais on fe tromperoit. Cette regle ne donne l'exclufion
dans le Mémoire B, qu'au nom d'*Elohim*, Dieu, & non pas au nom d'*El*, le
Fort; de mefme qu'à l'égard du Mémoire A, elle ne donne l'exclufion qu'au
nom de *Jehovah*, l'Eternel, & non à
celui d'*El*, le Fort, dont cet Auteur
s'eft fervi lui mefme en plufieurs endroits, comme aux Chapitres XXXI.
13. XXXV. 1. 3. 7. 11. XLIII. 14.
XLVI. 3. XLVIII. 3.

On doit porter le mefme jugement
des autres noms donnez à Dieu dans la
Genefe, comme אדני, *Adonai*, *Dominus*, le Seigneur: שדי, *Schaddai*, *Om-
nipotens*, le Tout puiffant: עליון, *Elion*,
Altiffimus, le Trez Haut, &c. lefquels
ne decident ni pour le Mémoire A, ni
pour le Mémoire B, & qu'on trouve
indifferemment emploiez, tantoft avec
le nom d'*Elohim*, & tantoft avec celui de
Jehovah, quoique plus fouvent avec ce
dernier: & dans le fond, ces noms là
font moins des noms propres de Dieu,
que des fimples épithetes, qui fervent
à exprimer quelques unes de fes fouve-
raines perfections.

IX. *Article.*   IX. On feroit également mal fondé

à compter pour une exception un passage, qu'on trouve au Chapitre XIX. verset 29. où le nom d'*Elohim* est donné à
Dieu, dans un Mémoire particulier, que
nous avons placé sous la colomne D.
« Il advint, *y est il dit*, quand Dieu,
» *Elohim*, detruisoit les villes de la plai-
» ne, qu'il eut souvenance d'Abraham. »
La regle, qui affecte le nom d'*Elohim* à
un Mémoire, & celui de *Jehovah* à un
autre, ne regarde que les deux Mémoires A & B, & on ne doit pas l'étendre
aux autres Mémoires, que j'ai rassem-
blez sous la colomne D, dont les Auteurs ne paroissent point avoir esté attachez à aucun nom de Dieu en particulier, & ont peu par consequent emploier
indifferemment l'un ou l'autre des deux
noms d'*Elohim*, ou de *Jehovah*, ou tous
les deux ensemble, ou mesme à leur choix
tout autre nom de Dieu. Ainsi, comme le
Mémoire, où se trouve le passage, dont il
est question, est trez distinct des Mémoires
A & B, l'Auteur de ce Mémoire a peu se
servir du nom d'*Elohim*, & le donner à
Dieu, comme il a fait au vers. 29. C'est par
la mesme raison aussi, que l'Auteur d'un
autre Mémoire particulier, placé sous
la mesme colomne D, lequel fait tout le
Chapitre XIV, & qui contient l'histoire

Passage du
Chap. XIX.
vers. 29. où
le nom d'*E-
lohim* est
donné à Dieu
dans un Mé-
moire de la
colomne D.

de la guerre de la Pentapole, a donné à Dieu le nom de *Jehovah*, l'*Eternel* au verset 22. & mesme celui d'*El*, le *Fort* aux versets 18. 19. 20. & 22. sans que ces exemples puissent estre mis au nombre des exceptions à la regle.

X. Article. Differents passages, pris du Mémoire B, où le nom d'*Elohim* est donné à Dieu conjointement avec celui de *Jehovah*.

X. Le Chapitre XXIV. qui a toutes les marques qui caracterisent le Mémoire B, & que j'ai placé pour cette raison sous la colomne B, fournit quelques passages, qu'on pourroit prendre pour des exceptions à la regle, parce qu'on y donne à Dieu le nom d'*Elohim*, comme au verset 12. *O Eternel*, dit le serviteur, qu'Abraham envoioit en Mesopotamie, *Dieu de mon Seigneur Abraham* : au verset 27. *Benit soit*, dit le mesme serviteur, *l'Eternel, Dieu de mon Seigneur Abraham* : au verset 42. *O Eternel*, dit-il encore, *Dieu de mon Seigneur Abraham* : au verset 48. *J'ai benit*, dit le mesme, *l'Eternel, le Dieu de mon Seigneur Abraham.*

Mais il est visible que dans tous ces endroits l'Auteur du Mémoire a deu necessairement se servir du mot *Elohim*, pour exprimer la pensée du serviteur d'Abraham, & qu'il ne l'auroit pas renduë, s'il lui avoit fait dire, *Beni soit l'Eternel, Eternel de Monseigneur Abra-*

ham, & ainſi des autres endroits, qu'on a rapportez.

Il y a dans le reſte de la Geneſe quelques autres exemples de meſme eſpece, comme au Chapitre XXVI. verſet 24. où *l'Eternel* dit à Iſaac, *Je ſuis le Dieu d'Abraham ton pere* : au Chap. XXVII. verſ. 20, où Iſaac, aiant demandé à Jacob, qu'il prenoit pour Eſau, comment il avoit peu trouver ſi viſte de la venaiſon, on fait repondre Jacob en ces termes, *l'Eternel*, *ton Dieu*, *a fait qu'elle s'eſt rencontrée devant moi* : au Chap. XXVIII. verſet 13. où Dieu dit à Jacob, *Je ſuis l'Eternel*, *le Dieu d'Abraham ton pere*, *& le Dieu d'Iſaac* : au meſme Chapitre, verſet 21, où l'on fait dire à Jacob, *L'Eternel me ſera Dieu* : au Chap. XXXII. verſet 9. où Jacob dit en parlant à Dieu, *O Dieu de mon pere Abraham*, *Dieu de mon pere Iſaac*, *ô Eternel*.

Tous ces paſſages ſont, comme on voit, paralleles, & quoiqu'ils ſoient tous pris du Mémoire B, je ne crois pas qu'on doive les regarder comme des exceptions à la regle propoſée, parce que l'Auteur ne pouvoit point s'exprimer autrement. On ne doit donc compter comme des exceptions réeles que les endroits de ce Mémoire, où le nom d'*Elohim* eſt

donné tout feul à Dieu. Pour tous les
autres, où ce nom *Elohim* tient de prez
à celui de *Jehovah*, comme dans tous
les endroits, qu'on vient de marquer, la
regle y eft auffi exactement obfervée,
que quand l'Auteur de ce Mémoire B
joint enfemble les deux noms *Jehovah*,
& *Elohim*, & qu'il les donne à Dieu
conjointement, comme dans les Chapitres II. & III. & ailleurs.

XI. *Article.*
Autre paffa-
ge de la mef-
me efpece, où
le nom d'*E-
lohim* eft
donné à Dieu
immediate-
ment aprez
celui de *Je-
hovah.*

XI. C'eft fur le principe qu'on vient
d'expofer, que je ne regarderois pas
comme une exception réele, ce qui eft dit
aux verf. 27. 28. de ce Chapitre XXVII.
où Ifaac, aprez avoir fenti les habits que
portoit Jacob, pour reconnoitre fi c'eftoit Efaü, le benit en lui difant : *Voici
l'odeur de mon fils, comme l'odeur d'un
champ que l'Eternel a benit : Dieu, Elohim, te doint de la rofée des cieux, &
de la graiffe de la terre.* Je croi que
dans cet endroit, l'Auteur aiant emploié
le nom de *Jehovah* dans la phrafe qui
précede immediatement, *que l'Eternel
a benit,* il a peu emploier dans la periode fuivante, *Dieu te doint,* celui d'*Elohim,* comme il a fait dans les paffages,
qu'on vient de rapporter dans l'article
précedent, où l'on a remarqué que cet
Auteur a mefme quelquefois affecté de

joindre enfemble ces deux noms, & de donner à Dieu le nom compofé de *Jehovah-Elohim*, c'eft à dire, *l'Eternel-Dieu*, fans contrevenir par là à la regle.

XII. Dans le Chapitre XXVIII. qui appartient au Mémoire B, il y a plufieurs endroits, où Dieu eft nommé *Elohim*, & qu'on prendroit pour autant d'exceptions à la regle, comme au verfét 12. *Et voici, les Anges de Dieu montoient & defcendoient par l'échelle ;* au verfet 17. *Ce n'eft ici que la maifon de Dieu ;* au verfet 20. *Si Dieu eft avec moi ;* enfin au verfet 22. *Cette pierre ci que j'ai dreffée pour enfeigne, fera la maifon de Dieu.*

Mais tous ces endroits là ne font pas également concluants. On peut en juftifier quelques uns, comme ceux des verfets 17. & 22, où le nom de *Dieu, Elohim*, n'eft emploié qu'avec celui de *Maifon*, pour dire *Maifon de Dieu*, ce qui exprimoit le nom donné au lieu, où Jacob avoit paffé la nuit. Pour les deux autres endroits, où l'Auteur du Mémoire B eut peu emploier le nom de *Jehovah*, & dire, verfet 12. *Les Anges de l'Eternel, Jehovah*, au lieu de dire, *Les Anges de Dieu, Elohim ;* & verfet

20. *Si l'Eternel est avec moi*, au lieu de, *Si Dieu est avec moi*, je ne balance pas à les regarder comme des exceptions à la regle.

XIII. Le verset 50. du Chapitre XXXI. fournit une autre exception, pareille aux deux dernieres de l'*art.* précedent ; car, quoique ce verset appartienne au Mémoire B, l'Auteur ne laisse pas d'y donner à Dieu le nom d'*Elohim.* « Si tu affliges » mes filles, *y fait-on dire à Laban, par-* » *lant à Jacob*, & si tu prens femmes » outre mes filles, il n'y aura personne » qui en soit tesmoin entre nous ; Regar- » de, Dieu, *Elohim*, sera tesmoin entre » moi & toi. »

XIV. Enfin, dans le Chap. XXXIX, qui appartient au Mémoire B, Joseph donne à Dieu, au verset 9. le nom d'*E-lohim*, lorsqu'il dit à la femme de Poti-phar, pour s'excuser de repondre à ses sollicitations : « Comment feroy-je ce » mal si grand, & pecheroy-je contre » *Elohim*, contre Dieu. »

Dans cet endroit l'exception à la re-gle paroit formelle ; mais peut estre que l'Auteur, quoique attaché à l'usage du nom de *Jehovah*, comme il paroit par le reste de ce Chapitre, a cru qu'il ne convenoit pas de faire parler Joseph de

Jehovah, dans un difcours addreffé à une femme Egyptienne, qui ne connoit pas Dieu fous ce nom.

Il réfulte du détail, qu'on vient de faire de tous les differents noms que l'on a donné à Dieu dans les differents endroits de la Genefe.

Quatre Confequences, qu'on doit tirer du detail qu'on vient de faire.

I. Que des quatorze articles, fous lefquels nous avons rangé toutes les exceptions à la regle, foit réeles, foit prétenduës, il y en a onze qui contiennent differents paffages, où l'on a emploié le nom d'*Elohim, Dieu,* dans le Mémoire B, dont nous regardons l'Auteur comme attaché à donner à Dieu le nom de *Jehovah, l'Eternel,* ou de *Jehovah-Elohim, l'Eternel-Dieu,* favoir les Articles I. II. III. V. VI. VII. X. XI. XII. XIII. XIV.

I. Confequence.

Qu'il n'y en a qu'un, favoir le IV. où l'on trouve un exemple unique du nom de *Jehovah, l'Eternel,* donné à Dieu dans le Mémoire A, dont l'Auteur n'emploie que le nom d'*Elohim, Dieu.*

Qu'il y en a un auffi, qui eft le VIII. où l'on a raffemblé plufieurs exemples, par où il paroit qu'on a donné à Dieu le nom d'*El, le Fort,* tant dans le Mémoire B, que dans le Mémoire A.

Enfin, qu'il y a un feul Article de mefme, favoir le IX. où l'on voit que dans les autres Mémoires particuliers, diftinéts des Mémoires A & B, & que nous avons rangé par cette raifon fous des colomnes differentes, C où D, on n'y parle de Dieu que trez rarement, & que quand on a occafion d'en parler, on lui donne indifferemment le nom d'*Elohim*, Dieu, de *Jehovah*, l'Eternel, d'*El*, le Fort, &c.

II. Confe-
quence.

II. Qu'entre les onze Articles, qui contiennent les exceptions à la regle, qu'on croit trouver dans le Mémoire B, il y en a quatre, le I. le V. le X. & le XI. où les paffages citez ne donnent aucune atteinte à la regle, comme on l'a fait voir ci deffus : que l'Article III. fournit un exemple qui n'eft guere concluant : & qu'ainfi on ne peut regarder comme des exceptions réeles, que celles qui font établies fur les paffages rapportez dans les fix Articles, qui reftent, le II. le VI. le VII. le XII. le XIII. & le XIV.

Qu'à l'égard du Mémoire A, il n'y a qu'un feul Article qui le regarde, favoir le IV. où l'on trouve un exemple unique du nom de *Jehovah*, donné à Dieu dans ce Mémoire, mais un exemple peu fur, comme on l'a prouvé ci-deffus.

Que quant au nom d'*El* le *Fort*, donné à Dieu dans le Mémoire A, de mesme que dans le Mémoire B, cet usage n'interesse en rien la regle que nous admettons, comme on l'a dit ci dessus.

Enfin, qu'on en doit dire autant de l'usage des noms de Dieu, *Elohim* *Jehovah* ou *El* emploiez indifferemment dans les Mémoires particuliers, distincts du Mémoire A & du Mémoire B, par les raisons rapportées ci dessus.

III. Qu'il est certain que l'Auteur du Mémoire B a connu le nom d'*Elohim*, III. Conse-quence. qui estoit le nom que toutes les nations voisines des Hébreux donnoient à Dieu, puisqu'il l'a souvent emploié, joint au nom *Jehovah*, en donnant à Dieu le nom composé de *Jehovah-Elohim* l'E-*ternel-Dieu*; qu'ainsi quoiqu'il fut dans l'usage de lui donner par préference le nom de *Jehovah*, il a peu lui donner aussi celui d'*Elohim*,& le lui donner seul, quand des raisons particulieres ont peu l'y dé-terminer; enfin, qu'il paroit qu'il en a usé ainsi dans les passages rapportez dans les six Articles ci dessus mentionnez.

Que pour l'Auteur du Mémoire A, il est douteux s'il a connu le nom de Dieu, *Jehovah*, parce que l'unique endroit où l'on trouve ce nom dans ce Mémoire,

V. 25. ne paroît pas entierement concluant : mais que s'il l'a connu, il en a
fait trez peu d'ufage, & a évité par refpect de s'en fervir.

Du refte, que les Auteurs des Mémoires A & B, ont connu & emploié
l'un & l'autre, quand il leur a convenu,
les autres noms de Dieu, *El, Adonai,
Schaddai,* & qu'il ne paroit pas qu'ils
fe foient à cet égard affujettis à aucune
regle : & que les Auteurs des autres Mémoires particuliers, qu'on a rangé fous
les colomnes C ou D, ont ufé de la mefme liberté.

**IV. & der-
niere Confe-
quence.** IV. Enfin, que le petit nombre d'exceptions qu'on peut alleguer, loin d'infirmer la regle de la diftinction des noms
de Dieu, à la faveur de laquelle nous
croions pouvoir juger de ce qui appartient au Mémoire A, ou au Mémoire B,
femble fervir au contraire à la confirmer
& à l'autorifer, & que c'eft le cas d'ap-
pliquer l'axiome vulgaire, *Exceptio fir-
mat regulam.*

VIII.

*Second Avantage de mon opinion. Elle
sauve la plufpart des répetitions qu'il y
a dans la Genefe, en les diftribuant en
differents Mémoires. Exemples qui
fervent à juftifier cet avantage.*

Un *fecond* Avantage de l'opinion que
je propofe, c'eft d'éviter les répetitions
choquantes, qui font fi fréquentes dans
la Genefe. On en va juger par quelques
uns des principaux exemples.

I. Aprez un récit détaillé de la création du monde jour par jour, qui remplit
le premier Chapitre, il eft dit au Chapitre II. verfets 1. 2. 3. *Les cieux donc &
la terre furent achevez avec toute leur
armée ; & Dieu eut achevé au feptieme
jour fon œuvre qu'il avoit faite, & il fe re-
pofa au feptieme jour de toute œuvre qu'il
avoit faite ; & Dieu benit le feptieme
jour, & le fanctifia, parce qu'en ce jour
là il s'eftoit repofé de toute fon œuvre
qu'il avoit créée pour eftre faite.* Cependant on trouve aprez, depuis le verfet
4. du mefme Chapitre, jufqu'à la fin du
Chapitre IV. un autre récit, où l'on parle, à la verité en peu de mots, de la
création de l'univers, & de celle des

Second avan-
tage de mon
opinion. Elle
fauve la pluf-
part des ré-
petitions de
la Genefe.

Premier
Exemple.

plantes, des animaux & de l'homme, mais où l'on entre dans un détail particulier fur la création d'Eve ; aprez quoi on fait la defcription du Paradis terreftre, & on rapporte la tentation d'Eve, la chute d'Adam, & leur punition.

Cette répetition a paru fi choquante à tous les Traducteurs, mefme à ceux qui ont fait la verfion de Geneve, qu'ils ont tâché de la pallier, en traduifant les préterits parfaits, ou les aoriftes, qui font les feuls qu'il y ait en Hébreu, par des préterits plus que parfaits, qui ne font point connus dans la langue Hébraïque. Ainfi ils ont traduit, Ch. II. v. 7. *L'Eternel avoit formé l'homme de la poudre de laterre, & avoit foufflé és narines d'icelui refpiration de vie, dont l'homme fut fait en ame vivante;* au lieu qu'il y a dans l'original, *Or l'Eternel forma l'homme de la poudre de la terre, & fouffla ez narines d'icelui refpiration de vie, dont l'homme fut fait en ame vivante.* & ainfi de tous les autres endroits de cette narration, par où ils ont taché de reprefenter comme une fimple récapitulation du premier recit, ce qui eft dans le vrai un fecond recit, accompagné de quelques circonftances nouvelles.

Mais dans mon opinion il n'y a aucun
befoin

befoin de faire la moindre violence aux paroles du Texte, ni de chercher à pallier la répetition, car il n'y en a aucune. Le premier recit appartient à un premier Mémoire A, & le fecond, à un fecond B, que Moyfe a trouvé à propos de joindre enfemble, pour les conferver tous deux, à caufe de quelques particularitez importantes qu'il y a dans chacun, & qu'il a cru devoir tranfmettre à la pofterité.

II. On trouve des répetitions pareilles dans l'hiftoire du Déluge.

Second Exemple.

1°. On y fait une defcription vive de la corruption des hommes avant le Deluge, depuis le verfet 1. du Chapitre VI. jufqu'au verfet 8. & l'on en trouve une autre defcription à peu prez pareille, depuis le verfet 11. du mefme Chapitre, jufqu'au verfet 14.

2°. Depuis le verfet 19. du Chapitre VI. jufqu'au verfet 21. Dieu ordonne en détail à Noé de recevoir dans l'Arche un certain nombre de paires d'animaux, d'oifeaux, & de reptiles, & l'on ajoute au verfet 22. que Noé *fit felon toutes les chofes, que Dieu lui avoit commandées.* On trouve les mefmes ordres donnez par *l'Eternel* à Noé, depuis le verfet 1. du Chapitre VII. jufqu'au verfet

Q

4. & l'on ajoute de mefme au verfet 5.
que *Noé fit felon toutes les chofes, que
l'Eternel lui avoit commandées.*

3°. Au Chapitre VII. verfet 6. il eft
dit, que *Noé eftoit agé de fix cent ans,
quand le Déluge des eaux advint fur la
terre;* & au verfet 11. du mefme Chapitre on répete, qu'*en l'an fix cent de
la vie de Noé . . . . . toutes les fontaines
du grand abyfme furent rompuës.* Depuis le verfet 8. jufqu'au verfet 10. on
marque que *toutes les beftes entrerent
dans l'arche deux à deux, à favoir mafle
& femelle;* & la mefme chofe eft répetée un peu plus bas, depuis le verfet 14.
jufqu'au verfet 16.

4°. Enfin, les verfets 18. 19. & 20.
difent chacun, prefque dans les mefmes
termes, que *les eaux fe renforcerent,
& couvrirent les plus hautes montagnes;*
& dans les verfets qui fuivent, 21. 22.
& 23. on trouve de mefme dans chacun,
que *toute chofe, qui fe mouvoit fur la
terre, ou qui avoit refpiration de vie,
expira, mourut, ou fut raclée.*

Ces dernieres répetitions, placées fi
préz les unes des autres, paroiffent furtout avoir deplu à M. de Sacy, qui n'a
rien negligé pour tâcher de les affoiblir
dans fa traduction par l'art avec lequel

il a rendu ces six derniers versets. Pour nous, nous n'en sommes point choquez, & nous n'avons point sujet de l'estre, puisqu'il nous paroit visible que ces répetitions appartiennent à deux Mémoires differents, sous lesquels il a esté facile de les ranger, comme nous avons fait. Il a falu seulement rapporter à un troisieme Mémoire le 20. & le 23. versets, où les mesmes choses estoient répetées pour la troisieme fois, & nous ne savons pas si cet expédient ne seroit pas utile pour sauver quelques autres répetitions.

III. Au Chapitre X. versets 22-25. Troisieme Exemple. on trouve la descendance genéalogique de Sem jusqu'à Peleg, & à son frere Joctan ; aprés quoi, sans parler des enfans de Peleg, on rapporte la posterité de Joctan aux versets suivants, depuis le 26. jusqu'au 29. La mesme descendance genéalogique de Sem jusqu'à Peleg est rapportée au Chapitre XI. depuis le verset 10. jusqu'au verset 19. Mais il est aisé de sauver cette répetition, en rapportant, comme nous avons fait, ces deux genéalogies à deux differents Mémoires, aisez à distinguer ; la derniere, qui est au Chapitre XI. & qui va depuis Sem jusqu'à Abraham, appartient au

Q ij

Mémoire A , de mefme que la genéalogie d'Adam jufqu'à Noé, qui eft au Chapitre V. & dont cette derniere n'eft qu'u-
ne fuite, comme il paroit tant en ce qu'on
n'y nomme jamais , dans l'une & dans
l'autre , qu'un feul des enfants , favoir
celui qui eft dans la ligne directe d'A-
braham ; qu'en ce que la forme , qu'on y
a fuivie , eft la mefme dans toutes les
deux , & qu'on y dit toujours , *Un tel
vécut tant, & engendra un tel , aprez
quoi il vécut tant, & engendra fils &
filles.* Pour l'autre genéalogie , rapportée au Chapitre X. il eft certain qu'elle
appartient au Mémoire B , parce que le
nom de *Jehovah* y eft donné à Dieu au
verfet 9. L'attention qu'on a d'y rapporter les noms des treize fils de Joctan,
feroit foupçonner que l'Auteur de ce
Mémoire devoit eftre voifin des Arabes,
defcendus des fils de Joctan , ou avoit
quelque relation particuliere avec eux.

*Quatrieme
Exemple.*

IV. Il y a encore une répetition fenfible au Chapitre XXXI. Il y eft queftion de l'alliance que Laban fit avec Jacob fon gendre , quand il l'eut atteint ,
comme il fe retiroit dans la terre de
Chanaan. Aprez avoir dit qu'ils éleve-
rent un monceau de pierres , pour fervir
de monument de cette alliance, on ajoute

aux verfets 48. 49. & 50. *Et Laban
dit, Ce monceau fera aujourd'hui temoin
entre moi & toi.* C'eft pourquoi il fut
nommé *Gal-hed.* Il fut auffi appellé *Mitf-
pa,* parce que Laban dit, *Que l'Eternel
prenne garde à moi & à toi, quand nous
nous ferons retirez l'un d'avec l'autre;
fi tu maltraite mes filles, & fi tu prens
une autre femme que mes filles, ce ne
fera pas un homme qui fera temoin entre nous; prens y bien garde; c'eft Dieu
qui eft temoin entre toi & moi.* Les
mefmes difcours, à peu de chofe prez,
font répetez aux trois verfets qui fuivent, 51. 52. & 53. *Et Laban dit encore à Jacob,* y eft-il dit, *Regarde ce
monceau, & confidere le monument que
j'ai dreffé entre moi & toi. Ce monceau
fera temoin, & ce monument fera temoin
que ni moi venant vers toi ne pafferai
point ce monceau, ni toi venant vers
moi ne pafferas point ce monceau & ce
monument pour me faire du mal. Que les
Dieux d'Abraham, & les Dieux de Nachor, les Dieux de leur pere jugent entre
nous.* Mais il eft aifé d'éviter cette répetition, en rapportant au Mémoire B les
trois premiers verfets 48. 49. 50. qui y
appartiennent, parce que le nom de l'*E-
ternel* y eft donné à Dieu: Et au Mé-

moire A les trois derniers, 51.52.53.
comme je l'ai fait dans la distribution de
la Genese.

IX.

Les répetitions qu'on ne sauve point par
ce moien, peuvent venir de plusieurs
causes, qui servent à les excuser. Dé-
tail de plusieurs de ces causes.

Autres cau-
ses des répe-
titions qu'on
trouve dans
la Genese.

Il faut cependant convenir, que l'expédient des differents Mémoires ne suffit
pas pour sauver toutes les répetitions,
qu'on trouve dans la Genese ; & qu'il
en reste beaucoup d'autres, qui viennent de plusieurs causes particulieres.

I. Les addi-
tions ou no-
tes, qui ont
passé de la
marge dans
le texte.

I, Il y en a quelques unes, qu'on ne
doit pas mettre sur le compte de Moyse,
qui a composé la Genese, ni mesme sur
celui des Auteurs qui ont écrit les Mémoires, dont nous croions qu'elle a esté
formée, mais qui viennent de ce qu'on a
inseré dans le texte, en le transcrivant,
des notes ou des explications, qu'on
avoit ajoutées à la marge pour l'éclaircir. C'est ainsi qu'au Chapitre XIII.18.
XXIII. 2. & 19. & XXXV. 27. en parlant de Mamré, ou Kiriath-Arbe qui sont
le mesme lieu, on ne manque pas d'y
ajouter toujours, *qui est Hébron.* Mais

il eſt viſible que cette répetition ne vient
que de ce que les copiſtes ont inſeré dans
le texte une note marginale, qu'on n'a-
voit ajoutée que pour indiquer le nom
moderne d'un lieu, qui en avoit eu un
autre du tems d'Abraham, & meſme du
tems de Moyſe, mais qui n'eſtoit plus
en uſage, quand on eut beſoin d'ajouter
la note marginale.

II. Il y en a d'autres qui ſont duës au
genie de la langue Hébraïque, laquelle
manque ſouvent de mots propres, à la
place deſquels on eſt obligé d'employer
des circonlocutions, qui ont l'air de répetitions. C'eſt ainſi qu'au Chapitre
XXIX. Jacob répete trois fois dans le
verſet 10. ces mots, *le frere de ma mere*: *Et il arriva que quand Jacob eut vû
Rachel, fille de Laban, frere de ſa mere,
& le troupeau de Laban, frere de ſa
mere, il s'approcha & roula la pierre
de deſſus l'ouverture du puits, & abbreu-
va le troupeau de Laban, frere de ſa
mere.* S'il y avoit eu en Hébreu un mot
propre pour dire *couſine germaine*, & un
autre pour dire *oncle*, il n'y auroit pas
eu de répetition dans cet endroit, & le
verſet auroit eſté ainſi conceu. *Et il arriva que quand Jacob eut vu Rachel fille
de Laban, ſa couſine germaine, & le*

Q iiij

II. Le genie
de la langue
Hébraique
qui manque
de mots pro-
pres.

*troupeau de Laban son oncle , il s'appro-
cha , & roula la pierre de dessus l'ouverture du puits , & abreuva le troupeau de
Laban son oncle.*

De mesme au Chapitre XXV. verset
30. Esaü dit à Jacob , *Donne-moi à
manger , je te prie , de ce roux , roux ,
car je suis las.* Si au lieu de la répetition
choquante , *de ce roux roux* , on emploie
le superlatif qui manque en Hébreu , &
que cette répetition sert à exprimer , on
trouvera qu'Esaü demandoit à son frere
de ce mets *fort roux* , qu'il avoit prepa-
ré , ce qui est trez simple , & trez propre
à designer le plat de lentilles , dont il estoit question.

Il y a un autre exemple d'une répetition semblable au Chapitre XIV. de la
Génese , verset 10. où il est dit que dans
la vallée de Siddim , que la mer morte
couvre à present , *il y avoit puits , puits
de bitume , putei , putei bituminis,* pour
dire , qu'il y avoit *beaucoup de puits de
bitume ,* c'est-à-dire , *d'où l'on tiroit du
bitume.*

On trouve un troisieme exemple d'une
pareille répetition , pour tenir lieu de superlatif , au Chapitre XLIX. verset 22.
où Jacob en benissant Joseph dit , « Jo-
» seph est un rameau foisonnant , un ra-

» meau foifonnant prez de la fontaine:
» les branches en ont couru fur la mu-
» raille ». Ce qui fignifie que Jofeph eft
un gros rameau trez étendu, tel qu'un
arbre planté prez d'une fontaine, & que
fes branches s'étendent par deffus la muraille.

III. Il y a d'autres répetitions, qui
font des formules de civilité & de refpect, établies alors par l'ufage, & dont
il n'eftoit pas permis de fe difpenfer,
quand on parloit à un fuperieur. Ainfi au
Chapitre XVIII. verfet 27. Abraham
dit à Dieu, *Voici maintenant j'ai pris
la hardieffe de parler au Seigneur, quoique je ne fois que poudre & que cendre.*
Au verfet 30. Abraham répete, *Je prie
le Seigneur de ne s'irriter pas, fi je parle
encore.* Et au verfet 31. il dit pour la
troifieme fois, *Voici maintenant, j'ai
pris la hardieffe de parler au Seigneur.*
Et au verfet 32. *Je prie le Seigneur de
ne s'irriter pas, je parlerai encore une
feule fois.* Mais ces répetitions eftoient
d'efpeces de formules, qui fervoient à
marquer le refpect de l'inferieur pour le
fuperieur, comme on peut en juger par
l'exemple de Juda, quand il adreffe la
parole à Jofeph, premier miniftre de
Pharaon, pour l'adoucir fur le compte

III. Formules
de civilité é-
tablies par
l'ufage.

Q v

de Benjamin, Chapitre XLIV. 18. *Hélas ! Monseigneur, je te prie, que ton serviteur dise un mot, & que Monseigneur l'écoute, & que ta colere ne s'enflamme point contre ton serviteur.* Et par l'exemple de Gedéon, qui en adressant la parole à l'Ange de l'Eternel, qui lui estoit apparu, lui parle en ces termes, *Juges,* Chap. V. 39. *Que ta colere ne s'embrase point contre moi : je parlerai seulement cette fois.*

IV. Necessité de répeter, pour faire une impression plus forte.

IV. Il y a plusieurs répetitions, qui ont esté necessaires pour faire une impression plus forte, & qui paroissent avoir esté emploiées dans cette intention. A la verité, je n'en connois point d'exemple dans la Genese, mais les exemples n'en sont pas rares dans l'Exode, & dans les autres livres legislatifs du Pentateuque. Comme le peuple Hébreu estoit un peuple *duræ cervicis, de col roide, Exode,* XXXII. 9. XXXIII. 5. XXXIV. 9. c'est-à-dire, opiniastre, entesté, livré à ses préventions, enclin au murmure & à l'idolatrie, qui aprez les merveilles que Moyse avoit operées pour le tirer d'Egypte, & lui faire traverser la mer rouge, se livra follement à l'idolatrie du veau d'or, qui murmuroit à chaque pas, dés qu'il craignoit de

manquer de quelque chofe, qui nonobf-
tant les miracles éclatants que Dieu faifoit en fa faveur pendant fa demeure
dans le defert, ne laiffoit pas d'y adorer [a] des fauffes divinitez, & d'y porter
les idoles des nations voifines, il eftoit
trez neceffaire d'infifter plus d'une fois
fur les loix morales & céremonielles,
que Dieu lui prefcrivoit, & de les lui
répeter fouvent; & delà viennent les fréquentes répetitions de l'Exode. L'expé-
rience nous apprend que le peuple eft
beaucoup plus fortement touché d'une
verité, & quelquefois mefme d'une erreur plufieurs fois répetée, quoiqu'on ne
faffe fimplement que la redire, que d'une
verité, quelque évidente qu'elle foit, ou
quelque bien prouvée qu'elle puiffe eftre, fi on fe contente de ne la lui prefen-
ter qu'une feule fois.

V. On peut regarder comme une cinquieme caufe de ces répetitions, la pauvreté mefme de la langue Hébraïque,
qui eftoit peu abondante en mots; où
les verbes n'avoient point d'autres tems,
que le préfent, l'infinitif, le préterit &
le futur; où les cas des noms n'eftoient
point marquez par des inflexions diffé-

V. Pauvreté de la langue Hébraïque dans les conjugaifons des verbes, dans les déclinaifons des noms, dans l'ufage des inverfions.

[a] Le Prophete Amos, V. 25. & S. Etienne,
Actes des Apoftres, VII. 42. 43.

rentes ; où il n'y avoit point d'inverfions , & où par le génie de la langue, il
ne pouvoit pas mefme y en avoir ; où la
conftruction eftoit prefque toujours la
mefme , ce qui mettoit une monotonie
conftante dans le ftyle , &c. Par toutes
ces raifons , on eftoit prefque forcé de
rendre les mefmes chofes dans cette langue dans les mefmes termes , quand on
eftoit obligé d'en parler une feconde
fois. Ainfi il eft dit, aprez la création,
I. 28. que *Dieu benit Adam & Eve,*
& leur dit , Croiffez , multipliez & rem-
pliffez la terre , & l'affujettiffez , & do-
minez fur les poiffons de la mer , & fur
les oifeaux des cieux , & fur toute befte
qui fe meut fur la terre. Et il eft dit de
mefme aprez le Déluge, IX. 1. 2. que
Dieu benit Noé & fes fils , & leur dit ,
Croiffez , multipliez & rempliffez la ter-
re , & que toutes les beftes de la terre ,
tous les oifeaux des cieux , avec tout ce
qui fe meut fur la terre , & tous les poif-
fons de la mer , vous craignent & vous
redoutent.

Pareillement, quand Jacob, en allant
en Mefopotamie, eut eu à Bethel une
vifion pendant le fommeil, il eft dit,
XXVIII. 18. & 19. *qu'il fe leva de bon*
matin , & prit la pierre , dont il avoit

fait son chevet, & la dressa pour mo-
nument, & versa de l'huile sur son som-
met, & qu'il appella le nom de ce lieu,
Bethel. Quand aprez son retour de Mesopotamie, il eut eu une seconde vision
au mesme lieu, il est dit de mesme
XXXV. 14. 15. *qu'il dressa un monu-*
ment au lieu, où Dieu *avoit parlé avec*
lui, savoir, une pierre pour monument,
& qu'il répandit dessus une aspersion, &
y versa de l'huile ; & qu'il nomma le
lieu, Bethel.

VI. Les *idiotismes,* qui estoient propres à la langue hébraique, y avoient
introduit beaucoup d'élocutions, que
nous regarderions comme des repetitions, mais que les Hebreux ne regardoient pas de mesme. Je ne citerai que
l'exemple de la particule, *Voici, ecce,*
en Hebreu, הן, *hen,* ou הנה, *hinne, si*
souvent repetée dans la Genese, surtout
dans les narrations, lorsqu'on raconte
quelque chose de subit & d'imprevu ;
comme au Chapitre XXXVII. où Joseph raconte ses songes, & où il dit,
vers. 7. « Voici nous lions des gerbes
» parmi le champ, & lors ma gerbe se
» leva,..... Et voici vos gerbes l'en-
» vironnerent ». *vers.* 9. « Voici, *dit-il*
» *de mesme,* j'ai songé encore un songe,

VI. *Idiotis-*
mes propres
à la langue
Hébraïque,
pris mal à
propos pour
des répeti-
tions.

» & voici le foleil, &c ». *verf.* 29. « Et
» voici Jofeph n'eftoit plus dans la
» foffe ». On trouve de pareils exemples
dans tout le refte de la Genefe, mais on
fe contentera d'indiquer les Chapitres
XIX. 19. 20. 21 : XXIV. 13. 15. 30.
43. 45. 51. 63 : XXVIII. 12. 13. 15 :
XLI. 2. 3.

On faifoit en Latin à peu prez le mefme ufage de la particule, *Ecce,* & dans
les mefmes circonftances. Les exemples
en font trop communs, pour qu'il foit
neceffaire d'en rapporter. Il fuffit de
remarquer qu'un [a] ancien Commentateur obferve, que Ciceron avoit accouftumé de fe fervir de cette particule dans
tous les cas, où il s'agiffoit de quelque
chofe d'imprevu, & il ajoute que Virgile a
fuivi cet exemple : *Proprium hoc Cice-
ronis eft,* dit-il, *in rebus improvifis, ecce autem, quod cum curâ Virgilius & le-
git & tranftulit.* Cela peut fervir à juftifier l'ufage des Hebreux ; mais quelque
idée qu'on veuille fe faire de cette repetition de la particule *Voici* en hebreu,
on ne doit point avoir moins d'indul-
gence pour l'excufer, que pour excufer en
grec la repetition importune des particu-
les expletives, μὲν, μὴν, δὲ, δὴ, τὲ, γὲ, πέρ,

[a] Afconius, *in 2. Verr.*

ἄρα, ρὰ, &c. ſi communes dans cette langue.

VII. Independamment meſme de tou-
tes ces raiſons, l'uſage ſeul ſuffiſoit pour
autoriſer ces repetitions. Dans ces premiers tems on écrivoit comme on parloit, & l'on ſait qu'on ſe répete dans la
converſation. C'eſt conformement à cet
uſage que l'Auteur du premier Mémoire
de la Geneſe, aiant rapporté, I. 11. que
Dieu dit, *que la terre pouſſe ſon jet,
ſavoir, de l'herbe portant de la ſemence,
& des arbres fruitiers, portant du fruit
ſelon leur eſpece, qui aient leur ſemence
en eux meſmes ſur la terre, & aiant ajou-*
té qu'*il fut ainſi,* il repete preſque dans
les meſmes termes, verſet 12. que *la
terre produiſit ſon jet, ſavoir, de l'herbe
portant de la ſemence ſelon ſon eſpece,
& des arbres portant du fruit, qui
avoient leur ſemence en eux meſmes, ſelon leur eſpece.*

De meſme, quoique l'Auteur de l'hiſtoire de Joſeph eut expoſé le ſonge de
Pharaon au commencement du Chapitre
XLI. 1.-4. il introduit Pharaon, qui
répete le meſme détail à Joſeph, preſque
dans les meſmes termes dans le meſme
Chapitre, verſets 17.-20. & qui n'y
ajoute que la legere circonſtance rapportée au verſet 21.

VII. L'uſage
où l'on eſtoit
dans ces pre-
miers tems
d'emploier
beaucoup de
répetitions.

Ce qui peut estre prouvé par l'exemple d'Homere,

Ce que l'on dit ici de l'usage des répetitions dans les premiers siecles, peut estre autorisé par l'exemple d'Homere. Quoique ce Poëte ait vecu longtems aprez Moyse, & surtout longtems aprez ceux de qui sont les Mémoires, dont Moyse s'est servi ; qu'il ait écrit dans une langue plus féconde, plus variée, & mieux cultivée que la langue hébraique ; & qu'il ait écrit en vers, ce qui demande plus d'attention & plus de correction, cela n'empeche pas que ses Poëmes ne soient pleins de répetitions. [a] « Chaque » Messager y rend mot pour mot le dis- » cours qu'on l'a chargé de faire, & que » le Lecteur sait deja ; on y décrit la » maniere, dont Paris s'arme pour com- » battre Menelas, & on emploie ailleurs » la mesme description pour un autre » Heros ; le mesme sacrifice revient plus » d'une fois ; la mesme peinture sert à » plusieurs batailles ; dans le combat des » Dieux, un des combattans dit à son » adversaire les mesmes fanfaronades, » que quelque Grec a dit à un Troien ; » il n'y a que deux ou trois formules pour » la mort de deux cent hommes. »

Cependant, malgré tous ces défauts,

[a] M. de la Motte, *Réflexions sur la Critique*, p. 159.

les beautez réeles, qu'il y a dans les
Poëmes d'Homere, prévalent. Loin de
blamer les répetitions, qu'on y trouve,
on a porté la prévention, jufqu'à chercher de lui en faire [a] honneur, je doute
qu'on adopte facilement ce parti ; mais
du moins, malgré toutes fes répetitions,
Homere ne laiffe pas d'eftre le divin Homere. Pourquoi donc Moyfe, qui avec
plus [b] de beautez, a beaucoup moins [c] de
défauts & de répetitions, ne fera-t-il pas
auffi le divin Moyfe, à ne le confiderer
mefme que comme un fimple Hiftorien.
Son ftile eft, à la vérité, fimple, négligé, fans ornemens ; mais fon ftile eft ex-
preffif, noble, élevé, & mefme fublime,
quand la matiere le comporte, ou le de-

[a] Nefcio quomodo Homerum repetitio illa
unicè decet, & eft genio antiqui Poëtæ digna?
Macrob. Saturn. Lib. V. Cap. 15.

[b] Par les beautez qu'il y a dans le Livre de
la Genefe, je n'entends point parler de peintures vives, ou de defcriptions agréables,
qu'on ne doit point chercher dans une Hiftoire
auffi abregée, mais de la nobleffe des idées
qu'on y donne de la grandeur de Dieu, & de
la fublimité avec laquelle on en parle.

[c] Un des defauts qu'on trouve dans Homere, & qu'on ne trouve pas dans Moyfe, eft
l'ufage des differentes dialectes, qu'on ne fauroit juftifier dans l'Iliade & dans l'Odyffée, &
qui en diminuent la beauté.

mande. On peut s'en rapporter au fentiment de Longin, Juge éclairé dans
cette matiere. Cet Auteur, quoique
payen, reconnoit que « le [a] Legiflateur
» des Juifs, qui n'eftoit pas, *dit-il*, un
» homme ordinaire, aiant fort bien con-
» nu la grandeur & la puiffance de Dieu,
» l'a exprimée dans toute fa dignité au
» commencement de fes loix par ces pa-
» roles : *Dieu dit que la lumiere fe faffe,*
» *& la lumiere fe fit : que la terre fe*
» *faffe, & la terre fut faite.* »

X.

Troifieme & principal Avantage de mon
opinion. *Elle fait difparoitre les Anti-*
chronifmes, c'eft-à-dire, les renverfe-
ments d'ordre dans la Chronologie, qui
fe trouvent dans la Genefe. Deux
exemples d'Anti-chronifmes évidents,
qui difparoiffent par cette méthode.

Troifieme A-
vantage de
mon opinion.
Elle fait dif-
paroitre tous
les antichro-
nifmes de la
Genefe.

L'avantage le plus grand de l'opinion, que je propofe, c'eft de faire difparoitre les *Antichronifmes* & les *Hyfte-*
rologies, c'eft à dire, les renverfements
dans l'ordre de la chronologie, & dans
la fuite de la narration. Envain les Com-

[a] Traité du Sublime, *de la traduction de*
Boileau, Chap. VII.

mentateurs travaillent-ils pour tacher d'en rendre raison, ou du moins de les excufer. Les Docteurs Juifs, qui ont defefperé d'y réuffir, ont depuis long-tems pris le parti d'établir, comme une maxime, qu'il n'y a ni anteriorité, ni pofteriorité dans le Livre de la Loi. a *In Lege non eft antepofitio, aut poftpofitio.*

Comme la matiere eft extremement importante, il convient d'examiner chaque article en particulier felon l'ordre de la Genefe. On en fentira mieux les difficultez, & on en fera plus en état de juger du mérite d'une opinion, où l'on voit qu'elles s'évanouiffent de foi mefme.

I. Dans le Chapitre XXIV. il s'agit des ordres qu'Abraham donna au ferviteur, qu'il envoioit à Charran chercher dans fa famille une femme pour Ifaac fon fils ; de la demande que ce ferviteur fit de Rebecca, fille de Bathuel, & petite niece d'Abraham ; du fuccez de fa demande & de l'arrivée de Rebecca dans le païs de Chanaan, où fon mariage avec

I. Exemple. L'antichronifme qui fait mourir Abraham avant la naiffance des fils d'Ifaac,

a Menaffé ben Ifraël, *In Conciliatore, quæft.* XXXV. *in Genefim.*

Plufieurs Commentateurs Chreftiens ont, à l'exemple des Juifs, avancé cette étrange propofition comme une efpece d'axiome, *in Lege neque prius, neque pofterius effe.*

Isaac fut consommé. On parle enfuite dans le Chapitre d'aprez XXV. verſet 1.-6. du ſecond mariage d'Abraham avec Cethura, des enfants qu'il en eut, & de la poſterité de ces enfants. On raconte, verſets 7.-11. la mort d'Abraham, & les funerailles que lui firent ſes deux fils, Iſaac & Iſmaël, d'où l'on prend occaſion, verſets 12.-18. de rapporter la poſterité d'Iſmaël, dont on fait le dénombrement. Aprez quoi, revenant à Iſaac, verſet 19. juſqu'à la fin du Chapitre, on parle de ſon mariage, de la ſterilité de Rebecca, & enfin de la naiſſance d'Eſaü & de Jacob.

A ſuivre l'ordre de cette narration, on ſe perſuaderoit qu'Iſaac ne ſe maria, & à plus forte raiſon, que ſes fils ne naquirent, qu'aprez la mort d'Abraham, & c'eſt ainſi que Joſephe l'a entendu, puiſqu'il dit [a] que « Rebecca, femme » d'Iſaac, devint enceinte aprez la mort » d'Abraham. *Iſaaco, poſt Abrahami* » *mortem, gravida faēta eſt uxor.* » Mais Joſephe s'eſt trompé, & l'on ſe tromperoit avec lui, ſi on prenoit ce parti, ſans faire attention à pluſieurs

[a] Ἰσάκῳ δὲ μετὰ τὴν Ἀβράμυ τελευτὴν ἰκύει τὸ γύναιον. *Antiquitat. Judaicar. Lib. I. Cap. 18.*

faits rapportez dans la Genese, qui établissent le contraire avec évidence.

Abraham estoit agé de 100 ans, quand Isaac naquit. XXI. 5. & Isaac avoit 40. ans, quand il se maria. XXV. 20. Et 60. quand ses deux fils, Esaü & Jacob, naquirent. XXV. 26. Ainsi le mariage d'Isaac répond à l'an 140. de l'age d'Abraham, & la naissance d'Esaü & de Jacob à l'an 160. Or Abraham vecut 175. ans, XXV. 7. Donc le mariage d'Isaac se fit 35. ans avant la mort d'Abraham, & Abraham ne mourut que 15. ans aprez la naissance des deux fils d'Isaac.

Ce calcul est si aisé à faire, qu'il n'y a presque point de Commentateur qui ne l'ait fait, & comme il n'y a aucun moien de l'éluder, ils se sont tous vus forcez de convenir que c'estoit une négligence, qu'il faloit excuser, quoiqu'elle renversast l'ordre de la narration & de la chronologie. Dans le fond, ils n'avoient rien de meilleur à dire dans l'opinion commune; mais dans l'opinion, que je propose, tout se trouve en regle, pour la suite de la narration, & pour l'ordre de la chronologie, parce que le verset 19. du Chapitre XXV. qui appartient au Mémoire B, va se joindre à

Disparoit par l'arrangement que je donne à la Genese.

la fin du Chapitre XXIV. qui appartient au mefme Mémoire, & dont il eft une fuite ; & que les dix-huit verfets du commencement du Chapitre XXV. fe rangent d'eux mefmes fous deux autres Mémoires, aufquels il eft évident qu'ils appartiennent, comme on a peu le voir ci-deffus [a].

II. Exemple.
L'hiftoire des fils de Juda & de leurs mariages.

II. Le Chapitre XXXVIII. forme une difficulté encore plus grande. Aprez avoir rapporté dans le Chapitre précedent de quelle maniere Jofeph fut vendu par fes freres à des Madianites, qui le menerent en Egypte, on commence le Chapitre fuivant XXXVIII. par ces mots. *Il arriva qu'en ce tems là Juda defcendit d'auprez de fes freres, & fe retira chez un homme Hadullamite, qui avoit nom Hira*, & on dit tout de fuite que Juda s'y maria avec la fille de Suah, Chananéen ; qu'il en eut trois fils, Her, Onan & Sela ; qu'il maria Her, l'aîné, avec Thamar ; qu'Her eftant mort, il fit époufer Thamar par fon fecond fils Onan, pour *fufciter lignée à fon frere*, felon l'ufage déflors établi ; que celui-ci eftant mort de mefme, Juda differa de donner

a Dans la diftribution mefme de la Genefe, & on le verra plus en détail, dans la Remarque XV.

pour mari à Thamar fon troifieme fils Sela, fous pretexte qu'il eftoit trop jeune ;
que quelque tems aprez, Thamar voiant
que Juda l'amufoit, fe détermina à lui
faire la fupercherie, rapportée aux verfets 14.-18. & qu'il en vint deux fils,
Pherez & Zara. On apprend d'ailleurs,
Chapitre XLVI, 12. que Pherez eftoit
marié, & avoit deux enfants, Hetfron
& Hamul, quand il defcendit en Egypte avec Jacob fon grand pere.

Voilà bien des évenements arrivez, à
ce qu'il femble, depuis que Jofeph fut
vendu par fes freres, jufqu'à la defcente
de Jacob en Egypte. Fixons la durée
de cet intervalle, & voions fi dans cet
efpace de tems ils ont pu arriver. Quand
Jofeph fut vendu, il eftoit agé de 17.
ans. XXXVII. 2 : il avoit 30. ans,
quand il fut prefenté à Pharaon. XLI.
46 : ainfi en comptant les fept années
d'abondance, & deux années de fterilité,
il devoit avoir 39. ans, quand il fe fit
connoitre à fes freres, puifque leur fecond voiage en Egypte fe fit la feconde
année de fterilité. XLV. 6. & il devoit
en avoir 40, quand fon pere Jacob defcendit en Egypte, puifqu'il eft certain
que Jacob n'y arriva qu'environ un an
aprez le fecond voiage de fes enfants.

Par confequent, en oftant 17. de 40. il
fe trouve que l'efpace de tems entre la
vente de Jofeph, & la defcente de Jacob en Egypte, doit eftre de 23. ans, &
tous les Commentateurs en conviennent.

Mais il eft manifeftement impoffible,
que dans un intervalle de 23. ans, Juda
fe marie ; que fa femme lui faffe trois
fils ; que les deux premiers foient en age
d'époufer Thamar, & l'époufent fucceffivement ; qu'aprez la mort du fecond,
Juda pendant quelque tems amufe Thamar du mariage de fon troifieme fils ; que
Thamar, laffe d'attendre, trompe Juda,
& conçoive de lui deux gemeaux, dont
l'ainé fe marie & engendre deux enfants.
Comme tous les Commentateurs tombent d'accord de cette impoffibilité, il
feroit inutile de s'arrefter à la prouver.

Mal expli-
quée en fup-
pofant que
les deux fils
de Pherez
naquirent en
Egypte.

Pour tacher de fortir de cet embarras,
on a pris deux partis oppofez. Quelques
uns par [a] refpect, à ce qu'ils difent, pour
[a] Joh. Henric. Heideggerus, *Hiftoriæ Patriarchar. Tom. II. Exercitat.* XVIII. *Thefi* 13.

Salianus, *Annal. Ecclefiaft. ad annum Mundi*
2323. *ufque ad annum* 2329.

Nicolaus Abrahamus *in Pharo veteris Teftamenti, Lib.* IX. *Cap.* 27.

Henricus Hammondus *in Adnotationibus in
verfum* 14. VII. *Actuum Apoftolorum.*

Jacobus Bonfrerius, *Comment. in Genefim,
Cap.* XXXVIII. 1.

la

la narration de Moyfe, foutiennent que
cette hiftoire de Juda & de fes enfants
eft à fa place, & qu'elle eft veritablement arrivée aprez la vente de Jofeph;
qu'à la verité Pherez, l'ainé des enfants
de Juda & de Thamar, n'a peu eftre marié; encore moins avoir des enfants,
lors de la defcente de Jacob en Egypte,
& que Moyfe n'a pas non plus prétendu
le dire, quand il a fait mention de ces
deux enfants dans le dénombrement des
des enfants de Juda, au Chapitre XLVI.
12. mais qu'il n'en a parlé, que parce
qu'ils naquirent en Egypte pendant les
dix-fept années que Jacob y vecut encore, & que par cette raifon, ils ont deu
eftre comptez, comme s'ils y eftoient
entrez avec lui.

Ils croient pouvoir autorifer ce fentiment par l'exemple des fils, que Moyfe
donne à Benjamin au nombre de dix,
XLVI. 21. quand il defcendit en Egypte avec Jacob fon pere. Selon eux, il
eftoit abfolument impoffible, vû l'age
que Benjamin avoit alors, que tous ces
dix enfants fuffent deja nez, & il faut
neceffairement fuppofer que la plufpart
ne naquirent qu'en Egypte : mais ils
croient que Moyfe n'a pas laiffé d'en faire mention, comme s'ils eftoient entrez

R

en Egypte avec Jacob, parce qu'ils prétendent avec [a] Saint Auguſtin, que le
tems de l'entrée de Jacob & de ſa famille
en Egypte doit s'entendre de [b] toute la
vie de Joſeph, attendu que c'eſt Joſeph
qui avoit eſté cauſe que Jacob y eſtoit
venu. *Introitum Jacobi in Ægyptum,*
dit Saint Auguſtin, ... *non unum
diem vel unum annum, ſed totum illud
eſſe tempus, quandiù vixit Joſeph, per
quem factum eſt ut intrarent.*

Mais ces conjectures ſont formelle-
ment détruites par le texte de la Geneſe.
1°. Moyſe dit expreſſement, Chapitre
XLVI. 7. que *Jacob amena avec lui en
Egypte ſes enfants, & les enfants de ſes
enfants,* ce qui ne peut s'entendre que
d'enfants deja nez : 2°. Moyſe, aprez
avoir fait le dénombrement de la famille
de Jacob, ajoute, XLVI. 26. que *toutes
les perſonnes* appartenantes *à Jacob, qui
vinrent en Egypte, & qui eſtoient ſor-
ties de ſa cuiſſe,* . . . . furent *en tout
ſoixante ſix,* ce qui de meſme ne peut
comprendre que de perſonnes réelement

a *Lib.* XVI. *de Civitate Dei, Cap.* 40.
Item. *Quæſtion.* 173. *in Geneſim.*
b Heidegger n'étendoit, comme on vient de
voir, le tems de cette entrée que pendant la vie
de Jacob.

exiftentes. A ces paffages, quelques dé-
cififs qu'ils foient, on pourroit encore
en ajouter plufieurs autres, qui ne font
ni moins clairs, ni moins concluants,
pris de *l'Exode*, I. 1. & 5. du *Deuteronome*, X. 12, &c.

Qu'on ne prétende donc pas éluder de
textes auffi formels par l'exemple des dix
fils de Benjamin, qui ne prouve rien,
comme on le verra.ᵃ dans la fuite ; ni
par celui des enfants de Juda, qui, quoique plus difficile, n'eft pas auffi décifif
qu'on le croit, comme on va le voir :
mais furtout qu'on ne fonge pas à fe prévaloir d'une conjecture échapée à Saint
Auguftin. S'il eftoit vrai que le tems de
l'entrée de Jacob en Egypte ne fe re-
duifit pas au tems mefme, où elle fe fit,
mais qu'elle deut s'entendre de toute la
durée de la vie de Jofeph, fous prétexte
que c'eftoit lui qui l'avoit follicitée, ce
ne feroit pas 66. perfonnes, que Moyfe
auroit eu à dénombrer, comme entrées
en Egypte avec Jacob, mais 5. ou 6.
mille, puifqu'il eft évident que la famille de Jacob a deu s'accroitre en Egypte
jufqu'à ce nombre pour le moins, dans
l'efpace de 70. ans, qu'il y a de l'arrivée
de Jacob, jufqu'à la mort de Jofeph,

ᵃ Remarque XII. *art.* 11.

R ij

dés qu'on fait qu'en 215 ans que dura la captivité, elle s'eftoit accrue jufqu'à prez de deux millions, *Exode* , XXXVIII. 26. & *Nombres*, I. 46.

S'explique facilement, en adoptant l'ordre que je donne à la Genefe.

Cette premiere opinion eft donc abfolument infoutenable : auffi y a-t-il eu peu de Commentateurs, qui l'aient fuivie. Le grand nombre [a], & Saint [b] Auguftin l'a penfé de mefme , aprez y avoir mieux reflechi , n'héfitent pas à convenir que l'hiftoire de Juda , raportée dans le Chapitre XXXVIII. eft déplacée , non feulement quant à l'ordre de la narration , mais auffi quant à celui de la chronologie , & qu'il faut la faire remonter jufqu'à l'arrivée de Jacob dans la terre de Chanaan. Par ce moien , on a un intervalle de 34 ans , au lieu de 23. car Jofeph eftoit agé de 6 ans , quand Jacob revint de Mefopotamie , comme il paroit en comparant le Chapitre XXX. 25. avec le Chapitre XXXI. 41. Ainfi,

[a] *Aben Efra* , entre les Juifs.
Entre les Chreftiens, *Jacobus Ufferius, Chronolog. Sacr. Cap.* x. *pag. m.* 58.
Jacobus Capellus, *in Hiftor. Sacr. p. m.* 66.
Francifcus Junius , *in Analyfi in Genefim, Cap.* XXXVIII.
Aloifius Lippomanus , Evefque de Verone, *in Catenâ , Cap.* XXXVIII. *Lect.* 1.
[b] Quæft. fuper Genefim 128.

oftant 6. ans de 40. ans qu'il avoit quand
Jacob arriva en Egypte, il reste 34. ans
pour le tems qu'il y eut entre l'arrivée
de Jacob en Chanaan, & fon départ
pour l'Egypte, & dans cet efpace de
tems on peut mieux placer tous les évenements, arrivez à Juda & à fes enfants.

Cette opinion s'accorde parfaitement
bien avec mes conjectures fur la diftribution de la Genefe ; car le Chapitre
XXXVIII. où fe trouve l'hiftoire de
Juda & de fes fils, appartient au Mémoire B, & va par confequent fe rejoindre
au Chapitre XXXIII. 17. qui appartient
au mefme Mémoire, & qui contient ce
que Jacob fit dés qu'il fut arrivé en
Chanaan, fans avoir aucune liaifon avec
les Chap. qui font entre deux, XXXIV.
XXXV. XXXVI. & XXXVII. qui fe
raportent à d'autres Mémoires, comme
on a pu voir dans la diftribution de la
Genefe.

On pourroit m'objecter qu'en plaçant
cette hiftoire en cet endroit & avant
la vente de Jofeph, Juda, deja féparé
d'avec fes freres, XXXVIII. 1. n'auroit
pas deu fe trouver avec eux, quand ils
confpirerent contre Jofeph. Cependant
il eft certain qu'il y eftoit, qu'il tacha

Reponfe à
une objec-
tion.

R iij

de les adoucir, & qu'il réuffit à leur perfuader de le vendre aux Ifmaëlites, au lieu de le faire mourir, XXXVII. 26. 27. Mais de quelque nature qu'ait efté cette féparation de Juda d'avec fes freres, & quelque caufe qu'elle ait peu avoir, elle ne deut pas lui faire négliger le foin de veiller aux troupeaux de fon pere, où il avoit un fi grand intereft, puifque le droit d'aineffe lui eftoit dévolu par les fautes de Ruben, de Siméon & de Levi. D'ailleurs, le bourg d'Adullam ou Odollam, où il fe retira, eftoit ᵃ fi prez de celui d'Hebron, où demeuroit Jacob, que Juda devoit paffer une grande partie de l'année auprez de fon pere. Auffi voions-nous qu'il fe joignit au refte de la famille, pendant les les années de fterilité; qu'il fit deux voiages en Egypte, pour aller acheter du blé; & qu'il y fuivit avec toute fa famille, fon pere & fes freres, quand ils y defcendirent.

Difficulté qu'il y a encore dans cette hiftoire. Il faut pourtant avouër, que dans ce fentiment là mefme, il refte encore de grandes difficultez, que les Commentateurs femblent n'avoir pas affez fenties.

ᵃ Il n'en eftoit éloigné que de deux milles, c'eft-à-dire, de deux heures de chemin. Voiez Adrichomius, *in Theatro Terræ Sanctæ.*

Joſeph avoit 40 ans, comme on vient de
le dire, quand Jacob déſcendit en Egypte avec ſa famille. Nous prouverons ci-
aprez que Juda ne pouvoit eſtre plus agé
que lui que de 3 ans. Ainſi Juda devoit
avoir 43 ans ; quand il ſuivit Jacob ſon
pere en Egypte. C'eſt dans cet eſpace
de tems, qu'il faut placer trois mariages,
celui de Juda, celui d'Her, & celui de
Pherez ; avec les intervalles des groſſeſſes de la mere d'Her, & de celle de Pherez ; de la durée du premier & du ſecond mariage de Thamar ; du tems
qu'elle eut la patience d'attendre dans
ſon ſecond veuvage ; enfin du tems qu'il
falut pour la naiſſance des deux enfants
de Pherez ; & l'on n'y peut placer tous
ſes évenements, qu'en ſuppoſant que
Juda, Her, & Pherez ſe marierent chacun à 13 ans, ce qui n'eſt pas abſolument impoſſible, ſurtout dans un pais
chaud, tel que celui où ils habitoient,
mais ce qu'on ne ſauroit s'empecher de
regarder comme une choſe rare, ſurtout dans trois generations de ſuite.

Dans le calcul, qu'on vient de faire,
on ſuppoſe, conformement à ce qui eſt
dit au Chapitre XXIX. 18.-24. que
Jacob ſervit ſept ans chez Laban pour
obtenir Rachel, que quand ce ſervice

R iiij

fut fini, Laban fubftitua Lia à la place
de Rachel, & que Jacob s'étant plaint
de ce procedé, Laban lui donna Rachel
huit jours aprez, à condition qu'il le fer-
viroit fept autres années, ce que Jacob
accepta. Ainfi, fuivant ce compte, Juda qui eftoit le quatrieme fils de Lia, n'a
pu naitre que dans la quatrieme année
du fecond fervice de Jacob, & n'a pu
avoir, comme on l'a dit, que trois ans
de plus que Jofeph, qui naquit à la fin
de la feptieme année de ce mefme fervice, comme il eft rapporté, Chap. XXX.
25. 26.

Quelques Chronologi-ftes, pour ex-pliquer l'hif-toire de Ju-da, fuppo-fent que Ja-cob fe maria dés la pre-miere année de fon pre-mier fervice chez Laban.

Quelques Commentateurs ou [a] Chronologiftes, pour fe mettre un peu plus
au large, prétendent que Laban donna
fes deux filles à Jacob un mois aprez
qu'il fut arrivé chez lui, fous la pro-
meffe qu'il fit de le fervir fept ans pour
chacune. Sur ce pied là, Juda feroit né
la quatrieme année du premier fervice,
fept ans pluftoft que nous ne l'avons fuppofé; & par confequent lors de la defcente en Égypte, il auroit eu 50. ans,

[a] Jacobus Ufferius, *Chronolog. Sacr. Cap.* 10.
Thomas Lydiatus, *De emend. temp. ad an-
num mundi* 2245.
Franc. Junius, *in Analyfi in Genefeos Cap.*
XXIX.

au lieu de 43 , qu'on trouve par l'autre calcul , ce qui fuffiroit aifément pour les mariages de fes enfants & pour le fien , quand on fuppoferoit mefme qu'ils ne fe feroient mariez qu'à 15 ans.

Mais ce fentiment ne fauroit eftre admis, parce qu'il contredit évidemment le texte du Chapitre XXIX. J'aimerois mieux, s'il le faloit abfolument, fuppofer que l'Ecrivain facré n'a marqué que les années pleines , en négligeant les fractions, & qu'ainfi Jofeph avoit 30 ans & 10 mois, quand il parut devant Pharaon, quoiqu'on ne lui en donne que 30 ; fuppofer, fi l'on veut, qu'il y ait eu quelque intervalle, d'un an, par exemple , entre l'explication du fonge de Pharaon, & la premiere année d'abondance, ou entre les années d'abondance & celles de fterilité ; je vai plus loin encore, fuppofer mefme , fi tous les autres expedients manquent, qu'il y ait erreur dans le nombre d'années données à Jofeph, lorfqu'il parut à la Cour de Pharaon, car c'eft de ce nombre que dépend tout le calcul ; pluftoft que d'embraffer une opinion , qui contredit ouvertement la Genefe. Je mets une grande difference entre fuppofer quelque omiffion dans les narrations de l'Ecritu-

Mais cette opinion contredit le texte du Chapitre XXIX. de la Genefe.

re, ou y admettre quelque faute de co-
piſte dans ª quelque nombre, & entre
ſoutenir un ſentiment qui combat le texte formel de l'Ecriture, & qui ſemble
vouloir donner un démenti à l'Ecrivain
ſacré.

X I.

*Continuation du meſme ſujet. Deux au-
tres Antichroniſmes embarraſſants
qui ſe rangent d'eux-meſmes dans
l'ordre chronologique par la méthode
que nous propoſons.*

III. Exem-
ple. L'hiſtoi-
re de l'enle-
vement de
Dina.

III. L'Hiſtoire de Dina, qui remplit le Chapitre XXXIV. donne lieu à
une autre difficulté. Cette hiſtoire eſt
rapportée dans la Geneſe immédiatement

___

ª Le Cardinal Thomas de Vio, Cajetanus,
in Commentariis in vetus Teſtamentum, dit qu'il
y a des fautes dans quelques endroits de l'ancien Teſtament.

Bellarmin dit la meſme choſe, *De verbo
Dei, Lib. II. Cap. 2.* Voici ſes termes :
*Reſtat tertia ſententia, quam veriſſimam puto,
quæ eſt Driedonis, Lib. II. de Eccleſiaſtic.
Dogmat. & Scripturis, Cap. 5. & aliorum,
qui docent hebraicas ſcripturas. . . . . . . habere
quoſdam ſuos errores, qui partim irrepſerint
negligentiâ vel ignorantiâ librariorum (ob af-
finitatem quarumdam literarum) partim ignorantiâ Rabbinorum, qui addiderunt puncta.*

aprez le retour de Jacob dans la terre de Chanaan, & il y a des Commentateurs, qui en inferent qu'elle a deu arriver dès la premiere année de ce retour, ce qui est visiblement impossible. Mais du moins, comme cette histoire est racontée un Chapitre avant la naissance de Benjamin, les Commentateurs s'accordent presque tous à la placer avant cette naissance, & par consequent avant la vente de Joseph par ses freres, qui n'est rapportée que deux Chapitres aprez, ce qui ne soufre de guere moindres difficultez.

Pour bien entendre l'état de la question, & juger des difficultez, où cette histoire expose par rapport à la place qu'elle occupe dans la Genese, il faut examiner en peu de mots l'ordre de la naissance des enfants de Jacob, & tacher de le fixer en suivant fidelement les lumieres, que l'Ecriture fournit.

L'ordre & la date des naissances des enfans de Jacob.

Jacob servit chez Laban pendant sept années, à la fin desquelles il obtint pour femmes ses deux filles, Lia & Rachel, sous la promesse de le servir encore sept autres années pour Rachel. C'est pendant ces sept dernieres années, & pendant les six années suivantes, qu'il resta encore chez Laban, que Jacob eut jus-

R vj

qu'à treize enfants de ſes deux femmes,
& des ſervantes de ſes femmes.

D'abord, Lia lui fit quatre fils de
ſuite, Ruben, Siméon, Levi & Juda,
ce qui emporte environ quatre ans.
Aprez avoir attendu longtems, Rachel fachée de ne point faire d'enfants,
& envieuſe de la fécondité de ſa ſœur,
prit le parti de donner ſa ſervante Bilha
à ſon mari, qui en eut deux fils, Dan
& Nephthali, environ la quatrieme & la
cinquieme année de ce ſecond ſervice,
autant qu'on peut le conjecturer, car il
n'y a point de marque chronologique,
qui puiſſe ſervir à une détermination
plus préciſe ; mais auſſi dans le fond la
date de la naiſſance de ces deux enfants
de Jacob ne ſert de rien pour la queſtion
preſente.

Lia, aprez ſes quatre couches, reſta
quelque tems ſans devenir enceinte, &
craignit de ne le plus devenir, ce qui
doit pour le moins emporter l'eſpace
d'un an, & remplir toute la cinquieme
année. Alors, c'eſt à dire, quand elle
eut lieu de croire *qu'elle avoit ceſſé de
faire des enfants*, elle ſe détermina à
ſuivre l'exemple de ſa ſœur, & elle donna à ſon mari ſa ſervante Zilpha, qui en
eut deux fils, Gad & Aſer, dont il pa-

roit qu'il faut rapporter les naiffances, pour le pluftoft, à la fixiefme année du fecond fervice de Jacob, & au milieu de la feptieme.

Cependant Lia recommença de faire des enfants, & en eut encore trois; Iffachar, à la fin de la feptieme & derniere année du fecond fervice de Jacob; Zabulon, dans la premiere des fix années, pour lefquelles Jacob s'engagea de nouveau avec Laban; & une fille, appellée Dina, dans la feconde année de ces fix. J'ai cru qu'il eftoit convenable de placer la naiffance d'Iffachar quelques mois aprez celle d'Afer, le fecond des enfants de Zilpha, parce qu'il eft trez vraifemblable que Lia, qui eftoit naturellement jaloufe, & qui ne s'eftoit déterminée à donner Zilpha à fon mari, que parce qu'elle croioit *d'avoir ceffé de faire des enfants*, ne deut plus permettre la continuation de ce commerce, dès qu'elle fe reconnut enceinte de nouveau.

Quant à Rachel, elle conceut auffi enfin, & elle eut un fils, appellé Jofeph, dont elle accoucha à la fin de la feptieme année du fecond fervice de Jacob, & peut eftre le dernier mois de cette année, comme il paroit qu'on peut l'inferer des verfets 25. & 26. du Chapitre XXX.

C'eſt ſur ce calcul, qui fixe la naiſſance de Dina & de ſes freres, qu'il faut juger du tems, où l'on doit rapporter l'hiſtoire qui la regarde, & de la place qui lui convient dans l'ordre hiſtorique de la Geneſe.

I. Qu'il ſuit delà que l'hiſtoire de Dina n'eſt pas à ſa place dans l'endroit de la Geneſe, où elle eſt racontée.

I. Comme Jacob revint de Meſopotamie en Chanaan à la fin des ſix ans, qu'il avoit ſervi chez Laban, aprez ſes deux ſervices de ſept ans chacun, XXXI. 41. il s'enſuit que la premiere année de ſon retour, Dina n'eſtoit agée que de 4 ans, Siméon de 11. & Levi de 10. & voilà qui ſuffit pour réfuter l'opinion de ceux, qui trop attachez à l'ordre de la Geneſe, rapportent à la premiere année du retour de Jacob dans la terre de Chanaan l'enlevement de Dina par Sichem, & la vengeance que Siméon & Levi ſes freres en prirent. Il eſt viſible que Dina, à cet age, ne pouvoit pas charmer Sichem, ni eſtre expoſée à ſa violence, & que Siméon & Levi eſtoient auſſi peu en eſtat, à l'age que cette ſuppoſition leur donne, de former & d'executer le projet, qu'on leur attribuë.

II. Qu'elle n'a pas meſme peu arriver avant la

II. Auſſi preſque tous les Commentateurs tombent-ils d'accord que l'hiſtoire de Dina doit eſtre rapportée beau-

coup plus tard. C'eſt une premiere atteinte qu'ils donnent à l'ordre de la narration de la Geneſe, qu'il eſt bon de faire remarquer. Paſſons la leur pourtant,
& voions en quel tems il leur plait de
placer cette hiſtoire, pour juger ſi leur
opinion merite mieux d'eſtre adoptée.

Comme Joſeph n'avoit que 6 ans,
quand Jacob revint en Chanaan, ainſi
qu'il paroit en comparant XXX. 25.
avec XXXI. 41. & qu'il en avoit 17.
quand ſes freres le vendirent, XXXVII.
2. il ſuit que Jacob avoit deja demeuré
11 ans dans la terre de Chanaan, lorſque Joſeph fut vendu par ſes freres.
C'eſt à la dixieme année de ce ſéjour de
Jacob dans la terre de Chanaan, & par
conſequent un an avant la vente de Joſeph a, qu'ils trouvent à propos de placer l'hiſtoire de Dina.

---

a Alphonſe Tonſtat, Eveſque d'Avila, *Commentar. in Geneſim, Cap.* XXXIV. *quæſt.* 3.
recule l'hiſtoire de Dina juſqu'à la neuvieme
année du ſéjour de Jacob en Chanaan.

Le Cardinal Cajetan, (Thomas de Vio)
la recule juſqu'à la dixieme année, *Commentar. in Geneſ. Cap.* XXXIV. *verſ.* 26. *Multis
annis*, dit-il, *poſt reditum Jacobi ex Meſopota-
miâ peractis hoc accidit, & ad minus apparet
quod anni fluxerunt decem, ut & Dina eſſet
nubilis, & Simeon & Levi ad bellum diſpoſiti
eſſent.*

Dans cette fuppofition, Dina auroit efté alors dans fa quatorzieme année, & fes freres Siméon & Levi, l'un dans la vingt & unieme, & l'autre dans la vingtieme. Ils font perfuadez qu'à cet age Dina pouvoit infpirer à Sichem une affez grande paffion pour le porter à la violence qu'il commit ; & que fes freres, à l'age qu'ils devoient avoir dans cette fuppofition, eftoient capables de projetter & d'executer la vengeance qu'ils en prirent.

Je doute que cela foit auffi vraifemblable, qu'ils le croient, du moins à l'égard du rôle, qu'ils font jouer aux deux freres de Dina à l'age de 20 ou de 21 ans. Mais ce n'eft pas là la plus grande difficulté, que cette opinion foufre : celle qui regarde la naiffance de Benjamin, eft bien autrement importante. En admettant cette fuppofition, Benjamin, dont la naiffance n'eft rapportée, dans la Genefe, qu'un Chapitre aprez l'hiftoire de Dina, ne feroit donc né que fur la fin de la dixieme année depuis le retour de

---

Le P. Petau fuit la mefme opinion fur la date de l'hiftoire de Dina, qu'il fixe à dix ans aprez le retour de Jacob. *De Doctrinâ temporum*, *Lib. IX. Cap. 19.*

De mefme que Bonfrerius, *Comment. in Genef. Cap.* XXXIV. *verf.* 1.

Jacob, & une année au pluftoft avant que Jofeph fut vendu. Or [a] comme il n'y a que vingt-trois ans entre le tems, où Jofeph fut vendu, & la defcente de Jacob en Egypte avec fa famille, Benjamin n'auroit eu que 24. ans quand Jacob defcendit en Egypte, & à ne lui donner que cet âge, il n'eft guere poffible qu'il y ait mené avec lui les dix enfants, que Moyfe lui donne, & qu'il nomme chacun par fon nom. XLVI. 21.

Il faut donc fe déterminer à donner une feconde atteinte à l'ordre de la narration de la Genefe, & pour ne pas fe mettre trop à l'étroit fur ce qui regarde Benjamin, convenir que l'hiftoire de Dina n'a deu arriver qu'aprez la naiffance de Benjamin, quoiqu'elle foit racontée avant.

III. Peut-eftre mefme feroit-on bien, & c'eft un troifieme parti, qui paroît eftre le plus plaufible, de placer cette hiftoire deux ou trois ans aprez celle de la vente de Jofeph, & par conféquent la treizieme ou quatorzieme année du féjour de Jacob dans la terre de Chanaan. Par ce moien, Dina auroit eu alors 17. ou 18. ans; Siméon, plus âgé qu'elle de fept ans, en auroit eu 25. & Lévi, qui

III. Qu'il paroit qu'on doit la placer aprez l'hiftoire de la vente de Jofeph.

a Voiez ci deffus, pag. 384.

estoit plus jeune que Siméon d'un an, en auroit eu 24. ce qui repondroit mieux, tant à l'égard de Dina, que de ses freres, à la part qu'ils ont euë dans cet évenement.

Mais il est inutile de discuter les raisons qui peuvent autoriser cette opinion. Il suffit que quelque parti que l'on prenne, on soit forcé de convenir que l'histoire de Dina n'est point à sa place. Elle est racontée immédiatement aprez le retour de Jacob en Chanaan : & elle n'a pas peu arriver dans ce tems-là. Elle est racontée avant la naissance de Benjamin: & elle doit estre postérieure à cette narration. Enfin, elle est racontée avant la vente de Joseph par ses freres, & il est trez apparent qu'elle n'estoit pas encore arrivée, quand Joseph fut vendu. Il y a donc, dans toutes les suppositions, une *hysterologie* manifeste, en cet endroit de la Genese, c'est-à-dire, un renversement de l'ordre de la narration & de la chronologie.

Mauvaise ressource pour ne pas deplacer l'histoire de Dina, que de supposer que Jacob con-

On a tâché de se tirer de ces difficultez, en supposant que Jacob consomma ses mariages avec ses femmes, dés la premiere année de son premier service, & qu'il en eut des enfants tout de suite, à peu prez dans l'ordre qu'on a marqué

ci-deſſus ; à l'exception pourtant de Jo-ſeph, dont la naiſſance eſt invariablement fixée à la derniere année du ſecond ſervice de Jacob. En adoptant cette ſuppoſition, Dina pourroit eſtre plus âgée de 7. ans , que nous ne l'avons ſuppoſé, de meſme que ſes deux freres, & l'on prétend que cela ſuffit pour diſſiper toutes les difficultez, qu'on oppoſe pour prouver que l'ordre de la Geneſe eſt derangé.

ſomma ſes mariages dés la premiere année de ſon premier ſervice chez Laban.

Mais on ſe trompe manifeſtement. Dans cette ſuppoſition meſme , à placer l'hiſtoire de Dina à la premiere année du retour de Jacob en Chanaan , conformément à l'ordre dans lequel elle eſt racontée , Dina n'auroit eu alors que 11. ans , Siméon 18. & Lévi 17. Or on laiſſe à juger , ſi Dina auroit peu , à cet âge , inſpirer tant d'amour à Sichem , & ſi ſes freres auroient eſté capables d'exécuter la vengeance, qu'ils exercerent ſur Sichem & ſur les Sichemites. Ainſi, dans cette ſuppoſition , de meſme que dans toutes les autres , on eſt également reduit à avoüer , qu'il y a dans cet endroit de la Geneſe une *hyſterologie* ou antichroniſme. Mais d'ailleurs , & c'eſt-là la raiſon deciſive , cette ſuppoſition eſt manifeſtement contraire à ce que porte le Texte de la Geneſe, XXIX.

20.-21. comme [a] on l'a deja obfervé.

Il refulte de tout ce qu'on vient de dire, qu'il n'y a aucun moien d'éviter les difficultez qu'on a expofées, & de fauver l'Antichronifme, c'eft à dire, le renverfement de l'ordre de la narration & de la chronologie, qu'il y a dans l'hiftoire de Dina, qu'en fuivant la diftribution de la Genefe, que je propofe, felon laquelle le Chapitre XXXIV. où fe trouve cette hiftoire, appartient à un Mémoire particulier, ne tient plus à aucun des Chapitres qui fuivent, lefquels appartiennent à d'autres Mémoires, & peut par confequent eftre reculé aprez la vente de Jofeph, autant qu'on le jugera à propos.

En admettant cet arrangement, il n'y a aucune raifon d'eftre furpris que les fils de Jacob ofaffent librement mener paitre leurs troupeaux aux environs de Sichem, dans le tems que Jacob leur envoia Jofeph, XXXVII. 12. 13. 14. puifqu'ils n'avoient encore rien fait aux habitans de ce pais. Au lieu qu'en fuppofant, felon l'opinion commune, que l'enlevement de Dina, & la cruelle vengeance, qu'en prirent Siméon & Levi, fuffent arrivés un ou deux ans avant la vente de

Le feul moien de faire difparoitre cet antichronifme, c'eft d'adopter la diftribution de la Genefe que je propofe.

Reflexion qui favorife l'opinion que je propofe.

[a] Dans l'Article précedent, pag. 393.

Jofeph, on n'imagine pas que les fils de Jacob euffent ofé fe montrer dans ce pais, & qu'ils y euffent été en fureté. Du moins Jacob leur pere ne le croioit pas poffible, puifqu'il leur dit aprez cette action : [a] « Vous m'avez rendu odieux aux » Chananéens, & aux Phereféens, qui » habitent ce pais. Nous ne fommes que » peu de monde, & ils s'affembleront » tous pour m'attaquer, & me perdront » avec toute ma maifon. »

Au refte, en vain oppoferoit-on que la convenance demande que cette hiftoire de Dina refte placée, où elle eft, & qu'elle foit arrivée pendant que Jacob demeuroit auprez de Sichem, comme il eft dit dans le Chapitre precedent qu'il y demeuroit, parce que la proximité donnoit occafion à Dina d'aller dans ce lieu, d'y eftre vuë par le Prince, & de lui infpirer la paffion qu'il conceut pour elle. En vain pretendroit-on qu'on ne fauroit du moins placer cette hiftoire aprez la vente de Jofeph, comme nous la plaçons, parce qu'alors Jacob demeuroit à Hebron avec Ifaac, XXXV. 27. & XXXVII. 14. & que Dina, qui eftoit chez lui, n'auroit pas eu la commodité d'aller à Sichem, dont elle auroit efté

Reponfe à une objection.

[a] Suivant la Verfion de Saci. XXXIV. 30.

fort éloignée. Ces difficultez font fans aucun fondement, & pour le faire voir, il ne faut que faire attention au texte du Chapitre mefme, où cette hiftoire eft rapportée.

I. Dina eftoit à Hebron avec fon pere aprez la vente de Jofeph, & par confequent affez loin de Sichem, & ᵃ environ à dix lieues. C'eft un fait certain ; auffi Dina n'alla-t-elle pas à Sichem, comme à une promenade. L'Ecriture dit en termes exprez, « qu'elle fit un voiage pour » aller voir les filles de ce pais, » avec qui il y a apparence qu'elle avoit fait connoiffance pendant le féjour que fon pere y avoit fait. ותצא דינה, y a-t-il dans l'Hebreu : Εξῆλθε ἡ Δεῖνα, difent les Septante, ce que la Vulgate a traduit, *Egreffa eft Dina.... ut videret mulieres regionis illius.* Or ce mot ותצא, qui vient du verbe יצא, doit eftre traduit dans cet endroit, *Profecta eft Dina, Dina fit un voiage,* comme le mefme mot doit eftre traduit de mefme au verfet 45. du Chapitre XLI. de la Genefe, où il eft, ויצא יוסף. Εξῆλθε ἡ Ιωσήφ, difent les Septante, ce que la Vulgate traduit, *Egreffus eft Jofeph ad terram*

ᵃ Voyez Adrichomius, *in Theatro Terræ Sanctæ.*

Ægypti, & ce qui doit eftre traduit en François, *Jofeph voiagea par l'Egypte.*

II. Non feulement Dina fit un voiage à Sichem, mais il paroit mefme que ce voiage deut durer quelque tems ; car, enfin, l'amour de Sichem, & les effets qu'il caufa, ne furent pas l'affaire d'un jour, d'autant plus qu'il y a apparence que Sichem eut l'avantage de plaire à Dina ; le texte hebreu dit en propres termes, qu'*il parla au cœur de cette fille ; locutus eft ad cor puellæ*, ce qui dans toutes les langues fignifiera toujours, *qu'il lui plut.*

III. Enfin la maniere, dont il eft dit que Jacob aprit le malheur de fa fille, *audivit Jacobus*, ne femble convenir qu'à un homme qui n'eftoit pas fur les lieux, & à qui on en vint apporter la nouvelle. Si Jacob avoit efté à Sichem, il n'eut pas appris cet évenement, *auditione*, il en auroit efté témoin lui mefme.

IV. Enfin, il eft parlé de la mort d'Ifaac au Chapitre XXXV. 28. 29. & on y marque qu'il mourut agé de 180 ans. Aprez quoi, on vient au Ch. XXXVII. à l'hiftoire de la confpiration des fils de Jacob contre Jofeph leur frere, & de la vente qu'ils en firent à des Madianites,

IV. Exemple. La mort d'Ifaac racontée avant la vente de Jofeph par fes freres.

qui l'emmenerent en Egypte. Or il y a
en cela un dérangement dans l'ordre de
la chronologie, qui saute aux yeux.

Quoiqu'elle ne soit arrivée que 13. ans aprez. On a deja vu [a] que Jacob estoit né
l'an 60. de la vie d'Isaac, XXV. 26. Par
consequent, quand Isaac mourut à l'â-
ge de 180. ans, Jacob devoit en avoir
120. On sait d'ailleurs par le Chapitre
XLVII. 9. que Jacob n'avoit que 130.
ans, quand il descendit en Egypte avec
sa famille. Il faut donc conclurre que la
mort d'Isaac n'arriva que 10. ans avant
la descente de Jacob en Egypte. Mais
on a deja fait voir [b], que Joseph avoit
esté vendu par ses freres 23. ans, avant
que Jacob allast en Egypte. Il suit donc
que la mort d'Isaac n'arriva que 13. ans,
aprez que Joseph eut esté vendu : & cependant l'histoire de cette vente n'est
racontée qu'au Chapitre XXXVII. deux
Chapitres aprez celui où l'on parle de
cette mort, ce qui fait, comme on voit,
un dérangement manifeste dans l'ordre
de la chronologie.

On ne peut remedier à cet antichro-nisme, qu'en suivant la distribution que je fais de la Genese. Je ne croi point qu'on puisse jamais
justifier ce dérangement, qu'en admet-
tant la distribution de la Genese que je
propose, & en supposant que les trois

[a] Ci dessus, Remarque X. pag. 381.
[b] Ibid. pag. 384.

derniers

derniers verſets du Chapitre XXXV. où
la mort d'Iſaac eſt rapportée, doivent
eſtre joints au Chapitre XXXVI. qui
ſuit, & rapportez avec ce Chapitre à un
Mémoire particulier, different des Mémoires A & B. Par cet arrangement le
Chapitre XXXV. qui appartient au Mémoire A, à l'exception des trois derniers verſets, va ſe rejoindre naturellement au Chapitre XXXVII. qui appartient au meſme Mémoire A, & avec lequel il eſt viſible qu'il fait une narration
ſuivie. Pour ces trois derniers verſets du
Chapitre XXXV. qui ſont liez avec le
Chapitre ſuivant XXXVI. comme ils
appartiennent à un Mémoire particulier
qui ne tient point aux autres, on peut
les placer aprez le Chapitre XXXVII.
c'eſt-à-dire, aprez la vente de Joſeph,
moiennant quoi, il n'y a plus d'*antichroniſme.*

XII.

*Les Antichroniſmes, qui ſubſiſtent dans
la Geneſe, quoique diſtribuée en différents Mémoires, ne ſont que des Antichroniſmes apparents. Deux exemples de ces Antichroniſmes.*

Outre les endroits de la Geneſe, dont Pluſieurs en-

S

droits de la Genefe foup-çonnez d'an-tichronifme mal à propos.

on vient de parler, où l'ordre de la chronologie & de la narration eft veritablement renverfé, & où, comme l'on a vû, l'opinion que je propofe, fournit un moien aifé d'y remedier, il y a quelques autres endroits, où quelques Commentateurs croient trouver des derangemens pareils, & où je dois avouer que mon opinion n'a aucun avantage, & ne fe trouve d'aucun fecours. On pourroit en conclurre, qu'elle n'eft pas auffi propre, que je le pretends, à éclaircir les difficultez de la Genefe, fi je ne faifois pas voir que ces Commentateurs fe trompent dans le jugement qu'ils portent de ces endroits. C'eft dans cette vuë que je vais les examiner, & fi je réuffis à faire voir, comme je l'efpere, qu'il n'y a dans ces endroits aucun renverfement dans l'ordre de la chronologie, on n'aura aucun reproche à me faire de l'infuffifance de mon opinion à cet égard.

1. Exemple. Difficulté d'accorder le départ d'A-braham de Charran à l'â-ge de 75 ans, avec la mort de Tharé fon pere à l'âge de 205 ans.

I. Un de ces endroits eft pris du Chapitre XI. 32. où il eft dit que Tharé, pere d'Abraham, mourut à Charran âgé de 205 ans. Aprez quoi l'on ajoute au Chapitre fuivant, verfet 4. qu'Abraham partit de Charran à l'âge de 75 ans, pour aller dans la terre de Chanaan avec Sarai fa femme & Loth fon neveu.

A suivre l'ordre de cette narration, ce départ d'Abraham de la ville de Charran ne deut arriver qu'aprez la mort de Tharé son pere, mais, à en croire quelques Commentateurs [a], cet arrangement est impossible, parce qu'il paroit, *disent-ils*, XI. 26. qu'Abraham estoit né la 70e. année de la vie de Tharé; ainsi Tharé aiant vecu 205 ans, comme on vient de le remarquer, Abraham auroit deu avoir à sa mort 135 ans. D'un autre costé, il est trez clairement dit, XII. 4. qu'Abraham n'avoit que 75 ans, quand il sortit de Charran, & il suit delà qu'il deut en sortir, non pas aprez la mort de son pere, comme l'ordre de la narration semble le marquer, mais 65 ans avant qu'il mourut. Ainsi il faut opter, & l'embarras est égal quelque parti qu'on prenne. Ou Abraham est parti de Charran aprez la mort de son pere Tharé, & dans ce cas-là il aura esté alors âgé de 135 ans, au lieu de 75 que Moyse lui donne. Ou il est parti 65 ans avant la mort de Tharé, & alors la chronologie sera

[a] Dionysius Petavius, *Rationarii Temporum*, *Lib. II. Cap. 2.*

Joannes Clericus, *in Additionibus ad Hammondum, VII. Actor. vers. 4.*

Sethus Calvisius, *Isagog. Chronolog. Cap.* XXXIV.

juſte, & Abraham n'aura eu que 75 ans, mais il y aura dans l'ordre de la narration une *hyſterologie*, c'eſt-à-dire, un dérangement marqué.

Rien ne ſemble eſtre plus concluant que ce calcul, & cependant rien n'eſt plus mal fondé. 1°. Il eſt certain qu'Abraham ne partit de Charran qu'aprez la mort de ſon pere ; l'ordre de la narration dans la Geneſe l'exige, & S. Eſtienne, *Aɛtes des Apoſtres, Chap. VII. 4.* le dit d'une maniere ſi claire, qu'il eſt impoſſible d'en douter. 2°. Il eſt certain de meſme qu'Abraham n'avoit que 75 ans, quand il partit de Charran, comme il eſt prouvé par le Chapitre XII. 4. & par toute la ſuite de l'hiſtoire d'Abraham. Reſte donc à concilier ces deux veritez avec ce que porte le verſet 26. du Chapitre XI. que *Tharé, âgé de 70 ans, engendra Abraham, Nachor & Haran ;* car c'eſt de ce paſſage que vient toute la difficulté.

Pour reſoudre cette difficulté, il faut admettre deux ſuppoſitions, ſans aucune preuve.

Pour y réuſſir, il faut neceſſairement ſuppoſer qu'Abraham eſtoit le plus jeune des enfants de Tharé, Nachor le ſecond, & Haran l'ainé, ſans s'arreſter à l'ordre dans lequel ils ſont nommez, comme on ne s'y arreſte pas à l'égard des trois fils de Noé ; car quoiqu'il ſoit dit,

V. 32. & VI. 10. que Noé engendra Sem, Cham & Japhet, il est pourtant certain que Japhet estoit l'ainé. Par là, la naissance de Haran se trouve fixée à l'année 70 de l'age de son pere; l'on igno- re la date de celle de Nachor, & pour celle d'Abraham, on a la liberté de la mettre à l'an 130 de la vie de Tharé. Il se trouve par cette supposition, qu'A- braham ne pouvoit avoir que 75 ans à la mort de son pere, & à son départ de Charran, ce qui dissipe toutes les diffi- cultez, qu'on tache de répandre sur ces faits.

Il est vrai, qu'en adoptant cette ré- ponse, il faut faire deux suppositions, dont on n'a aucune preuve; l'une, qu'A- braham estoit le plus jeune de ses freres; & l'autre, qu'Abraham ne naquit que la 130 année de l'age de son pere. Mais, outre que ces deux suppositions ont esté admises par un grand nombre a de Peres, par plusieurs b Commentateurs du pre-

Mais ces sup- positions sont autori- sées par un grand nom- bre de suffra- ges.

a Procopius Gazæus, *in hunc Geneseos locum.* Theodoretus, *in Catená Græcâ*, ab Aloysio Lipomanno productus, *Cap.* XII. *Lect.* 2.

b Thomas de Vio, Cardinalis Cajetanus, *Comment. in Geneseos Cap.* XI. 27.

Jacobus Usserius, *Chronolog. Sacr. Cap.* VII.

Johannes Marsham, *in Canone Ægyptiaco*, pag. 13. & 68.

mier ordre, & par les plus anciens Rabbins[a], elles sont si plausibles, qu'on ne doit pas hésiter à les admettre, pour concilier des calculs & des passages, qui ne sauroient l'estre autrement.

Vaine Reflexion de M. le Clerc contre une de ces suppositions. Ainsi je ne croi pas qu'on doive estre arresté par la reflexion, que fait M. le Clerc dans ses additions[b] au Commentaire d'Hammond sur le Nouveau Testament, que si Abraham fut né la 130 année de la vie de Tharé son pere, il n'auroit pas deu estre si surpris, que Dieu lui promit de lui donner à son age un fils de Sara sa femme, ni dire, comme il fit, XVII. 17. *Naitroit-il un fils à un homme agé de 100 ans,* puisqu'il ne pouvoit ignorer l'exemple de sa propre naissance, qui estoit arrivée dans un tems, où son pere estoit plus agé qu'il ne l'estoit alors lui mesme.

Cette reflexion avoit esté deja proposée par[c] quelques Chronologistes moder-

Franciscus Junius, *in Anal. in Genes. Cap.* XI.

Jacobus Bonfrerius, *Comment. in Genes. Cap.* XI. 26.

[a] Menasse ben Israël, *in Conciliatore, Quæst.* XXXV. *in Genesim.*

[b] Sur le verset 4. du Chap. VII. des Actes.

[c] Abrahamus Bucholcerus apud Usserium, *Chronolog. Sacr. Cap.* VII.

Sethus Calvisius, *Isagog. Chronolog. Cap.* XXXIV.

nes. Mais plufieurs raifons en font fentir la foibleffe, & contribuent à autorifer le doute d'Abraham, fur la naiffance du fils, qui lui eftoit promis à fon age, quoiqu'il ne peut pas ignorer, qu'il eftoit né lui-mefme d'un pere beaucoup agé. 1°. Comme la durée de la vie des Patriarches alloit en diminuant prefque à chaque generation, les fils ceffoient pluftoft d'engendrer que leurs peres : 2°. Abraham pouvoit eftre plus caffé à 100 ans, que fon pere ne l'avoit efté à 130 à caufe qu'il avoit mené une vie plus laborieufe, & plus penible : 3°. Et c'eft ici la raifon décifive, la furprife & le doute d'Abraham le regardoient moins lui mefme, qu'ils ne regardoient fa femme ; *Et Sara*, ajoute-t-il, *agée de 90 ans aura-t-elle un enfant.* Cette furprife eftoit dans le fond trez raifonnable. Une femme de cet age, & qui, pour parler, comme l'Ecriture, XVIII. 11. *n'avoit plus ce que les femmes ont accoutumé d'avoir*, ne promettoit guere de faire des enfants.

Ce qui prouve bien manifeftement, qu'Abraham, quoique agé de 100 ans, ne fe regardoit pas comme hors d'eftat d'avoir des enfants, & que le doute qu'il témoigna, ne tomboit point fur lui, c'eft qu'aprez la mort de Sara, il fe remaria

à Cethura, XXV. 1. & qu'il en eut jufqu'à fix enfants, fur quoi, fans fuppofer
en cela rien de miraculeux ; on n'a qu'à
adopter la penfée de S. Auguftin, qui dit
ᵃ que ce Patriarche *de adolefcentulâ po-
tuit Senior, quod junior de feniore &
fterili non poffet.*

II. Exem-
ple. Il paroit
qu'Efaü foit
allé vers If-
maël douze
ans aprez la
mort d'If-
maël.

II. On croit trouver un autre antichronifme encore plus certain au Chapitre XXVIII. 8. & 9. où il eft dit qu'a-
prez le départ de Jacob pour Charran en
Mefopotamie, *Efaü, voiant que les filles de Chanaan deplaifoient à Ifaac fon
pere, s'en alla vers Ifmaël, & prit pour
femme, outre fes autres femmes, Mahalath, fille d'Ifmaël, fils d'Abraham,
fœur de Nebajoth.* Or l'on prouve qu'il
eft impoffible que ce voiage d'Efaü vers
Ifmaël fe foit fait aprez le départ de Jacob, puifqu'Ifmaël eftoit mort alors depuis plufieurs années.

Le calcul neceffaire pour cette preuve
eft un peu long, mais on ne peut point
fe difpenfer de le faire. On a vu ci deffus, Remarque X. pag. 383. que Jofeph
avoit 40 ans, quand Jacob fon pere arriva en Egypte, & que ᵇ Jacob en avoit
alors 130. Il fuit de là que Jofeph

ᵃ *Quæft. fuper Genefim* LXX.
ᵇ Remarque XI. art. IV. pag. 408.

eſtoit né l'année 90 de la vie de Jacob.
Il paroit d'ailleurs, XXX. 25. 26. que
la naiſſance de Joſeph arriva à la fin de
la quatorzieme année des deux ſervices
de ſept ans chacun, que Jacob avoit
faits chez Laban, pour obtenir ſes filles.
En oſtant donc ces 14 ans des 90, l'arrivée de Jacob à Charran tombe ſur la
76 année de ſon age. Mais comme il
demeura auprez de Laban un mois avant
que de commencer ſon premier ſervice,
XXIX. 14. & qu'il avoit deu demeurer
aſſez longtems en chemin de Beerſeba,
dans la terre de Chanaan, juſqu'à Charran
en Meſopotamie, où Laban demeuroit,
d'autant plus qu'il fit le voiage à pied, on
peut ſuppoſer, ſi l'on veut, que Jacob
partit d'auprez d'Iſaac l'année 75 de ſon
age, laquelle répondoit à l'année 135
de l'age d'Iſaac, puiſque par le Chapitre XXV. 26. Iſaac eſtoit agé de 60
ans, à la naiſſance de Jacob.

Or Iſmaël eſtoit mort, depuis 12 ans,
l'an 135 de la vie d'Iſaac, & la preuve
en eſt facile. On voit au Chap. XXV.
17. qu'Iſmaël mourut agé de 137 ans.
Or, comme il eſtoit plus agé de 14 ans
qu'Iſaac, *voiez* XVI. 16. & XVII. 24.
& 25. comparez avec XXI. 5. il s'enſuit que ſa mort répond à la 123ᵐᵉ. an-

née de la vie d'Ifaac, & qu'ainfi elle eftoit arrivée au moins 12 ans avant le départ de Jacob pour la Mefopotamie.

Mais il eft facile de répondre à cette difficulté. Ces deux calculs font juftes, & il n'y a rien à reprendre, & cependant il n'y a aucune erreur de chronologie dans cet endroit de la Genefe. Il ne faut pour diffiper l'illufion, qu'entendre dans ce paffage par *Ifmaël*, vers lequel on dit qu'Efaü fe retira aprez le départ de Jacob, non pas Ifmaël lui mefme, qui certainement ne vivoit plus, mais la famille, les enfants, le peuple d'Ifmaël. C'eft le langage ordinaire de l'Ecriture, où *Amalec,* fignifie les enfants, ou le peuple d'Amalec, les Amalecites : *Edom,* les enfants, ou le peuple d'Edom, les Iduméens : *Ifraël*, les enfants, ou le peuple d'Ifraël, les Ifraëlites. On trouve mefme un exemple pareil encore plus concluant au I. des Juges, I. 1. où il eft dit, que les douze Tribus aiant demandé à Dieu, qui devoit monter le premier contre les Chananéens, Dieu répondit, que c'étoit Juda ; aprez quoi on ajoute, *verfet 3.* que Juda dit à Siméon, fon frere, de monter avec lui, ce que Siméon accepta. Or il eft évident que dans ce paffage, par *Juda* & par *Siméon,* il ne faut pas entendre les Patriarches

Juda & Siméon, qui eſtoient morts, mais les Tribus de Juda & de Siméon, & il n'y a point de Commentateurs, qui l'aient pris autrement.

XIII.

Continuation du meſme ſujet. Deux au-
tres Antichroniſmes prétendus, qui
dans le fond n'ont rien de réel.

III. On prétend qu'un fait rapporté dans le Chapitre XXX. 14. renferme une erreur de chronologie. On y racon-te que *Ruben eſtant ſorti au tems de la moiſſon des bleds, trouva des Mandra-gores* (Dudaim) *aux champs, & les aporta à Lia ſa mere.* Or on ſoutient que Ruben n'eſtoit pas en age de courir les champs, encore moins de connoitre, de trouver & d'apporter des Mandra-gores à ſa mere dans le tems, qu'on le lui attribuë dans le paſſage qu'on vient de citer.

III. Exemple. On attribuë à Ruben d'a-voir trouvé & apporté des mandragores dans un tems, où il n'etoit pas en âge de courir les champs.

Cette queſtion ſe reduit, comme on voit, à un ſimple calcul. Ruben eſtoit l'ainé des enfants de Lia ; par conſequent on peut ſuppoſer qu'il naquit neuf mois aprez ſon mariage, & le neuvieme mois de la premiere année du ſecond ſervice

Maniere de reſoudre cet-te difficulté.

S vj

de Jacob. On a vu ci deſſus [a] que Joſeph eſtoit né à la fin de la ſeptieme année de ce meſme ſervice, & l'on peut
ſuppoſer qu'il naquit le dernier mois de
cette année. Ainſi Ruben pouvoit avoir
ſix ans & trois mois à la naiſſance de Joſeph. Il eſt vrai qu'il paroit par le récit
de Moyſe, que Rachel n'avoit pas encore conceu, quand Ruben apporta les
Mandragores. Rabattons donc de l'age
que nous donnons à Ruben, neuf ou dix
mois, pour le tems de la groſſeſſe de
Rachel; il s'enſuivra que Ruben pouvoit avoir cinq ans & demi, quand il apporta les Mandragores; & comme ce
n'eſtoient dans le fond, que des fleurs
ou des fruits, il n'y a aucune impoſſibi-
lité qu'un enfant de cet age, élevé dans
les champs, comme Ruben, toujours à
la ſuite des troupeaux de ſon pere, ait
apporté à ſa mere des fleurs ou des fruits,
qu'il avoit trouvez lui meſme, ou que
quelqu'un des ſerviteurs de Jacob lui
avoit indiquez.

Cette opinion paroit raiſonnable, &
tient un juſte milieu entre deux opinions extremes. D'un coſté, il y a [b] des

[a] Remarque XI. art. III. pag. 397.
[b] Joh. Henricus Heideggerus, Hiſtoria Pa-
triarch. Tom. II. Exercit. XVIII. Theſi 2.

Chronologiftes, qui croient, fur je ne
fai quel calcul, que Ruben n'avoit que
trois ans & demi, quand il apporta les
Mandragores, ce qui ne paroit pas vraifemblable. De l'autre cofté, il y en a
d'autres [a], qui prétendent que Ruben
avoit alors 10 ans, & qui pourroient
mefme lui en donner 13. mais c'eft en
fuppofant que Jacob époufa fes deux
femmes dés la premiere année des 14,
qu'il fervit chez Laban, & en faifant naitre Ruben au commencement de ces 14
ans, ce qui, comme nous l'avons deja [b]
obfervé, contredit manifeftement le Texte de l'Ecriture, & ne fauroit eftre
receu.

Je prévois qu'on m'oppofera que mon
opinion le contredit auffi, en ce qu'a-
prez les Mandragores apportées, Moyfe
parle de trois groffeffes fucceffives de
Lia, l'une d'Iffachar, l'autre de Zabulon, & la troifieme de Dina, & que ce
n'eft qu'aprez cette derniere groffeffe,
qu'il parla de la groffeffe de Rachel, &
de la naiffance de Jofeph : Qu'ainfi ce

Objection contre cette explication.

[a] Jacobus Ufferius, *Chron. Sacr. Cap.* x.
Thomas Lydiatus, *de Emendat. Temp. ad ann. Mundi* 2245.
Francifcus Junius, *Analyf. in Genefeos Cap.* XIX.
[b] Remarque X. art. II, pag. 393.

n'eſt pas le tems de la groſſeſſe ſeule de Rachel, qu'il faut rabattre des 6 ans 3 mois que Ruben eſtoit plus agé que Joſeph, mais qu'il faut rabattre auſſi les trois groſſeſſes de Lia, d'où il ſuit que Ruben, quand il apporta les Mandragores, eſtoit beaucoup plus jeune que je ne le fais.

Oui, certainement, à ſuivre cette maniere de compter, Ruben auroit eſté beaucoup plus jeune, puiſqu'à grand-peine auroit-il peu avoir trois ans. Mais c'eſt l'abſurdité meſme de cette conſequence, qui doit faire comprendre, qu'il ne faut pas l'admettre. A la ſuite du marché que Rachel fit avec Lia ſa ſœur, pour obtenir de ſes Mandragores, XXX. 14. 15. Moyſe raconte les trois groſſeſſes de Lia, pour finir ce qu'il avoit à dire ſur ſon compte, mais ſans aucun deſſein d'indiquer par là qu'elles fuſſent arrivées avant celle de Rachel ; car il eſt évident que cela ne ſe peut pas, comme on l'a fait voir ci deſſus [a]. Cependant, on ne laiſſera pas d'expoſer ici en peu de mots les abſurditez, où meneroit cette maniere de compter.

Reponſe à   1°. Sur ce pied là, Lia auroit accou-

[a] Remarque XI. art. III. pag. 397.

ché sept fois dans les sept années du second service de Jacob, avant que Rachel cette objection.
fut devenuë enceinte ; & comme Rachel accoucha de Joseph sur la fin de ces
sept années, XXX. 25. 26. il y auroit
eu entre les deux sœurs huit grossesses
successives en sept ans, ce qui n'est presque pas possible.

2°. Ce n'est pas mesme tout. Avant
l'histoire des mandragores, il est dit,
versets 10.-13. que Zilpa, que Lia n'a-
voit donnée à Jacob qu'aprez ses quatre
couches, avoit fait deux fils de suite,
Gad & Aser. Or Lia, qui estoit jalouse,
ne lui laissa faire des enfants que tandis
qu'elle n'en fit pas elle-mesme. Il faut
donc compter les deux couches de Zilpa avant les trois dernieres de Lia. Ainsi
au lieu de huit grossesses, en voilà dix
successives, qu'il faudroit placer en sept
ans, ce qui est impossible.

3°. Il y a plus encore. Lia fit d'abord
quatre enfans de suite : aprez quoi, verset 9. *voiant qu'elle avoit cessé de faire
des enfants*, elle se determina à donner
Zilpa sa servante à son mari, à l'exemple
de sa sœur, qui lui avoit donné Bilha.
Certainement pour faire croire à Lia
qu'elle ne *feroit plus d'enfans*, il faloit
au moins l'épreuve d'un an. C'est donc

un an, qu'il faut encore rabattre sur les sept ans du second service de Jacob. Ainsi voilà dix grosseffes succeffives, sept de Lia, une de Rachel, & deux de Zilpa, qu'il faudroit placer en six ans, ce qui est de toute impossibilité.

Il faut donc en revenir necessairement à l'ordre, dans lequel nous avons placé ci deffus a les naiffances des differents enfants de Jacob, moiennant quoi, tout s'arrange facilement, & d'où il fuit que Ruben pouvoit eftre âgé de cinq ans, quatre ou cinq mois, quand il apporta les mandragores à fa mere, ce qui ne renferme rien d'abfurde, ni d'impoffible.

IV. *Exemple.* Il paroit impoffible que Benjamin eut dix fils, quand il defcendit en Egypte avec Jacob fon pere.

IV. On a vu ci deffus b, que les dix enfants, que Moyfe donne à Benjamin, XLVI. 21. quand il defcendit en Egypte à la fuite de Jacob, embarraffent quelques Chronologiftes, qui prétendent que Benjamin eftoit trop jeune, pour avoir eu en ce tems-là une fi nombreufe famille, & j'avouë que leur prétention paroitroit fondée, s'il eftoit vrai, comme ils le croient, que Benjamin n'eut eu pour lors que 23 ans. Mais ils fe trompent dans leur calcul, & l'on en va juger.

a Remarque XI. art. III. pag. 396. 397.
b Remarque X. art. II. pag. 385.

Il eft certain d'un cofté que Benjamin naquit en Chanaan, aprez que fon pere y fut retourné, XXXV. 16.-18. De l'autre, comme fa naiffance eft racontée deux Chapitres avant l'hiftoire de la vente de Jofeph par fes freres, l'ordre de la narration donne droit de croire qu'elle arriva auparavant. Or l'intervalle du tems entre le retour de Jacob en Chanaan, & la vente de Jofeph, eft de 11 années, car Jofeph avoit 6 ans, quand fon pere partit de Mefopotamie, conferez XXX. 25. avec XXXI. 38. & il en avoit 17 quand il fut vendu, XXXVII. 2. C'eft donc dans ces 11 années, qu'il faut placer la naiffance de Benjamin.

Comme elle n'a point de caractere chronologique, qui puiffe fervir à en fixer la date, & qu'elle n'eft liée avec aucun fait, dont la date foit déterminée, on eft le maitre de la placer à l'année que l'on veut dans cet intervalle, c'eft-à-dire, qu'on peut fuppofer à fon gré que Benjamin avoit onze ans, quand Jofeph fut vendu, ou qu'il n'en avoit qu'un. Dans cette incertitude, je croi qu'il faut prendre un milieu convenable, ainfi je fuppofe que Benjamin eftoit alors âgé de 7 ans, à quoi fi l'on ajoute les 23 ans, qu'il y a de la vente de Jo-

Fixation de la naiffance de Benjamin, & folution de la difficulté.

feph jufqu'à la defcente de Jacob en
Egypte, il en refultera que Benjamin,
quand il alla en Egypte, devoit eftre
âgé de 30 ans. Or à cet âge il pouvoit
aifement avoir deja dix enfants, quand
on fuppoferoit qu'il ne fe feroit marié
qu'à 20 ans, & à plus forte raifon pou-
voit-il les avoir, fi l'on fuppofe qu'il fe
fut marié à 15 ou à 16 ans, ce qui ne feroit pas extraordinaire,& en quoi il n'auroit fait que fuivre l'exemple de fa famille, à en juger par celui de Juda.

La Verfion
des Septante
rend cette
difficulté in-
explicable,
mais tout le
monde con-
vient qu'elle
eft alterée.

Ce calcul eft fondé, comme on voit,
fur le Texte hébreu de la Genefe, où l'on
compte les dix enfants de Benjamin,
comme fes fils immediats, ce qui a efté
fuivi par la Vulgate, par la Verfion Sy-
riaque, par les Targums d'Onkelos &
de Jerufalem, & par [a] Jofephe. Pour
les Septante, ils fe font en cet endroit
fort écartez de l'original, & à vouloir
les fuivre, il ne faudroit pas fe flatter de
pouvoir réfoudre la difficulté; car, felon
eux, des dix fils que le Texte hébreu
donne à Benjamin, il n'y en avoit que
trois, qui fuffent fes fils immediats; cinq
felon le manufcrit du Vatican, & fix felon l'Alexandrin, eftoient fes petits-fils,
& fils de Bela, qui eftoit fon fils ainé;

[a] *Antiquitat. Lib. II. Cap. 4.*

& il y en avoit mefme un, favoir Arad, qui n'eftoit que fon arriere petit-fils, & petit-fils de Bela. Or il eft évident que cela ne fauroit jamais s'accorder avec la chronologie de la Genefe, & qu'il eft abfolument impoffible que Benjamin, à l'âge de 30 ans ait pu voir tant de générations. Auffi tout le monde convient-il que la Verfion des Septante eft fautive dans cet endroit, & je ne connois point de Commentateur qui ne l'abandonne.

Ceux mefme, dont nous combattons ici le fentiment, n'ofent pas la défendre : mais ils croient pouvoir mieux s'autorifer du Chapitre XXVI. des Nombres, 38.-40. où Moyfe fait un autre détail de la famille de Benjamin, & il eft vrai que cette autorité feroit bien autrement refpectable, fi elle leur eftoit favorable ; mais il eft aifé de leur enlever cet avantage, & de concilier ce que dit Moyfe dans cet endroit des Nombres, avec ce qu'il dit dans la Genefe fur la famille de Benjamin.

Le denombrement de la tribu de Benjamin dans les Nombres, paroit eftre contraire à ce qui eft dit dans la Genefe, mais il eft aifé de les concilier.

Dans la Genefe, Chapitre XLVI. Moyfe fait l'énumeration des foixante-dix perfonnes, iffuës de Jacob, qui defcendirent avec lui en Egypte. Il met dans ce nombre Benjamin & dix fils, comme tous exiftants, dont il rapporte les noms, Bela, Becher, Asbel, Gera, Nahaman, Echi, qu'on peut prononcer Achi [a], Ros, Mupphim, Chuppim, & Ard. Il ne s'agit dans les Nombres, Chapitre XXVI. que du réfultat du troifieme dénombrement du peuple Hébreu, que Dieu fit faire à Moyfe & à Eleafar, la quarantieme année de la fortie d'Egypte. Pour le faire avec ordre, Moyfe y récapitule fommairement les fils de chaque Patriarche, mais il n'y fait mention que de ceux, dont la pofterité mafculine fubfiftoit encore, & il paffe fous filence ceux dont la defcendance eftoit déja éteinte.

Dans ce dénombrement, on compte, *verfet 38.* cinq fils de Benjamin, d'où venoient cinq familles fubfiftantes, qui formoient la Tribu; favoir, Bela, Afbel, [b] Achiram, qui eftoit le mefme que

[a] En comparant XXVI. 38. des Nombres avec XLVI. 21. de la Genefe, il eft évident qu'il faut ou lire *Echiram* dans les Nombres au lieu d'*Achiram*, ou ce qui paroit plus plaufible, *Achi* dans la Genefe au lieu d'*Echi*. La difference ne vient que de la ponctuation des Maforethes, car le mot eft le mefme, quant aux confones.

[b] אחירם, *Achiram*. C'eft l'*Achi* אחי de la Genefe avec l'épithete רם *Ram*, qui fignifie *Excelfus, Altus, Grand*, comme qui diroit le *grand Achi*.

l'Achi de la Genese, ᵃ Supham, qui estoit le mesme que Mupphim, & Chup-
pam, le mesme que Chuppim. Il manque, comme on voit dans ce dénombrement, cinq autres fils de Benjamin ; savoir, Becher, Gera, Nahaman, Ros &
Ard, apparemment parce qu'ils n'a-
voient point laissé de posterité mascu-
line. De plus, on y donne deux fils à
Bela, l'ainé des fils de Benjamin, savoir, Ard & Nahaman, qui avoient eu
chacun une posterité assez nombreuse
pour partager la famille des Belites, dont
ils estoient, en deux branches, l'une des
Ardites, & l'autre des Nahamanites,
lesquelles tenoient leur rang dans la Tribu de Benjamin.

Il n'y a rien là de contraire à ce que
dit la Genese. A la verité, on ne comp-

ᵃ Il y a dans l'Hébreu שפופם, *Schphou-*
pham. Mais dans le Pentateuque Samaritain
on lit שופם, *Schoupham* ; c'est le מפים de la
Genese, *Mupphim.* Au lieu du *Sin* ש qui est
au commencement de ce nom dans l'Hébreu
& dans le Samaritain, il a du y avoir un *Sa-*
mech ס, qui est du mesme organe que le ש,
mais qui a plus de ressemblance avec le מ,
d'où vient que ces lettres ont esté mises l'une
pour l'autre dans la Genese ou dans les Nombres. Ce mesme nom dans les Paralipomenes,
VII. 12. est écrit ספים, *Suphim,* ce qui paroit estre la meilleure leçon.

te dans les Nombres, que cinq fils de
Benjamin, au lieu que la Genefe lui en
donne dix, mais cela vient, comme
on l'a dit, de ce que les cinq omis
n'avoient point laiffé de pofterité, qui
peut eftre dénombrée. C'eft ainfi que
dans la Tribu d'Afer, on ne parle point,
Nombres, XXVI. 44. de Jifva, fecond
fils d'Afer felon la Genefe, parce que fa
famille eftoit éteinte, quand on fit ce
dénombrement. On a donné auffi dans
les Nombres à Bela, fils ainé de Benjamin, deux fils, Ard & Nahaman, dont
la Genefe ne parle pas, & dont elle ne
pouvoit pas parler, puifqu'ils n'eftoient
pas nez quand Jacob alla en Egypte. Il
faut feulement fe garder de confondre,
comme je crains qu'on l'ait fait, cet Ard
& ce Nahaman, fils de Bela, mentionnez
dans les Nombres, avec le Ard, & le
Nahaman, freres de Bela, que Moyfe
compte dans la Genefe au nombre des
fils de Benjamin. Malgré la reffemblan-
ce des noms, qui n'eft pas rare dans les
Genealogies de l'Ancien Teftament, la
plus legere réflexion fuffit pour faire
comprendre que les uns eftoient les neveux, & les autres les oncles, & qu'ils
eftoient par confequent trés differents.

XIV.

Quatrieme Avantage de mon opinion. Elle difculpe Moyfe des négligences & mefme des fautes, qu'on ofe lui imputer, & qu'on croit trouver dans la Genefe. On n'a pour cela qu'à fuppofer que Moyfe avoit rangé fes différents Mémoires fur quatre colomnes diftinctes, en forme de Tétraples.

Je compte pour un quatrieme avantage de mon opinion, ou fi l'on veut de mes conjectures fur la Genefe, & un avantage trez important, de découvrir & d'éclaircir les caufes des défauts, qui font dans ce livre de la Genefe ; de faire voir que ces défauts difparoiffent, ou peuvent eftre facilement excufez, quand on en connoit l'origine ; & par ces moiens de rendre de plus en plus refpectables tant ce Livre, que Moyfe, qui l'a compofé.

Quatrieme avantage de mon opinion. Elle difculpe Moyfe des defauts qu'on trouve dans la Genefe.

J'ignore fi l'on voudra m'accorder quelque fuccez fur le premier article, mais je m'attends qu'on me le difputera fur le fecond. Dans l'opinion commune, me dira-t-on, Moyfe, qui a compofé le Livre de la Genefe, y a mis lui mefme les défauts, qui y font, & il faut convenir

Non pas en fuppofant que Moyfe eut rangé les Mémoires, qu'il avoit, dans l'ordre & dans la confufion, où ils font aujourd'hui.

que c'eſt une négligence difficile à excuſer. Dans la voſtre, Moyſe, qui a raſſemblé les Mémoires ou fragmens de Mémoires, dont il a formé la Geneſe, y a
introduit en les réuniſſant mal à propos,
tous les meſmes défauts, & c'eſt une inattention, qui n'eſt pas plus digne d'excuſe. Ainſi Moyſe ne peut point eſtre
juſtifié ni dans l'une, ni dans l'autre ſuppoſition, & l'opinion que vous propo-
ſez, m'objectera-t-on, n'a aucun avantage à cet égard ſur l'opinion commune.

J'avouë que la conſequence ſeroit in-
conteſtable, ſi j'avois adopté le principe, d'où on la tire ; mais je ſuis trez
éloigné de croire que Moyſe ait réuni les
Mémoires qu'il avoit, en les inſerant les
uns entre les autres, pour en former la
Geneſe telle que nous l'avons. Quoique
j'aie paru l'inſinuer pour me faire entendre, je ne l'ai jamais penſé, ou pour
mieux dire, j'ai penſé tout le contraire,
comme on va le voir.

Mais en ſup-
poſant qu'il
les avoit ran-
gés ſur quatre
colomnes ſe-
parées, en
forme de Te-
traples.
Moyſe avoit ramaſſé, à ce que je crois,
douze differents Mémoires, ou fragments
de Mémoires, qui concernoient la création du monde, le Déluge univerſel,
l'hiſtoire des Patriarches, & particulie-
ment celle d'Abraham & de ſa poſterité.
Pour les mettre en œuvre, il les rangea,

ou

ou tout entiers, ou par extraits, sur douze
differentes colomnes, & il plaça chaque
partie de Mémoire ou fragment, à l'endroit qui lui convenoit vis-à-vis des autres parties ou fragments correspondants,
de sorte qu'il composa par là un ouvrage
à douze colomnes.

Peut estre aussi, que pour éviter la
confusion de tant de differentes colomnes, il rangea tous ses Mémoires sur
quatre colomnes seulement, & fit de cette maniere une espece de *Tetraple*, ou
d'ouvrage à quatre colomnes, a-peu-préz
dans l'ordre où nous avons taché de les
mettre, ou pour mieux dire, dans l'ordre, où nous les mettrons ci-dessous,
Remarque XV. une pour le Mémoire A,
une autre pour le Mémoire B, une troisieme C, pour tous les faits, qui interes-
soient la famille des Patriarches, & qui
n'appartenoient ni au Mémoire A, ni au
Mémoire B, & une quatrieme D, pour
tous les faits, qui éstoient étrangers à
l'histoire des Hebreux.

C'est ainsi qu'Origene rangea autrefois
les differentes versions de l'Ecriture Sainte sur six, ou sur huit colomnes, ce qui
fit ses Hexaples & ses Octaples : ou pour
donner un exemple plus connu, c'est
ainsi que ceux, qui travaillent à faire

T

l'harmonie des quatre Evangeliſtes, pla-
cent les quatre Evangiles ſur quatre colomnes, en mettant les faits, rapportez
dans chacun, à peu prez à la meſme hauteur des meſmes faits dans les colomnes
correſpondantes.

Avantages de
cet arrange-
ment pour
conſerver les
Mémoires
qu'il avoit.

Par cet arrangement, 1°. Moyſe con-
ſerva, du moins quant aux choſes eſſen-
tielles, tous les Mémoires authentiques,
qu'il tenoit de ſes ancetres, & ceux meſmes, qu'il avoit peu ſe procurer des Nations voiſines, deſcenduës de quelqu'un
des Patriarches, tandis qu'il gardoit
les troupeaux de Jethro ſon beaupere,
ou tandis qu'il demeura dans le deſert,
avec le peuple hébreu qu'il conduiſoit.

Pour pouvoir
faire facile-
ment la com-
paraiſon en-
tre les diffe-
rents Mé-
moires.

2°. Il les plaça dans un ordre commode, qui faiſoit voir au premier coup
d'œil, ce que chaque Mémoire ou fragment de Mémoire contenoit de particulier.

Pour éviter
les répeti-
tions, les al-
ternatives
des noms de
Dieu, & les
renverſe-
mens dans
l'ordre de la
narration &
de la chrono-
logie.

3°. Il les diſpoſa enfin de telle maniè-
re, que les repetitions, qui ſe trouvoient
inévitablement dans des Mémoires écrits
ſur les meſmes faits, n'avoient rien de
choquant; qu'on n'eſtoit point frapé de
ce que les Auteurs de ces Mémoires
donnoient à Dieu des noms differents;
& qu'on trouvoit l'ordre des tems, &
par conſequent celui des narrations con-

ſtamment obſervé dans chaque Mémoire, ſans aucune contrarieté entre eux,
pourvu qu'on les raportaſt les uns aux
autres dans l'ordre, où Moyſe les avoit
placez.

Peut-on imaginer rien de plus ſage,
& de plus méthodique, que cette diſpoſition. Nous ſerions heureux, & on ſe
ſeroit épargné bien des peines, ſi la Geneſe eſtoit parvenuë juſqu'à nous dans
cette forme. Mais il y a longtems, que
les copiſtes ont tout dérangé en la tranſcrivant. On ne peut pas ſavoir ce qui a
peu occaſionner ce deſordre ; mais on
devine pluſieurs cauſes, qui peuvent y
avoir contribué. 1°. La pareſſe : c'eſtoit
de la peine pour eux que de changer
ſouvent de colomne en copiant, & il faloit de l'attention pour en changer à propos. 2°. L'ignorance : on n'a pas compris
l'utilité de ces colomnes differentes, &
on a cru pouvoir ſe diſpenſer de s'y aſſu-
jettir. 3°. La préſomption : peut-eſtre
crurent-ils perfectioner le Livre de la
Geneſe, & en rendre la lecture plus commode, en écrivant ce Livre tout de ſuite, pour épargner aux Lecteurs la peine de rejoindre les morceaux ſeparez en
differents Mémoires.

On n'aura aucune peine à compren-

Ce ſeroit un
trez grand
bonheur, ſi
la Geneſe eſ-
toit parvenuë
juſqu'à nous
dans cet eſ-
tat. Mais tout
y a eſté con-
fondu par la
negligence
des copiſtes,
ou l'ignoran-
ce des mau-
vais criti-
ques.

dre que la pareſſe , l'ignorance, la har-
dieſſe , en un mot , les mépriſes des copiſtes , aient peu faire dans le Livre de la
Geneſe le changement, dont nous nous
plaignons , ſi l'on fait attention aux bé-
vuës qu'ils ont faites dans preſque tous
les autres manuſcrits , où l'on trouve des
altérations & des interpolations mani-
feſtes, qui ont donné tant d'exercice aux
critiques. Le Pentateuque lui meſme,
pour lequel il eſt certain qu'on a eu une
trez grande attention , & qu'on a toujours copié avec plus de ſoin que les ouvrages profanes, n'en a pas eſté exempt,
puiſque la pluſpart des Commentateurs
conviennent qu'on a oublié des mots [a]
dans quelques endroits du Texte de la
Geneſe , & que dans d'autres on y a inferé [b] des gloſes ou additions marginales, qui fourniſſent aujourd'hui aux eſ-
prits forts les plus fortes objections qu'ils
aient à faire contre l'authenticité de ce

[a] Comme Geneſe , IV. 8. XXXV. 22.
Les Maſſorethes ont marqué à la marge de ces
endroits, qu'il y avoit dans l'Ecriture vingt-
huit paſſages, où il manquoit de meſme quelque choſe.
[b] P. D. Huet , Eveſque d'Avranches , De-
monſtr. Evangelic. Propoſ. IV. Cap. XIV. §. 19.
M. Le François, Preuves de la Religion ,
Tom. I. Part. II. Sect. I. Cap. VI.

Livre, & contre la certitude de son Auteur.

Quoiqu'il en soit, si l'on a changé la disposition primitive, où Moyse avoit mis la Genese, ce changement doit estre fort ancien. Il remonte plus haut que les Targum d'Onkelos & de Jerusalem, & que la version des Septante ; plus haut mesme que le tems, où le Pentateuque Samaritain fut transcrit, puisqu'on trouve dans ces Targums, dans cette version, & dans le Pentateuque Samaritain mesme, le Livre de la Genese dans la forme où nous l'avons aujourd'hui. On peut, sans craindre de se tromper, faire remonter ce changement, non seulement jusqu'au tems d'Esdras, & jusqu'à la revision generale des Livres de l'Ancien Testament, qu'on prétend qu'il fit au retour de la captivité de Babylone, mais plus haut encore, attendu que le Pentateuque Samaritain devoit estre transcrit longtems auparavant, parce qu'il n'est pas possible, que les Samaritains, toujours ennemis des Juifs dés le tems d'Esdras, aient voulu recevoir ce Livre d'eux, depuis leur retour de la captivité.

Ce dérangement de la Genese est fort ancien.

Les conséquences, qui suivent de ce qu'on vient de dire, sont : 1°. Que la

La distribution de la Genese, que

T iij

je propose, approche beaucoup de l'arrangement primitif, que Moyse avoit donné à ses Mémoires.

distribution de la Genese, que je propose, approche de la forme que ce Livre a euë originairement, & que sans rien changer au Texte, elle fait disparoitre les repetitions choquantes, les alternatives arbitraires & bizarres des deux noms de Dieu, *Elohim* & *Jehovah*, & ce qui est encore plus important, les *Antichronismes*, les *Hysterologies*, les dérangements dans l'ordre de la narra-tion & de la chronologie, qu'on y trouve, & qui ont donné tant de peine aux Commentateurs.

Et disculpe Moyse de toutes les negligences, les répetitions, & les antichronismes, dont il est chargé dans l'opinion commune.

2°. Que par ce nouvel arrangement, Moyse est pleinement disculpé des négligences & des inattentions, dont il estoit chargé, mesme par les Commentateurs les plus reservez, ce qui doit fortifier le respect & la foi, qu'on lui doit comme au plus sage des Legislateurs, & à un des plus grands Prophetes, que Dieu ait suscité, & augmenter en mesme tems la croiance qu'il mérite, comme le plus clair, le plus exact, & le plus vrai des Historiens.

X V.

Le defordre qui paroit aujourd'hui dans la Genefe, tant dans l'ordre de la narration, que dans celui de la chronologie, n'eft venu que de ce qu'on a confondu mal-à-propos ces quatre colomnes. Exemples & caufes de cette confufion.

On vient de voir dans la Remarque précedente avec quelle fageffe, & dans quel ordre Moyfe avoit difpofé les differents Mémoires, ou fragments de Mémoires, qu'il avoit jugé à propos de faire entrer dans la compofition du Livre de la Genefe. On y a vu auffi en mefme tems avec quelle imprudence cet ordre avoit efté dérangé, quand on entreprit de tranfcrire ces Mémoires de fuite, comme ils font aujourd'hui, ce qui a jetté dans quelques endroits de la Genefe une efpece de confufion, qui fait de la peine aux Commentateurs, & qui fait ᵃ le vain triomphe des incredules.

Comme cette matiere eft trez importante, il eft neceffaire de l'approfondir un peu plus. Peut eftre qu'en examinant la

Examen detaillé des caufes, qui peuvent avoir donné lieu au derangement des Mémoires, qui compofent la Genefe.

ᵃ Ben. de Spinofa, *Tract. Theologico-politic.* Cap. IX.

T iiij

conduite des copiſtes, quand ils ont eu à raſſembler deux, trois, ou quatre Mémoires, ou fragments de Mémoires, rangez ſur autant de colomnes, on pourra connoitre ce qui peut avoir donné lieu à leurs mépriſes.

Les copiſtes & les critiques ne ſe font point mepris quand il n'y a eu que deux Mémoires à réunir.

I. Tant qu'il n'y a eu que deux Mémoires, rangez ſur deux colomnes, les copiſtes ne ſe ſont pas trompez en les joignant enſemble. Les places eſtoient alors marquées par les vuides ou blancs reſpectifs, qui ſe trouvoient dans les colomnes, & comme il n'y avoit pas à choiſir, il n'y avoit pas lieu de ſe méprendre. Les copiſtes n'ont donc cauſé, dans ce cas, aucun dérangement dans l'ordre de la Geneſe, en entreprenant de réunir des Mémoires deſtinez à eſtre ſeparez. Ils ont à la verité mis dans le Texte, ainſi formé, des repetitions qu'on a peine à excuſer, & des alternatives dans l'uſage des deux noms de Dieu, *Elohim* & *Jehovah*, que quelques Commentateurs ont ſenties, & dont ils n'ont pas peu imaginer la raiſon : mais ils n'y ont point introduit d'Antichroniſme, ou renverſement dans l'ordre chronologique. Comme les cas, où il n'y avoit que deux Mémoires à joindre, eſtoient les cas les plus communs dans la Geneſe, de là vient auffi, que l'ordre chronologique y eft beaucoup mieux obfervé, qu'on ne le croiroit, à entendre les ᵃ exaggerations des incredules.

II. La difficulté a efté plus grande, quand il y a eu trois differents Mémoires, ou fragments de Mémoires, placez fur trois colomnes. Alors le choix a efté plus embarraffant, & en le faifant, les copiftes fe font mal déterminez fouvent. Pour le bien comprendre, il faut jetter les yeux fur la Table ci jointe, où l'on verra placez fur trois colomnes, dans l'ordre où je croi que Moyfe les avoit placez lui mefme, trois Mémoires differents, qui comprennent aujourd'hui les Chapitres XXIII. XXIV. XXV. On jugera au premier coup d'œil du defordre que les copiftes y ont mis en les réuniffant pour les tranfcrire de fuite, & fi je ne me trompe, on reconnoitra mefme les caufes, qui les ont induit en erreur.

Ils fe font quelquefois trompez, quand il a falu raffembler trois Mémoires differents. Exemple des Chapitres XXIII. XXIV. XXV.

TABLE I.

1°. Au haut de la colomne A, on a mis un premier article du Mémoire A, qui contient la mort & les funerailles de Sara, & qui fait aujourd'hui tout le Chapitre XXIII.

Plan figuré de la difpofition que Moyfe avoit donnée à ces Chapitres,

Au bas de la mefme colomne, mais en laiffant une efpace vuide entre-deux, on

ᵃ Spinofa, *ubi fuprà*, *pag.* 349.

a placé un autre article du même Mémoire A, où se trouve l'histoire du second mariage d'Abraham, de sa mort & de son enterrement par ses deux fils Isaac & Ismaël, ce qui est compris aujourd'hui dans les onze premiers versets du Chapitre XXV.

2°. A la colomne B, vis-à-vis le vuide laissé dans la colomne A, on a mis deux articles du Mémoire B de suite, & sans aucun intervalle entre-deux. Dans le premier, il s'agit du voiage d'un serviteur d'Abraham en Mésopotamie pour y chercher une femme pour Isaac, dans la famille de Nachor, de son retour avec Rebecca, petite fille de Nachor, & du mariage d'Isaac, ce qui fait le Chapitre XXIV. Et dans le second, de la postérité d'Isaac, & en particulier de la naissance des deux fils d'Isaac, Esaü & Jacob, ce qui se trouve aujourd'hui dans huit versets du Chapitre XXV. depuis le verset 19. jusqu'au verset 26.

Aprez un vuide qui suit, & qui doit estre vis-à-vis le second article de la colomne A, on a placé dans la même colomne B, un article, où l'on raconte la vente qu'Esaü fit à Jacob de son droit d'ainesse, & qui aujourd'hui s'étend depuis le verset 27. du Chapitre XXV. jusqu'à la fin de ce Chapitre.

3°. Enfin, fur une troifieme colomne D, on a mis un article pris d'un troifieme Mémoire D, qui contient l'énumeration de la pofterité d'Ifmaël, & qui fait aujourd'hui fept verfets du Chapitre XXV. depuis le verfet 12. jufqu'au 18. On a placé cet article un peu plus bas, non feulement que le premier & le fecond article de la colomne B, mais mefme que le dernier article de la colomne A, pour marquer que cet article devoit eftre rapporté à la fuite de tous les articles de cette colomne.

4°. On a marqué chaque article d'un chiffre arabe, qui indique l'ordre que ces articles devoient garder entr'eux, felon l'inftitution de Moyfe, ce qu'il eftoit aifé de reconnoitre par la difpofition de ces articles refpectivement les uns aux autres. Pour le N^o. des Chapitres, qu'on a mis auffi à la tefte de chaque article, il fert à faire connoitre le mauvais ordre dans lefquels ces articles font rangez aujourd'hui.

La premiere & la principale caufe de ce defordre vient de la négligence des copiftes, qui ne comprenant pas l'utilité de cet arrangement des colomnes, n'eurent pas longtems l'attention de le fuivre exactement, qui laifferent du blanc entre

le premier & le second article de la colomne B, où il n'en faloit point, & n'en
laisserent point entre les second & le troisieme article de la mesme colomne, où il
en faloit, de sorte, que non seulement le
second article de la colomne A se trouva
placé vis à vis de ce blanc, mais mesme
l'article unique de la colomne D. Quand
on entreprit donc ensuite de transcrire
la Genese tout de suite sur des exemplai-
res ainsi alterez, on crut qu'il faloit placer aprez le premier article de la colomne B, le second article de la colomne A ;
qu'il faloit à la suite de cet article placer
l'article de la colomne D ; & qu'il faloit
mettre un rang plus bas le second article
de la colomne B, & y joindre immediatement le troisieme article de cette mesme colomne, qui n'en estoit plus separé
par aucun espace vuide, ce qui dérangea
totalement l'ordre naturel de ces passages
de la Genese, & y introduisit le dérangement, où ils se trouvent aujourd'hui.

Seconde cause du dé-rangement. D'un autre costé, l'ignorance des critiques peut avoir aussi beaucoup contri-
bué à augmenter le desordre. Dans la
confusion, où les copistes avoient mis
les differents articles, qui estoient placez sur les trois colomnes, des critiques
mal habiles auront jugé, quand on s'est

avifé de tranfcrire la Genefe tout de fuite, que l'article de la colomne D, où il
eft queftion de la pofterité d'Ifmaël, devoit eftre mis à la fuite du fecond article
de la colomne A, où il eft parlé d'Ifmaël à l'occafion des funerailles d'Abraham ; qu'à la fuite de cet article, où il
eft parlé de la pofterité d'Ifmaël, il faloit placer le fecond article de la colomne B, où la pofterité d'Ifaac eft rapportée ; que l'article premier de la colomne
B devoit eftre placé entre les deux articles de la colomne A, foit qu'il y reftaft
quelque vuide, qui femblaft l'indiquer,
foit qu'on jugeaft decent d'interpofer la
narration contenuë dans cet article, entre la mort de Sara, & le fecond mariage
d'Abraham ; enfin, que le troifieme article de la colomne B devoit eftre joint
immediatement avec le fecond, d'avec
lequel il n'eftoit plus féparé par aucun
efpace vuide.

De quelque caufe que le mal foit ve- Le dérange-
nu, il eft certain qu'en rangeant ainfi ces ment de cet
differents articles, on a perverti l'ordre introduit un
dans lequel Moyfe les avoit mis, qui eft antichronif-
indiqué par la fuite des chiffres arabes, me.
& qu'on a introduit un Antichronifme
évident en mettant la mort d'Abraham
avant la naiffance d'Efaü & de Jacob,

puifqu'il eft prouvé qu'Abraham n'eft mort que 15 ans aprez, comme on l'a fait voir ci deffus, *Rem. X. art. 1. p. 379.*

III. L'embarras a efté plus grand encore, quand il a efté queftion de mener de front quatre colomnes, chargées de quatre Mémoires differents, & les méprifes auffi ont efté plus nombreufes à proportion. On en verra une preuve fenfible dans la Table ci-jointe, où en fuivant l'ordre que je fuppofe que Moyfe avoit gardé, j'ai difpofé fur quatre colomnes, dans l'ordre qui fuit, les articles de quatre Mémoires, qui comprennent huit Chapitres de la Genefe, XXXIII. XXXIV. XXXV. XXXVI. XXXVII. XXXVIII. XXXIX. XL.

Les copiftes ont efté dans le plus grand embarras, quand il a falu réunir quatre Mémoires. Exemple des Chapitres XXXIII-XL.

Table II.

1°. J'ai placé à la colomne A deftinée pour le Mémoire A, un premier article, qui comprend aujourd'hui les 16 premiers verfets du Chapitre XXXIII. où fe trouve le recit de l'entrevuë d'Efaü & de Jacob à fon retour de Mefopotamie.

Plan figuré de la difpofition primitive, où Moyfe avoit mis ces Chapitres.

Aprez un efpace vuide affez confiderable, j'ai mis au-deffous deux articles de fuite fans aucun intervalle entre-deux, dont le premier renferme les 27. premiers verfets du Chapitre XXXV. où l'on rapporte le voiage de Jacob à Bethel, les couches & la mort de Rachel à

TABLE I.

Où l'on voit dans quel ordre MOYSE avoit rangé les articles des trois Memoires A, B, & D, qui font aujourd'hui les Chapitres XXIII. XXIV. & XXV.
Et le dérangement, que les Copiſtes y ont mis en tranſcrivant la GENESE de ſuite.

A	B	D

A

1.
CHAPITRE XXIII.
Mort & funerailles de Sara.

B

2.
CHAPITRE XXIV.
Voiage d'un ſerviteur d'Abraham en Meſopotamie. Son retour avec Rebecca. Mariage d'Iſaac.

3.
CHAPITRE XXV.
Depuis le verſet 19-26. incluſivement.
Poſterité d'Iſaac. Naiſſance d'Eſaü & de Jacob.

4.
CHAPITRE XXV.
Depuis le verſet 1-11. incluſivement.
Second mariage d'Abraham. Sa mort. Ses funerailles par ſes deux fils, Iſmaël & Iſaac.

D

5.
CHAPITRE XXV.
Depuis le verſet 12-18. incluſivement.
Poſterité d'Iſmaël.

6.
CHAPITRE XXV.
Depuis le verſet 27. juſqu'à la fin.
Vente de ſon droit d'aineſſe par Eſaü à Jacob.

Les anciens Juifs, quoiqu'ils écriviſſent le Pentateuque tout de ſuite, l'écrivoient ſur ſix colomnes diſtinctes; Voiez Prideaux, Hiſtoire des Juifs, de l'édit. de Paris, Tom. II. pag. 321. qui cite pour garant, Maimonides, de Libro Legis, Cap. VII. & IX. Cet uſage, autoriſé par un paſſage du Talmud, venoit-il de la diſpoſition primitive, dans laquelle la Geneſe avoit été écrite dar Moyſe?

Bethlehem, le féjour de Jacob à la Tour d'Eder, Et enfin fa demeure à Hebron avec Ifaac : & le fecond, le Chapitre XXXVII. en entier, où il eft queftion de la vente de Jofeph par fes freres.

Vient enfuite un fecond efpace vuide, plus grand que le premier, au-deffous duquel j'ai placé un quatrieme article, qui fait aujourd'hui tout le Chapitre XL. & où l'on continuë de raconter l'hiftoire de Jofeph en Egypte.

Tous ces articles appartiennent au Mémoire A, & en ont la marque, qui eft le nom de Dieu, *Elohim*, mais auffi c'eft tout ce qui appartient à ce Mémoire, depuis le Chapitre XXXIII. jufqu'au Chapitre XL. inclufivement.

2°. A la féconde colomne B, il y a d'abord un premier article, qui comprend aujourd'hui les quatre derniers verfets du Chapitre XXXIII. où l'on marque le féjour que Jacob fit d'abord à Succoth à fon retour de Mefopotamie, & enfuite auprez de Sichem.

Suit immediatement aprez, & fans aucun vuide entre-deux, un fecond article, qui fait à préfent le Chapitre XXXVIII. en entier, où fe trouve l'hiftoire de Juda, de fes enfans & de leurs mariages, de mefme que fon incefte

avec Thamar. Ces deux articles répon-
dent au premier vuide de la colomne A,
& doivent y eſtre rapportez.

Enfin, aprez un vuide trez conſidera-
ble, qui repond au ſecond & au troiſieme article de la colomne A, j'ai mis un
troiſieme article, qui comprend aujour-
d'hui tout le Chapitre XXXIX. où l'hiſtoire de la femme de Potiphar & de
Joſeph eſt racontée.

Tous ces articles ſont du Mémoire B,
& en ont la marque caractériſtique, qui
eſt le nom de Dieu, *Jehovah*. C'eſt auſſi
tout ce qu'il y a de ce Mémoire depuis
le Chapitre XXXIII. juſqu'au Chapitre XXXIX. incluſivement.

3°. Sur la troiſieme colomne C, je
n'ai eu à mettre qu'un article ſeul, tiré
d'un troiſieme Mémoire C, lequel fait
aujourd'hui tout le Chapitre XXXIV.
& où on rapporte l'hiſtoire de Dina. Je
l'ai placé vis-à-vis le blanc, qui eſt dans
la ſeconde colomne B, & un peu plus
bas que le troiſieme article de la colomne A.

4°. Il n'y a auſſi dans la quatrieme colomne D, qu'un ſeul article, pris d'un
quatrieme Mémoire D, lequel contient
aujourd'hui, 1°. les deux derniers verſets du Chapitre XXXV. où il s'agit de

la mort & des funerailles d'Ifaac par fes deux fils, Efaü & Jacob : Et 2°. le Chapitre XXXVI. en entier, où l'on fait le dénombrement de la pofterité d'Efaü. J'ai mis cet article vis-à-vis le grand vuide de la colomne B, & un peu plus bas que l'article unique de la colomne C.

Si l'on jette les yeux fur la Table II. où ces articles font arrangez fur quatre colomnes dans l'ordre qu'on vient de marquer, on n'aura pas de peine à juger que fi ces articles avoient efté dans les mefmes places, quand on s'avifa d'écrire la Genefe de fuite, il n'eut falu, pour conferver l'ordre qui leur appartenoit, tel qu'il eft marqué par la fuite des chiffres arabes, qu'on a mis au-deffus depuis 1 jufqu'à 10, que mettre chaque article dans les vuides ou blancs correfpondants des colomnes voifines, & régler leur rang fuivant la hauteur, où ils eftoient placez dans chaque colomne. Mais au lieu de fuivre cet arrangement, on en a donné un tout différent, comme les N°. des Chapitres, qui font au haut de chaque article, le montrent, ce qui a tout confondu.

Il ne faut pas douter que les copiftes n'aient beaucoup contribué à ce defordre, en ce qu'ils ont négligé de garder

Les copiftes ont peu contribuer à déranger cet ordre.

les efpaces vuides aux endroits de chaque colomne, où ils devoient eftre, &
de placer chaque article dans fa colomne à la hauteur qui lui convenoit, d'où il
eft arrivé que quand il a efté queftion
de rejoindre ces articles pour tranfcrire
la Genefe de fuite, on n'a point eu de
regle pour fe guider, & qu'on a efté
forcé de ranger la plufpart des articles
comme à l'aventure.

Mais les Cri-
tiques paroif-
fent en avoir
efté les prin-
cipaux au-
teurs par
leurs idées.

Il paroit poúrtant que le plus grand
mal eft venu de la préfomption des Critiques, qui ont cru pouvoir fixer la place de chaque article fur des conjectures
frivoles, & fouvent fauffes.

Par exemple, ils ont mis l'hiftoire de
Dina de la colomne C, à la fuite du pré-
mier article de la colomne B, parce qu'il
s'agit dans cette hiftoire de l'enlevement
de Dina, dans le bourg de Sichem, &
qu'ils ont cru qu'elle ne pouvoit eftre
arrivée, que quand Jacob avec fa famille
demeuroit auprez de Sichem, ce qui regarde l'article premier de la colomne B,
au lieu qu'on a vu [a] ci-deffus que quand
Dina fut enlevée, elle avoit fait un voiage à Sichem.

Ils ont placé de mefme l'hiftoire de
Juda, qui fait le fecond article de la co-

[a] Remarque XI. article III. pag. 406.

lomne B , à la suite de l'histoire de la
vente de Joseph, qui fait le troisieme article de la colomne A , parce qu'ils s'i-
maginoient que Juda ne s'estoit separé
d'avec ses freres , qu'à cause de l'indignation qu'il avoit conceue contre eux
pour le traitement qu'ils avoient fait à
Joseph ; mais c'est vouloir deviner &
prester ses conjectures à l'Ecriture.

Enfin ils ont cru devoir joindre l'article de la colomne D , où il s'agit de la
mort & des funérailles d'Isaac , au second article de la colomne A , où l'on
rapporte l'arrivée de Jacob chez son
pere Isaac, comme si ces deux faits estoient arrivez immédiatement l'un aprez
l'autre, au lieu qu'il y a eu entre-deux
un intervalle pour le moins de 13. à 14.
ans.

Ces trois principales positions une
fois mal fixées , on n'a peu que mal ar-
ranger le reste , ce qui y a mis trois antichronismes ou renversemens de chronologie , dont les Commentateurs ont
grande peine de se tirer. Le premier regarde l'histoire de Dina , de son enlevement par Sichem , & de la vengeance
qu'en prirent Siméon & Levi ses freres.
Le second , l'histoire de Juda , de ses enfants, & de leurs mariages. Enfin , le

Par ce derangement ils ont introduit trois antichronismes dans cet endroit de la Genese.

troisieme, l'époque de la mort d'Isaac comme anterieure à la vente de Joseph par ses freres. On peut voir sur ces trois antichronismes ce qu'on en a dit ci-dessus, *Remarques X. & XI. art.* 2. 3. & 4.

X V I.

Refutation des conséquences que Spinosa prétend tirer du desordre apparent de la Genese, pour avancer que Moyse n'en peut pas estre l'Auteur. Nouvelle reflexion qui suit de mon systeme, & qui prouve qu'il n'y a que Moyse qui ait peu composer la Genese.

Spinosa a exaggeré le desordre, qu'il paroit y avoir dans l'ordre de la narration de la Genese.

La disposition que je suppose que Moyse avoit donnée aux Memoires, qui contiennent le recit du mariage des enfants de Juda, & de l'enlevement de Dina, remet, comme on vient de le voir, la narration de ces évenemens dans l'ordre chronologique, & anéantit le vain triomphe de Spinosa, qui en abusant du desordre apparent de ces deux histoires, avoit pris droit de dire[a], que » tout est

[a] *Tractat. Theologico-politici, Cap. IX.* Ce livre fut imprimé en 1670. On suit ici une Traduction Françoise de ce livre, imprimée en 1678. sous le titre de *Reflexions curieuses d'un esprit desinteressé,* &c.

TABLE II.

Pour faire voir dans quel ordre Moyse avoit rangé les articles des quatre Memoires A , B, C, & D , qui font aujourd'hui les Chap. XXXIII. XXXIV. XXXV. XXXVI. XXXVII. XXXVIII. XXXIX. & XL.
Et le dérangement , que les Copiftes y ont mis en tranfcrivant la Genese de fuite.

A	B	C	D
1.			
Chapitre XXXIII.			
Depuis le verf. 1-16. *inclufiv.*			
Entrevuë d'Efaü & de Jacob			
à fon retour de Mefopotamie.			
	2.		
	Chapitre XXXIII.		
	Dep. le verf. 17. *jufqu'à la fin.*		
	Sejour de Jacob à Succoth		
	& à Sichem.		
	3.		
	Chapitre XXXVIII.		
	Hiftoire de Juda & de fes en-		
	fants.		
4.			
Chapitre XXXV.			
Depuis le verf. 1-27. *inclufiv.*			
Voiage de Jacob à Bethel.			
Couches & mort de Rachel à			
Bethlehem. Sejour de Jacob			
à la Tour d'Heder. Sa demeu-			
re à Hebron.			
5.			
Chapitre XXXVII.			
Aente de Jofeph par fes freres.			
		6.	
		Chapitre XXXIV	
		Hiftoire de Dina.	
			7.
			Chapitre XXXV.
			Les deux derniers verf. 28. 29.
			Mort d'Ifaac Ses funerailles
			par fes deux fils, Efaü & Jacob.
			8.
			Chapitre XXXVI.
			Denombrement de la pofte-
			rité d'Efaü.
	Chapitre XXXIX.		
	Hiftoire de la femme de Poti-		
	phar.		
10.			
Chapitre XL.			

» écrit pesle-mesle dans les cinq livres
» du Pentateuque ; qu'il n'est ni histoire,
» ni narration, qui y soit en son lieu ; que
» l'on n'y a nul égard au tems ; .... &
» que tout ce qu'on y lit, avoit esté re-
» cueilli, & mis confusement ensemble,
» pour estre ensuite examiné tout à loi-
» sir ; & redigé en ordre ».

Sa hardiesse mesme ne s'est pas bornée là. Tout le monde sait qu'il l'a portée jusqu'à soutenir que c'estoit » Esdras
» qui avoit composé les cinq livres du
» Pentateuque ; qu'il n'avoit pas mis la
» derniere main aux narrations qui y sont
» contenuës, & qu'il n'avoit rien fait
» qu'un précis de toutes les histoires,
» qu'il avoit recueillies de divers Ecri-
» vains, se contentant de les décrire en
» quelques endroits aussi simplement
» qu'il les trouvoit, & les aiant trans-
» mises à la posterité, qu'il ne les avoit
» pas encore examinées, ni mises en or-
» dre ». Pour le prouver, il a ramassé
dans le Chapitre IX. de son Livre,
differents passages du Pentateuque, &
en particulier de la Genese, dont il s'est
efforcé d'abuser pour établir cet étrange paradoxe.

En cela, il avoit esté prévenu par
Thomas Hobbes, qui dans un ouvrage

Et il a tâché d'abuser de quelques passages, pour avancer que le Pentateuque n'estoit pas l'ouvrage de Moyse.

En quoi il avoit esté prevenu par

Hobbes &
par la Pey-
rere.

écrit [a] contre la Religion & contre le Clergé, avoit quelque tems auparavant taché d'établir le mesme sentiment, & avoit fait usage des mesmes passages : Et par Isaac de la Peyrere, [b] qui pour soutenir qu'il y avoit eu des hommes avant Adam, avoit tenté d'affoiblir l'autorité de la Genese, qui lui estoit contraire, en avançant que Moyse n'en estoit pas l'Auteur, & avoit allegué pour le prouver, les mesmes citations.

Et il a esté
suivi par M.
le Clerc.

Il semble que c'ait esté la maladie du dernier siecle. M. le Clerc, qui publia en 1685. contre *l'Histoire critique du vieux Testament* de M. Simon, un recueil de lettres sous le titre de *Sentimens de quelques Théologiens de Hollande*, loin d'y combattre bien des choses fausses ou legerement hazardées, que M. Simon y avançoit sur ce sujet, alla beaucoup plus loin que lui, & aprez avoir rassemblé tout ce que Hobbes, la Peyrere, Spinosa avoient dit de plus outré, & y avoir ajouté tous les autres passages,

[a] Intitulé, *De Cive sive Leviathan*, imprimé en Anglois en 1651. & reimprimé en Latin en 1668. *Part. III. Cap.* 33.

[b] Dans l'Ouvrage intitulé, *Systema Theologicum ex Præadamitarum hypothesi*, imprimé en Hollande, *in-*4°. en 1655. *Part. I. Lib. IV. Cap.* I.

qu'il peut recueillir, & qu'il crut propres à favoriser cette opinion, il en conclut hautement [a] que le Pentateuque estoit l'ouvrage du « Sacrificateur Israëli-
» te, que l'on envoia de Babylone pour
» instruire les nouveaux habitans de la
» Palestine de la maniere dont il faloit
» qu'ils servissent Dieu, comme l'Au-
» teur des Livres des Rois le raconte,
» (c'est à dire, l'envoi de ce Sacrifica-
» teur) au XVIIe. Chapitre du second
» Livre. »

Il ne faut pourtant pas lui refuser un
honneur qu'il mérite : c'est qu'aiant
mieux examiné depuis cette question
dans une Dissertation, intitulée De
Scriptore Pentateuchi, & mise à la teste
du premier Tome de ses Commentaires
sur la Bible, qu'il publia en 1693. la
force de la verité le frapa, & qu'il eut
le courage de se retracter, & de déclarer
qu'il regardoit Moyse comme l'Auteur
du Pentateuque. Il l'a mesme prouvé par
un grand nombre de témoignages précis, pris du Pentateuque mesme, qu'il a
rapportez, en quoi il n'a fait qu'imiter,
& mesme copier [b] M. Huet & la pluspart des autres Commentateurs. Que si

(marginal note) Lequel s'est ensuite re-tracté & paroit avoir mieux pensé.

---

[a] Lettre sixieme, pag. m. 129.
[b] Demonstrat. Evangel. Propos. IV. Cap. 1.

l'on joint à ces preuves le fuffrage de toute l'Eglife Juive, qui a attribué le Pentateuque à Moyfe conftamment, & ce qui eft infiniment plus fort, le témoignage de [a] Philippe, l'un des Apotres, & furtout celui [b] de Jefus-Chrift, qui le lui attribuent auffi, la queftion fe trouvera portée à un tel degré d'évidence, qu'on ne pourra douter que le Pentateuque ne foit l'ouvrage de Moyfe.

Nouvelle reflexion pour prouver que Moyfe eft l'auteur de la Genefe. J'ajouterai cependant, pour le confirmer, une réflexion nouvelle, qui eft une fuite de mon fyfteme. Je ne cherche pas à la faire valoir, mais telle qu'elle foit, j'avouë qu'elle eft par rapport à moi, comme les deux deniers d'offrande de la [c] veuve de l'Evangile, & qu'en donnant de bon cœur, comme elle, tout ce que je puis, je fouhaiterois pouvoir mériter l'éloge, qui lui fut donné.

Si l'on reconnoit, comme je croi qu'on doit le faire, que la Genefe foit compofée de differents Mémoires, joints & coufus enfemble, qu'on peut encore y diftinguer, il s'enfuit, 1°. Que ces Mémoires, qui ont fervi à la compofer, devoient eftre en affez grand nombre, puif-

[a] S. Jean, I. 45.
[b] S. Jean, V. 46.
[c] S. Marc, XII. 42. S. Luc, XXI. 2.

qu'on

qu'on peut aujourd'hui y en compter jufqu'à douze : 2°. Qu'entre ces Mémoires,
il y en avoit de trez anciens, comme les
deux, qui regardent l'histoire de la création & des premiers Patriarches, & les
trois qui contiennent l'histoire du Déluge : 3°. Que les autres, où l'on trouve
la fuite de l'histoire du Monde, depuis
le Déluge, jufqu'à l'entrée des Hebreux
en Egypte, quoique moins anciens, ne
laiffoient pas, pour la plufpart, de l'eftre
beaucoup : 4°. Que ceux de ces Mémoires, qui intereffoient les Hebreux,
& qui traitoient de leur origine, de leur
genéalogie, & de leur histoire, pouvoient fe trouver parmi eux ; mais que
ceux, qui regardoient l'histoire des Nations voifines, comme les Madianites,
les Ifmaëlites, les Iduméens, les Ammonites & les Moabites, ne pouvoient guere s'eftre confervez que chez ces Nations
là, qui dans le fond eftoient comme des
branches de la nation des Hebreux, &
defcendoient, ou de Loth, neveu d'A-
braham, ou d'Abraham mefme, mais
par d'autres fils qu'Ifaac ou Jacob.

Ces faits ainfi convenus, il faut que
ceux, qui ne veulent pas reconnoitre
Moyfe pour Auteur de la Genefe, en
attribuent la compofition à quelqu'un,

Conditions
requifes dans
l'auteur de la
Genefe.

V

qui ait eu en main les differents Mémoires, qui ont servi à la composer, ceux
du moins qu'on y distingue encore aujourd'hui. Nous avons vu qu'ils n'estoient
pas d'accord sur le choix de celui, à qui
ils en vouloient faire honneur, & dans le
fond ils ont grande raison d'hésiter. Les
uns nomment Esdras, qui, à ce qu'on croit,
regla le Canon des Livres de l'Ancien
Testament au retour de la captivité de
Babylone; & les autres, le Sacrificateur Israëlite [a], envoié par Salmanasar à la nouvelle colonie de Samarie, pour l'instruire de la Religion des anciens habitans
du pais. En attendant qu'on se détermi-
ne sur ce choix, voions s'ils ont peu l'un
ou l'autre composer ce Livre, ou pour
mieux dire, prouvons qu'ils ne l'ont peu
ni l'un, ni l'autre.

Qu'Esdras n'a pas peu l'estre. I. Je pourrois proposer contre Esdras les mesmes preuves, que je vai dans
un moment apporter contre le Sacrificateur Israëlite, & les proposer avec le
mesme avantage; mais je prendrois cette
peine en vain. Il suffit d'observer qu'Esdras n'a peu estre l'Auteur de la Genese,
si la Genese, telle que nous l'avons, existoit avant lui. Or il est incontestable
qu'elle existoit, puisque les Samaritains

[a] IV. des Rois, XVII. 28.

l'ont encore aujourd'hui, & que certainement ils ne l'ont pas prife des Juifs
depuis le retour de la captivité, pour
qui ils ont toujours eu, depuis ce tems-
là, le plus grand éloignement, ou pour
mieux dire, la haine la plus declarée.
Voiez *Efdras*, I. iv. & v. II. iv. & vi.

II. Il faut donc fe refoudre à attribuer la compofition de la Genefe au Sacrificateur Ifraëlite, envoié à Samarie ;
Mais, 1°. Un particulier aufli peu connu, aufli peu autorifé, dont on ne fait pas
mefme le nom, dont il n'eft dit qu'un
mot, en paffant, dans le IV. Livre des
Rois, paroit-il un perfonnage bien propre pour l'ouvrage dont on le charge ?
2°. Ce Sacrificateur avoit-il affez de
lumiere pour favoir les Mémoires qu'il
faloit chercher pour compofer la Genefe,
& affez d'autorité pour fe les procurer ?
3°. Croit-on que fept à huit cent ans
aprez Moyfe, ce Sacrificateur ait peu
trouver les Mémoires neceffaires chez
les Ifraëlites, ignorants, abrutis, feparez
depuis plus de 200 ans d'avec les Juifs,
& d'avec les Levites, qui ne frequen-
toient pas le Temple de Jerufalem, qui
avoient depuis longtems abandonné,
pour la plufpart, le culte & la Loi de
leurs peres, pour adorer des veaux d'or

(note marginale :) Ni le facrifi-
cateur Ifraë-
lite envoié à
Samarie par
Salmanafar.

V ij

à Bethel & à Dan, & qui venoient d'eſtre
enlevez de leurs pais, dépouillez de leurs
biens, & diſperſez entre des Nations
étrangeres en punition de leur defection.
4°. Enfin, quand on conviendroit qu'il
avoit peu trouver chez les Iſraëlites les
Mémoires qui intereſſoient les Hebreux;
eſt-il apparent qu'il eut peu trouver de
meſme chez les Nations voiſines, les
Madianites, les Iſmaëlites, les Iduméens, les Ammonites, & les Moabites,
les Mémoires, qui les regardoient, lorſ-
qu'on ſait que quelques unes de ces Nations eſtoient depuis longtems detruites,
comme les Madianites; que la pluſpart
eſtoient ennemies des Iſraëlites ; que
preſque toutes eſtoient abbatues ou diſſi-
pées par les incurſions frequentes des
Babyloniens & des Aſſyriens.

Que la Ge-
neſe & le re-
ſte du Penta-
teuque doi-
vent eſtre
l'ouvrage
d'une perſon-
ne également
reſpectable
aux Juifs &
aux Iſraëli-
tes, dont les
Samaritains
tiennent la
place.

Il n'eſt aucune de ces ſuppoſitions qui
ne renferme, comme on voit, une im-
poſſibilité abſoluë. N'importe, paſſons-
les ; ſuppoſons tout trouvé, recueilli, ar-
rangé par le Sacrificateur Iſraëlite. Voilà donc la Geneſe, telle que nous l'avons,
compoſée par ſes ſoins. La voilà entre
les mains des Samaritains, qui l'ont conſervée ſoigneuſement juſqu'à nos jours.
Mais comment eſt-elle paſſée aux Juifs?
Nous avons vu, il n'y a qu'un moment,

que les Samaritains depuis la captivité ne l'auroient jamais receuë des Juifs, qu'ils haïffoient ; mais les Juifs ne haïffoient pas moins les Samaritains, & ce n'eft pas d'eux qu'ils auroient voulu recevoir le premier Livre de leur Loi, *non coütebantur* [a] *Judæi Samaritanis.* Ainfi, on a beau hazarder les fuppofitions les plus choquantes & les plus oppofées à toute vraifemblance, on ne parviendra jamais à rendre raifon comment la mefme Genefe fe trouve aujourd'hui entre les mains des Juifs & entre celles des Samaritains, à moins qu'on ne fuppofe que la Genefe eft l'ouvrage d'une perfonne, qui foit le Legiflateur commun des Juifs & des Ifraëlites, dont les Samaritains tiennent la place, qui foit également refpectable aux uns & aux autres, & de qui ils aient peu & voulu la recevoir les uns & les autres.

Or il eft évident que cela ne convient qu'à Moyfe, en qui feul on trouve d'ailleurs réunies toutes les autres conditions. Il avoit efté élevé dans l'étude des lettres, [b] *il eftoit puiffant en paroles, il eftoit inftruit dans toutes les fciences des Egyptiens :* & il avoit toujours pris,

Que toutes ces conditions ne fe trouvent réunies qu'en Moyfe.

[a] S. Jean, IV. 9.
[b] Actes, VII. 22.

V iij

mefme dés fa jeuneffe ᵃ, le plus grand
intereft à l'honneur & à la gloire de fa nation. Ainfi d'un cofté, il ne manquoit ni
de capacité, ni de zele, pour en recher-
cher l'origine, & pour en écrire l'hiftoire. D'un autre cofté, comme il gouver-
na longtems les Hebreux, il eut le moien
de ramaffer les mémoires domeftiques,
que les principaux d'entre eux avoient
fur leurs anceftres, & ils en devoient
alors avoir beaucoup. De mefme, pendant le fejour qu'il avoit fait chez les
Madianites, la qualité de gendre de Jethro, leur preftre, l'avoit mis en état de
recueillir, & ce qu'ils avoient eux-mefmes fur les Auteurs de leur nation, &
ce que pouvoient avoir les nations voifines, les Ifmaëlites, les Iduméens, les
Ammonites & les Moabites. En tout cas,
il lui fut facile de fe procurer cet avantage, tandis qu'il campoit dans leur voi-
finage avec les Hebreux dans le defert,
& que la proximité lui donnoit avec
eux des relations indifpenfables. Ainfi il
a peu avoir tous les mémoires, dont
nous voions que la Genefe eft compofée,
& que nous y diftinguons, & ce qu'il eft
important d'obferver, il n'y a eu que lui
qui ait peu les avoir. Tout concourt donc

ᵃ Exode, II. 11. & 12.

à prouver que Moyſe doit être l'auteur de la Geneſe, & qu'il n'y a que lui qui puiſſe l'eſtre. Il s'en faut bien qu'on ait d'auſſi fortes raiſons de croire que Tite-Live ſoit l'auteur de ſes Decades, & Céſar de ſes Commentaires, & cependant on ſe rendroit ridicule d'oſer le revoquer en doute.

Aprez avoir ainſi établi la *génuinité* des Livres de Moyſe, & principalement de la Geneſe, l'ordre demanderoit qu'on répondit aux raiſons qu'on allegue pour appuier l'opinion contraire. On les tire de differents paſſages du Pentateuque, & ſurtout de la Geneſe, où l'on trouve des expreſſions, qui ſemblent convenir à des tems poſtérieurs à celui de Moyſe, & où l'on donne à certains lieux des noms propres, qu'ils n'ont portez que longtems aprez lui, d'où l'on croit eſtre en droit de conclurre que l'Auteur de la Geneſe, tout inconnu qu'il puiſſe eſtre d'ailleurs, doit avoir vécu pluſieurs ſiecles aprez Moyſe. Mais nous n'avons rien à dire de nouveau ſur ce ſujet : tous ces paſſages ſont expliquez, & toutes ces difficultez éclaircies depuis longtems. Outre ceux qui ont écrit en France, en Hollande, en Angleterre, contre la Peyrere, Spinoſa, Hobbes, & qui

On a repondu depuis longtems aux objections de ceux qui nient que Moyſe ſoit l'auteur du Pentateuque.

V iiij

font en grand nombre, on peut confulter fur la mefme matiere prefque tous les Commentateurs de l'Ecriture-Sainte, & tous ceux qui ont écrit pour la défenfe de la Religion, depuis la publication des Livres, dont on vient de parler, & l'on y trouvera des reponfes décifives. Il n'y a qu'un feul de ces paffages, fur lequel il femble qu'on ait trop varié, & qu'on n'ait pas parlé avec la confiance que la perfuafion de la verité doit donner. C'eft ce qui m'engage à l'examiner dans la Remarque fuivante, & j'efpere qu'on voudra bien me permettre cette digreffion en finiffant, quoiqu'elle foit étrangere à l'objet de cet Ouvrage.

XVII.

Explication du Chapitre XXXVI. de la Genese, où l'on fait voir que les prétendus esprits forts n'en peuvent tirer aucun avantage pour establir que Moyse n'est pas l'Auteur de ce Livre ; & que le passage mesme, où il est dit, en parlant des Rois d'Idumée, que ces Rois ont regné au païs d'Edom, avant qu'aucun Roi regnast sur les enfants d'Israël, ne prouve rien en leur faveur.

Ce passage comprend en entier le Chapitre XXXVI. de la Genese, où l'on trouve une longue énumération des Rois d'Idumée. On prétend que cette suite de Rois s'étend beaucoup au delà de la vie de Moyse, & on croit [a] qu'on peut la pousser presque jusqu'au regne de Saül sur les Israëlites. Mais pour bien faire sentir le peu de fondement de cette prétention, il faut examiner ce Chapitre par parties.

On se contente d'expliquer le Chap. XXXVI. de la Genese, à quoi il semble qu'on n'ait pas assez bien réussi jusqu'ici.

On peut y distinguer cinq *articles* differents, suivant les cinq differents sujets qui y sont traitez : Et chacun de ces

On distingue cinq Articles dans ce Chapitre.

[a] M. le Clerc, *in Dissert. de Scriptore Pentateuchi*, §. III. art. 9.

V v

articles demande des réflexions particulieres.

I. *Article.* La posterité d'E-
sau.

I. Il est question d'abord de la posterité d'Esaü, depuis le *verset* 1. jusqu'au *verset* 15. On sait qu'il avoit eu trois femmes, Hada, ou Basmath, & Jehudith ou Aholibama, Chananéennes, qu'il avoit épousées à l'age de quarante ans, *Genese* XXVI. 34. & Mahalath ou Basmath, fille d'Ismaël, qu'il n'épousa qu'aprez le départ de Jacob pour la Mesopotamie, & par consequent à l'age de 76 ans. De sa premiere femme Hada, Esaü n'eut qu'un fils, appellé Eliphaz : il n'en eut qu'un aussi de la troisieme Basmath, appellé Rehuel : mais il en eut trois d'Aholibama, la seconde de ses femmes, savoir Jehus, Jahlam, & Korach.

Moyse, en continuant cette genealogie, passe du premier degré au second, & fait l'énumeration des petits-fils d'Esaü, qu'il rapporte dans cet ordre. Eliphaz, fils d'Hada, eut cinq fils, savoir, Theman, Omar, Tsephon, Gahtam, Kenaz, & outre cela Amalec, né de Thimna sa concubine, ou sa femme du second ordre. De mesme Rehuel, fils de Basmath, en eut quatre, Nachat, Zerach, Samma & Mizza. Pour les trois fils d'Aholibama, Jehus, Jahlam & Korach, Moyse ne leur donne point d'enfants, & il faut qu'ils n'en aient point eu, ou ce qui est le plus apparent, que leurs enfants n'aient point formé de Tribus, distinctes de celles de leurs peres.

Jusques-là il n'y a aucune difficulté. Esaü, ses fils & ses petits-fils estoient morts longtems avant que Moyse songeast à écrire la Genese, & par consequent il a peu en rapporter les noms en detail, sans fournir le moindre pretexte à la critique.

II. Moyse parle ensuite, depuis le *verset* 15. jusqu'au *verset* 20. de l'autorité que les petits-fils d'Esaü par Eliphaz & Rehuel, & ses trois fils, nez d'Aholibama, avoient euë sur les Iduméens. Il en compte quatorze nom par nom, & il leur donne à tous la qualité de אלוף, *Allouph.* C'est-là une premiere difficulté qui paroit avoir embarrassé les Traducteurs & les Commentateurs. Les LXX. ont traduit ce mot par celui de ἡγεμόν, *Dux* ou *Ductor* ; la Vulgate par celui de *Princeps* ; toutes les Traductions faites sur la Vulgate, par celui de *Prince* ; & toutes celles qui ont esté faites sur l'Hebreu, par celui de *Duc.*

On est surpris de voir dans l'Idumée tant de Princes & tant de Ducs à la fois,

II. *Article.* Les 14. *Allouphim*, fils & petits-fils d'Esaü.

Explication du mot d'*Allouph*.

V vj

mais ce n'eſt qu'un mal-entendu qui vient de la faute des Traducteurs. Le mot Hebreu אלוף, *Allouph*, & au pluriel אלופים, *Allouphim*, ne ſignifie ſuivant Salomon Jarchi que *Chefs de famille*. Ainſi ces quatorze Princes ou Ducs ſe reduiſent à quatorze Chefs de famille ou de Tribu ; c'eſt-à-dire, que ces petits-fils & ces fils d'Eſaü eſtoient chez les Iduméens, ce qu'eſtoient chez les Hebreux les douze fils ou petits-fils de Jacob, & que l'on doit ſe former la meſme idée des *Allouphim* Iduméens, que nous nous formons de ces Patriarches [a], Peres & Chefs du Peuple Hebreu, & de ceux qui les repreſenterent ſucceſſivement, & qui eſtoient appellez *Chefs* ou *Princes des Tribus*, comme on le voit dans les Nombres.

Ce qu'on doit penſer d'un *Allouph* Korach, compté entre les fils d'Eliphaz. Il ne reſte qu'une difficulté qui mérite attention. C'eſt qu'on trouve dans ce denombrement des *Allouphim* Iduméens un Korach entre les fils d'Eliphaz, qui n'y avoit pas eſté compté dans les verſets précedents, de ſorte qu'on donne ici, *verſ.* 15. & 16. ſept enfants

[a] Il y avoit de meſme des chefs de Tribu chez les Madianites, voiez *Nombres*, *Chap. XXV.* 15. & peut-eſtre auſſi chez toutes les Nations voiſines.

à Eliphaz, au lieu qu'auparavant, *verf.*
11. & 12. on ne lui en avoit donné que
fix. Ainfi il faut neceffairement, ou que
les copiftes aient oublié ce Korach plus
haut, *verf.* 11. & 12. dans le denombrement des enfants d'Eliphaz, ou qu'ils
l'aient ajouté plus bas, *verf.* 15. & 16.
en répetant le nom de Korach, l'un des
fils d'Aholibama & d'Efaü; & je crois
cette derniere conjecture la mieux fondée, par les raifons qu'on verra dans la
fuite. Au refte d'où que vienne cette
faute, elle doit eftre ancienne, car on
la trouve dans la Verfion des Septante
& dans la Vulgate.

III. On trouve aprez cela, depuis le
verfet 20. jufqu'au *verfet* 31. le détail
de la pofterité d'un nommé Sehir, Horien, à qui Moyfe donne fept fils, Lotan, Sobal, Tfibhon, Hana, Difon,
Etfer & Difan, & une fille appellée
Thimna, qu'on croit avoir efté la concubine ou la femme du fecond ordre d'E-
liphaz fils d'Efaü. Moyfe fait enfuite l'é-
numeration des enfants de chacun de
ces fils de Sehir. Il dit que 1. Lotan eut
Hori & Heman: 2. Sobal, Halvan,
Manachat, Hebal, Sephon & Onam:
3. Tfibhon, Aja & Hana: 4. Hana, Difon & une fille appellée Aholibama:

III. *Article.* Pofterité de Sehir, Ho-rien, & de fes fils qualifiez du titre d'*Al-louphim.*

5. Difon, Hembdam, Efban, Jithran & Keran : 6. Etfer, Bilhan, Zahavan & Hakan : 7. & Difan, Huts & Aran. Enfin Moyfe marque aux *verfets* 29. & 30. que les fept fils de Sehir furent tous *Allouphim* : ce que les Septante ont traduit ἡγεμόνες, la Vulgate *Principes*, & les verfions en François, les unes, *Princes*, & les autres, *Ducs*.

Ce détail ne renferme en foi aucune difficulté. On fait, *Genefe* XIV. 6. que la nation des Horiens habitoit, dés le tems d'Abraham, fur la montagne de Sehir, & dans le pais voifin, qui porta enfuite le nom d'Idumée. Ainfi il eft aifé de juger que le Sehir, Horien, dont il eft parlé, *Genefe* XXXVI. 20. eftoit non feulement de cette nation, mais on peut mefme inferer de ce qui fuit, *verf.* 29. & 30. fur l'autorité qu'eurent fes fils & fes petits-fils, qu'il devoit en eftre le Chef. Il faut fur ce pied-là, que quand Efaü alla s'eftablir dans cette montagne, XXXII. 3. ce Sehir, qui vivoit encore, lui en ait cedé une partie, & l'on conjecture que ce fut la partie feptentrionale. On va mefme plus loin, & l'on foupçonne qu'il y eut des liaifons encore plus étroites entre leurs familles, & que la Thimna, femme du fecond ordre d'E-

liphaz fils ainé d'Efaü, *verf.* 12. eſtoit
la Thimna fille de Sehir , *verf.* 22. Mais
quoi qu'il en ſoit de ces conjectures, il
eſt certain que la meſintelligence ſe miſt
enfin entre eux , & que tous ces Horiens, ſujets ou deſcendants de Sehir ,
furent chaſſez & detruits par les deſcendants d'Eſaü , *Deuter.* II. 12. 22. de
ſorte que du tems de Moyſe c'eſtoit une
nation deja exterminée.

Aprez ce qu'on a dit ci-deſſus du titre d'*Allouphim* , donné aux petits-fils
& aux fils d'Eſaü , il eſt aiſé de juger de
ce que ſignifioit le meſme titre , donné
aux ſept fils de Sehir. Il eſt viſible qu'ils
eſtoient tous autant de Peres & de Chefs
des ſept Tribus qui formoient cette nation , tant qu'elle a ſubſiſté , ce qui n'a
pas duré longtems , comme on vient de
le remarquer.

Il ne reſteroit plus qu'à ſavoir pour
quelle raiſon Moyſe s'eſt donné la peine
d'entrer dans un ſi grand détail ſur une
nation, qui ne venoit pas d'Abraham ,
qui eſtoit tout-à-fait étrangere à l'hiſtoire du Peuple Hebreu, & qui eſtoit éteinte. Quelques Commentateurs croient
qu'il a voulu apprendre l'origine de
Thimna, la concubine d'Eliphaz ; mais
eſt-il apparent que Moyſe , qui n'a rien

Pour quelle raiſon Moyſe a-t-il fait mention de la poſterité de ce Sehir ?

dit des femmes des fils de Jacob, à l'exception de celles de Siméon, de Juda & de Joſeph, & qui en parlant de Thamar, d'où deſcendoient deux familles nombreuſes & conſiderables dans la Tribu de Juda, n'a pas meſme dit de quelle nation elle eſtoit, ſe fut ſi longtems arreſté pour nous inſtruire de la naiſſance de la concubine d'Eliphaz. Il eſt plus vraiſemblable que nous ne devons ce détail qu'à l'attention ſcrupuleuſe de Moyſe à ne negliger aucun des Mémoires authentiques, qu'il s'eſtoit procurés. Peut-eſtre auſſi a-t-il voulu par l'exemple des Horiens exterminez par les Iduméens faire connoitre la ſéverité des jugemens de Dieu contre les nations criminelles, dont il alloit bientoſt faire ſentir les effets aux Chananéens en faveur des Iſraëlites. L'énumeration que Moyſe fait dans le Deuteronome, II. 12. 22. de pluſieurs autres nations deja detruites par les Moabites & les Ammonites, qui s'eſtoient mis en poſſeſſion de leurs pais, ſemble autoriſer cette conjecture.

IV. *Article.* La ſucceſſion de huit Rois qui ont regné en Idumée avant qu'aucun Roi re- IV. L'endroit le plus difficile de ce Chapitre, & celui ſur lequel les Incredules triomphent le plus, s'étend depuis le *verſet* 31. juſqu'au *verſet* 40. Moyſe y rapporte la ſucceſſion continuë de huit

Rois des Iduméens : il fait plus, avant que de la rapporter, il dit, *verſet* 3 1. que *ce ſont les Rois qui ont regné en Idumée, avant qu'aucun Roi regnaſt chez les Iſraëlites ;* ce qui, comme on voit, donne lieu à deux difficultez.

La *premiere*, qu'à comparer la ſucceſſion de ces huit Rois d'Idumée avec le meſme nombre de génerations dans la génealogie de David, qui nous eſt connuë, le tems d'Hadar, le dernier de ces Rois [a], doit repondre à celui d'O-

gnaſt ſur les enfants d'Iſraël.

_____

a Le Clerc, *Diſſertat. de Scriptore Pentateuchi*, III. 9.

Ce calcul de M. le Clerc eſt faux dans ſon principe, comme on va le prouver, & mal entendu dans ſon application, comme il ſeroit aiſé de le faire voir. Mais je me contente de faire remarquer la peine qu'il s'eſt donnée pour tâcher de groſſir la difficulté. Il a comparé la ſucceſſion de ces huit Rois d'Idumée avec autant de génerations dans la génealogie de David, en commençant par Jacob, & il a choiſi exprez cette génealogie, parce qu'il ſavoit que les anceſtres de David avoient vecu ſi longtems, & avoient eu des enfants ſi tard, qu'il n'y avoit que quatre génerations entre Moyſe & David, quoiqu'il y eut entre eux un eſpace de tems de prez de 400. ans. Il eſperoit de prouver par-là que la ſucceſſion des huit Rois d'Idumée n'avoit deu finir qu'au tems d'Obed, aieul de David, & atteindre par conſequent le regne de Saül, ce qui auroit demontré que le paſſage, dont il s'agit, eſtoit

bed, aïeul de David, qui vivoit du tems de Saül, d'où on conclut que cette succeffion des Rois d'Idumée ne finiffant que longtems aprez la mort de Moyfe, ne peut eftre de Moyfe mefme, mais d'un Ecrivain qui a vécu beaucoup plus tard.

La *feconde*, que dés qu'on ajoute que [a] *ces Rois ont regné en Idumée, avant qu'aucun Roi regnaft en Ifraël*, c'eft une preuve évidente que ce n'eft pas Moyfe qui a écrit ces paroles, mais un Ecrivain qui a vécu du tems des Rois d'Ifraël, & pour le moins fous le regne de Saül.

Vain triomphe des Incrédules fur ce paffage.

On auroit peine à s'imaginer quels font les triomphes des Incredules de une interpolation pofterieure à Moyfe. Mais comment a-t-il peu fe faire illufion jufqu'à ce point-là, & ne pas fentir la futilité de fon calcul, & la fauffeté des fuppofitions, fur lefquelles il eftoit fondé ?

[a] M. de Sacy a eu tort d'emploier, dans la traduction de ce paffage, des préterits indeterminez, quand il faloit emploier des préterits determinez, & de traduire, *Les Rois*, qui regnerent *au païs d'Edom, avant que les enfants d'Ifraël euffent un Roi*, furent, &c. au lieu de dire, *Les Rois*, qui ont *regné au païs d'Edom, avant que les enfants d'Ifraël euffent un Roi*, ont efté, &c. Cette inattention favorife vifiblement les idées des incredules.

notre tems, & avec quelle hauteur ils insultent à la credulité de ceux qui se laissent encore persuader que le Pentateuque soit l'ouvrage de Moyse. Je ne sai si cette arrogance en a imposé aux Commentateurs de l'Ecriture-Sainte & aux Defenseurs de la Religion, mais il faut avouer qu'ils varient, qu'ils chancellent, & qu'ils ne repondent pas sur cet article avec la confiance, qui doit toujours accompagner la persuasion de la verité.

Embarras & variations des Commentateurs.

Les uns prétendent que Moyse avoit prevu cette succession de Rois par un esprit de prophetie, & que ce n'est qu'en qualité de Prophete & par revelation, qu'il a raporté des évenemens qui ne devoient arriver que longtems aprez lui. M. Huet [a], Evesque d'Avranches, a pris ce parti. Mais Moyse parle de ces Rois comme d'une chose passée, il n'y a rien dans sa narration qui ait l'air d'une prédiction, & il me paroit, de mesme qu'au Pere Bonfrerius, qu'il ne faut pas sans aucun fondement attribuer tant de choses à l'esprit prophetique de Moyse. *Non licet* [b], dit-il, *Moysi prophetam agenti omnia adscribere.*

Les uns croient que Moyse a écrit cet endroit-là par un esprit prophétique.

a Demonstr. Evang. *Propos. IV. Cap. XIV. §. 13.*
b *Comment. in Genes. Cap. XXXVI. vers. 31.*

D'autres prétendent que Moyse n'a fait que raconter des faits passez.

D'autres croient que la succession de ces huit Rois d'Idumée est anterieure au tems où Moyse composoit la Genese, & qu'il n'en a parlé que comme d'une chose passée & en pur Historien. Il faut convenir que c'est l'explication qui s'accorde le mieux avec les paroles du Texte ; toute la difficulté c'est d'y ajuster toutes les circonstances qu'on trouve dans le recit de Moyse.

D'autres n'hésitent pas à croire que tout cet endroit a esté inseré dans ce Chapitre longtems aprez Moyse.

D'autres enfin n'hesitent pas d'avancer que toute cette succession de Rois d'Idumée, & la reflexion que l'on fait, qu'*ils ont regné, avant qu'aucun Roi regnast en Israël,* ont esté ajoutées au Chapitre XXXVI. de la Genese longtems aprez Moyse par une main étrangere, sous le regne de Saül ou de quelqu'un de ses successeurs. Il n'est presque pas besoin d'avertir que M. [a] Simon, & M. [b] le Clerc, quoique trez opposez en tant d'autres choses, s'accordent à embrasser ce sentiment, qui a pourtant d'ailleurs, pour ne rien dissimuler, quelques partisans, mesme parmi des Au-

[a] Histoire Critique du Vieux Testament, *Liv. I. Chap. v.*

[b] Sentimens de quelques Théologiens de Hollande, *Lettre VI.*

Et mesme *Dissertat. de Scriptore Pentateuchi,* III, 9.

teurs [a] plus refervez qu'eux. Mais cette opinion paroit encore moins fondée que les précedentes. Je croirois bien qu'on a inferé dans la Genefe quelque mot, qui de la marge, où l'on l'avoit d'abord mis pour fervir d'éclaircissement, aura paffé dans le texte. C'eft ainfi que le nom d'*Hebron* a peu eftre ajouté à celui de *Kiriat-Arbé*, XIII. XXIII. XXXV. Celui de *Bethlehem* à celui d'*Ephrata*, XXXV. Celui de *Tfegor* ou *Tfohar*, à celui de *Bela*, XIV. Celui de *Bethel* à celui de *Luz*, XXXV. Mais il ne paroit pas poffible qu'on ait jamais peu y inferer douze verfets entiers, car l'énumeration des Rois d'Idumée n'en contient pas moins. Je ne crois pas mefme qu'on ait jamais peu fonger à les y inferer. Si l'on a jamais fait quelque interpolation à un livre, on ne l'a faite que pour éclaircir quelque paffage obfcur, ou pour fe menager des titres ou des autoritez, qui favorifaffent quelque opinion cherie, ou quelque prétention que l'on avoit à cœur. Mais il n'y a rien ici de femblable. Nulle obfcurité dans cet endroit en fuppofant que l'interpolation n'y fût pas;

[a] Bonfrerius, *in Commentar. in hunc locum.* M. Prideaux, *Hiftoire des Juifs*, Tom. II. pag. 337. *Edit. Franç. de* 1722.

nul intereſt auſſi de la part des Juifs à ce fragment de l'hiſtoire des Rois d'Idu-mée ; ainſi certainement ſi Moyſe n'a-voit pas laiſſé lui-meſme par écrit la ſuc-ceſſion de ces Rois , & la reflexion qui précede , perſonne ne ſe ſeroit jamais aviſé de les inſerer dans la Geneſe.

Il y en a, qui n'affirment rien , mais ſe contentent d'indiquer les diverſes opinions. Au milieu de tant d'incertitude il y a des Auteurs , qui ont pris le parti de ne rien decider , & de ſe contenter d'indi-quer les differentes opinions , ſans oſer en embraſſer aucune. C'eſt ainſi en parti-culier qu'en a agi Heidegger. Mais cette retenuë reſſemble beaucoup à un aveu qu'on ne trouve point de ſolidité dans aucune des reponſes qu'on a données, & paroît annoncer qu'on ſe defie beaucoup de la cauſe qu'on defend.

Cependant il ne paroit pas que cet endroit ſoit ſi difficile à ex-pliquer. Cependant le paſſage en queſtion bien examiné , & les difficultez, qu'on pré-tend y trouver , évaluées tout ce qu'elles peuvent valoir, il n'y a rien qui puiſſe donner lieu à tant d'incertitude , & en-core moins à tant de defiance , comme j'eſpere de le faire voir.

I. Commençons par la premiere des deux difficultez. Comme elles ſont liées enſemble , ſi une fois on l'a bien éclaircie, ce ſera un grand acheminement pour l'éclairciſſement de l'autre.

1°. Ces huit Rois d'Idumée eſtoient tous de la race d'Eſaü, & quoique Moyſe ne le diſe pas, nous croions pouvoir le ſuppoſer avec tous les Commentateurs. En tout cas, s'ils n'en eſtoient pas, il n'en ſeroit que plus facile de reſoudre la difficulté, parce qu'on auroit la liberté de faire remonter ces Rois encore plus haut que le tems d'Eſaü.

I. Ces huit Rois paroiſſent avoir eſté des deſcendans d'Eſaü.

2°. Comme à la teſte de cette ſuite de Rois on ne voit aucun des fils, ni des petits-fils d'Eſau, nommez au commencement du Chapitre, il faut que la ſucceſſion de ces Rois n'ait commencé qu'aux arriere-petits-fils d'Eſaü, lorſque le nombre des Iduméens ſe trouva aſſez augmenté, pour demander un meilleur ordre dans le Gouvernement, ce qui peut repondre au tems de l'entrée de Jacob en Egypte, ou au moins ne deſcendre guere plus bas, puiſqu'au tems de cette entrée il y avoit quatrevingt dix ans, qu'Eſaü eſtoit marié, & que la multiplication des hommes ſe faiſoit alors fort viſte.

Dont la ſucceſſion a deu commencer aux arriere-petits-fils d'Eſau, peu de tems aprez la deſcente de Jacob en Egypte.

3°. Ces Rois ont tous eſté électifs, comme il paroit tant de ce que Moyſe donne à chacun une patrie differente, que de ce qu'il ne marque pas que le fils ſuccedaſt au pere dans aucun cas.

Ces Rois ont eſté tous électifs.

Par conſé-
quent leur re-
gne a deu eſ-
tre aſſez
court.

4°. Sur ce pied-là, le regne de ces Rois a du eſtre d'autant plus court, par-ce que quand on élit ſes Rois, on ne les choiſit que d'un age meur. Ainſi c'eſt beaucoup que de donner 25. ans de re-gne à chacun de ces Rois, l'un portant l'autre. Dans la ſuite des Rois, meſme héreditaires, où il y a ſouvent des Rois fort jeunes, les regnes ne durent pas tant [a], ſi l'on en compenſe pluſieurs en-ſemble.

Et la ſucceſ-
ſion des huit
peut n'avoir
duré que 200
ans, & avoir
fini peu de
tems avant la
ſortie des
Hebreux
hors de l'E-
gypte.

5°. Ces huit regnes ne font donc en tout que 200 ans, & en ſuppoſant, comme on a fait, qu'ils ont commencé peu de tems aprez la deſcente de Jacob en Egypte, il s'enſuit que le dernier de ces Rois regnoit encore, ou avoit re-gné depuis peu, quand les Hebreux fu-rent retirez de l'Egypte par Moyſe, 215 ans depuis le commencement de leur captivité.

Ce qu'on
peut inferer
de ce qu'il eſt
dit que le
quatrieme de
ces huit Rois
battit les Ma-
dianites.

6°. Il paroit d'ailleurs par un fait rap-porté dans ce Chapitre, *verſet* 35. qu'A-dad, le quatrieme de ces Rois, avoit regné avant que les Hebreux ſortiſſent d'Egypte. Il y eſt dit que ce Roi avoit defait les Madianites dans le pais de Moab, *percuſſit Madian in regione Moab.*

a *Voiez* Newton, *Chronologie des Grecs*, pagg. 53. 54.

Or

Or ce fait n'est point arrivé pendant que les Hebreux estoient dans le Desert, & il n'a pas peu arriver depuis leur entrée dans la terre de Chanaan, parce que l'année mesme avant qu'ils y entrassent, ils avoient exterminé les Madianites, pris & brulé leurs villes, *Nombres* XXXI. de telle maniere que cette nation fut éteinte. Il est bien vrai qu'on voit reparoitre des Madianites environ 200 ans aprez, & mesme opprimer les Israëlites pendant sept ans, *Juges* VI. & VII. Mais ce n'estoit qu'une troupe de gens échapez au massacre du reste de la nation, qui s'estant joints avec les Amalecites, & avec d'autres peuples, faisoient tous les ans des incursions passageres sur les terres des Israëlites, sans oser s'y établir.

7°. On peut ajouter comme une nouvelle preuve, que cette suite de Rois d'Idumée paroit avoir fini avant l'entrée des Hebreux dans la terre de Chanaan, comme on peut ce semble l'inferer de ce qui est rapporté au Chapitre XX. des Nombres, *verset* 14. Moyse, *y est-il dit,* envoia, la quarantieme année depuis la sortie d'Egypte, une ambassade au Roi d'Idumée, pour lui demander le passage sur ses terres. C'estoit le lieu, à ce qu'il paroit, de le nommer, si ce Roi avoit

Et de ce que Moyse, qui envoia un ambassadeur au Roi d'Idumée, ne dit pas le nom de ce Roi, & ne marque pas que ce fut un des huit Rois nommez dans ce Chapitre de la Genese.

X

efté un des huit Rois, dont il avoit efté fait mention dans la Genefe, & cependant Moyfe ne le nomme pas, ce qui femble prouver que ce devoit eftre un Roi nouveau.

8°. Tout concourt donc à faire voir que cette fucceffion de Rois d'Idumée, loin d'avoir duré jufqu'au regne de Saül, comme on a ofé l'avancer, n'avoit pas mefme duré jufqu'au tems, où Moyfe écrivoit le Livre de la Genefe, & qu'il a peu par confequent y faire mention de tous ces Rois en fimple hiftorien, ce qui eft bien éloigné des idées des Incredules, & mefme de quelques Commentateurs, qui n'ont pas affez examiné cette matiere.

9°. Ainfi il y a grande apparence, que ce fut pendant le fejour de 40 ans, que Moyfe fit dans le pais de Madian, limitrophe de l'Idumée, qu'il fe procura cette fuite de Rois d'Idumée, de mefme que les généalogies qu'on a deja examinées. Je foupçonnerois mefme que le dernier de ces Rois, appellé Hadar, regnoit dans ce tems-là, & que Moyfe l'a peuteftre connu perfonnellement : du moins en parle-t-il d'une maniere plus circonftanciée, ne fe contentant pas de dire fa patrie, comme à l'égard des autres, mais

---

Marginal notes:

Il paroit donc que la fucceffion de ces Rois eftoit finie, quand Moyfe écrivoit la Genefe.

L'on conjecture mefme que Moyfe s'eftoit procuré ce catalogue de huit Rois d'Idumée, dans le tems qu'il eftoit chez les Madianites.

marquant le nom de fa femme, de la mere de fa femme , & mefme de fon aieule.

Dés qu'il eft prouvé que Moyfe a peu,
en qualité de fimple hiftorien, rapporter
la fucceffion des huit Rois d'Idumée,
parce qu'elle eftoit finie de fon tems, il
n'y a plus aucun pretexte de difputer la
genuinité du paffage, où cette énumeration fe trouve, & c'eft un *premier* avantage : un *fecond* avantage, qui n'eft pas
moins grand, c'eft que par-là la *genuinité* du fecond paffage, où il eft dit que
*ces Rois ont regné en Idumée, avant
qu'aucun Roi regnaft en Ifraël,* eft établie de mefme : car comme ces deux paffages font liez enfemble, fi l'on ne peut
pas fuppofer qu'une main étrangere ait
inferé, aprez coup, l'énumération de ces
Rois, on ne peut pas fuppofer non plus
qu'elle y ait inferé la réflexion qui la pre-
cede, & l'on eft forcé de convenir que
l'une & l'autre viennent également de
Moyfe.

II. Il ne s'agit donc plus que de favoir qui l'on doit entendre par *ce Roi qui
ne regna en Ifraël qu'aprez le regne des
huit Rois d'Idumée.* Encore mefme eft-il
important d'obferver, que quand on ne
réuffiroit pas à le determiner, *la genuinité* de ce paffage, & l'authenticité de

En voilà af-
fez pour dé-
truire tout
foupçon que
ce paffage ait
efté inferé
depuis Moy-
fe.

II. Il n'eft
donc plus
queftion que
de favoir qui
eft ce Roi qui
regna en If-
raël aprez la
fin du regne
des Rois d'I-
dumée.

X ij

la Genese n'en seroient pas moins incontestables. Mais je ne croi pas que l'impossibilité de resoudre cette difficulté nous mette jamais dans la necessité de nous prévaloir de cette reflexion.

On peut sur cette matiere prendre deux partis, entre lesquels je croi qu'il est libre de choisir, quoique je panche beaucoup pour le premier. Suivant l'un, c'est Dieu lui-mesme qui est le Roi dont il s'agit. En effet c'est Dieu, qui en contractant alliance avec les Hebreux au mont Sinaï, *Exod. Chap.* XIX. se declara leur Roi, & en fit les fonctions en donnant ses ordres à Moyse ; c'est Dieu, à qui le nom de Roi d'Israël, *Deus in Jeschurun,* est donné, *Deuteron.* XXXIII. 5. selon l'avis des plus habiles Commentateurs ; c'est Dieu, que Gedéon protesta devoir *dominer,* c'est-à-dire, estre Roi en Israël, & *non pas lui ni son fils.* quand les Israëlites vouloient lui deferer la Roiauté, *Juges* VIII. 22. 23 ; c'est Dieu, qui se reconnoit lui mesme *Roi d'Israël,* quand il dit à Samuël, I. *des Rois,* VIII. 7. que les Israëlites ne demandoient un Roi, que pour empécher qu'il ne le fut lui-mesme, *ne in eos regnem* ; enfin c'est Dieu, que tout le monde convient avoir esté Roi d'Israël, tant

Or ou c'est Dieu lui-mesme, qui s'establit Roi des Israëlites, en leur donnant la Loi au mont Sinaï.

que leur Republique subsista, d'où vient que ce gouvernement n'est connu que sous le nom de *Théocratie*.

Selon l'autre avis, on peut entendre par ce Roi, qui n'a regné en Israël qu'a-prez le regne des huit Rois en Idumée, Moyse lui-mesme, comme Aben-Esra l'a cru, ou du moins Josué : non pas qu'ils aient esté jamais Rois d'Israël, ni l'un ni l'autre, mais parce qu'ils conduisoient le peuple d'Israël, car quoique ce ne fut que d'une maniere subordonnée aux or-dres de Dieu, qui en estoit le veritable Roi, cela suffisoit alors pour meriter le nom de מלך *Melech*, qu'on traduit *Roi*. Ne voit-on pas qu'on dit dans le Livre des Juges, XVII. 6. XVIII. 1. XXI. 25. qu'il n'y avoit point de Roi en Is-raël, *in diebus illis non erat Rex in Is-raël* ; toutes les fois qu'on veut marquer qu'il n'y avoit point de Juge. Ne voit-on pas de mesme que Moyse, *Nombres* XXXI. 8. appelle מלכים *Melachim, Rois*, cinq chefs des Madianites, qui dans le Livre de Josué, XIII. 21. ne font ap-pellez que נסיכים *Nesichim, Lieutenants* de Sichon, Roi des Amorrhéens ; mais independamment de ces preuves, ces Rois d'Idumée, dont il s'agit, n'estoient eux-mesmes que des Juges, car leur au-

Ou c'est du moins Moy-se, ou Josué, qui ont esté Rois en Is-raël, en re-duisant ce ti-tre à celui de *Juge*.

X iij

torité eſtoit ſort bornée par celle des *Allouphim*, ou chefs de Tribu, qui gouvernoient ſous eux, & qui ſuivant les apparences les éliſoient.

V. *Article.* Enumeration de onze autres *Allouphim*, qui eſtoient chefs de Tribu chez les Iduméens pendant le ſejour que fit Moyſe chez les Madianites.

V. Enfin, depuis le *verſet* 40. juſqu'à la fin du Chapitre, on trouve une autre énumeration des deſcendants d'Eſaü, qualifiez du titre d'*Allouphim*, c'eſt-à-dire, de chefs de Tribu, de meſme que les premiers. Cette ſeconde énumeration paroit avoir embarraſſé les Commentateurs. Mais il y a apparence que c'eſtoient les Chefs de Tribu, qui dans le tems que Moyſe eſtoit chez les Madianites, gouvernoient chacun en particulier une des Tribus Iduméenes ſous les ordres d'un Roi, ou Chef principal, comme autrefois en France les grands Feudataires de la Couronne gouvernoient leurs Terres ſous les premiers Rois Capetiens, & comme encore en Allemagne les Electeurs & les Princes immediats de l'Empire gouvernent leurs Eſtats ſous l'autorité de l'Empereur.

Pourquoi Moyſe ne compte-t-il que onze *Allouphim*, quoiqu'il en compte quatorze au commencement du Chapitre.

Il n'y a dans cette opinion qu'une difficulté, c'eſt que dans l'énumeration des premiers *Allouphim*, qu'on trouve aux *verſets* 15. 16. 17. 18. il y avoit quatorze Tribus parmi les Iduméens, du moins y nomme-t-on quatorze *Allou-*

phim, au lieu qu'il n'y a ici que onze *Allouphim*, ce qui femble indiquer qu'il n'y avoit alors que onze Tribus parmi eux, fuppofé, comme il y a apparence, que ces derniers *Allouphim* fuffent chacun chef d'une Tribu particuliere.

Mais 1°. on avoit compté Amalec dans le premier denombrement pour un *Allouph* ou chef de Tribu, parce que les Amalecites faifoient alors une Tribu Iduméenne. Or il eft certain qu'ils s'en eftoient feparez depuis, & qu'ils faifoient une nation à part. Ainfi il faut rabattre cette Tribu.

2°. Il faut encore rabattre, à ce que je penfe, la Tribu de Korach, qui eft compté comme feptieme fils d'Eliphaz, & que j'ai deja dit que je croiois qu'on y avoit ajouté mal-à-propos, parce qu'il paroit par les verfets 11. & 12. qu'Eliphaz n'a eu que fix fils. Il ne reftera donc plus que douze Tribus.

3°. Cependant c'en eft encore une de trop, car il n'y en a que onze dans le fecond denombrement. Mais peut-eftre les copiftes y ont-ils omis un nom d'*Allouph*, comme il y a apparence qu'ils en avoient ajouté un dans le premier : peut-eftre auffi qu'une Tribu s'eftoit feparée des autres, comme on vient de le voir de

X iiij

celle d'Amalec, ou qu'elle avoit peri, comme il pensa arriver à celle de Benjamin chez les Israëlites, *Juges*, XXI. Enfin, peut-estre que le Roi lui-mesme estoit *Allouph* de la douzieme Tribu, ce qui est assez apparent, auquel cas il estoit inutile de le nommer, parce que la dignité superieure absorboit l'inferieure. Voilà bien des conjectures, entre lesquelles on a la liberté de choisir ; mais on ne peut proposer que des conjectures, dés que l'Ecriture ne nous instruit pas.

Ces cinq articles appartiennent à des tems differents. Les cinq articles du Chapitre XXXVI. qu'on vient d'examiner, quoique compris dans le mesme Chapitre, appartiennent à des tems differents.

Le *premier*, où se trouve le denombrement des fils & des petits-fils d'Esaü, convient à la place que ce Chapitre occupe dans la Genese. C'est à l'occasion de la mort d'Isaac que Moyse fait ce denombrement ; or à cette mort Esaü estoit agé de 120 ans, & il y en avoit 80 qu'il estoit marié avec deux de ses femmes, & 44. qu'il l'estoit avec la troisieme. Ainsi il pouvoit avoir alors les petits-fils dont Moyse fait mention.

Dans l'article *suivant*, Moyse donne à onze petits-fils d'Esaü, & à trois de ses fils, le titre d'*Allouphim* ou Chefs de

Tribu, & par conſequent il paroit convenable de le rapporter à un tems poſte-
rieur, par exemple, vers le tems de la
deſcente de Jacob en Egypte, afin de
donner aux petit-fils d'Eſaü le tems d'eſtre d'un age à meriter ce titre.

Il eſt difficile de fixer la date de l'article *troiſieme*, mais il eſt certain qu'elle
eſt anterieure au tems de Moyſe, puiſqu'il paroit par l'article meſme que les
Horiens, dont il s'agit, avoient eſté deja
chaſſez par les deſcendants d'Eſaü, ce qui
eſt prouvé plus clairement encore par le
paſſage du Deuteronome, qu'on a cité
plus haut.

Pour l'article *quatrieme*, qui comprend la ſucceſſion des huit Rois d'Idumée, & qui par conſequent embraſſe un
eſpace de prez de 200 ans: on a deja
montré qu'il a deu commencer longtems
avant Moyſe, à la troiſiéme ou quatrieme géneration des fils d'Eſaü, ce qui
peut repondre à la 15 ou 20 année de
la captivité des Iſraëlites, & qu'il a deu
finir à peu prez vers le tems de leur ſortie d'Egypte.

Enfin, le *dernier* article repond à la
80 année de la vie de Moyſe, s'il eſt
vrai, comme on le conjecture, que les
onze Chefs de Tribu qui y ſont nom-

X v

mez, aient vecu pendant le regne de Hadar, le dernier des huit Rois d'Idumée,
& du tems que Moyſe eſtoit auprez de
Jethro chez les Madianites.

Mais Moyſe a eu raiſon de les raſſembler dans le meſme Chapitre. Cependant, quoique ce cinq articles appartiennent à des tems ſi differents, Moyſe a eu raiſon de les raſſembler dans le meſme Chapitre, parce qu'ils regardoient tous la poſterité d'Eſaü, & que Moyſe n'en devoit plus parler dans le reſte de la Geneſe.

Conciliation du paſſage de la Geneſe, où il eſt queſtion de ces derniers Allouphim, avec un paſſage des Paralipomenes, où il en eſt auſſi parlé. Il faut remarquer que ces généalogies du Chapitre XXXVI. de la Geneſe, dont on vient de parler, ſont repetées au Chapitre I. du premier Livre des Paralipomenes, depuis le *verſet 35.* juſqu'à la fin du Chapitre, à peu prez dans le meſme ordre & dans les meſmes termes. Il n'y a que le *verſet 51.* qui puiſſe meriter quelque éclairciſſement. A ſuivre l'original hebreu, il y a mot-à-mot dans les cinq derniers verſets de ce Chapitre,

» 50. Et Bahalcanan mourut, *c'eſtoit le*
» *ſeptieme Roi de cette ſucceſſion,* &
» Hadad a regna à ſa place: ... 51. Et
» Hadad mourut, & les Allouphim, ou
» chefs d'Edom, furent l'Allouph Thim-
» na, l'Allouph Halja, l'Allouph Je-
» thet, 52. l'Allouph Oholibama, l'Al-

a Il eſt appellé *Hadar* dans la Geneſe.

» louph Ela, l'Allouph Phinon, 53. l'Al-
» louph Kenaz, l'Allouph Theman, l'Al-
» louph Mibtſar, 54. l'Allouph Mag-
» diel, l'Allouph Hiram. Ceux-là furent
» Allouphim, ou Chefs d'Edom.». En
Hebreu, וימת הדד ויהיו אלופי אדום
אלוף תמנע, c'eſt-à-dire, *Et mortuus eſt
Hadad, & fuerunt Allouphim Edom, Allouph Thimna, &c.* ce qui ſembleroit
inſinuer que ces onze *Allouphim*, ou
Chefs chacun d'une Tribu, n'auroient
commencé de gouverner qu'aprez la
mort de Hadad ; & il faut convenir que
l'Auteur de la Vulgate l'a pris dans ce
ſens, puiſqu'il a ainſi traduit ce paſſage,
*Hadad autem mortuo, Duces pro regibus
in Edom eſſe cœperunt, Dux Thamna, &c.*

Mais le texte Hebreu bien entendu
n'autoriſe pas cette opinion. Il faut regarder la particule ו, *Vau, Et,* qui eſt
eſt devant *fuerunt,* comme ſuperfluë,
ainſi qu'elle l'eſt ſouvent en hebreu, &
alors il y aura, *Et mortuus eſt Bahalcanan, ... & regnavit illius loco Hadad, ... & mortuus eſt Hadad. Fuerunt Allouphim Edom, Allouph Thimna, &c.* c'eſt-à-dire, *Et Bahalcanan
mourut, & Hadad regna à ſa place.....
& Hadad mourut. Les Allouphim d'I-
dumée furent l'Allouph Thimna, &c.*

X vj

Ce qui ne fuppofe pas que ces *Allou-*
phim, ou Chefs de Tribu, aient fucce-
dé à l'autorité des Rois, mais permet de
les regarder comme contemporains du
dernier Roi Hadad, & gouvernant chacun leur Tribu fous fes ordres. C'eft ainfi
que les Septante ont entendu ce paffage,
car fans parler de la mort d'Hadad, ils
ont traduit Ἡγεμόνες Ἐδώμ, ἡγεμὼν Θαμνὰ,
κ.τ.λ. *Duces Edom, Dux Thamna, &c.*
Aprez tout, s'il y avoit à cet égard
quelque difference entre la Genefe & les
Paralipomenes, c'eft à la Genefe, qui eft
l'original, qu'il faudroit s'en tenir pluftoft qu'aux Paralipomenes, qui ne font
fur cet article qu'un extrait ou abregé
du Chapitre XXXVI. de la Genefe, &
un abregé fait mille ans aprez, & pour
le pluftoft au retour de la captivité de
Babylone.

Mais quand
on voudroit
s'en tenir au
paffage des
Paralipome-
nes, la caufe
de la Reli-
gion, que
nous defen-
dons, n'y per-
droit rien.

Cependant, fi nous relevons l'autorité
de la Genefe, c'eft par l'amour feul de la
verité, car d'ailleurs quand on s'obfti-
neroit à lui préferer celle des Paralipomenes, & qu'on donneroit mefme au
paffage des Paralipomenes qu'on vient
de citer, le fens que l'Auteur de la Vulgate y a donné, la caufe, que nous de-
fendons, n'en fouffriroit pas. Croiroit-on
pouvoir en conclurre que la fucceffion de

ces onze Chefs a deu defcendre bien au
delà du tems de Moyfe? Que Moyfe par
confequent n'a peu parler que du premier
ou du fecond, & que le refte de cet article doit avoir efté ajouté à la Genefe
beaucoup plus tard par une main étrangere? Mais pour pouvoir tirer une pareille confequence, il faudroit prouver
que ces onze *Allouphim* fe font fucce-
dez les uns aux autres, & c'eft ce qu'on
ne fauroit faire. J'avouë bien qu'il y a
quelques Commentateurs qui femblent
l'avoir cru, mais l'opinion de ces Com- *Parce qu'il*
mentateurs, de mefme que la prétention *eft prouvé
que les Idu-*
des pretendus Efprits-forts, font claire- *méens n'eftoient plus*
ment détruites par le Chapitre XX. des *gouvernez*
Nombres, où l'on trouve, *verfet* 14. *par des Allouphim la*
que la quarantieme & derniere année de 40. *année a-*
la demeure des Hebreux dans le Defert, *prez la fortie*
d'Egypte.
les Iduméens avoient un Roi, à qui
Moyfe envoia demander paffage fur fes
terres, pour entrer dans le pais de Chanaan, ce qu'il refufa. 14. *Mifit nuntios
Moyfes.... ad Regem Edom, qui dice-
rent ...* 17. *Obfecramus ut nobis tran-
fire liceat per terram tuam....*18. *Cui
refpondit Edom, Non tranfibis per me.*
Or dés qu'on eft obligé de reconnoi- *D'où il fuit
que les vains*
tre que les Iduméens avoient un Roi, *triomphes*
avant que les Hebreux fortiffent du De- *des pretendus*

fert, on a beau fuppofer avec la Vulgate,
que les onze *Allouphim* d'Idumée, mentionnez au verfet 51. du Chapitre I. du
premier Livre des Paralipomenes , ont
fuccédé à Hadad, le dernier des huit Rois
nommez par Moyfe , quand on l'accor-
deroit , on n'en feroit pas moins forcé
de convenir ,

1°. Que ces onze *Allouphim* ont deu
eftre contemporains , & gouverner les
Iduméens en mefme tems , chacun dans
fon diftrict ou dans fa Tribu :

2°. Que leur gouvernement n'a deu
eftre qu'un fimple interregne , venu ou
de ce que les Iduméens ne purent pas
s'accorder fur le choix d'un Roi à la mort
de Hadad, ou de ce que las du gouvernement monarchique , ils prirent le parti
de l'ariftocratie, & fe choifirent plufieurs
chefs :

3°. Que cet interregne ne deuft pas eftre long , puifqu'on trouve , comme on
vient de le dire, que les Iduméens avoient
un Roi dés la quarantieme année aprez
la fortie d'Egypte :

4°. Enfin, que le gouvernement de
ces onze *Allouphim* devoit eftre fini , &
les *Allouphim* eux-mefmes morts peut-
eftre , ou du moins foumis au nouveau
Roi qu'on avoit élu , avant que Moyfe

écrivit la Genefe, & qu'ainfi en fuppofant tout ce qu'il plait de fuppofer à ceux
que nous combattons, Moyfe a peu parler dans la Genefe, ainfi qu'il a fait, &
de ces *Allouphim* & de leur adminiftra-
tion, comme d'une chofe paflée ; d'où il
fuit, que de quelque maniere qu'on en-
tende le Chapitre XXXVI. de la Genefe, & le Chapitre I. du premier Livre
des Paralipomenes, falut-il mefme fuivre
la Traduction de la Vulgate, il n'y a dans
ces Chapitres rien qui puiffe embarraffer, rien qui ne foit anterieur au tems de
Moyfe, & par confequent rien qui doive
infpirer aux Defenfeurs de la Religion
la defiance qu'ils laiffent voir, & aux
prétendus Efprits-forts les airs de triomphe qu'ils fe donnent.

F I N.

TABLE
DES MATIERES.

D

Y

Y iij

Y iiij

Y v

Fin de la Table des Matieres.

E R R A T A.

P AGE 408. ligne derniere, *trois*, lisez, *deux*.
Page 409. ligne 8. *trois*, lisez, *deux*.
Ibid. ligne 13. *trois*, lisez. *deux*.

2

CONSPT
S. LA
G...

www.ingramcontent.com/pod-product-compliance
Lightning Source LLC
Chambersburg PA
CBHW070351030726
47504CB00001B/138